在偏差中盛開的她

藤山紫 著

吶，你還記得那段我們不願面對的過去嗎？

我不可能忘的，也永遠記得你曾說過要保護我。

序　妳

在進入這個靈魂之前，我要你先想像「妳的樣子」。

妳十七歲時留著一頭看起來像個小男生的短髮、戴著笨重的黑框眼鏡，走路的時候總是不希望被注意似的視線緊緊跟著腳尖，寧願眼鏡常常從鼻樑上滑下也不願意正面向前。妳背著書包時總會兩手抓著書包背帶，經常左顧右盼，看起來很緊張的樣子。

妳明明是一個很漂亮的女生，卻總是看起來沒什麼精神，若有所思的模樣令人心疼。因爲這樣，聽說輔導老師常常關心妳。

不知道從什麼時候開始，我想是從妳的雙胞胎弟弟自殺後？還是爸爸離家出走後？妳變得很沒有安全感，和姊姊與媽媽也變得很疏離。

媽媽一直很奇怪、姊姊上了大學不願意回家，整個家分崩離析，因此妳很自卑，從來不相信自己能夠幸福快樂。

妳不相信只有一個娃娃待著的娃娃屋能創造出什麼故事。就像那段老話說的，不幸的故事有很多種，幸福的故事卻只有一種，而只有一個娃娃的娃娃屋中，沒有任何能發展故事的可能——幸也是，不幸也是。

我的娃娃屋中，也沒有任何故事發展的可能。

妳的世界很孤獨，我的世界也是，我的孤獨是因爲我的世界裡有一個單戀的妳。妳雖然在我身邊，可我卻單戀著妳，正是這種有去無回的單戀讓我孤獨。

妳的孤獨是怎麼樣的呢？是所有人都不懂妳的那種嗎？是連雙胞胎弟弟都不懂的那種嗎？

妳的學校很嚴格，學校間禁止聯誼和戀愛，不過那似乎只是形式……妳看看，上下課時間擠滿妳們學校和隔壁學校學生的火車，他們明明都在戀愛。

除了妳之外，不孤獨的人都在戀愛。

可戀愛這件事，很俗氣對吧？比起普通的戀愛，我認為我對妳的感情崇高多了，超越了戀愛，比濫俗的八點檔、套用暢銷公式的庸俗小說、天馬行空的漫畫還要更崇高、更強烈。

妳知道嗎？從十四歲開始，我就喜歡妳喜歡得不得了。

男孩的汗味混和女孩辛苦存錢買的、可愛的ANNA SUI DOLLY GIRL香水，這就是妳對戀愛的味道最一開始的記憶。

就算妳和其他的女生一樣走入戀愛的圈套之中，妳的戀愛還是有點不一樣，比如，妳喜歡美少女戰士的天王遙，妳喜歡像她一樣充滿自信、堅強、帥氣的女孩，比起男孩，妳更容易對女孩產生嚮往。妳正要進入青春年華，這讓妳有些困擾。

雖然妳才十七歲，實際上妳已經三十五歲了，妳有老公、有自己的家，妳過得很幸福。

不過這是從妳十七歲時開始的故事，所以我還是從妳十七歲開始說吧……那時我便開始想著將妳占爲己有。

我的初戀發生在我十三歲的時候，儘管最後無疾而終，但我更喜歡這樣的發展。

那段經歷讓我明白，感情是比較出來的、喜歡的本質是一樣的，我也因此發現，我對妳的感情很特殊，甚至比初戀還要特殊，讓我更加明白我有多麼地、多麼地想要和妳在一起。

一直以來，我都知道我是妳喜歡的那種男生，即使當妳喜歡上別人的時候，我也從沒放棄，不斷尋找自己與別人的差異。妳喜歡我、我喜歡妳，我們之間只差了一點點，而我也只需要再改進一點點，許多的一點點累積起來，最終「成爲妳所深愛的那種人」成爲我生活的最大的目標。

妳的名字是蘇芳，或許我曾經迷惘、不清楚自己的感覺，但是現在我能很確定、很堅定地告訴妳，從第一眼，很久很久以前的第一眼，我就喜歡上妳了。

愛上妳開始，我的心一直都是晴朗的。可是妳知道嗎？我曾經很討厭晴天，因爲它很諷刺，妳是讓我喜歡上晴天的理由。

蘇芳，妳相信命運嗎？妳相信一見鍾情嗎？我相信，而妳也必須相信，因爲若是妳不信，我們就沒辦法走下去。

我們的關係，一向是我在追趕著妳，妳感受到了嗎？

蘇芳妳知道嗎？不，妳不知道，妳不知道我有多麼開心。

當我在日本找到妳的時候眞的好開心，我終於將妳抱在我的懷裡，在心中發誓從此之後再也不會將妳讓給任何人，再也不會讓妳逃走了。

那時福岡下著連續的大雨，我們眞正擁有彼此的那天也下著大雨，雨下了一陣子後轉爲雪花，下了很久很久。

妳說過，妳很喜歡下雪，那是在台灣看不見的風景，雖然我們不是住在憧憬的北海道，福岡的雪也夠令妳感動的了。

我許下了承諾，總有一天，我會帶妳去北海道。兩個人在沒有人認識我們的地方生活，手牽手看著皚皚白雪，手牽手白頭偕老，多麼俗氣且令人俾倪卻詩情畫意。

即便最後我沒有做到，我還是成全了妳，看著妳融入在一山美好的雪景中，儘管不是北海道，但是是妳選擇的雪國山形。

看著妳幸福的模樣，我不由得感動想哭。

蘇芳，妳知道我有多愛妳嗎？

我想說的事情還有很多呢，我想今天晚上肯定沒辦法說完，不過沒關係，我們有很多個夜晚可以一起度過，也永遠不會分開。

我每天都會跟妳說話。妳別擔心，也別害怕，我就在妳身邊。

我一直都在妳身邊，好嗎？

妳聽見了嗎？

「三，二，一。」

第一章 幽靈衣櫥

蘇芳依稀記得在一場車禍的撞擊過後，她的身體沉進無邊無際的深淵中，在黑暗裡漂浮了許久許久，久到她差點連自己叫什麼名字都要忘了。她像是一縷迷失的幽魂，很可能已經死去，可突來的一股引力令她的腳重重踩了一下，喚回了她身為人的知覺，不再漂浮，也不再是幽魂。

驚醒過來的她回到黃昏的高中校園，二年忠班的教室，車禍是夢……幸好只是夢——她還活著。

「睡夠了沒？來幫忙教室布置啊。」

出聲的是學藝股長林頤橙，另外一位沉默的小幫手叫作吳洺妃，她們兩個加上蘇芳是負責布置教室比賽的小組成員。為了這個比賽，最後衝刺的一週她們每天都留下來做手工。

「想出這個主意的人還睡？」林頤橙看著睡眼惺忪的蘇芳，推了推鼻樑上的銀框眼鏡抱怨道。

「我以為我的工作結束了，抱歉。」蘇芳不好意思地整理了下睡皺的運動長褲，戴上眼鏡，趕忙回到地板上一起處理散落滿地的一堆橘、橙、紅色色紙。

蘇芳的美工笨拙得很，開始布置教室以來她事情總做得很慢、拖人後腿，於是林頤橙分配給她的盡是些雞毛蒜皮。

林頤橙說的主意是蘇芳天眞的一廂情願，她希望在教室裡做一棵近乎眞實的楓樹。

爲了完成這個計畫需要將色紙裁剪成葉子形狀，一片一片疊加貼上，還不能都用同一個顏色，需要橙橘紅三色交叉使用。因爲這個計畫著實耗心耗力，中途三人想放棄的時候卡在進度百分之六十左右，算了算日程，重新再來肯定來不及，她們只好齊力咬牙硬撐下去。

學藝股長這個職位說眞的並不討人喜歡，幹部選舉時班上幾個講話較大聲的女生說了林頤橙與吳洺妃兩個人的名字之後，同學們沒有經過投票便草草決定了學藝股長和小幫手的人選——原本並沒有蘇芳。

當林頤橙開口提出她們還需要一個幫手時，那女生又說話了，她說「那就找蘇芳啊」。

下一秒，班上的恥笑聲此起彼落。

她們兩個和她，都是這個班上不需要的人，並非被排擠，而是不被需要、多出來的人。她們是摩天輪中被迫得搭下一班的第五人、星巴克小圓桌旁突出的第三人、KTV中兩人半價一人得付全額的「多餘的那些人」。

於是，她們湊在一起做吃力不討好的教室布置。

林頤橙是個患有異位性皮膚炎的女孩，白皙的皮膚上有幾塊像是魚鱗的乾癬，這讓她很自卑，也不知道是不是自卑過頭導致她看來偶有武裝起來的驕傲。因爲常常擦據說副作用是會讓皮膚變薄的藥膏的關係，林頤橙的臉上與四肢經常能看見微血管的紋路，那些紋路襯著她的白皙相對明顯。

蘇芳不敢說，她其實覺得這樣有點吸引人，白色的乾癬是魚鱗、粉紅色脆弱的皮膚像極了小美人魚、微血管的紋路像是藤蔓或是樹枝。當她盡情觸碰它時，或許就可以徹底理解林頤橙了。

全班有四十三個人，蘇芳從來不想了解他們全部，除了林頤橙以外。她想了解她的微血管、銀框眼鏡，以及她手上與她身體上宛若玫瑰花瓣凋零的粉紅色斑塊。

林頤橙覺得自卑的地方在蘇芳的眼中卻相當美，而且她的畫畫技術及美工很棒。

吳洺妃是三人當中唯一沒有戴眼鏡的女孩，她非常沉默，總是在看不知道名字的書，像九〇年代岩井俊二電影中的青春少女，穿著白襯衫，非常純潔、高不可攀。即便在工作或是學習中，吳洺妃也很少交流自己的想法，多數是林頤橙說什麼她便做什麼。

蘇芳原以為可以藉這個機會跟吳洺妃說上幾句話，但吳洺妃總是只回「嗯、喔、是、好」這幾個字，像個剛會說話的人工智慧一樣。

三人埋頭苦幹了一番，抬頭看見天色暗了，林頤橙手上的電子錶怵目驚心的綠字跳出20:25令她吃了好大一驚，回到教室說道：「我們把東西收一收回家了，等一下老師要來巡邏。」

蘇芳點頭應好，跪在地上收拾還能用的色紙，餘下的讓林頤橙掃走，而吳洺妃則依然沉默地收拾器具。

收到一半時，一個陌生的聲音細聲請求：「可以陪我去洗手間嗎？」

蘇芳與林頤橙兩人回頭，竟是那個惜字如金的吳洺妃。

原來她會說出完整的句子啊。蘇芳不禁感到驚訝，「好啊，我陪妳去。學藝要一起來嗎？」

林頤橙搖頭，繼續掃著紙屑。

「那我們走吧。」蘇芳走到吳洺妃身旁，牽起她的手。

兩人一同穿越陰暗的走廊往洗手間走去，這一段路，蘇芳不知為什麼心臟狂跳，甚至隱隱有些雀躍。

雖然沒與吳洺妃說上什麼話，但她們牽手的感覺自然得像朋友一樣，蘇芳心想自己應該沒有很討人厭，對方也應該沒有察覺她的緊張，若是討厭早就被甩開了……

「晚上的學校很恐怖吧？」蘇芳說，其實更像在對自己說，不久前她才在第四台看過《七夜怪談》[1]，嚇得不輕，現在這個時間還要她留在學校著實令人恐懼。不過她沒有流露出害怕的樣子，心想著火野麗[2]……火野麗……火野麗是她的嚮往、精神支柱。

「嗯。」吳洺妃只應了一個字。

進入洗手間前，吳洺妃回頭確認，「妳等一下要上嗎？」

蘇芳搖搖頭，「不用了。」

她看著吳洺妃走入其中一間隔間後，抬頭望向走廊天花板上老舊閃爍的日光燈，再度轉回視線時，發現廁所盡頭矗立著一個木製衣櫥。

剛剛有這個東西嗎？是放掃除器具的地方？蘇芳自問。

她緩緩向前靠近，可越靠近就越覺得詭異，衣櫥這東西不應該出現在廁所，更何況那衣櫥的樣子似曾相識。

正當蘇芳要伸出手時，後方傳來吳洺妃的聲音，「妳也要上嗎？」

蘇芳猛然回頭，再看向原本衣櫥的地方——空無一物。

「沒有，我們走吧。」蘇芳跟了出去。

◆

距離作業截止還有好幾天，蘇芳不敢說她快要受不了一直夜歸了。

離蘇芳家最近的車站是只有區間車停靠且沒有站務員的招呼站，白天沒有站務員或許還好，晚上便相當陰森恐怖。每次蘇芳出站都要全力以赴往家的方向跑……跑起來還有個好處——不怕被蚊子叮咬。

這回蘇芳出站時，原以爲一如既往沒人的車站月台，竟然多了一個大約和她同歲的男孩。

男孩見蘇芳下車後自手中的書籍中移來視線，禮貌性地勾起微笑。

蘇芳朝他點點頭後立刻快步離開車站，越來越快、越來越快。她穿越遼闊的稻田，穿越路燈下群聚的飛蟲與倒閉得寥寥無幾的越南小吃店，昏暗的小路上路燈派不上用場，小吃店的螢光看板反而凶猛許多。

終於衝到家後，蘇芳在玄關匆匆脫鞋喊道：「媽媽，我回來晚了，對不起！」

蘇芳媽媽的名字在老三台八點檔常常可以聽見——她叫許秋月。不知道爲什麼叫這個名字的女角都很命苦，此外「許」這個字的台語發音讓她更顯命苦了一點，在蘇芳的手機聯絡

1　《七夜怪談》爲一九九八年上映的日本恐怖電影，改編自鈴木光司的小說，由中田秀夫執導。

2　火野麗（火野玲）爲日本動漫《美少女戰士》主要角色之一，更爲人所知的是水手火星（火星仙子），個性直爽勇敢。

人中，媽媽的名稱甚至是「苦秋月」。

「快來吃飯。」許秋月淡淡地說，她知道女兒爲什麼晚歸，所以並沒有多操心。

見母親沒有如預料中大發雷霆，蘇芳鬆了口氣，邁步靠近餐桌，拉出椅子坐下用餐。用餐到了一半，她猛然抬眼看見牆上的日曆，想起明天是週末，「姊姊打算回來嗎？」

「沒有。」

這是預想中的答案，更早之前，大概是姊姊蘇芬上大學搬出去的第一年，她不斷地詢問，期待著媽媽說出姊姊預計回來的消息。

第二年開始，她只偶爾問，如今第三年了，她心想著蘇芬不會眞的這麼狠，整整三年不回家吧？於是第三年起她每週都問。

夜歸很可怕沒錯，然而在這個家裡，和母親兩人獨處更加可怕。

蘇芳家中沒有爸爸，他長期離家和別的女人在一起，早就該進行離婚程序的兩人現在卻仍然維持著婚姻關係——她得不到的也不要給別人。許秋月是這麼想的。

話雖如此，但蘇芳知道，許秋月只是因爲覺得離婚很丟臉。她說離婚就像在展現自己的失敗，看人失敗、婚姻失敗、財務上失敗……同樣的事情也反映在許秋月對自己的小兒子蘇螢身上。

見過那一切的蘇芳，只希望媽媽不會那麼對待自己。她相信，只要繼續扮演一個好女孩，媽媽就不會「那樣」對自己。要乖、要當一個正常的、乖順的、洋娃娃一樣的好女孩，最好像乖順溫柔的水星仙子[3]，她想那就是許秋月最喜歡的、正常女兒的樣子。

蘇芳飯還沒吃完，常來串門子的陳阿姨就上門來了，她趕緊起身整理桌上的東西，避免產生與陳阿姨說話的機會，畢竟她和母親聊的從來都是些她不喜歡的話題。

拎起書包，蘇芳從飯廳折往二樓的寢室時，陳阿姨正好從洗手間出來，兩人撞個正著。

「妹妹啊，阿姨帶了西瓜，一起來吃啊。」陳阿姨親切招呼道。

蘇芳聞言，拿出她在學校最擅長的伎倆——禮貌性拒絕，「不用了，謝謝，我剛吃飽。」語畢，蘇芳迅速躲進自己與弟弟曾經的房間內。

弟弟不在後，房間就成了她一個人的了。蘇芳過去覺得使用這間房間怪怪的，但是過了三年，什麼樣的感覺最終都會變淡。

陳阿姨在一樓說話的聲音傳來二樓，蘇芳一面非自願性地偷聽一面聯絡姊姊，拿起簡單又耐用的NOKIA手機傳簡訊：「姊姊，陳阿姨又在要媽媽拜託老師作法，把妳的魂魄勾回來。」

過半晌，姊姊傳來：「我完全感覺不到魂被勾回去。她怎麼還有臉到我們家？都發生過那樣的事情，媽媽也不拒絕真是莫名其妙。」

蘇芳笑了，回傳：「我也想去台北的大學。妳不回來是對的，我希望妳永遠不要回來。」

她真的希望她永遠都不會聽見母親說姊姊要回來……多麼矛盾，即使她多麼希望姊姊能陪在她的身邊，卻也不希望姊姊回到這個家中。

她離開家後大概也不會想回來了……不，不是大概，是一定。

蘇芳盯著天花板，突然想起那個車站的男孩……總覺得好像在哪裡見過他。

3　水星仙子（水手水星）／水野亞美：日本動漫《美少女戰士》主要角色之一，個性乖巧並聰明伶俐。

與此同時，她的眼角餘光瞄見一個黑衣男子從她房間窗戶進來再穿透門扉。她嚇了好大一跳，整個人彈了起來，握著手按著胸口反覆確定方才情景的虛實。

也是在這時，她隱隱感覺到左手手背似乎被某種物體黏住，指尖傳來奇異的麻痺感。

蘇芳還來不及思考出現在手上的感覺是什麼，蘇芬的訊息便將她的意識勾了回來。

「妳還好嗎？有在按時吃藥嗎？如果想聊聊可以跟我說。」

蘇芳放下手機，無暇回覆蘇芬，覺得自己就像《捉鬼特攻隊》[4]的一員，現下必須心無旁騖地調查家中發生的靈異事件。她想起學校的同學曾經聚在一起召喚筆仙，如果她如法炮製，是不是就能與鬼對話了？

不對，不能說鬼，若是告訴陳阿姨，她請老師過來該怎麼辦？她是一個科學論者，不應該以爲幻覺是鬼。

在日文漢字中「靈異事件」寫作「心霊現象（心靈現象）」，表示一切現象都是源自內心，與鬼魂沒有任何關係。所以陳阿姨與媽媽所相信的都不是眞的，就連恐怖的《七夜怪談》也不是眞的。

沒有黑影從她的房間經過，手上的黏膩感不是因爲鬼魂觸碰，指尖奇怪的麻木感不是因爲接觸到了磁場，沒有鬼從電視機中穿出，也沒有使人在第七天死亡的詛咒。

一切都是心靈現象。

◆

隔日的週六蘇芳仍然進學校，繼續布置教室的工作，三個女生和昨天一樣或蹲或跪在地上做著手工。昨天和吳洛妃說過話後，蘇芳覺得與她之間的隔閡少了許多，還以爲三人彼此的話會多一點，可她們今天依舊只是保持著沉默的氛圍。

爲什麼她們同是這個班上多出來的人，卻不曾想過成爲朋友？孤單的人之間互相依靠也能成爲彼此的肩膀，不是嗎？

林頤橙是因爲皮膚疾病，吳洛妃是因爲太過清新脫俗、格格不入，她則是因爲內向沉默寡言，她們三個都有成爲孤獨的人的原因，是同病相憐的三個人。

蘇芳覺得自己很奇怪，因爲奇怪所以孤獨，但沒關係，現在她有了同伴。除了家人以外，除了雙胞胎弟弟蘇螢以外，她第一次覺得有了同伴。

「妳們有想考的大學嗎？」蘇芳打破三人間的寂靜。

林頤橙首先回答：「北部的。」

吳洛妃聽了怯生生地細聲回說：「我也是……」

蘇芳笑了，「我也是，妳們的原因是什麼？我先說好了，我不想待在家裡，就這樣。妳們也是因爲想離開家嗎？」

「我想考台大，台大的中文系。」吳洛妃面色認真。

確實也有這樣的理由呢，爲了更好的自己、更好的人生，而不是單純爲了逃離。蘇芳想。

「我想成爲一個皮膚科醫生，所以我也想讀台大，要不就是陽明。」林頤橙說道：「我想拯救和我一樣深受皮膚過敏困擾的人。」

4　《捉鬼特攻隊》爲美國超自然喜劇電影《魔鬼剋星》的延伸卡通影集。

當林頤橙這麼說的同時，她睿智的雙眼散發著迷人的光，如同銀河、如同在冰島夜空閃耀的極光。

蘇芳覺得自己的願望和兩人相比實在微不足道，自慚形穢起來。

「醫學系的話……成大不好嗎？」吳洺妃問。在他們的家鄉，成大的醫學系也是數一數二，因此她不懂林頤橙爲何要捨近求遠。

「成大沒有不好，只是我也想離開家，我家還有別人，所以我不擔心我媽媽寂寞。妳家裡不是沒有爸爸嗎？這樣妳媽媽一個人在家耶，妳捨得嗎？」林頤橙突然問起蘇芳。

「妳去北部，家裡會只剩下媽媽？」吳洺妃聽聞，態度突然熱切起來。

蘇芳的心揪了一下，明明是祕密的事情，怎麼會連不熟的人都知道？仔細順了一下回憶與邏輯，怕是鄰居一傳十十傳百的吧？

既然兩人知道了，她也沒有必要扭扭捏捏，「嗯，我爸爸離家出走很久了。」久到都快忘記他長怎樣了。

林頤橙與吳洺妃雙雙露出惋惜的眼神。蘇芳明白，這是來自一個正常家庭下的孩子都會有的眼神，他們從小就習慣被父母寵愛，哪怕失去其中一方都會痛得撕心裂肺。

她們的眼神彷彿在說「這個人的家裡沒有爸爸或媽媽啊……好可憐」，她們面對別人並不會有這樣的眼神，只因爲她來自不正常的、奇怪的家庭。

結束在學校的一天，蘇芳滿身疲憊地回到家，見到陳阿姨手上持著一束香在家裡繞來繞去。

「媽媽怎麼了？阿姨好。」雖不情願，她依然規矩地打了招呼，鞠躬哈腰後脫下帆布鞋，改套上室內拖。

「妹妹，妳有沒有覺得家裡氣場怪怪的？」許秋月問道。

蘇芳在心裡翻了一個白眼，又來了，「沒有耶。」

她勉強擠出笑容，拳頭不自覺地握緊，腦中神經正在被許秋月死命拉扯，她覺得自己快壞掉了，快要沒辦法保持正常的自己了。

陳阿姨此時從樓上巡下來，神色緊張，「樓頂有歹物仔。」

蘇芳想到昨天的鬼……不，她不能再稱那個東西爲鬼，如果稱它爲鬼，她就變成跟媽媽她們一樣的人，那是幻覺，肯定是。

許秋月大驚失色，「按怎的歹物仔？」

「妹妹啊，叫妳去睡姊姊的空房間妳不聽？妳到現在還睡在以前的房間喔？夭壽喔，那間房間很陰，壞的磁場會影響妳，難怪妳現在整個人怪怪的。」陳阿姨對著蘇芳說道。

蘇芳想，那房間確實陰了點，但是是陰涼的陰，而後微笑駁斥：「我喜歡那間房間，而且我完全沒有任何感覺。」

她拉起背包，心想今天禮拜六沒休息就算了，回家還要被陳阿姨搞這齣，心中的煩躁沒完沒了地延伸。

蘇芳急忙往那很陰的房間走去，將門反鎖的同時也將許秋月和陳阿姨兩人鎖在外頭。

陳阿姨氣得要命，音量比平常更大了，「弟弟在那間房間自殺呢！妳怎麼還敢睡在裡面？嚇死我了，裡面有歹物仔，妳快出來！」

自殺的是她的弟弟，她根本不怕，也沒什麼好怕的。

「就是因爲弟弟留下來的髒東西在影響妹妹，所以姊姊跟妳老公才不敢回家。」

聽著這種沒有來由的論述，蘇芳偷偷笑了。第一，弟弟有什麼理由阻止爸爸和姊姊回家？第二，弟弟在這裡這麼痛苦，怎麼可能還會待在這裡？

蘇芳靠著門，突然想起學校裡那位又帥又年輕的輔導老師。

在男女關係嚴格規範的學校教育下，男女之間的任何交流、多說一句話，都有可能觸犯校規。學校裡的女孩都很聰明地選擇隔壁學校的男生交往，而與男老師的互動就顯得正當且名正言順。

輔導老師身上散發著一種令人感到放心的氣質，蘇芳很快被這樣的氣質渲染。下課後，她主動找輔導老師聊天：「老師，您覺得十七歲了還不想談戀愛是正常的嗎？」

當然是不正常的吧？她身邊所有人都想著戀愛，只有自己不想。

輔導老師的辦公室正好逆光，黃昏時刻，空蕩蕩的辦公室只有他一個人。她看不清老師的臉，猜測老師應該是笑了。

「不會不正常啊，老師覺得妳只是還有比戀愛更重要的事情要專心而已。」

其實根本沒有，蘇芳想不出對現在的自己而言最重要的事情是什麼？她沒有要當皮膚科醫生，沒有想上台大或陽明……課業對她來說一直是得過且過，反正成績再好媽媽還不是對姊姊那樣——蘇芬讀的正是台大。

蘇芳腦中想像的台大是一塊免死金牌，有了這塊免死金牌就能光明正大離開家裡，還能長期不回家，也不會被電話打擾，只要說台大壓力很大就好。

台大是所有的解答，選台大得正解。

看，連補習班招人的文宣都這樣寫著呢。

見蘇芳出了神，輔導老師重新問道：「蘇芳現在覺得讀書比較重要吧？」

「嗯。」蘇芳順著輔導老師的話回答，這雖然不是她的答案，卻是老師最喜歡的答案。不過蘇芳心中仍然有許多困擾糾結著，她不知道應該怎麼做，抑或是因爲自己問的方式不對？

「老師，我覺得自己好像男生女生都喜歡……的樣子？我這樣會很奇怪嗎？」她仍然清楚記得那時輔導老師愣了一下。

蘇芳忘了這是大忌，他們高中有很多村子裡的學生，萬一傳出去她該怎麼辦？一股涼意瞬間從頭竄到腳，令她猛地打了寒顫。

「老師，對不起，請您保密，我覺得我很可能只是迷惘了，不夠了解自己。」驚覺失言，蘇芳連忙道歉。

輔導老師似乎又笑了，彩霞逆著光在老師身後撒上金邊，蘇芳看不清老師的臉，模糊之間，對方煙霧般的臉傳來聲音：「親老師一個，我就答應妳。」

蘇芳怔在那裏，也不曉得哪裡來的動力驅使自己將嘴唇湊上去，親在細看其實毛孔粗大且有鬍渣的臉頰上。權力階層在自己之上的人說出來的話像催眠一樣，不能怪她。

現在回想起來仍然令蘇芳反胃想吐，加之樓下陳阿姨正在哀爸叫母，心中不停翻攪的憤怒眼看就要衝出喉頭。她無意識地跺著腳、雙手交握，右手拇指不斷地搓弄著左手手背的皮膚，那裡有一塊不知道爲什麼黏膩的部分。

她也過敏了，就像林頤橙一樣，過敏了……

等到她恢復意識時，她已經衝著陳阿姨大叫完了。

看著陳阿姨與母親仰望樓上兩張錯愕的臉，蘇芳的耳畔迴盪著自己剛剛失控的大吼。

「幹，妳知不知道妳的香很臭啊！弟弟關妳屁事啊！」

蘇芳回到房間內，整個人癱軟在房間地板，看見床上有個黑影坐著，然後笑了。

就算陳阿姨說對了，黑影是蘇螢的話，那也太高大了吧？要知道蘇螢自殺的時候才十四歲，一百五十三公分而已。

大錯特錯，那黑影不是蘇螢。蘇芳抱著頭，口中喃喃念著：「不是小螢不是小螢……不是小螢……滾滾滾！都給我滾！小螢死了死了……你給我滾，你給我滾！」

蘇芳覺得想吐，胸口有什麼將要衝出喉嚨，她舉手摀著自己的嘴，極力避免快吐出的東西。蘇芳害怕她將會如同伊藤潤二筆下《睡魔的房間》5故事中的人物一樣，從裡到外被「另一個東西」取代。

那是她最害怕的事情，害怕被取代。

◆

蘇芳總是搭著同樣時間的火車到學校，這天臨走前她被媽媽叫住，罵她不識好歹，一陣折騰後總算被放出門，差點趕不上班次並不密集的火車。

她坐在熟悉的位子上，緩過路上衝刺的喘息，感覺到一股朝她投來的視線，抬起頭，與對面的男孩對上眼。

男孩俐落地別過眼神，不知道是因爲害羞還是尷尬，身上的制服看來是隔壁學校的學生，蘇芳之前在通勤路上並沒有遇見過他，推測可能是轉學生吧。畢竟鄉下地方搭火車上學的人就那麼幾個，很容易認識彼此，甚至在火車搭上線。

男孩穿著的白襯衫燙著整齊的線，很是稀奇，小村中會熨制服的學生少之又少，這令她聯想到那天晚上在車站的男孩……原來就是他啊，那個每天上下車她都不曾注意到的男孩，匆匆一瞥就覺得這人面熟令蘇芳不由得佩服自己過目不忘的本事。

男孩默默拿出隨身聽，戴上耳機聽著，低頭一個勁地想著蘇芳爲什麼盯著他不放，殊不知蘇芳只是單純想著如果離開南部的話，她也想要買一台隨身聽。

她的家太吵了，連寂靜也吵得令人崩潰，若將耳朵塞滿，是不是就聽不見雜音了？是不是就能阻擋母親的哭泣與不斷祈禱念經的聲音？

兩人在同一個車站下車，一前一後，男孩的學校離車站最近，一轉眼便消失在蘇芳的視野，餘下她一人懶懶地走進學校。

今天是布置收尾的最後一天，林頤橙買了些御飯糰和飲料讓蘇芳和吳洺妃先止餓，三人坐在地上靠著教室的桌椅隨意吃起來。

這些日子以來原本沒有什麼交集、不太說話的三人因爲大學而開啓話題，發現彼此的價值觀還算接近，於是多少拉近了些距離。林頤橙不再尖銳傲嬌，吳洺妃也不再惜字如金，蘇芳的話也變多了一點。

「對了，妳們兩個相信鬼嗎？」咀嚼之間，蘇芳隨意問道。

「我相信。傳說我們學校的女生被搞大肚子，結果就在這一樓的廁所生了小孩，然後跳

---

5 《睡魔的房間》爲日本恐怖漫畫家伊藤潤二筆下的短篇故事，故事敘述男子睡著後體內另一個自己趁隙占據身體，其占據過程如同雙面外套，最終皮膚爲反面狀態。

樓死掉。我覺得那是眞的，我曾經在廁所聽到嬰兒哭聲。」吳洺妃煞有其事地說。

難怪她上廁所需要人陪。蘇芳暗忖。

「我不信，因爲我沒見過也沒聽過，那女生的故事有上新聞嗎？」林頤橙問道。

「我怎麼會知道？反正我聽到有嬰兒在哭。」

「我今天一樣會陪妳去上廁所，別擔心。」蘇芳安慰吳洺妃，「我雖然不信，但我相信每個人有不一樣的經驗和體驗，那是別人難以想像的。」

即使她也不相信吳洺妃說的內容，不過她並不會懷疑聽到小孩哭聲的經歷。

「我跟妳們說，我發現輔導老師有女朋友，在我們班。」林頤橙邊吃著御飯糰邊以稀鬆平常的語氣說了一個天大的祕密。

要知道在這間以嚴格校規出名的學校裡，發生師生戀可以說是大新聞了啊。

那個年代若是說到師生戀肯定會聯想到《魔女的條件》6吧？沒有一個國高中女生看了之後受得了，更別說充斥著少女漫畫、愛情小說、網友、香水、手機吊飾、大頭貼機、濱崎步、安室奈美惠、日系NEC摺疊機、泡泡襪、修短的藍色短裙、名牌LV包的高中了。

蘇芳心想只是應老師要求親了他臉頰，應該不至於是自己，但還是怯怯地問了：「是誰？」

「藍科爲，班長。」林頤橙笑著說，隨後比了個噓的手勢。

蘇芳想著班上的班長，確實啊，如果她是男生也可能會被這樣品學兼優的女生吸引，而她又有著這麼夢幻的名字，簡直是從瓊瑤小說中穿書出來的……聽說班長想考成大，眞好啊，像她那種人對免死金牌根本不屑一顧吧？

教室布置大功告成、三人收拾完殘局後，吳洺妃說要去洗手間，這次依然是蘇芳和她一起去。

這會兒蘇芳盯著公廁盡頭的磁磚牆左思右想，還是覺得衣櫥那天不應該在這裡，如今廁所什麼都沒有，看著倒是挺平常的。很一般的磁磚牆、很一般的學校廁所、很一般的清潔劑味，只有詭異的衣櫥和過往不同。

想了想，蘇芳還是把這件事放在心裡，沒有拿出來和朋友討論。

人眞的很奇怪，靈異的事情牽扯到鬼就能變得栩栩如生，牽扯到車子啊、抽屜啊、黑板之類的東西就變成理性的科學了。眞是笨蛋，它們都是使用了釣魚線做出的效果啊，那些「靈動現象」想必對《魔術大解密》[7]中的蒙面魔術師來說都大材小用到滑稽的地步吧。

自認聰明的人都說《鬼影追追追》[8]裡面那些沒有鬼卻有靈動的畫面就像魔術，只是被簡單動了手腳，一切都是騙人的。然而拍到鬼的靈異影片往往就不一樣了，只要具有公信力的主持人和當事人言之鑿鑿就很容易被採信。

謊言只要說得像眞的，它便會被稱作「故事」，看看，有多少人相信故事？

許秋月就是其中一人。她相信「人面魚[9]」的傳說，並對此深信不疑，而她同時也相信

---

6 《魔女的條件》爲一九九九年播出的日劇，由瀧澤秀明與松嶋菜菜子主演。

7 《魔術大解密》爲美國魔術揭密節目。魔術師法爾．范倫鐵諾因爲在節目中戴著面具，所以魔術界人士都以「蒙面魔術師」稱呼之。

8 一九九七年台灣三立都會台推出靈異節目《穿梭陰陽界》，後改名爲《鬼影追追追》。

9 人面魚爲台灣都市傳說，於一九九四年開始流傳，出自節目《玫瑰之夜—鬼話連篇》。

「紅衣小女孩[10]」的存在。

蘇芳想和兩位新朋友聊媽媽的事情，但是想到林頤橙這樣立志成爲皮膚科醫師的科學派肯定對此嗤之以鼻，而吳洺妃感覺是感性派的人，是那種看《鐵達尼號》時會在奇怪的點上哭泣的女孩，難以預測她會說些什麼，……也很有可能會說出讓自己更不堪的話，在她全盤托出之後。

如果她覺得這跟迷不迷信無關該怎麼辦？如果好不容易建立起來的友情，就因爲許秋月有可能是個瘋子而崩潰怎麼辦？她們的友情有堅強到可以抵抗這些嗎？

蘇芳彷彿聽見一個戲謔的聲音說道：「神經病是會遺傳的喔，乖小孩要離神經病遠一點喔。」

還是算了，她只要乖乖地扮演乖女孩就沒事了，再忍一年，一年後，一切都會改變。屆時她會離開家，走得遠遠的，自由雙翼將帶她翱翔，她終於能擺脫蘇螢給她的陰影。

「媽媽，我想考北部的大學。」晚餐時，蘇芳提起勇氣對許秋月說道。話一說出口就像吐出了卡在喉嚨的刺，她舒服地嘆一口氣。

10 紅衣小女孩爲台灣都市傳說，於一九九八年開始流傳，出自節目《神出鬼沒》。

第二章　靈異現象

難得面前不再出現姊姊喜歡的菜，一整桌的菜明明都是自己喜歡的，可蘇芳就是提不起食欲，興許是明白接下來要開啓的話題有多難配飯。

許秋月聽聞竟然沒有多少猶豫，只是淡淡地回：「台北公立我只接受台大、政大，私立只能是淡江或東吳、輔仁，其他不行。」

「我會認眞讀書，淡江或東吳我試試看，另外，我希望以後陳阿姨不要來我們家打擾我學習，我覺得很吵。」

「什麼叫打擾？她是關心，自從弟弟自殺之後，妳看看這個家變成什麼樣子？」提到陳阿姨許秋月突然激動起來，這段時間對於幾乎眾叛親離的她而言，三姑六婆亂七八糟的人都能成她的救命稻草。

「如果她一直來有幫助的話，可以去求妳們的大仙讓我考上大學嗎？如果我眞的在那麼吵的狀況下考上那兩間學校，我就信妳，如果我都考不上，表示陳阿姨和老師都是錯的，我說什麼也會去北部。」

以上這段話，蘇芳原本想用吼的，但她最終沉住氣、心平氣和地說完，怕吼出了口，許秋月或自己都有可能翻桌也說不定。

許秋月已經開始有情緒了，她不能跟著一起。

「陳阿姨是關心妳，妳看看妳現在還算是個正常人嗎？算了算了，我會請她以後降低音量，行了吧？」許秋月深呼吸，壓低聲音道，發現自己邏輯上說錯什麼紅了耳根，逕自整理起餐桌。

蘇芳見狀，趕忙將剩餘的飯扒進嘴巴狼吞虎嚥。她一面將嘴巴裡的飯硬吞下去，一面拎起書包準備回房間。

「我把妳的東西搬到姊姊的房間了，妳以後不要睡在舊房間。」許秋月再度開口。

蘇芳登時覺得自己的理智距離崩潰僅差一線，全身上下的毛孔張開，對眼前的媽媽產生了接近憎恨的情緒，「妳憑什麼動我的東西？我想睡在舊房間有什麼問題？」

許秋月站在流理台前，故意一臉冷淡，「妳都沒感覺嗎？那個房間的磁場很奇怪。」

蘇芳扶著自己的後腦勺，覺得跟母親繼續爭執下去只會兩敗俱傷，絕望地抬頭看著天花板，看見學校公廁的詭異衣櫥竟然出現在那。

衣櫥傳出叩叩兩聲聲響，蘇芳連忙用手臂擋住臉，直覺裡頭會掉出東西。誰知當她睜開眼睛時，看見的是地面上數十張被撕爛的貼紙，全都是美少女戰士的火野麗。

蘇芳彎下腰撿拾後再度抬頭，衣櫥又一次憑空消失。

在學校廁所也發生過一樣的事情，當她回過神、轉過身時，詭異的衣櫥消失，僅餘下她一臉愕然。

許秋月困惑地看著蘇芳手中攢著不知哪裡來的貼紙。在看出圖案後，她臉上溢滿惱怒，也沒有問這些東西是哪裡來的，便從蘇芳手中搶過去，揉碎丟到垃圾桶。

這些貼紙似曾相識，但是一時之間蘇芳想不起來是什麼時候的事情……她這麼喜歡火野麗，怎麼可能不記得許秋月何時惡搞了她的珍藏？

未待蘇芳自幻覺中清醒，就聽許秋月尖叫道：「妳給我睡姊姊的房間！」

「我不要。」蘇芳抓起書包逕直往二樓的舊房間走。

許秋月見狀大發脾氣，收拾廚房的音量提高許多。

蘇芳開門巡了一遍舊房間，果然自己的東西都不見了，餘下兩張床、火野麗的海報，其他的全是弟弟的東西。她感慨地躺在蘇螢小小的床上，沒想到腳尖已經可以搆到床尾了……

「欸，你在嗎？」蘇芳試著對黑影說話。

然而黑影沒有出現，當然也不會回答蘇芳。回應她的只有一整個房間的沉默與樓下許秋月製造的嘈雜。

「你是誰？」蘇芳再度對著空氣發問。

房內仍然沒有任何回應的聲音，蘇芳只是持續著自言自語。

下一秒許秋月闖進來將蘇芳拉出去，接著換陳阿姨夫妻走進房間。兩人拿著線香和燭火、搖鈴、木劍，在房中巡迴、敲敲打打。

「你們幹麼啊？」蘇芳受不了這樣的聲音，摀住耳朵想站起來，卻被許秋月壓制在地上。

「陳阿姨他們好心來淨化這間房間！」許秋月咬緊牙關使勁地壓著蘇芳，不讓她有半點掙扎反抗。

蘇芳的半邊臉被可憐地按在地上，眼睜睜看著陳阿姨夫妻把舊房間弄得烏煙瘴氣，嘴上念著不知所云的咒語繞來繞去，對著蘇螢的床喊著要弟弟離開。

「弟弟!你在的話去陳阿姨家找她!不能輸啊，不能走！」蘇芳叫道。

她不相信鬼，但是如果弟弟真的還在房間裡，她希望弟弟不要走，至少在她還在家的時候不要走……不要丟下她一個人！

「夭壽喔，怎麼叫惡鬼來找我？」陳阿姨嚇得跑出房間，真的怕弟弟的靈魂跑到她家似的，留下丈夫繼續在房間裡敲敲打打、不停念咒。

「影響蘇螢的惡靈速速現身！」陳阿姨的先生煞有其事地驅魔。

而這情況令蘇芳覺得既荒謬又可笑，原本的怒氣消失了，現在只覺得幽默。

你想要惡靈現身，那就現身吧，惡靈怎麼可能是你這種人叫得動的啊？

蘇芳盯著弟弟書桌上的教科書，想著若是弟弟或是那個黑影聽得見的話，就讓書掉下來，嚇嚇他們當作前菜吧？

下一瞬間，兩三本國中課本就這麼突然掉落在地上，陳阿姨的先生嚇得僵在原地，愣了好半晌。

蘇芳看得目瞪口呆，這是活生生的靈異現象！

「夭壽喔！」陳阿姨的先生驚叫一聲跟著要落荒而逃，「把這間房間鎖起來！以後都不要再進去了！我會跟老師求符來貼！」

許秋月一聽馬上上前將門反鎖，迅雷不及掩耳，蘇芳連抗議的時間都沒有……她還想研究一下那個靈異現象是什麼呢！

許秋月急忙跑到樓下找那一對嚇得神智不清的夫妻，蘇芳則是挨近門敲了敲，試探問道：「弟弟，是你嗎？」

她將耳朵貼到門上細聽，同方才一樣，沒有任何回應。

「剛剛是你躲在衣櫥嗎？火野麗的貼紙是你給我的？」

回應她的是一片沉默。

「黑影，是你嗎？」蘇芳再問了一次。

叩叩——兩聲紮紮實實的敲門聲伴隨著門板的震動傳到她耳道裡。

蘇芳從門上彈開來，莫名其妙地倒在舊房間前的木地板上失控地笑了。

「夭壽，起痟啊。」陳阿姨緩過神後，不忘對著二樓叫罵。

那天夜晚，蘇芳被迫睡在姊姊的房間裡。入睡前，她用那支鍵盤差不多快磨到看不到字卻還是相當勇壯的NOKIA手機傳訊息給姊姊，報備一下她開始使用姊姊的房間，以及今天發生的事情。

發了一則訊息出去，頓了一下子，她再度發出一封訊息，「弟弟的房間發生靈異現象。」

準備休息時，蘇芳又注意到右手食指有種被輕輕上下捏住的麻痺感，並不是很明顯，且那感覺從左手指尖換到了右手指尖，此外，左手背上黏膩的感覺還持續著。

在姊姊房內睡覺的第一晚開始，夜深人靜時，蘇芳總會聽見極小聲的滴滴滴滴滴的聲音，相當規律，如果不是非常仔細聆聽便很難聽見。

聽說人在環境完全安靜時有一點耳鳴是正常的，這個聲音應該是耳鳴吧？這回跟靈異現象扯不上關係了吧？蘇芳想。

手機震動了，她拿起來看，是姊姊。

「快來台北吧。」

清晨，火車上的蘇芳從手中的漫畫移開視線，看著對面的男孩，內心暗忖，十七歲了還在看老漫畫很奇怪嗎？為什麼他總是盯著自己呢？

教室布置比賽結束後，蘇芳上下學會與這男孩在同樣時間搭車。

一開始沒有特別注意還好，開始注意這個男孩的視線後，蘇芳變得有點神經質，三不五時就會抬起眼簾窺看那男孩是不是在看自己。而她幾乎每次都可以和男孩對到視線……還是由她開口吧？問問這個男生到底想做什麼？

正準備開口時，男孩起身給了蘇芳一小袋夾鏈袋裝的貼紙，「這是我妹妹不要的，給妳。」

語畢，男孩坐回自己的位置，準備重新戴起耳機。

「眞的要給我嗎？眞的是你妹妹不要的嗎？」蘇芳拿著有點沉甸甸的夾鏈袋，發現貼紙的數量相當多，每一張都是火野麗。

男孩大概沒有預料到蘇芳會回應他，頓時露出不曉得應該說是開心還是尷尬的表情，「嗯，她不喜歡火野麗。」

「謝謝你，可是你怎麼知道我喜歡的是火野麗？」

男孩只是靦腆地微笑，沒有回答蘇芳。

蘇芳頭一次仔細地看他制服上繡的名字——白吟知，又是一個跟班長一樣從瓊瑤小說出來的名字，很美，她很喜歡這個名字，「那就謝謝你了，白同學。」

白吟知給蘇芳的第一印象有點像是《新世紀福音戰士》的主角……蘇芳很努力地想，但是她比較常看少女漫畫和動畫，以至於想不太起來那主角叫什麼名字。

算了，反正就是這樣的一個人，有點憂鬱，帶著透明感，瘦削而蒼白。

「下次如果你妹妹再拿到火野麗，可以給我嗎？」蘇芳問道。

「當然，不然她也會丟掉。」白吟知很爽快地答應了。

那天是兩個人第一次說到話。

走到白吟知學校的校門前分別時，蘇芳望著他，「放學見。」白吟知笑了，「好的。」

放學時，林頤橙和吳洺妃找蘇芳結伴去市區的拍貼店，三個人擠在大頭貼機前拍了一系列照片，結束後由很會畫畫的林頤橙操作加工。

「暑假還是要約出來玩喔。」林頤橙一邊說，一邊熟練地操作著機器。

「不是有兩個人要考台大嗎？怎麼會有時間出來玩？」蘇芳的語氣帶著一點點酸。

「總會有時間的，妳也好好努力啊，我們三個在台北見，說不定可以合租房子？」吳洺妃提議。

「不過蘇芳會跟姊姊一起住吧？她姊姊是我們台大學姊。」林頤橙道。

「台大學姊」一詞讓吳洺妃笑了，「我們還沒上台大，所以不是我們的台大學姊。」語畢，兩人哄堂大笑。

蘇芳想，跟朋友一起合租房子也不錯……如果去了台北就可以做很多事情，然而她應該會比較想和姊姊住，她想念姊姊。

「聽說台北租房子很貴。沒有人跟我住的話，我會申請住宿，不過就是怕打工會有衝突。」吳洺妃道。

三個人熟了之後，蘇芳發現吳洺妃的家庭很普通，雖然常常不小心就一副大小姐的嬌貴模樣，但她其實和蘇芳一樣普通……不同的是自己是偽單親家庭，吳洺妃可是雙親健在、家庭美滿，她哪裡來的普通？

林頤橙則不需過度煩惱，聽說她家本就是醫生世家，對她來說台北的房租根本不值得一提。

「我想我應該會跟姊姊住。」蘇芳說道，腦中突然想到一件事情，必須聯絡姊姊……

回到家後，蘇芳將三人的大頭貼珍惜地貼在日記上，私心把這天作爲友誼紀念日。她從沒有想過要在高中時代交什麼樣的朋友，蘇螢自殺後，她覺得她的人生就此缺了一塊。

蘇螢從她身上帶走了什麼，一種重要的「什麼」。

這些日子以來逐漸和林頤橙、吳洺妃兩人熟稔，她的生活有了改變，她再也不是獨自一個人，呼吸也不再那麼沉重了。她心中的天秤朝著朋友那一側傾斜了一些，突然覺得一成不變的生活好像也沒有那麼糟了。

躺在姊姊的床上發著呆，蘇芳想起稍早前的事，傳訊息給蘇芬，「姊姊，妳說妳上大學生活費不夠是跟爸爸拿的嗎？我想和爸爸聊大學的事情，請給我他的電話，謝謝。」

姊姊回覆向來不會拖延太久，果然她很迅速收到一串電話號碼，沒過十秒又傳來一封簡訊，「不要太常打，會打擾他的家庭，可以約他出來見面聊聊。」

蘇芳看著依然不熟悉的天花板，有種罪惡感突然襲上心頭。眞實人生也這麼像八點檔的許秋月，肯定到現在還以爲兩個女兒都和她一樣一個鼻孔出氣吧？殊不知很久很久以前，姊姊就開始和爸爸聯絡了。

「你們爸爸啊，無路用啦，不要妳們了啦！去找他也沒用！」

被稱爲「你們爸爸」的人叫蘇良成，而這個名字自從他離家出走開始，便徹底成爲禁忌，不能出現在這個家中……如今想起爸爸的名字讓蘇芳有點陌生、有點怪異。

爸爸離家出走一段時間後，他們三姊弟就時常被這樣的想法強迫灌溉著，直到姊姊眞的和爸爸見到面爲止。

「爸爸其實人很好，很關心我們。」

三姊弟這才粉碎了對爸爸心狠手辣的想像，與之相比，蘇芳甚至幾度認爲許秋月比蘇良成還要可怕，舉例其中一點就是她對「老師」與「靈鏡大仙」的崇拜。

蘇芳閉上眼睛，靜謐的房內又開始傳出滴滴滴滴滴滴滴的聲音，聽著聽者竟然覺得還滿催眠的……陷進夢鄉時，一聲響亮的叮咚聲突然在耳邊響起，她倏然睜開眼睛，驚魂未定地環顧四周。

她覺得自己分明聽過那個聲響，卻一直想不起來到底是什麼聲音……越是在意她就越無法忽略右手食指尖端傳來的輕壓感，難道這也是靈異現象？

◆

暑假的第一天便見到許秋月跑遍樓上樓下整理行李，蘇芳沒有多想，雖然離學測還有一個學期，但爲了離開家裡，以往的暑假她都沒有這麼費力專心讀書，即便許秋月發出多大噪音她都可以忽略。

看這個狀況許秋月應該是要和陳阿姨一起去進香繞境之類的，她從沒關心過，只曉得以前許秋月曾經帶著姊姊和弟弟去過。這樣也好，讓她出去幾天，自己可以落得清幽，如此書也讀得下去。

稍早她收到林頤橙的簡訊，提議要不要去圖書館？她沒答應。之後想起來，說是萬分後悔也不夠表達那種痛苦又悔恨的感覺，她只是覺得待在房間內讀書比較舒心罷了，沒想到如此簡單的念頭最終卻害了自己。

「不要慢吞吞的，跟我來，接駁巴士要來了。」許秋月跑到二樓階梯口對著房門打開的蘇芬房間喊道。

「喔，那妳就去啊，我會照顧自己。」蘇芳頭也不回，淡淡拒絕道。

「不行，妳一定要去，才十天而已很快就過去了，妳也可以把書帶去讀啊。跟媽媽一起去靈修的地方，可以專心念書又可以得到老師的加持。」許秋月走進房間，擅自收拾起桌面上的書本和文具，將它們都胡亂丟進蘇芳的包包裡。

「我又沒說要去，妳問過我了嗎？尊重一下我的意見好嗎？」

「我這是爲妳好耶。山上很安靜，妳可以好好讀書，又可以治療妳的毛病。」許秋月急促地勸道。

「我不要！」蘇芳從許秋月手上搶回背包，抱在胸前。

「我都答應讓妳去台北了，聽媽媽的一句話好嗎？妳提出的要求我做到了，妳要陳阿姨不要來，她也很久沒來了，就這一次答應媽媽不行嗎？妳覺得我會害妳嗎？」

這是蘇芳繼父親離家出走之後，第二次看見媽媽露出這樣的表情，一副泫然欲泣的樣子，令她不由得想起那時的母親——眞的很可憐。爸爸離開家裡之後，媽媽一個人辛苦照顧他們到現在，沒有功勞也有苦勞，答應她這件事，犧牲十天不會怎麼樣吧？

雖然心不甘情不願，蘇芳終究在許秋月半推半就之下妥協了。她踏著沉重的腳步坐上擁擠的中型巴士，回頭望去，都是和許秋月差不多歲數的叔叔阿姨，整個車上就她最爲異類，穿插在一群她最厭惡的人群中……她好想下車。

巴士出發才不過十分鐘，蘇芳已經開始後悔，再提出要求：「回家後我想要一台隨身聽，SONY的。」

她也很喜歡去年一間叫作蘋果的公司推出的音樂播放器，聽說可以容納好幾十張CD。然而她沒有電腦，也不喜歡去龍蛇雜處、充滿煙味的網咖下載音樂，用學校電腦又會被鎖網頁，思來想去，腦中浮現了火車上的白吟知。

反正家裡已經有那麼多CD可以聽了，還是CD隨身聽實際些，如果許秋月答應了她全部的要求，或許能稍微彌補她的不情願。

聞言，許秋月的態度突然變得相當溫和，「好，我買給妳。」

蘇芳靠在巴士打開著的車窗上吹風，雖然現在身上沒有隨身聽，腦子裡倒是響起了宇多田光輕快的歌曲，令她忍不住跟著輕輕哼唱：「Oh baby wait and see.やっぱ痛いのはイヤだけど、リスクがあるからこそ戦う程に強くなるのさ、怖れないなんて無理……[11]」

「蘇芳很厲害耶，會唱日語歌喔！」幾個阿姨稱讚道。

「是啊，她的志願是淡江和東吳，都是日文系很有名的學校。」許秋月語氣欣喜。

日文系？蘇芳腦中一亮，一直以來，她都沒有仔細想過自己究竟要讀什麼科系，現在卻

11　〈Wait & See ～リスク～〉爲日本歌手宇多田光於二〇〇一年發行專輯《Distance》之收錄曲。

因爲許秋月無心插柳的一句話讓她意識到，她怎麼沒想過要讀日文？

蘇芳笑了起來，暑假這段期間若有機會和林頤橙及吳洛妃聚在一起，她要告訴她們，她不再是決定不了科系的行屍走肉了。

巴士在山上蜿蜒繞行了好一段時間，終於在黃昏時分緩緩到達山頂上的寺廟。

蘇芳不知道睡了多久，只知道下車時一陣腰痠背痛，不過一邊伸展肢體一邊看著夕陽，嗅著屬於山裡獨有的清香，一度讓她覺得或許來這裡也不全然都是壞事。

她拿起手機，發現這裡果然沒有訊號……算了，反正其他事情也要回家才能解決。

臨時出發的前一天，蘇芳發了訊息給蘇良成，希望可以跟他見上一面，現在手機沒有訊號，也不曉得父親會給她什麼回答……

山上集體靈修跟夏令營感覺有點像，一群人聚在一起吃飯、散步、聽老師講經、上課等等。寺廟裡還有老師安排的廚工做飯給大家吃，不少食材都是信徒供奉，或是車上的叔叔阿姨帶來的，雖然多是素食但菜色擺開還算色香味俱全。

餐桌上沒有什麼可以令蘇芳挑剔，如果有，那便是大家侃侃而談的話題讓她不太舒適。

「眞的很謝謝老師和教主安排這次的靈修呢，我一到這座山上就覺得靈氣灌頂，精神充沛。」周阿姨一臉心滿意足。

會讓周阿姨精神充沛的不過就是叫作「新鮮氧氣」的東西罷了，才不是什麼靈氣呢。蘇芳扒著飯，心中暗忖。

「哪裡，這都是靈鏡大仙的意思，我們兩個只是照著大仙指示，讓各位信眾可以在靈修上更加進步。」一直被尊稱爲老師的阿姨叫作楊依梅，身邊被稱爲教主的是她的老公趙允康，他們信仰的是一個叫作靈鏡大仙的神仙。

靈鏡大仙外表看起來和觀世音菩薩很像，臉上有著慈祥的笑容，但是祂一身繽紛的紅橙聖衣加身，令蘇芳無法聯想到祂是個神仙，說是仙女可能貼切一點，畢竟畫中的祂輕飄飄地降臨湖面，一副仙女下凡的模樣。

「我們家阿賢在靈鏡大仙的引導下，離家三年終於回家了，都是大仙的功勞。」一旁陳叔叔說道。

事實是這樣嗎？會不會是因爲阿賢在台中找不到好工作，只好回南部呢？

「我們家美玲才是，叫她去讀護理系她都不要，護理師的飯碗很鐵，現在在大仙的引導下考上北護，我眞的開心死了。」林阿姨開心說道。

北護？呵，確定不是因爲要擺脫妳的控制嗎？

「我們家阿哲也是啊，但是我都不讓他去台北，去台北幹麼？我覺得成大就很好。幸好大仙引導讓他上了成大，不然我都不知道他去台北我會怎麼樣？」王叔叔說道。

蘇芳越聽越覺得有趣，餐桌上的這群人怎麼不老實說，他們的孩子是因爲他們的極端控制才會走向他們想要的道路？說出控制孩子很丟臉，所以都推給靈鏡大仙嗎？

蘇芳輕聲對許秋月說想先回去房間，等阿姨她們用完浴室再跟她說。

寺廟給一般香客用的房間很簡單，僅有基本設施，然而蘇芳與許秋月的房間堪稱豪華，竟然連小夜燈、梳妝台、桌燈、書桌都有。媽媽說這是老師與教主一致同意要留給她們的房間，說是別的房間沒有書桌和桌燈。

蘇芳坐在書桌前打開課本與日記，開始書寫。

蘇芳原本沒有寫日記的習慣，會開始寫日記大概是在和林頤橙她們感情越來越好之後。林頤橙說寫日記不僅可以訓練邏輯，還可以練習怎麼正確表達自己的想法和意見，對以後面試或是跟任何人會談、製作報告都有幫助。

什麼叫作「正確」表達自己？從字面上來看，她從來沒有「正確」表達過自己的意見。她習慣沉默，面對與她不同意見的人只會忍耐，不說也沒有關係，只要不是越過地雷區的事情，其餘的她都可以忍耐。

忍到後來，不知道從哪天開始，她忍不住了便會莫名其妙失控，只不過引起失控的常常都是小事，小到讓人覺得根本不足掛齒。最後的一根稻草並不重，卻是失控的導火線，等蘇芳想要「正確」表達時，已經太遲或不重要了。

聽完蘇芳對於表達自己的想法之後，林頤橙歪頭一想，「妳有什麼例子呢？」

蘇芳看向吳洛妃睜著大眼洗耳恭聽的模樣，不知為何有點害羞，低下頭，看著自己的衣角，「比如說……我很害怕聽到『我都是為了妳』這句話。對我來說，那就好像咒語或催眠，只要是手上握有權力的人提出要求，我都沒辦法有效拒絕，有時候即使我很明確說不要、不想，或是顯露出厭惡的情緒，認為對方一定能察覺才對，實際上卻不是這樣。」

「首先要有態度吧，不要讓對方看穿妳正在害怕。」林頤橙說道：「舉例來說，我會很明確地傳達我拒絕的理由，以及選擇做別的事情的優點來說服對方。把長遠的目標講得有自信一點，但是大多數人想不了那麼遠，所以這時就很容易接受對方的深思長計。總之，要表現出妳是真的想了很多才慎重地說出拒絕。」

「比如要考台大的理由不夠明確的話，就要試著講出更長遠的理由說服他們吧？像是以後想要開診所之類的？」吳洛妃補充道。

蘇芳拿著筆，在日記寫下「首先要有態度」。

目前為止蘇芳還沒有得到寫日記帶來的效果，但是寫日記時可以讓她感到寧靜，也可以眞眞實實地感受到自己，藉著思考自己的一天來與自己相處。

輪到蘇芳洗澡時已經接近十點，由於明天開始每天都會有早課，大部分人洗澡完就早早睡了，最後僅留下蘇芳一人自願幫浴室熄燈。

靈修場的浴室像公共游泳池的淋浴間，沒有門，僅僅只有門簾與單薄的左右隔板，蘇芳走進去看了一遍淋浴間的所有門簾，最後挑中一間看起來感覺較密閉的。雖然她心裡清楚門簾防不了什麼，總歸心安些，脫下衣服打算迅速洗完。

不久後，空蕩蕩的淋浴間只有令人不安的水聲不斷流洩。

洗頭時，蘇芳聽見疑似淋浴間出入口門被打開的聲音，她僵著不動，幾分鐘後並沒有聽見其他腳步聲或怪聲。她懷疑起自己耳朵，快速地將頭上泡泡沖洗乾淨，粗略地用毛巾擦拭身體，穿上衣服，揭開門簾盯著門口半晌。

她才發現剛剛聽見的聲音並不是淋浴間的門聲，淋浴間的門是塑膠門，剛剛的聲音卻是沉重的木門聲。木門被輕輕地打開後再小心翼翼地闔上，彷彿能聽出那人的細心。

蘇芳走上前反覆開關淋浴間門，確認是不是剛剛聽見的聲音。

「蘇芳嗎？在做什麼？」教主趙允康不知何時出現在門旁。

「沒事，我只是覺得門有怪聲，好像快壞掉了。」這是蘇芳第一次和教主面對面說話，難掩尷尬便低著頭。

此時是盛夏，褪下道袍的教主看來只是一個隨處可見的阿伯，穿著洗到近乎透明的汗衫，下半身竟然隨性穿著格紋四角內褲。蘇芳朝下的視線恍若遭到雷擊，她嚇得抬高視線，不敢直視在四角褲開口裡若隱若現的性器。

不知道許秋月有沒有對他說些不該說的，比如蘇芳曾經罵老師是神棍之類的……她頓時很想將大腿狠狠扭出一塊肉來，都不小心偷瞄到趙允康下面了怎麼還想著這件事！

可趙允康並不介意，他發腫的上下眼皮瞇成一線，「這樣啊，熄燈吧，跟趙伯伯一起回房間？」

蘇芳應了聲是，熄掉淋浴間的燈，獨留洗手間燈火通明。

「蘇芳就要高三了，是不是很緊張？」

蘇芳與教主一面走在燈光昏暗的走廊上，一面有一搭沒一搭地聊。

蘇芳抬起頭，視線定在自己的房間，計算著還要經過多少句話才能剛好在房門前說出「那麼，明天見」。

「還好。」蘇芳回道。

「聽說妳想讀東吳或是淡江嗎？」

趙允康突然將手放在蘇芳肩上，她不忍卒睹趙允康那長得像甜不辣的五指，再一次地將視線移開，「嗯。」

「教主這次會跟靈鏡大仙請求，讓妳考試順利，不用擔心，相信那些因爲考試壓力引起的毛病也會跟著痊癒。」

最好可以，若她缺席學測還能考上，那麼她肯定立刻成爲靈鏡大仙的信徒……還有，她有什麼病？她正常得可以，有病的從來不是自己，是分不清楚是非對錯的許秋月。

「謝謝教主。」蘇芳到底還是恭恭敬敬地鞠躬了，雖然她覺得渾身不適。

才剛伸直腰，她看見陰暗的走廊盡頭處，詭異的衣櫥竟出現在那。

蘇芳幫它取了一個她不喜歡的名字——幽靈衣櫥，之所以不喜歡是因爲使用了「幽靈」

二字違反了她篤信的科學論。但目前爲止，她仍然找不到能解釋身邊會出現怪聲、黑影、幽靈衣櫥，以及手上觸感的現象。

這麼說來，黑影也在這裡？蘇芳轉頭左顧右盼。

「怎麼了？」趙允康問道。

「沒事，是我多心了，教主晚安。」蘇芳匆匆轉進房間熄掉檯燈，顧不得頭髮還濕著便急著躺回床上。十點並不是蘇芳平時睡覺的時間，她只是躺著等待睡意的到來，同時想著除了衣櫥自動打開過一次以外，當她想去打開衣櫥時，總是會發生讓她沒辦法一窺究竟的事。

就像靈動實驗必須得在凶案現場進行一樣，她必須主動出擊才能得知這些現象是怎麼回事，包含每天晚上都會出現的滴滴聲與手上的異物感。

第三章　敲響喪鐘

隔天一早，用完早餐後的早課冥想與晨操蘇芳並沒有參加，而是窩在香客房中辛勤讀書。

之後的連續四天，早課及晚課蘇芳都缺席了，畢竟她只是同行者並且是爲了潛心讀書而來，要求她必須聽講課是本末倒置。所有人都能理解，也認爲理所當然。

靈修場地確實相當幽靜適合讀書，夜晚即便房間沒有冷氣也照樣清涼，蘇芳對此行稍微刮目相看一些。

蘇芳幾度確認手機——依然沒有訊號，索性關機。

「一次也好，妳至少來聽一次晚課，一次就好。」許秋月在第五天的中午用餐結束後，低聲對蘇芳央求。

蘇芳心想，只聽一次也不會怎樣，況且她缺席這麼多堂課已經算得到許多寬限，只有一次不是什麼過分的要求。

「好，不過只有今天喔。」蘇芳拗不過母親，勉爲其難應允，理由當然加上了母親答應她的隨身聽。

多年之後回頭再度審視這段往事，蘇芳仍視這個決定是推倒她人生骨牌的第一步，在那之後，骨牌一片一片倒下，直到敲響了自己的喪鐘。

如果她沒有跟著去，是不是一切都會不一樣？

山上靈修的生活相當規律，由於大家都起得很早，蘇芳則是因爲早餐的原因不得不一起早起，作息提前，晚飯也順勢提早到了下午五點半。

晚飯結束後便是所謂的晚課，晚課前會先誦經，誦經後再由教主或老師講課，內容有點像第四台有名的《心海羅盤》[12]節目，蘇芳聽著重複率相當大的內容，同時掐著已經跪到痠痛的小腿肚。

蘇芳輕輕換了個姿勢，爲了消除無聊感，不斷地想著一些與此時此刻不相關的事情。這回她想的是，日劇裡的日本人怎麼能一直跪坐在坐墊上？

前方盤坐著的楊依梅注意到蘇芳的不適，修細的雙眉不悅地蹙緊，「蘇……蘇芳，怎麼了？才三十分鐘喔，這樣子都熬不過，要怎麼專心準備學測？」

楊依梅一說話，蘇芳立即感受到大家投來關懷的視線，電擊一般地正襟危坐，小腿登時更加痲疼。

蘇芳羞恥地低下頭，但又感到違和，不明白自己爲什麼得出現在這裡，以及這一切和學測的關聯……學測時又不是跪坐，便斗膽沒有回應老師的話，肅穆的空氣將氣氛凝結。

「蘇芳？妳是蘇芳吧？怎麼了，老師在跟妳說話喔？」

「啊，是。」蘇芳連忙出聲。天哪，她覺得自己快要受不了了。

楊依梅與趙允康交換眼神，輕嘆道：「眾信徒，我們兩個一致認爲蘇芳現在被惡靈纏住了，各位看到她現在的樣子，就明白秋月師姐的擔憂不假，因爲這個惡靈以至於她今天無法專心、精神渙散，不知道自己是誰也搞不清楚自己的本分。現在我們大家爲蘇芳祈福好嗎？

蘇芳來，到老師和教主面前跪下。」

語畢，楊依梅招手要蘇芳過去。

蘇芳一臉莫名其妙，眼前的老女人明明說著中文她卻怎麼也聽不懂，如同方才的課程一樣，怎麼樣都感受不到所謂的醍醐灌頂。她勉強撐起自己痠痛不已的雙腳，忍耐腳趾尖的刺痲感走到教主夫妻面前雙膝跪地。

蘇芳內心縱有千萬不適也只能屈就，自國中之後、親戚家人去世之外，她就再也沒有跪過人了，更何況眼前的兩人和她立場相悖，要她這麼做簡直是像是強迫她這個俘虜俯首稱臣。

「老師，痲煩妳了，蘇……蘇芳在家裡的時候就怪怪的了。」許秋月突然說道。

「對啊，我跟我先生有去秋月家裡做簡單的驅魔，可是那個靈體卻好像整個附在她身上一樣。她變得沒大沒小，跟以前完全不一樣，竟然會對我們出言不遜。」陳阿姨附和道。

大家你一言我一語搞得好像她真的遭到惡靈纏身一樣。蘇芳在心裡翻了一個白眼，更是千百次後悔答應要來聽晚課。

楊依梅眼神帶著怒意盯著沉默不語的蘇芳。

嚴肅僵硬的空氣令蘇芳難以呼吸，倘若自己體內有鬼，怕是也會被老師盯到身體穿出洞吧？

須臾，楊依梅突然得出結論，「各位，蘇芳身上附著色鬼，那是會讓她色慾薰心沒辦法讀書的惡靈，這個鬼在她們家已經潛伏很久了。」

12　《心海羅盤》爲台灣有線電視一九九五年開播的節目，主持人是葉耀星先生，別號葉教授。

「哈？」蘇芳愕然，沒想到能親耳聽見有人振振有詞說著如此荒唐可笑的結論。

「請教老師，纏上蘇芳的是怎麼樣的色鬼？」許秋月竟然還一本正經問了這樣笨到極點的問題。

她發誓，若許秋月再繼續蠢下去，她可能眞的會起身離開這個地方。

「那是會讓蘇芳讀不了書、整天想著要跟男人苟且的色鬼。」楊依梅一臉凜然說著天方夜譚，身旁與她狼狽爲奸的趙允康表情一絲不苟。

這一切令蘇芳覺得好生神奇，在場竟然沒有人與她同樣覺得荒謬可笑，彷彿此處是某個弔詭的平行時空。

周圍的視線再度投來，還夾帶著一些同情許秋月的話語，說是自從蘇螢自殺之後她就開始變得奇怪，眞的很可憐云云……

「靈鏡大仙顯靈顯聖，保佑蘇芳……」眾人見狀，煞有其事地開始爲蘇芳祈福。

許秋月一聽到這鬼來頭不小，不知道想到了什麼事情，整個臉綠得像要嘔吐似的。

下一秒，蘇芳接收到了許秋月的眼神而全身僵硬，連一點臉部表情都做不出來。許秋月看她的眼神非常嫌惡，像是看著什麼極髒的東西，或許浴室排水孔的水垢也不曾如此被許秋月注視過。

不行，她撐不下去了，再多一秒也受不了，她突然想起林頤橙說過的話——正確表達自己。

「我覺得我讀不了書是因爲參加了這個鬼靈修，我家也沒有鬧鬼，不是弟弟在家裡自殺就表示鬧鬼！」蘇芳口無遮攔。

周圍的人一聽見蘇芳提起蘇螢，無不是驚得倒抽一口氣。對他們來說，蘇螢是蘇家三姊弟中病情最嚴重的，如今聽見蘇螢之名各個面目惶恐、交頭接耳……悽慘啊悽慘，看來蘇芳也有了跟蘇螢一樣的症狀。

「那妳在學校偷親老師該怎麼說？已經是準考生了，還想著要跟老師談戀愛啊？」楊依梅居高臨下問道。

蘇芳立馬意識到她在說輔導老師，眼前閃過青光，飛速思考他們是怎麼知道這件事的？輔導老師並沒有和大家住在同一個村子，靈修的叔叔阿姨們也不認識輔導老師啊？那麼愛嚼舌根的這群人，卻從來沒有說過有認識的人在蘇芳的高中教書。

如果蘇芳早知道，她不會這麼不小心。

還來不及思考，許秋月的一聲驚呼打斷蘇芳，「妳怎麼能做那種不知羞恥的事情？」所有人只知道許秋月在說輔導老師的事，只有蘇芳知道許秋月說的還包含了其他事情。

蘇芳腦中一片空白，全身僵硬，她親了輔導老師是事實，完全無以辯駁，停頓許久，喉中一陣燥熱，最後吞吞吐吐：「那是因爲……輔導老師要我親他……」

周圍的叔叔阿姨們聽聞莫不是驚呼連連。

「那個老師不是結婚了嗎？」

「眞是不答不七！」

「一定是被蘇芳身上的色鬼迷住了。」

「她不是變乖了嗎？平時怎麼可能做出這種事？」

蘇芳覺得莫名，她不過就是一個普通的十七歲女生，這年紀會對老師產生幻想是再自然不過的事情，爲什麼周遭投來的眼光充滿敵意與不解？還是他們眞的都以爲自己和蘇螢一樣生病了？

蘇芳感到渾身不自在……不是這樣的，她不會……不會生病，也沒有生病。信徒們圍著蘇芳細細碎碎地討論起來，她明明身處在信徒圍起的圈的圓心中，卻被孤立得彷彿入無人之境。

楊依梅乾咳一聲，「各位，這件事不是蘇芳的錯，是因為色鬼附身所以她才會誘惑男老師。」

到底是那裡聽不懂？她都說了是因爲老師的要求才親的，怎麼會變成她誘惑他？通常一般父母聽見自己的小孩被要求親老師，應當怒不可遏才對，但是許秋月這時卻加入討論並點頭應和。

「這個色鬼跟一開始附在蘇良成外面的女人身上的是同一個，不把這個色鬼除掉，蘇良成不會回家。」楊依梅又道。

許秋月一聽到蘇良成的名字就激動起來，朝著老師與教主膜拜數次，口中念念有詞：「靈鏡大仙顯靈顯聖！靈鏡大仙顯靈，讓蘇良成良心發現儘快回家，制裁色鬼。」

蘇芳見狀渾身起了雞皮疙瘩，該是清涼的山風卻讓蘇芳感到一股惡寒。眼前的許秋月對蘇芳而言異常陌生，雖然聽過姊姊和弟弟說過許秋月對靈鏡大仙的迷信與盲從，如今一見眞是大開眼界。

如果眞的有鬼，被附身的人恐怕從始至終只有許秋月一人而已。

「我想走了。」蘇芳站起，轉身想離開晚課會場，卻被陳阿姨揪住手腕，痛得她眉頭緊皺。

「色鬼莫逃！速速現形！」陳阿姨拿出不知道哪來的符咒，像黏清朝殭屍一樣貼在蘇芳額頭。

一切都是這麼幽默，但是蘇芳此刻卻笑不出來，尤其是一室的成人正經八百地認同這場鬧劇。

「放開我，我要報警了！」蘇芳扯開符咒。

眾人見蘇芳「失控」後，立即一擁而上壓制她。

對這群信眾而言，蘇芳的行爲與面臨驅魔儀式時的惡魔無異，他們都會口出惡言、掙扎、失控、瘋狂、六親不認。

「妹妹，妳乖一點，大家是爲了妳好。」此刻許秋月溫婉地勸告聽起來十足噁心。

「幹你娘！放開我！」蘇芳尖叫道，情急之下連平時禁止的髒話都說出口了。

聽見蘇芳那一聲驚天動地的怒罵，其他信眾忍不住想，在靈鏡大仙的神威之下竟還有人敢口出惡言、褻瀆神明，更可以確定是惡靈附體，頓時忍無可忍。幾個力氣大的叔叔伯伯合力將蘇芳按在地上，強迫她下跪磕頭。

直到蘇芳臉頰親到大理石地板上，她才驚覺到這是眞眞切切發生的現實，冰冷的地面直接把她全身凍得徹底。

從頭到尾一直沒有出聲的趙允康這時終於開了金口，與此同時朝著蘇芳走來。他念出一串外星文之餘還手執一把木劍法器，在蘇芳頭上、肩上敲打了好幾下。

蘇芳全程頭部被按得死緊，動彈不得，只能把反抗的話語藏在心中——她絕對要報警，這是邪教集會！

教主和老師分別手執木劍與搖鈴，一前一後繞著蘇芳開始作法，一人念著沒人聽得懂的經文，一人則如同靈異節目的靈媒一般念道：「靈鏡大仙有令！色鬼速速離開信女蘇芳的身軀！莫再糾纏蘇良成！放過蘇家一家人！」

周圍響起集體誦經的聲音，包含壓制蘇芳的叔叔伯伯在內，大家被集體催眠似的念經並爲蘇家虔心祈福。

蘇芳見到這一幕哭了起來。幾個阿姨竟說這是色鬼敵不過靈鏡大仙神力所流下的眼淚，還有幾人說那是蘇芳的靈魂見大家都在爲蘇家祈福，太感動以至於哭了出來。

然而，以上皆非。是因爲太荒謬了，活像周星馳的電影一樣，她笑到流淚了，不知道警察聽了是不是也會覺得荒謬至極？

蘇芳的腦子亂成一團，忽然覺得木劍打身上時好像沒那麼痛了，搖鈴聲聲催眠，她的眼皮越來越重。方才她被制伏時頭撞在地上，導致她昏昏沉沉，正打算就此闔眼休息時，後腦勺卻被揪起，硬被許秋月灌下一碗符水。

喝符水還不要緊，下一秒，趙允康含著符水，朝蘇芳的臉上用力噴灑。

蘇芳愣在那裡，睡意都被趕跑了。她覺得極度噁心，想著將趙允康的舌頭從那滿臉橫肉中扯出來，打個結再逼他吞下……

老師指示信眾取出一個小火盆，生起盆火，「色鬼現身後，靈鏡大仙會把色鬼拉到這裡燒了，你們要再壓著她。」

蘇芳感覺到楊依梅的手壓在她的頭頂，手勁並不算重，但她的精神渙散，已經沒有多少力氣與信徒們對抗。

模糊之間，楊依梅拔了她的一搓頭髮丟進火盆，火炎變成綠色，眾信徒見狀無不驚呼。

「靈鏡大仙顯靈顯聖！制裁色鬼了。」

「靈鏡大仙降世顯靈！謝謝靈鏡大仙！」

見惡鬼終於在火盆中被燒化，壓著蘇芳的兩位叔叔終於鬆手，一同讚嘆火盆裡的奇蹟。

蘇芳見了想笑，很想說那不過就是火中加了銅之後的化學反應。

「各位，色鬼還沒有完全被趕出來，蘇芳還要再努力一下，目前儀式只完成一半，另一半的驅魔需要私下進行，還請信徒不要過問。」楊依梅說得頭頭是道。

「你們敢再動我，我就報警，我也會跟學校老師報告這件事。」蘇芳從地上爬起來，平靜的眼神下暗潮洶湧，她以上衣草率擦去趙允康噴在臉上的符水。

這完完全全可以構成虐待，她可不會束手就擒，轉身跑回房間，摸出她的NOKIA手機，開機檢查完電量還有剩後，安心地再度關機節省電量。許秋月幫她整理的行李中並沒有帶到充電器，她也不想開口和其他人借，今天過後更加不想。

與蘇芳同住的許秋月和陳阿姨還沒回來，一想到趙允康，蘇芳也不想洗澡了，簡單以濕紙巾擦了臉便窩進被褥閉眼，最好在與她同住的許秋月和陳阿姨回來前她就睡沉了，省得嘮叨。

隨便誰都好，甚至靈鏡大仙也可以，讓她睡吧。蘇芳心道。

靈鏡大仙興許聽見了蘇芳的祈願，蘇芳很快沉入夢鄉，卻作了一個一點也不舒服的夢。

她夢見自己一臉疲態地開著車，副駕駛座滿是兒童用品與垃圾，麥當勞的薯條杯、摩斯漢堡的包裝紙、陽春麵的塑膠袋、一堆空寶特瓶、好幾個星巴克的咖啡紙杯……她有點恍神，看著冷氣扇葉前立著的小螢幕，那小螢幕畫面精美，偶爾還會發出聲音。

「再三百公尺處請右轉。」小螢幕說話了。

她在停紅綠燈時不斷地觸碰那個神奇的小螢幕，反覆點進去一個類似傳簡訊的畫面，裡面滿滿都是非常簡短的對話。

蘇芳不禁心想，這若是簡訊得花多少錢啊？一通簡訊得要一元呢。

突然，後座傳來一個小男孩驚天地泣鬼神的嚎啕，蘇芳嚇到了，但是她看著駕駛座的自己竟是泰然自若……不，也不是泰然自若，是一臉厭世。

小男孩大約四五歲，一睡醒就對著駕駛座椅背又踹又踢，「我要手機！給我手機！」

駕駛座上的蘇芳淡淡回道：「我在等朋友的LINE，你先等等，而且我在用導航。」

蘇芳這才意會過來，原來那個小螢幕是跟NOKIA一樣叫作手機的東西，說話指引的是導航，像簡訊一樣的畫面叫作LINE。

這畫面似曾相識，好像她早就知道這些事情，但想了想，不太可能，現在是二〇〇二年，她高二，十七歲。

叫作手機的小螢幕冷不防傳出響亮的一聲「叮咚」，她頓時全身戰慄，就是這個聲音，她在姊姊的房間聽過，一模一樣……爲什麼她會在姊姊的房間聽到這個呢？

「妳用完了吧？只是南京東路而已爲什麼要導航，不是小巷子才要嗎！快把手機給我！」

駕駛座上的蘇芳受不了男孩，把地圖的畫面關掉，從固定架上抽起手機往他身上一丟，也不怕砸中男孩，一副快點還她清淨的表情。

男孩拿到手機便安靜了，雙眼聚焦在小螢幕的世界中，與方才的模樣大相徑庭。

車子開到某處地下室停車場，蘇芳自駕駛座準備下車，冷冷說道：「在這裡等媽媽。」

男孩嘟囔：「妳才不是我媽媽……」

看著這一切的蘇芳想著，原來她是男孩的媽媽。

從夢中醒來時，已經超過早餐及早課時間，不過已經無所謂了，蘇芳再也不想參加與靈鏡大仙有關的所有事情，許秋月應當清楚明白，所以才沒有要她起床。

然而經過昨天的劇烈折騰之後，起床後蘇芳感到非常地餓，縱使百般不願意，她仍然往寺廟的食堂移動，衷心希望不會在食堂遇見其他叔叔阿姨。

躡手躡腳進到食堂，果然還有一份早餐擱在那兒，蘇芳見獵心喜，拿起早餐就想迅速將自己鎖回房間，可甫一轉身便被該死的聲音喚住。

「蘇芳，身體還好嗎？」

是個男人的聲音，一時之間蘇芳並沒有餘力去分辨這個聲音主人是誰。她不想回頭，但同行的人全都是她的長輩，不得不暫時屈服，畢竟每天抵抗他們恐怕她也捱不住。

想到這裡蘇芳戴上了裝乖的面具，如果一直以來的乖順也能在這時起作用的話。

「早安……」蘇芳僵硬地轉頭、僵硬地打招呼。見後頭那人是昨晚不斷誦念外星文的趙允康，她突然間不曉得怎麼叫他才好，「伯伯……」

趙允康此時沒有穿著教主的金黃道袍，她應該要叫伯伯吧？蘇芳有些錯亂，演員下了戲便不是角色，那麼神棍呢？脫離了神明附體的狀態還會是神的代言人嗎？

蘇芳沒來由地畏懼起來，不知道是不是因爲單單一個「神」字。她本應該要勇敢的，拿出與昨天相同的氣勢，可如今只有她與趙允康兩人在食堂中，多多少少還是本能地覺得危險、不安。

蘇芳對這樣的氣氛相當敏感，她能感覺到即將發生什麼，如同一隻被獵豹鎖定的羚羊。

「蘇芳，怎麼不說話了？伯伯在問妳今天有覺得身體不舒服嗎？」趙允康又問了一次。

「我沒事。」蘇芳擺擺手，不自覺地將手中的早餐攥得死緊。

「那就好，不過我昨天聽妳說想報警是嗎？」

趙允康雖然笑得和顏悅色，然而蘇芳仍從其中嗅出一絲威脅。

「沒關係，妳知道嗎，我認識妳家附近那間警察局的局長，如果眞的要報警，我倒是不介意告訴妳他的名字，找局長辦事可靠又有效率。但我們是從小到大的好兄弟，我覺得他應該不會把一個小孩說的話放在心上就是了。」趙允康繼續說道：「更不用說是一個精神出問題的孩子，說什麼都不會有人信的。」

趙允康貪婪的臉彷彿將食堂裡的陰影全都吞噬，形成黑洞的聚合體，蘇芳只要膽敢再上前一步，就會被啃食殆盡。

「我知道了。」蘇芳又覺得惡寒，不舒服到了極點，僵硬地轉過身，徑直往寢室走去。

她告訴自己，只剩下兩天。

關上寢室門後，蘇芳靠在冰涼的門上，一手摀著即將要爆炸的心窩，一袋心心念念的早餐掉在地上，是她喜歡的奶茶配上肉鬆蛋三明治。她明明飢腸轆轆，現在卻吃不下了。

到了午餐時間，蘇芳依舊沒有出現在食堂裡。

她鑽回被窩中睡了一個深沉的、畫面全黑的回籠覺。醒來時已經下午兩點，她將過時的早餐吃掉，打開講義，硬逼自己專心在書本中的內容。

不能想、不要想、不可以想……可越是這樣，她的腦子反而一直不停把畫面丟給她，要她思考這些畫面——哭泣的弟弟、不說話的弟弟、自殘的弟弟、被鬼附身的弟弟……以及曾經冷眼旁觀的自己。

蘇芳知道，現在的一切都是弟弟曾經經歷過的。

看看時間，蘇芳想著晚課的時間應該要結束了，一旦晚課結束便會放人去沐浴，沐浴後就能休息，終結這漫長的一天……片刻過去，她看見陳阿姨和許秋月一起進門取走盥洗用具後又離開房間。

兩人沒有刻意向蘇芳搭話，蘇芳也懶得理她們，趁晚課時間速速盥洗完的她早做好再讀一段書再睡的決定。

幾十分鐘過後，回到房間的卻只有陳阿姨一人。

「阿姨，我媽呢？」

「不知道，應該在洗手間吧，怎麼了？現在公主殿下願意開金口了嗎？」陳阿姨逮到機會就要酸刻意冷落她們的蘇芳一把。

蘇芳如今也不曉得該跟她說什麼，轉過頭，悄悄地深呼吸，勉勵自己今天快過完了，過了今天，再一天就可以回家了。只要再撐一天，她一定會永遠告別靈鏡大仙，不擇手段告別靈鏡大仙。

那個她曾經覺得痛苦的家此刻竟然成了綠洲，不管在那裡她過得舒不舒服，終究是自己的歸宿。她從沒有如此強烈地想回去過，彷彿只要回到家、回到她與弟弟曾經的房間內反鎖自己，一切就能迎刃而解。

等了一會兒，蘇芳再度問道：「我媽媽在哪裡？」

陳阿姨躺在床上，以僵硬至極的演技——右拳敲左手手心，配上一聲輕呼說道：「她有事要問老師，所以在他們夫妻的房間啦，眞是的，妳看看我這個記性。」

「好吧，我去找她。」蘇芳自書桌起身，闔上講義，關了檯燈。她認爲許秋月只是聊天聊到忘我，畢竟她常常做這種事。

蘇芳記得教主夫妻的房間在哪裡，有一次要吃早餐時，看見他們兩個人從講堂隔壁的房間內出來，便知道那是他們寢室。教主夫妻的房間與其他人隔著大講堂，晚上睡覺當然清淨，其他人則是住在隔音超爛的小宿舍裡。

到了教主夫妻房間門口，蘇芳敲了敲厚毛玻璃製成的拉門，「抱歉，打擾了，我是蘇芳，我找我媽媽……」

良久，房內沒有傳來任何回應。

蘇芳再度敲了敲，等了一下，試著拉開門——沒鎖。

「打擾了，我來找媽媽。」

映入眼簾的房間擺設並不像其他人的寢室由老舊的上下舖構成，而是一間和室，兩個人的被褥移到一邊，教主夫妻正在念經。

明明晚課已經念過了，現在連要睡覺了也在念，簡直走火入魔。蘇芳暗忖。

掃過一圈寬敞的和室後，蘇芳並沒有看見許秋月，而教主夫妻如此專心致志應當沒空理自己，誰料正當她轉身要走時，卻見許秋月擋在門口，「媽？」

許秋月的眼白發紅，好像哭了還是發炎了，她沒有時間細細分辨便被許秋月推開反鎖在這間和室中。

「媽，妳幹麼？讓我出去啊！」蘇芳扯著門把、轉動內鎖，可不論怎麼做都打不開眼前厚重的門。

「我對不起妳！蘇芳，妳身上的惡鬼沒有除掉的話，妳會害了全家人！」許秋月的聲音從厚玻璃拉門的另一側傳來，聽著像是在哭。

蘇芳聞言臉色瞬間刷白，現在是怎麼回事？她要再接受除靈一次？她僵硬地回過身看著教主夫妻，背影淒楚得像戰場上戰到最後未死的將士。

教主夫妻前的小火盆中火焰升起，楊依梅緩緩說道：「蘇芳，今天的這一切都是爲了妳好，妳必須忍耐，忍過了就長大了。」

那句蘇芳最害怕的話，圈在她的額頭成了緊箍咒，令她頭痛不已、無法動彈，如今分明是盛夏，身體卻自骨芯處發冷。

蘇芳的腦子轟然一響，她只能靠著門，無助地掄起拳頭敲打堅硬的毛玻璃，敲沒兩下背後就來了一個壯碩的黑影勒住她，以手帕摀著她的口鼻。

蘇芳沒有時間和心思分辨那是什麼人，但是看過《名偵探柯南》也知道接下來的下場是如何。她憋著氣，極力撇過頭，儘管腎上腺素使手腳釋出力氣，可黑衣人還是戰勝了她的垂死掙扎，將她按到地上。

她感覺到背脊處輕輕覆上噁心的觸感，登時起了滿身雞皮疙瘩、全身戰慄——那是人的腳。

蘇芳看過去，眼前只有楊依梅還在盤腿念經，趙允康卻不見了，正猜測那腳的主人是教主時，背後傳來早上在食堂聽見的聲音。

「色鬼大膽！速速現形！」教主踩著蘇芳的背脊，時輕時重，端看蘇芳掙扎的程度，念了咒令後又振振有詞地開始念誦一串聽不懂的火星文。

「妳要乖，這是驅除惡鬼的最後一個階段，這個色鬼必須要在妳身上得到慾望才會甘心離開。妳辛苦了，要忍耐，好嗎？」楊依梅緩緩走到蘇芳身旁，靠近她無法控制流出淚液和唾液的臉。

那是蘇芳聽過最溫柔的語氣，即便是許秋月也從來沒有以這樣的口氣對她說話過，卻也是最殘忍的聲音。

「放開我……」蘇芳勉強從聲帶中擰出三個字，破碎、不甘、憤怒的三個字。

十七歲以前的種種畫面如同翻書一樣地在她眼前飛快翻閱——她的爸爸，蘇良成，在弟弟自殺之後離開家斷了音訊；她的姊姊，蘇芬，考上台大之後就再也不想回家；她們班上的學藝，林頤橙……以及吳洛妃，她們三個人一起完成的教室布置、一起拍過的、她無比珍惜的大頭貼。

最後，蘇芳看見了她的弟弟，蘇螢。十四歲時自殺的弟弟，深深喜歡火野麗的弟弟。

蘇芳感覺到睡褲被拉扯下來，白皙的臀部與從未被人碰過的縫隙裸露在外，吹上毛骨悚然的冷氣。

她突然胡亂地想，藥效怎麼還沒發作？是不是吸太少了？《名偵探柯南》和《金田一少年事件簿》中不是這麼演的，那是吸了一口就會昏厥的藥不是嗎？她想快點結束這個噩夢，她一點也不想在此刻保留意識。

拜託，讓我睡吧。

拜託，讓我昏迷。

拜託，讓我死吧。

臀部倏然被教主啃咬了一口，蘇芳如同砧板上未死透的魚，無能爲力地拍打尾巴，口中吐出哀鳴。

救救我。

那個詭異的黑影也好，會帶來奇怪聲音的黑色幽靈也好，衣櫥也好，她想要躲進去，就此躲進另一個時空中。

最終，籠罩著和室的只有沉穩的誦經聲與尖叫的絕望，蘇芳的視線凝結在發霉的榻榻米上，心想這個霉斑說不定跟她有一樣的故事，也或許以前曾經也有個被壓扁在地上的可憐人，若是那個人此刻在這裡也會感到哀痛不已吧？

第四章　靈鏡大仙

「大膽色鬼！靈鏡大仙在上，特令教主以雙修大法驅逐色鬼！色鬼速速退散！」趙允康一面喊道，一面舉起木劍狠狠敲打著蘇芳的後腦勺。

緊接著，蘇芳第一次被雄性的硬物貫穿，不只那裡，那硬物似乎同時貫穿了她的胃、肺、心臟，就連氣管也都貫穿了。她無法呼吸，再也說不出話，所有的言語在她口中都被拆解成不知所云的字，意識逐漸潰散、變得混亂。

她再也不是一個能被稱爲人的人，她成了一隻被串在竹籤上的鹽烤香魚。

蘇芳模糊的視線出現了某個旅遊節目的畫面，旅日主持人拿著鹽烤香魚喜滋滋地介紹著：「在日本，香魚一定是野生的，牠要在純淨的水源中才能生活。我手上的香魚眞的很肥美，但是香魚的內臟有一點點微苦，不喜歡吃的人要小心喔……」

男主持人俊俏的笑臉逐漸扭曲，冰冷的眼神穿過電視看著蘇芳。

她從不相信《七夜怪談》的山村貞子[13]會從電視機中一跛一跛地爬出來殺人，可就在此刻，她完全相信了，因爲電視機中的主持人正在看著自己、對自己說話。他終究也會從電視機中爬出來，殺了自己，就像山村貞子一樣。

13　山村貞子通稱貞子，爲日本作家鈴木光司《環界》系列作品中的角色。

男主持人展示著手中被竹籤串著的香魚，「蘇芳，這就是妳。」身體承受著假雙修之名行強暴之實的王八蛋的下體抽插，蘇芳眼前破碎的片段被攪得混亂，如同一池混濁的、香魚活不了的河水。

她快死了，再繼續下去她會死，一定會死。她會被串在竹籤上，放在炭爐上旋轉著直到烤熟、遍體鱗傷，身上沒有一處是完整的。

在全身被貫穿的痛楚中，蘇芳感覺到了分裂，她的靈魂出竅，遠遠看著自己被折磨的身體……那眞的是她嗎？她眞的發生過這麼可怕的事情嗎？好慘啊。爲什麼此時此刻，她可以冷靜地看著自己受苦？蘇芳抽離地想著。

片刻後，蘇芳誠心誠意祈求的黑暗終於降落在她身上，身體宛若漂浮在無邊無際的宇宙之間，星雲暗沉，而她瀕臨窒息，這樣的感覺持續了許久許久……

「欸，醒醒。」

「欸、欸，哈囉——還是我要說お早うございます呢？」

漫長的飄浮間，蘇芳聽見一個約莫二三十歲男人的聲音。

「欸，別睡了，可以醒了。」

蘇芳在男人的聲音中驚醒，眼前場景不再是教主夫妻兩人的房間，而是月明星稀下一座細長的玻璃橋上。玻璃橋下是無窮無盡的黑潮洶湧，她能聽見海浪拍打玻璃的聲音，偶有幾尾披著螢光綠鱗的巨魚在橋下游動。

蘇芳嚇得不輕，抬起上身往後一仰，眼神恰巧對上面前愜意蹲著的男人。男人手靠著膝蓋撐在臉頰處，他的臉很陌生，是張在她十七年的人生裡未曾出現過的臉。

陌生男子穿著的紫色西裝高調卻又適當地調和在黑夜中，這使蘇芳想起她曾在某部電影中看見反派這麼穿過。眼前的男人沒有繫領帶，白襯衫領間還能隱約看見男人的鎖骨。

蘇芳仔細看著男人，漸漸找回一些熟悉感，卻依然想不起來這人是誰。男人有著一雙細長鳳眼、下巴與顴骨有稜有角，眉目中帶著一點驕傲，高聳的鼻樑線條分明非常好看。

「這是哪裡？你是誰？」蘇芳小心翼翼地想從玻璃橋上爬起，可她發現橋的寬度只有一個人的肩寬，一個不小心就會掉下去，於是只好繼續跪在玻璃上。

「這是一場夢，妳昏過去了，我是……妳夢裡的投射，我住在妳的夢裡。」男子笑容滿面，緩慢說道。

「你……我昏過去了？我會死嗎？你是死神？」

男子笑了，「妳要叫我死神也可以，嗯……意思滿接近的。如果我消失，妳也會消失是眞的，所以死神也不是不對。」

「我死了嗎？」蘇芳想，她確實有可能死亡，先姦後殺，一個意想不到的死法。

「還沒，但不代表妳不會死。」死神平淡地回道。

「所以我才會遇見你啊。」

「妳會遇見我是因爲我在妳的意識裡，我經由一些外力的引導才會出現在這裡，有人要我來這裡見妳。」

蘇芳不懂死神說的話，雙眼瞪大，沒有回應。

死神淡淡地笑了，「剛剛發生的事情太過衝擊，妳的腦子強迫保護機制啓動，迫使妳必須去『下一層』，而我是來阻止妳的。」

「下一層？地獄？」

死神站起身，將手遞給蘇芳。

蘇芳亦伸出手握著死神——竟是實心的，眞眞實實的觸感傳遞至她的手心。

「我把妳拉起來，妳會回到靈修的地方。妳要加油，不要去下一層，一直往下的話，最後會回不來。」

蘇芳愣住了，下意識收緊了放在死神手心上的手，滿手汗涔涔，「回不來是什麼意思？」

死神這回沒有正面回應，「時間不多了。」語畢，拉起蘇芳。

周圍的黑暗倏然換上白色衣裳粉墨登場，青天霹靂，蘇芳回到死神所說的「第一層」。模糊之間蘇芳聽見了潺潺水聲與細碎的啜泣，身體的正面很暖，背面卻一直很冰涼。她緩緩睜開眼睛，看見許秋月辛勤地幫她沖洗身體，一面沖洗一面竟然在哭。

她哭什麼？她不正是把門反鎖的人嗎？聽見許秋月的哭聲，蘇芳只覺得一陣反胃想吐，坐起身，她從許秋月手上幾乎是用搶的將蓮蓬頭奪過來，「我自己來，妳別碰我。」

許秋月緊張兮兮，「妹妹沒事吧？妳別擔心，色鬼已經不會附妳身了。」

蘇芳淡淡迎向許秋月的眼神，現在重要的是這個問題嗎？該關心的應該是剛剛發生的事情吧？

蘇芳的雙唇不由自主地顫抖，方才因爲思考停滯而消失的情緒突然排山倒海而來，在這時她才眞眞實實感受到難過。母親竟然是加害人的幫兇，她不由得哽咽，「妳知道嗎？我被強姦了，而妳還在說附身的事？我的第一次就這樣……」給了一個腦滿腸肥的、渾身汗臭的老男人。

「噓——說什麼呢！那是爲了驅逐色鬼，教主不得已的。」

「哈，什麼叫做不得已？他是被鬼逼嗎？還是有人拿刀子威脅他一定要勃起？誰？靈鏡大仙嗎？」

沒想到除了那次荒謬至極的晚課之外，她還能聽到這麼荒唐的話，而且竟然還是來自自己的母親！

「如果那個色鬼不離開妳，妳就會考不上大學，還會跟學校的男老師不清不楚。教主是爲了滿足色鬼的色慾才會跟妳雙修，讓惡鬼退散！」

蘇芳啞然，良久才細碎地重申：「我會去報警。」聲音不如昨天鄭重有力。

許秋月聽聞，整個臉色暗了下來，語氣激動，「可以啊，妳報警是不是要連我都抖出來？我不用活了嗎？妳是不是想要我死啊？」知道蘇芳要是眞的報警，就逃不了制裁，便惱羞成怒以自身性命做威脅。

蘇芳非常了解自己的媽媽，許秋月這個人向來說到做到，說要去死肯定不是什麼難事。這一刻，蘇芳再也搞不清楚了，誰是被害人，誰又是共犯與加害人……她眞的搞不清楚了。腦中再次浮現鹽烤香魚的模樣，她的頭與香魚一樣被竹籤貫穿，疼痛不已。

對於許秋月的威脅蘇芳啞口無言，她關了蓮蓬頭，勉強撐起無力的雙腳，耐著下體被撕裂的疼痛一步一步離開淋浴間，她連衣服也沒穿，就這麼裸體走著……無所謂，反正這個身體不需要遮掩與愛惜了，有沒有穿衣服有差嗎？還有必要小心翼翼嗎？

深夜時分，蘇芳不清楚自己是怎麼躺到床上去的。詭異的聲音不再響起，萬籟俱寂的此時此刻，她眞眞切切地感受到自己還活著。

◆

蘇芳下山之後沒有報警，而是在母親陪同下在藥局買了事後藥。

許秋月說吃了藥就沒事了，一顆事後藥說得像仙丹似的，好像吃了之後，一切就能恢復原狀一樣。就算ＣＤ重新從第一首歌開始撥放，可《Distance》的第一首歌就是該死的《Wait & See～リスク～》，她上山時聽的那首。

事實上服了事後藥並不會沒事，只是不會懷孕而已，她的其他部分也受傷了，血流如注，身為母親的許秋月卻沒有打算關心。

說穿了，許秋月只關心她自己，蘇芳威脅說要報警，她就說要自殺而不是要殺了蘇芳。許秋月關心自己到她想決定自己的死，卻不願意決定讓痛苦的女兒活著或者死去。

報警還是不報警，這是一個問題。

每天夜裡她都會在這個問題中反覆拉扯沉淪，但她沒有證據，證據在那天晚上被洗掉了，在共犯的協助之下。

不只身體，就連吻過輔導老師臉頰的嘴唇都令蘇芳感覺自己很噁心，唇上的角質撕了又撕，撕到出血也不夠。那樣的髒如同黴菌深入榻榻米、汙水排入香魚的棲息地，骯髒是永恆的、循環的、永不止息的。

她常常要洗好幾個小時的澡，指甲縫隙、性器官的皺摺都要洗得一乾二淨，就算搓破皮都還是不夠，不夠，永遠不夠。

靈修課結束回到家之後，靈異現象沒有發生，沒有黑影、沒有死神、沒有幽靈衣櫥，也沒有奇怪的滴滴聲。蘇芳有時候都開始懷疑，自己眞的是色鬼附身？不然爲什麼經過那一夜後靈異現象就消失了？

不要讓她相信這是眞的啊！不要讓她以爲這個世界是眞的啊！

漸漸地，蘇芳開始有個瘋狂的想法——她需要另一個人給她正常的性經驗，否則那個腦滿腸肥的教主在她身體裡的感覺永遠不會消失！

一天疊加一天，蘇芳焦慮到再也無法讀書，所有的東西，包含自己，都好髒。她平常用的三菱水性筆、筆袋、漫畫書、書桌、教科書、書包、衣服、鞋子……所有的一切都好髒！她的指尖有黴，觸摸到的所有東西都會綻開黑色霉斑，她的筆記、她寫出來的黑色墨跡、原子筆上的橡膠、她的白色制服，全都開了黑色的花。

這些霉斑牽引著蘇芳的記憶，那一夜的榻榻米上，那個肥肉橫生的死老頭說的淫聲穢語在耳朵旁，像跳針的唱片一樣反覆播放著。

「色鬼，怎麼樣，怕教主的這個了嗎？」

「色鬼爽夠了嗎？嗯？」

「色鬼怎麼叫這麼大聲？」

「啊啊啊啊啊啊啊啊啊啊啊——」蘇芳揪著自己的雙耳，想知道如果扯下耳朵，是不是就不會再聽見任何聲音？

不，不會，聽覺是人死後還在作用的感官，它不會被消滅。她該怎麼辦？她又該到哪裡去？

她需要性。雖然她很厭惡，但是她需要，需要那種磨蹭疼痛的感覺被取代，需要別的男人的性器覆蓋當時的記憶。

她不曉得這麼做能不能徹底解決內心的問題，但至少可以暫時讓她不要瀕臨瘋狂，因爲她眞的只差一點點就會「壞掉」了。

眼前是一個只要向前一步就能輕易墜入的坑，坑裡有著許多誘因，此刻蘇芳眞的認爲自己沒有轉身繼續生活的動機，只想放火燒了靈鏡大仙廟，殺了教主夫妻一家人。她還想潑漆，想掄起金屬棒球棍痛揍趙允康的性器，惡狠狠地摧毀它！

你的下面一點也沒讓我爽到啊，混帳！

意識拉回時，她已穿著拖鞋和家居服奔跑在田野小路上，穿越路燈下聚成一團的雄蚊，穿越那些擺明經費不足的昏暗燈光，穿越一間又一間瀕臨倒閉的越南小吃店，穿越她從不在意也從未留意的稻香，直奔車站，希望那個白色的閱讀身影還孤零零地在那裡。

就算是暑假，那傢伙也會去補習，他會在八點時到達車站，他會在的……錶上的指針指向八點十五分，來不及了嗎？

蘇芳衝進無人管理的車站，發現白吟知就坐在那裡，他穿的不是學校制服，而是一件白白淨淨的白色圓領上衣配著牛仔褲，安安靜靜地就著車站燈光閱讀著某一本書。蘇芳看不清楚那是什麼書，只知道此刻的白吟知就像這個腐臭爛掉的村子裡唯一一朵白蓮花——而她需要被白蓮花淨化。

「同學，我可以去你家嗎？」蘇芳腦子還沒跟上，嘴巴就突然提出邀約。

白吟知愣了好一會兒，視線離開書，緩緩地移到蘇芳的臉上。

這是他們第一次四目相交，不同於在電車上閃閃躲躲若有似無的視線，白吟知的眼神顫抖著顯得有些驚惶又或是驚喜，像是想躲開又躲不開。

「可以是可以……但是要做什麼呢？」白吟知問道。

蘇芳深吸一口氣，不太敢相信自己竟然要說出這樣的話——

「我希望可以跟你做愛，可以嗎？」

白吟知嘴巴張大，一副不可思議的樣子。

她之所以想到白吟知，是因爲她知道對方喜歡著自己，可沒想到他的反應卻是這樣，「不喜歡嗎？」

蘇芳想問的其實是「不喜歡我嗎」，然而那個「我」字是那麼難以吐露，於是說出口的話意思不著邊際。

不喜歡做愛，或是不喜歡她，有兩個意思。

「妳吃晚飯了嗎？」白吟知將書籍收進包內，不回答蘇芳的問題，反而丟出另一個問題。

蘇芳這才驚覺她到現在還沒吃飯，匆匆離家也沒有帶錢包，只帶了手機穿著拖鞋便來了。她現下並不好看，那時代流行的高中女生沒有人像她一樣。

「還沒。」蘇芳揪緊衣角，喉嚨乾澀灼熱，思忖著可能會遭到拒絕。

白吟知站起身，拎起包包，「那跟我走吧，我們去便利商店買東西吃吧。」

「可是我沒帶錢。」

「我有。」白吟知領著蘇芳穿越無人車站昏暗得將要熄滅的燈光，一起走到便利商店。

雖然他並沒有直接回應方才的邀請，但是結帳時買了保險套。

蘇芳想，或許那是答應的意思。她並沒有如同少女漫畫中的女主角一般羞澀低頭，有的只是超乎預期的鎮定，透過這般反應，白吟知肯定會知道她不是處女。

白吟知看起來那麼純潔、乾淨，然而她卻那麼髒……幸好是暑假，他們不是穿著制服來買如此「罪惡」的東西。

白吟知的家非常漂亮，蘇芳雖然不清楚白吟知的底細，但從建築的規模看來，確實能稱爲好野人、大戶人家。

兩人穿越大廳直接往二樓前進，到了白吟知乾淨整齊的房間後，他們盤腿而席，就著日式矮桌沉默地吃著便利超商的便當，氣氛很是尷尬，

便利商店的便當是怎麼來的？是哪裡的工廠做的？爲什麼可以每一次吃都是一樣的味道？蘇芳不禁開始胡思亂想，因爲只要想到待會即將發生的事，就會緊張得冷汗涔涔。

「你爸媽呢？」良久，蘇芳終於打破沉默。

「他們都在工作，今天不會回來。」白吟知語氣輕鬆，對他而言父母的晚歸或是早歸都是家常便飯。

「你妹妹呢？」蘇芳說的是給她火野麗貼紙的妹妹。

「她今天住朋友家。」

簡直天時地利人和。蘇芳忍不住想。

「同學，我知道很冒昧，但是你有經驗嗎？」連邀約做愛都說得出口了，如今這樣的詢問蘇芳已不覺得難堪。

白吟知看著蘇芳，眼神淡然，「有，國二的時候。」

蘇芳的心沉了下來，現在，他們沒有誰是第一次的問題……然而，他的第一次是普通且

順利的吧？和她不同。因此，爲了變乾淨，她必須利用白吟知。

「我可以問……對方是誰嗎？」

白吟知看著蘇芳，眼神突然變得複雜，「我是雙性戀，那個人是我的同班同學，我曾經很喜歡、很喜歡他。」

有幾度蘇芳想對他說出自己的事情，說出來就誰也不欠誰了，最後終究沒辦法說出口……她很羨慕白吟知的坦白，況且，不論如何，髒的永遠是自己。

夜深了，或許是因爲陳阿姨來了抑或是許秋月對她心灰意冷了，直到晚上十一點，她那口口聲聲說擔心自己、愛自己、什麼都是爲了自己好的母親，竟然連一通電話都沒有打來。

盥洗結束後，把手機關機前，蘇芳想給許秋月最後一次機會——依舊沒有來電紀錄。

蘇芳身上穿著白吟知給的寬鬆上衣、便利商店買的免洗內褲，躺在床上等著白吟知進房間，與她擁抱。

她閉上眼睛。過了今天，她能忘記那個腦滿腸肥的混帳，她的身體也能因此變乾淨。

燈熄滅了，棉被被掀開，白吟知擁抱著蘇芳，輕柔、細膩地親吻著。

這和蘇芳想像的初吻不一樣。不是在落英繽紛的櫻花樹下、不是在收到喜歡的男生制服的第二顆鈕扣時、不是在學校的頂樓和微風吹拂之下，沒有直白且充滿羞恥的告白、沒有日劇一般的壁咚——沒有令人怦然心動的台詞。

也沒有「我喜歡妳」、「我也喜歡你」，但是他吻得很珍惜，這樣夠了。

白吟知將手探進蘇芳的上衣內，有點顫抖、有點受驚嚇地撫摸著蘇芳的乳房。

這也是蘇芳未曾經歷過的，她全身戰慄、繃緊神經，這棟房子這麼大，只有他們兩個。

「啊……」蘇芳忍不住叫了出來，這裡竟然是這麼舒服的地方嗎？

白吟知因爲蘇芳的驚叫停下了動作。

此刻房間是全黑的，彷彿黑洞吞噬了白吟知的房間，餘下蘇芳沙啞的聲音，「請、請你繼續……」享用我。

蘇芳想像自己是日本深夜節目裡裸著身體、身上擺著滿滿握壽司、一臉笑盈盈躺在桌上的女優。

她笑著說：「どうぞ、食べてください（請吃掉我）。」

壽司一顆一顆消失，就連乳房上的鮭魚卵、下體的海苔壽司卷都被夾了起來，全身光溜溜的她完全沒有沒有任何羞恥與不適，在攝影機前敬業地笑著。

她是鹽烤香魚，請連她的身體、她的血肉一併吃掉。

白吟知舔著蘇芳的乳房，教主沒有對她這樣，這是第一次，這麼想好像就能把白吟知當成自己的第一次了。她的第一次這麼慢、這麼優美，是充滿日劇感的長鏡頭。

「我要進去了喔。」黑洞之中，白吟知的聲音漂浮著。

「嗯。」蘇芳將大腿打開，等著白吟知進入，上一次她被弄得都血，這次不是，這次是因爲愉悅而分泌出液體。

白吟知在蘇芳的身體中緩慢地動，熱潮爬上她的腦袋，好舒服、眞的很舒服，舒服到她哭了出來。

「妳怎麼了？」白吟知察覺，停下動作。

「同學……對不起……」對不起利用了你。

叮咚！

蘇芳從駕駛座上驚醒，她雙手靠著方向盤，臉竟然貼在方向盤中間睡著。她驚恐地抬眼看著眼前紛亂忙碌的街道，握緊方向盤，一顆心被緊緊揑住喘不上氣。

發生什麼事了？她又作夢了？

「爸爸傳了LINE。」與上一個夢相反的是，後座五歲的孩童將蘇芳的手機歸還。

蘇芳將雙眼的惺忪揉開，努力聚焦視線在手機螢幕上。然而她卻始終看不見畫面，覺得好累好累，於是她將手機丟了回去，「你跟我說，爸爸講了什麼？」

孩童取得手機後似乎很開心，「他問妳在哪裡？我可以繼續玩嗎？」

孩子的爸爸似乎知道現在手機的持有人是個孩子，他以可愛的圖案與簡單的短句詢問。

「嗯。」這個字並不是表示同意，而是蘇芳在極度疲憊之下嘆出去的字。

不過小孩子並不明白。

「我去買東西，你等我。」綠燈了，蘇芳轉了個彎，熟門熟路地穿梭在台北市中心，可她不應該如此熟悉。她的上一個畫面還是台南鄉下，怎麼會是這裡？

蘇芳覺得這個夢很奇怪，一切都很不實際，她還記得她和白吟知正在做愛，或許是結束了吧？她很快睡著，延續了駕駛座的夢。

夢中的蘇芳將車子熄火、下車，走到停車場的隱密處抽了一支菸。她看著吐出來的煙霧，沉浸在自己創造的《迷霧驚魂》[14]之中。

不知道爲什麼二〇〇二年十七歲的她竟然想到的是二〇〇七年的電影，或許是預知夢？蘇芳笑了，她沒有想太多，轉身走向電梯，目的地是樓上的購物中心。

她其實沒買什麼，說是採買不如說是在閒晃。她亂走亂看，想著打發這個夢境使其結

14 《迷霧驚魂》爲二〇〇七年上映的美國科幻恐怖電影，改編自史蒂芬・金的同名中篇小說。

束，可又覺得她知道自己最終買了什麼，於是按著直覺隨手買了巧克力和一瓶紅酒。

她悠然自得緩緩步向自己的車子時，車子周圍圍著消防員、警察和數名男女老少。

見消防員舉起鐵鎚正要破窗，蘇芳趕緊上前，「不好意思，我是車主，怎麼了嗎？」

一聽見她的聲音，人群中一名男性衝了過來，自蘇芳衣服口袋熟練地取出車鑰匙打開車門。

見到醫護人員將後座熱昏的男孩抱出來時，蘇芳的腦子轟然一響。

那男子回頭怒喊：「妳怎麼可以這樣對他！停車場這麼熱，妳知不知道白靜在裡面昏倒了？」

蘇芳一個踉蹌，眼前的畫面開始搖晃失真，「請問，我認識你嗎？」

男子沒有回答，搶過蘇芳手中的袋子，「紅酒？妳到底要把自己搞成怎樣？是我的錯，我不應該高估妳！妳知不知道小孩在裡面多久了？」

聽見這些內容，他們似乎是夫妻關係。蘇芳愣住了，原來在駕駛座夢境中的她，三十五歲，結婚且生小孩了。

她覺得不可思議，像自己這樣的人竟然能結婚生小孩？簡直天方夜譚，像她這樣的垃圾，竟然可以成為人生勝利組的一員。那個沒有手機就楞飽吵的死小孩竟然是她生的？不只是夢？

蘇芳趨前訥訥地問：「小孩沒事吧？」

急救人員快速回覆：「他會沒事的，現在暈過去了。」

「白先生，你們哪一位要陪同？」另一位車上的急救人員問道。

白先生？白吟知？

「我去。」被叫做白先生的男人一臉痛徹心扉，也是，昏倒的是他的孩子嘛。

蘇芳不曉得爲什麼認不出他，他明明是她的初戀，三十五歲的自己卻認不出他。

白吟知在上車之前惡狠狠瞪了蘇芳一眼。

這一瞪，讓蘇芳手一鬆，紅酒摔碎一地，像是鮮血直流。即便她明白那個人是丈夫、昏迷的是自己的孩子，她還是沒有什麼身爲人母該有的反應，只是看著碎裂的紅酒想著幸好是特價品；望著車窗想著幸好車窗沒有被敲破，卻沒有任何一個想法是——幸好孩子沒事。

三十五歲的蘇芳看著人群漸散，警察靠近她問了一些事便搖搖頭走了。同樣的表情、同樣的動作她也在醫院見過，醫生說她沒救了，警察也一臉放棄的表情。

時間彷彿在地下室停車場中凝縮，直到她彎下腰撿起巧克力，走回車子，坐進駕駛座後，才終於有了靠意志力控制身體的感覺。她熟練地從後座拿回手機，點開Spotify隨便點一首歌，車子的喇叭自動連結樂聲。

她關起門，停車場確實有點悶，於是她開了冷氣。手上是她最喜歡的明治牛奶巧克力，她享受地、緩慢地將入口即化的巧克力送進嘴巴，吮指回味。

太好吃了，太開心了，知道爲什麼嗎？因爲車上只有自己。

只有自己，沒有白靜。

蘇芳樂得跟著音樂唱：「Does that make me crazy？Does that make me crazy？Possibly[15]……哈哈哈！」再來一杯紅酒更完美……可惜酒沒了。

15 〈Crazy〉爲美國雙人組合Gnarls Barkley於二〇〇六年發行專輯《St. Elsewhere》之收錄曲。

蘇芳覺得自己好奇怪，好像缺了什麼東西，缺了一般的女人會有的東西，心上有個窟窿，空空的，無法被塡補。她就是因爲缺了這塊肉才會從始至終，都沒有想到自己的孩子。她不是生病了，只是少了一塊肉才會這樣。

即便做了夢或做了愛，惱人的滴滴聲並沒有回到蘇芳的身邊，一切的一切都在提醒著蘇芳發生過的事實。又或者只是因爲白吟知的家裡很乾淨？這麼美的建築恐怕並不是鬼魂會選擇的棲地，若眞有色鬼附在她身上，她想色鬼該是眞的走了。

當蘇芳醒來的時候，白吟知留下了紙條與早餐說他去補習了，他常在電車上聽的SONY **Walkman** 靜靜躺在桌上，黃色的便利貼寫著：昨天晚上聽妳說想要，就打算送妳，不嫌舊就拿去吧。

蘇芳回想昨晚他們的對話，她有提到隨身聽的事情嗎？若是照著脈絡來分析，她是不是也口無遮攔順便說出靈修課的事情？因爲驅使她上山的原因不爲別的，就是桌上的隨身聽——所有厄運、罪惡的根源。

蘇芳從來不會話只說一半，她喜歡有前因後果的說話方式，「因爲……所以……」是她最喜歡、最常用的造句。如今這樣的習慣卻害了她，她的神智就快要分解，她並不想要白吟知知道靈修課的事情。

在蘇芳的世界中，白吟知是一朵開在爛泥中的白蓮花，絕對不允許被弄髒，就連自己原本也不應該利用白吟知發生關係。

看著白吟知工整的字跡，蘇芳難過地哭了起來，「對不起……我把你弄髒了……」

白蓮花因爲她的染指發霉成了黑蓮花，她應該要找其他黑蓮花，但她找不到，也不想找到和教主一樣的黑蓮花。她才十七歲，不知道世上帶著美麗假面的黑蓮花有多少，畢竟只要不揭穿，人人都是白蓮花。

而她自己也已經是一朵黑蓮花，腥臭、腐敗、連根都比爛泥臭的、垂死的黑蓮花。

這時，她突然收到父親的簡訊。

曾經她認爲父親能將她從這麼臭的世界中拯救出來、有錢就能解決現況，所以她向父親尋求支援，希望他提供金援讓她上大學。讀大學已經不是爲了學歷，而是手段，她逃離靈鏡大仙、逃離許秋月的、卑鄙無恥的手段。

父親就是那時她的救命稻草，她應該要像隻哈巴狗一樣對他搖頭擺尾，像貓一樣露出脆弱的肚子任其撫摸，但她沒有、眞的沒有。

如今心心念念的父親回了簡訊，她卻沒有回覆，她認爲自己沒救了，所以不需要了。

她吃完早餐，離開白吟知的家，留下了一張道謝的紙條，帶走了白吟知的隨身聽。臨走之前她試著找了一下白吟知的妹妹，想謝謝她將火野麗的貼紙送給她，卻遍尋不著……算了，也不需要了。

白吟知的家自她踏入到離開，從始至終就沒有別人。

不知道是不是因爲夢中三十五歲的蘇芳買了紅酒，她突然想喝喝看酒的滋味。

她先是繞回家，發現許秋月不在後，擅自取走許秋月黏在抽屜下面的私房錢。她不知道紅酒大概多少錢，不過很幸運的，她在走了一段遠路後的一間商店買到人生第一瓶紅酒，那個人沒有檢查她的年齡。

幸好沒有，因爲接下來她想做的事情只是順勢而爲，骨牌已經被推倒了，一片一片。

她買的是便宜貨，沒有分產地、沒有分任何年份之類的。接著，她爲自己放滿一缸洗澡水，選了一片CD，因爲沒有紅酒杯，她就這麼就口喝，大口大口地灌下去。

今天是值得慶祝的一天，方才她回家時看見母親匆匆忙忙出門，意思意思問她：「媽媽，發生什麼事了？」

許秋月雙眼圓睜，一副不可思議的模樣，「妳問我？我還想問妳呢！早上有幾個人砸了靈鏡大仙廟！是不是妳叫的？」

蘇芳笑了，激烈地笑了。

第五章 失敗收場

「妳怎麼這麼不會推理？肯定是教主惹到別的色鬼啊？色鬼對退散他的人很恨啊！」蘇芳瞪大眼睛，用全身的力氣笑著。

許秋月聽了毛骨悚然，在她看來，不論是色鬼抑或是其他的鬼都一樣，蘇芳依舊不正常，「走了色鬼，來了瘋鬼。」起了全身的雞皮疙瘩。

眼前的蘇芳已經不是自己的女兒。不知道從什麼時候開始，許秋月就漸漸沒有辦法將她當成女兒，看她的眼神一天比一天詭異、一天比一天陌生。

她自己無法接受這樣的變化，只好逃避似的轉身，盡快前往心心念念的靈鏡大仙廟，只有沐浴在靈鏡大仙的神光之下，圍繞在自己與家庭的所有問題才會迎刃而解。

此刻蘇芳用白吟知的隨身聽著歌，輕輕吟唱：「Isn't anyone tryin to find me? Won't somebody come take me home[16]……」

紅酒令她有些意識模糊，抑或是手上的傷口造成的。聽說下定決心割腕自殺是不能橫切的，必須沿著血管縱切，縱切傷口才大，痛痛快快，所以她決定縱切。

這個浴室，將會成爲她的鬼魂的棲地。

16 〈I'm With You〉爲美國歌手Avril Lavigne於二〇〇二年發行專輯《Let Go》之收錄曲。

什麼時候切開傷口並不重要，反正黑蓮花注定枯死，早一點或晚一點有什麼差別？

對了，她穿著紅衣——紅色的血、紅酒、紅衣。

教主夫妻、陳阿姨夫婦、許秋月……我會回來找你們的。

說來可笑，從前蘇芳並不相信這些事情，她總能笑開懷地說是無稽之談，但是現在她願意相信她可以以這樣的方式折磨別人。

再灌下一口紅酒，蘇芳的眼前出現了久違的幽靈衣櫥，她笑了，「好久不見。」餘光看見黑影出現在浴室門口，竟還拿了一張椅子直挺挺地坐著，似乎在看書。

「你也好久不見。」

那樣優美的畫面令蘇芳想到坐在車站椅子閱讀書籍的白吟知，那是她第一次覺得，人的坐姿竟然可以被形容爲優美。

在白吟知家裡時，她問白吟知他那時在看什麼？

「從學校圖書館借的夏目漱石的《我是貓》，妳有興趣的話可以借妳，反正還有好幾天才要還書，內容還算短，而且我看很快。」

「內容是什麼？」

「是一本以貓咪爲視角，看見人生百態的故事。」

「好像很有趣，看完借我吧？」

「好啊。」白吟知欣快地應允了。

白吟知一定想不到吧？她再也借不到那本書了，如果燒東西眞的可以傳遞物品給死去的人，希望他可以把《我是貓》燒給她，但不要燒學校圖書館的那本，她想要一本新的。因爲那上頭總會蓋上醜陋的印章、貼著借閱名條，公開寫著什麼人看過這本書，她一直覺得這樣不妥。

蘇芳希望在通往地獄的漫漫黃泉路上能夠一邊閱讀，一邊聽歌，一邊走著，還要紅酒和巧克力。

如果有一隻貓如同《我是貓》的主角一樣，悠然看著她的人生百態的話，牠會覺得很好笑、很幽默吧？

耳邊久違地響起滴滴滴滴的聲音，黑影闔上書，從座位上起身走到蘇芳的右手邊，黑得彷彿宇宙一般的臉龐俯視著自己。

「你到底是誰？」

面對蘇芳的疑問，黑影選擇沉默。

「你到底是誰？」

第二次，黑影仍然不說話。

算了，蘇芳想她都要死了，也許死了就知道黑影是誰了，又或許黑影就是死神，待她斷氣之後就可以見到面了。

蘇芳的眼皮越來越重、越來越重，黑影突然握住蘇芳流血的手，不知爲什麼，她竟然眞實地感受到黑影的溫度——是人的溫度。

「謝謝。」蘇芳莫名其妙地說，覺得或許黑影是個體貼的鬼，臨死前過來陪伴。

再見，白吟知、夏目漱石。

再見，蘇螢、蘇芬。

再見，林頤橙、吳洺妃。

再見，這個爛泥一般的小村，與小村的一切。

蘇芳閉上眼睛。她在那個停車場中看著夢境裡三十五歲的自己，羡慕她活得很自我，想告訴她，她為她喝下了紅酒。

乾杯吧，這垃圾一樣的人生。

過去、未來、現在，我們乾杯，我們活該過這樣的人生。

◆

「吾輩は猫である。名前はまだ無い（我是貓，目前還沒有名字）。」

「どこで生れたかとんと見当がつかぬ。何でも薄暗いじめじめした所でニャーニャー泣いていた事だけは記憶している（我不知道自己在哪裡出生，倒是記得在一個有些昏暗潮濕的地方喵喵地哭叫著）。」

有個熟悉的聲音陪著蘇芳輕輕朗誦，聲音的主人是年輕的，帶著令人感到安穩的低音，如同真正日本人的抑揚頓挫，聽著非常地舒服。並且，那聲音曾經在她的耳邊輕輕唱過〈SHE〉，那聲音令蘇芳安心，伴隨在黑暗中飄浮著的蘇芳好一段時間……

滴滴滴滴的規律聲音響起，蘇芳緩緩睜開眼睛。

白色的天花板、綠色的薄毯、淺綠色的床簾、消毒水的味道，身邊不斷發出滴滴聲的機器原來是心電圖偵測儀，而右手食指指尖違和的按壓感竟然是血氧機。

一切都是她自殺昏迷之後所做的高中時期的夢而已，也就是說，她自殺並沒有成功，她還活著，仍然活著。

病床旁的折疊床上空無一人，不過算了，她也不是很想看到許秋月。

蘇芳的隔壁似乎躺了一個老先生，他以極其沙啞的聲音不斷抱怨，抱怨的內容五花八門：他從越南娶來的老婆不探望他、病房的電視機壞了、護理師小姐對他態度很差……聽起來不像在講電話，比較像對著某個東西抱怨。

蘇芳動作小心翼翼，不想讓老先生知道她醒來了，避免成爲老先生傾吐的對象。自從教主的事情發生之後，她對年長的男性相當畏懼，其中包含父親蘇良成。

雖然蘇良成回覆希望可以見個面，但她最終沒有赴約。

自殺這個決定下得非常匆忙，不過就是突發奇想。她想像指尖點著心理測驗一條一條支線往下，在心中默數，得到最後的答案——她是垃圾，她怎麼還活著。

緊接著她就身體力行了，感覺應該要很簡單，連續劇不都這樣演的？很容易就成功了，只不過她失敗了。沒有苦情女主角死去的淒然，沒有男主角跪在雨中痛哭流涕、撕心裂肺，只有一場平凡無奇的自殺，然後失敗收場。

她以爲醒來之後自己會非常怨懟，想要再試一次自殺，比如跑到醫院頂樓往下一跳，自由落體途中還可以透過窗戶和許秋月揮個手，告訴她親手毀掉的女兒跳樓了，然後摔個七孔流血。

然而，奇妙的是，蘇芳並沒有再想自殺了……奇怪的是她沒再想了。那是春雷帶來的突發奇想，冰藍色的閃電從天打到了地上，連結成一道枯枝一般的支線，劈開黑山、青天霹靂……她想到了比死亡更適合懲罰自己的方式。

病房的拉門急促地被陌生女人開啓，緊接著是高跟鞋踩地的腳步聲，那步履不穩，像受了什麼深刻的打擊，下一秒，步履蹣跚的主人停在蘇芳的床邊。

女人約莫三十多歲，她穿著相當素雅整齊的淺藍色洋裝，而與洋裝大相逕庭的是她那一頭沒梳好的馬尾，好幾縷細髮淘氣地逃離橡皮筋的控制，大搖大擺地晃著。女人沒有發現蘇芳鎖在她碎髮上的視線，只是喜極而泣，「太好了，妳終於醒了！」

蘇芳以為女人是隔壁老先生口中抱怨的越南新娘，指了指隔壁，「妳是不是要找隔壁的？」

女人愣了愣，「我怎麼可能把妳跟老爺爺搞錯啊？需要幫妳連絡家人嗎？」

家人？許秋月？她並不想見到母親，「不用了。」

「喔……是這樣的，妳在打工回家的路上被我開車撞到了，我是妳打工的居酒屋的老闆娘。我不常出現在店裡，可能和妳沒有說過幾次話，老闆叫做王志良，妳想起來了嗎？妳放心，妳的醫藥費我都會負責賠償！只是拜託不要跟我老公和警察說，不論妳開什麼條件我們都可以商量。對不起，真的對不起！」女人一臉困擾與歉疚，搓著手掌，腰彎得極低，相當慌張失措。

蘇芳不懂，她明明是因為自殺被送進來的……也不懂，自己如果只是一場小車禍有必要這麼恐慌嗎？「呃……我有點不懂妳在說什麼？」

女人大吃一驚，泫然欲泣，「不會吧……我的天啊！我把妳撞到失去記憶了嗎？妳還記得妳叫什麼名字、星座、血型、讀什麼學校嗎？」

「……蘇芳，雙魚座……AB型，就讀私立光德高中……高二。」

「我要叫醫生來了，太可怕了。」女人雙目圓睜，喃喃自語。

「怎麼了嗎？」

「我不知道我是把妳撞到記憶混亂，還是人格完全分裂了，完了！對不起！妳必須要接受檢查！」

「現在是什麼時候？妳是誰？」。

女人不安地坐回椅子看著蘇芳，眼眶仍然含著淚水，「妳冷靜一下，我跟妳說清楚一點，我叫林紫亭，是妳的老闆娘，妳現在是南山大學三年級日文系，現在是二〇〇六年的七月六日。妳晚上都會到我家老公開的居酒屋打工，居酒屋的名字叫做『平川屋』，這間醫院是台北的和平醫院。妳想起來了嗎？」

二〇〇六年？四年過去了？蘇芳很是茫然。

見到蘇芳一臉不敢置信，林紫亭拿出手機給蘇芳看上頭的日期。林紫亭的手機就像是蘇芳在三十五歲的夢境中看見的彩色螢幕，只不過林紫亭手中的手機是有按鍵的款式，像她的NOKIA一樣……上頭確實顯示著二〇〇六年的七月六日，下午七點半。

「我的手機呢？」蘇芳問。

「在這裡。」林紫亭從床邊櫃取來另一隻手機。

那是一個她完全陌生的機器，上頭寫著Sony Ericsson，待機畫面竟然還是她和姊姊蘇芬的合照。

「接下來我自己聯絡姊姊就好了，謝謝老闆娘。」蘇芳抬眼看見林紫亭一臉傷心欲絕。

「我覺得妳的症狀很嚴重，難道妳想起來了？還是眞的失去記憶？我要不要趕快跟醫生說？」林紫亭不放心，蘇芳方才的反應令她心驚膽跳。

「沒關係，明天早上醫生巡視再說吧，等一下護理師來的話會知道的。」蘇芳不懂林紫亭的擔憂，只是疲憊地笑了笑，想打發對方離開好讓她可以好好靜一靜，「我累了，老闆娘先走吧？」

「那我明天再來……記得打電話給姊姊喔。」頓了頓，林紫亭繼續說道：「妳有想看的書嗎？病房的電視壞掉了。」

順著林紫亭的指尖看去，宛如黑鏡一般發著暗光的電視螢幕照著她扭曲的影子，蘇芳想了想，「老闆娘知道夏目漱石嗎？我想看……《我是貓》。」

林紫亭笑了，「我知道了，妳好好休息喔。」尷尬地整理了下自己的洋裝，似乎真的打算走了。

「嗯。」蘇芳搖了搖手機，表示知道了，回到床上，一面聽著隔壁的老人抱怨，一面陷入沉思……這時又出現腳步聲朝她靠近，她有些不耐，「不是叫妳先走嗎？」

「嗨，又見面了。」淺綠色的床簾被拉開，來人正是那位穿著紫色西裝的死神，他與初見時一樣一臉笑盈盈。

儘管這張笑臉似曾相識，但夢境似乎有無形的屏障，阻擋她尋找記憶中的臉龐。

「你是來帶走隔壁爺爺的嗎？」蘇芳壓低聲音偷偷問。

死神亦同樣壓低聲音，湊近蘇芳耳邊道：「不是耶，但是我們幹麼這麼小聲？那個爺爺聽不到聲音啊，他有很嚴重的重聽，況且一般人也聽不到我的聲音。」

「發生什麼事？我不是自殺了嗎？」

「是啊，結果還是到了這時候啊。」死神嘆道，一屁股坐到蘇芳床上，「妳到第二層了，唉，明明叫妳一定要努力留在第一層。」

蘇芳心想死神又在說些不著邊際的話了。

「現在跟妳說這些事妳最後也會忘記，我在想不如等時機成熟再告訴妳。妳知道的，夢的世界就是這樣，換了一個場景就失去連結了，妳要努力將妳對現實意識的連結找出來，才有可能清醒。」

「夢？是我剛剛作的？」

「妳第一次見到我時，是第一層的夢，現在妳在第二層，是更深一點的地方。現實世界中妳的腦部正在退化，慢慢失去生命力。因爲退化，所以妳的夢境會越來越混亂，難以保持正常的邏輯，如果再繼續下去，妳會死亡或是成爲活死人，躺在床上一輩子。」

蘇芳的腦中發出轟然巨響，雙手發抖。所謂的現實是哪一個？蘇芳的腦海浮現出三十五歲的自己、副駕駛座髒亂的黑色Toyota、後座吵鬧的男孩。

「夢境的衣櫥就是妳對現實連結的意識。只要將它打開就能一點一點連結現實的意識，最後取得回到現實的鑰匙，但妳屢次錯失機會。到了第二層，夢會更加混亂，妳會很難意識到夢的不連貫和不合理處，就像我現在跟妳說的話，妳之後恐怕也記不住。部分的妳正在鎖住自己，害怕醒來，另一部分……妳得親眼看看才會明白。」

「所以我只要找到並打開幽靈衣櫥，就可以結束這一切嗎？」才剛說完，蘇芳下意識覺得怎麼可能有這麼容易的事。

死神搖頭，「不是的，蘇芳。打開衣櫥只是一步一步讓妳取得回到現實的鑰匙，最後將鑰匙插入鎖頭才算是結束，就像遊戲一樣，連續破關之後才會出現Boss。妳找到最後的連結之後，意識受到衝擊才有甦醒的可能。」

果然沒有那麼簡單，可是她不想死，不想腦部衰退而死，「有什麼方式可以意識到這是夢？我要怎麼做才可以阻止自己深入到第三層或更下面？」

「像現在這樣，妳意識到現在是二〇〇六年，暫時忘記大學三年級的事情，之後就會緩緩記起來，『斷層』是往下的開始，別讓自己在夢中死去。夢的不合理性往往帶著徵兆，注意它、了解它。」死神看了看自己分明動也不動的錶，起身向後退了一步，「他來了。我該走了，我會再來看妳。」

「等一下，告訴我誰要來了！」蘇芳伸手揪住死神的西裝外套一角，不願意再讓死神輕易溜走。

「我說過，我是妳的意識創造出來的，所以我無法阻止那個人。那個人創造了妳的整個意識空間，他現在要『替換』了。」

「替換？」

「替換場景，也就是轉場。」死神仰望逐漸出現霉斑的醫院天花板，接著化成一縷黑煙消失無蹤。

蘇芳很錯愕，她尚未完全消化死神說的事情，他卻就這麼離奇地消失了……死神說她會忘記這些事情？不，不可能，她得一直記得。

蘇芳拉開自己病床旁的櫃子翻找紙筆，可遍尋不著，想出去和外面的護理師要，又想到這裡是夢，害怕貿然出門就會換成不連貫的場景──對了，她有手機。她拿起陌生的手機，打開簡訊輸入草稿，神奇的是，她竟然知道這個新東西怎麼使用，大學三年級的記憶似乎正一點一滴回到自己身上。

「衣櫥是現實的連結，它是意識累積。」蘇芳按下「儲存草稿」，「夢的不合理性往往帶著徵兆，注意它、了解它。」再次按下儲存鍵。

「別讓自己在夢中死去。」蘇芳雙手握緊手機，想著他還說了什麼？

驀然間，一個極為緩慢的翻書聲緩緩進入蘇芳耳道。她驚恐地抬頭，天花板的霉斑化成一本寫得密密麻麻的日記，以極緩慢的速度翻頁著——是她的日記，在林頤橙的建議下開始寫的日記，她認得那字跡。

日記翻著翻著，三頁、四頁……接著停止。

隔壁的老爺爺以沙啞的聲音說道：「沒用的，這是妳的懲罰，妳只能躺在這無法動彈，看著自己畢生的噩夢不斷輪迴。妳只能接受它，向它妥協，永遠無法離開這裡。」

他仍然在抱怨越南老婆嗎？她不願意思考其他的可能，比如老人其實正在對自己說話。

「我是在跟妳說話，蘇芳。」老爺爺彷彿有讀心術般，「我數到三。」

蘇芳翻身下床，衝過去揭開淡綠門簾，想看看究竟是什麼樣的魔鬼正在殘忍地摧毀自己。

「三，二……一。」倒數的聲音持續著

病床上並沒有老人，只有一團黑影坐著，它抬頭看向蘇芳，黑影當然沒有臉亦沒有眼睛，卻和蘇芳四目相對。

她嚇得動彈不得，只能看著黑影起身抱著她，將她吞沒。病房瞬間濃煙密布，卻沒有任何火光，她亦嗅不到任何氣味，這是夢，這不是眞的火災。

蘇芳幾度想著，自己到底怎麼了？她從哪裡來？又爲什麼發生這些事情？

黑影的擁抱很熟悉，像一個她認識很久的人。

「還記得這首歌嗎？這是只有我們兩個知道的事情。」不知道爲什麼，黑影的聲音並不老，很年輕、很熟悉，輕輕在她耳邊吟唱：「She may be the reason I survive, the why and wherefore I'm alive. The one I'll care for through the rough and many years[17]……」

黑影挪步帶著蘇芳開始跳舞。他從頭到尾都不是隔壁的老人，他是一直以來的、另一個靈異現象。

「你到底是誰？」蘇芳聽見自己聲音顫抖。

最終，黑影沒有回答，伴隨著悠然的歌聲消失在濃煙中。

只有他們兩個知道的事情？蘇芳不斷地想著，可不論如何她就是想不起來，然而不曉得爲什麼，她又覺得這件事發生在一個很遙遠的地方，只是沒有注意到而已……只是這樣而已。

她沒有生病，一定只是這樣而已。

「還好嗎？」

蘇芳倏然清醒，一樣的病房、一樣的擺飾、一樣抱怨不停的糟老頭躺在隔壁。面前的林紫亭和上次一模一樣，馬尾依然綁得不好，但是洋裝換了，這次她穿鵝黃色的洋裝，令三十六歲的她看起來年輕許多。

「還好。」蘇芳盯著鵝黃色的洋裝，「老闆娘很適合鵝黃色。」

林紫亭不好意思地笑了，似乎很少聽見別人如此稱讚她，兩坨紅暈像剛灌完一杯紅酒似的綻放在她因年齡略顯乾燥的臉頰，「謝謝，妳不是想看《我是貓》嗎？妳讀日文系，沒有問妳想看哪個版本，所以我兩種都買了。」

林紫亭從誠品書店的紙袋中拿出兩種語言的《我是貓》。蘇芳想起她十七歲自殺住院時，白吟知眞的借過她《我是貓》，那時她看了借閱條，發現已經過期。

「沒關係嗎？」

「沒關係，我們學校很鬆。」

蘇芳當下沒有戳破他，她知道白吟知的學校是全縣出了名的嚴格，爲了自己，他撒了一個令她聽了不會感到有罪惡的謊。

那天在醫院白吟知並沒有多問什麼，兩個人只是有一搭沒一搭地聊天，他刻意和蘇芳說一些輕鬆的事情，畢竟自殺的話題太過沉重，他非常聰明地繞過了警戒線——這也是蘇芳喜歡白吟知的一點。

「謝謝老闆娘，我會看，看過中文版再看一次也沒有不好，而且日文版的我正好想看。」

「我還買了水果，我切給妳吃。打工跟學校那邊妳不用煩惱，我幫妳跟我老公說了，妳學校老師也知道了，但是不要跟我老公說是我撞到妳喔，拜託。」

「嗯。」蘇芳點點頭，「我對這本書有個很特別的回憶。」

「怎麼了，初戀啊？」林紫亭熟練地削著蘋果皮。

此刻她的影子彷彿和白吟知的重疊在一起，蘇芳突然想，二〇〇六年，他們還有在聯絡嗎？她拿起手機，通訊錄上並沒有白吟知，「老闆娘，我可以跟妳借一支筆嗎？」

聞言，林紫亭遞出筆。

蘇芳就著膝蓋在中文版《我是貓》封面後的蝴蝶頁模仿電影《瓶中信》寫道：

致撿到書的人：

---

17 〈SHE〉爲英國歌手Elvis Costello於一九九九年發行專輯《Notting Hill》之收錄曲。

您好，我是蘇芳，這是我的電話：09XX-XXX-XXX。

請各位幫幫忙，我正在尋找一個喜歡這本書的男生，他叫做白吟知，我沒有他的聯絡方式，他以前就讀台南華汎高中（班級不知），現在是大學生，他十七歲搬家到台北。

請撿到書的人將這本書傳到台北其他大學，或是所有大學通勤路線的交通工具上等等，可能讓白吟知先生看到的地方，千萬不要讓這本書流落到遺失物中心。

最後，希望白先生本人或是白先生的友人能跟我聯絡，謝謝。

「老闆娘，可以幫我把這本書放在往返台大的公車座位上嗎？我知道你們家在那附近。」蘇芳將中文版《我是貓》交給林紫亭。

「妳這是要找人嗎？網路試過了嗎？我聽說有個大學生很喜歡的網站叫『無名小站』，還有Yahoo家族什麼的，要不要試試看？」

尋找白吟知是蘇芳的突發奇想，除了用《我是貓》拋磚引玉之外，或許網路也能試試看，「我出院之後我就去申請帳號。」

白吟知應該不是一個會用這些東西的人，蘇芳心想。以她對白吟知的看法與了解分析，她覺得白吟知會是個和她一樣和網路有點脫節的人吧？

他們兩個人都喜歡舊的東西，他喜歡夏目漱石，而她喜歡美少女戰士；他喜歡聽ＣＤ，而她也喜歡。

那天，她在白吟知的房間和他一起聽了宇多田光的專輯，若是和白吟知再見到面的話，不知道他是否還喜歡著宇多田光？

◆

「你喜歡她哪一首歌？」

這是她和白吟知在他們家的第一個，也是最後一個晚上。

「這個嘛……新專輯的主打歌〈DEEP RIVER〉我滿喜歡的。」白吟知拿出一張黑白封面的專輯給蘇芳看。

蘇芳眼前一亮，又驚又喜，「我還沒買這個耶，好想聽看看。」

「那我們一起聽。」白吟知拿出那台隔天早上突然說要送給蘇芳的CD隨身聽，一人一邊耳機。

兩個人坐得很近，靜靜聽著，於是世界只剩下宇多田光的聲音。

專輯結束後，他們做愛。

這個時刻這麼美好，她卻選擇在隔天自殺，絲毫沒有留戀，連宇多田光的聲音都不留戀。

「妳最喜歡她哪一首歌？不要又是〈First Love〉，大家九成都回答這個。」

「不是，是〈Wait & See〉這首歌，不過……現在有點……」她開口唱這首歌時，是在往山上靈修的路上。

「我以為你們女生都喜歡〈First Love〉。」

白吟知是個非常敏感的人，同時，他不是擅長轉移話題的人，但他擅長避開對當事人而言有可能是悲劇的話題。

因爲這樣，蘇芳認爲和白吟知多相處後，大概會覺得和這個人在一起會是舒服的。當時她想，若是她沒有眞的丟了性命、醒來重新面對人生，那麼她或許有可能和白吟知在一起。對蘇芳而言，白吟知就是她的理想，她想和他在一起，無庸置疑。

然而當蘇芳出院，拿著印有白吟知學校圖書館圖章的《我是貓》到白吟知的家時撲了空。再到學校找他時，學校老師說白吟知因爲家裡發生了一些事，臨時搬家轉學了。

「請問發生了什麼事？」蘇芳問道。

老師相當爲難，轉移了話題，「他有留下一包東西給歸還《我是貓》的人。」拿出一袋包得細心的物品，輕輕放在蘇芳的掌心上。

直到出了學校，回到自己家的房間內，蘇芳才終於有勇氣打開一直被自己護在胸前的紙袋——是火野麗的貼紙、宇多田光的《DEEP RIVER》專輯，上頭黏著便利貼，字跡乾淨：

期待再見，要勇敢喔。

沒有任何暈開的墨跡，也沒有任何手指撫過推開的痕跡，白吟知乾淨俐落地、片面地結束了他們之間的關係。

白吟知就這麼消失了。她髒亂不堪的世界中唯一的一朵白蓮花，她唯一的救贖，就這麼消失了。

◆

高中畢業後，林頤橙如願以償地上了「免死金牌」的台大，而吳洺妃則是成大，雖然沒有完成三個人一起到台北的夢想，但學校課業繁重，加上社團活動、打工、戀愛……蘇芳很快就釋懷了，生活圈變了本來就是件再正常不過的事情，曾經很好的朋友也可能因此變成君子之交，幸好她和林頤橙偶爾還會聯絡。

如此簡單的生活倒也沒有發生什麼問題……不如說，忙到沒有空去想這麼多事情也好，最好可以把自己榨乾。

她的高中生活已經結束，早該是揮手說道別的時候。

蘇芳在那年放榜後吃了熊心豹子膽，說是要謝謝教主夫妻，帶著許秋月登門拜訪，可一見面蘇芳開門見山道：「我考上北部的大學了，不想要你強暴我的事情鬧得滿城風雨，就給我錢解決這件破事。」她需要錢解決上大學的問題。

蘇芳才剛說完，趙允康立刻臉紅脖子粗：「放肆！若不是本教主顯神通，妳可以考上第三志願？妳說我侮辱妳，那妳也要有證據啊！」

眼前的教主還是一如既往地肥肉橫生，歲月在他的臉與身體上停止，聽說胖的人不易顯老，竟是真的。

蘇芳笑了，拿出裝著「證據」的密封袋，裡頭是一件染血的內褲，血已變黑，說是一年前的那件內褲也會有人相信——然而那只是蘇芳突發奇想留著的沾上了經血的內褲而已。

她當然需要父親贊助，但是父親有自己的家庭了，而且全家人都知道父親爲什麼要離開許秋月這個瘋婆子，她有些不願再向父親索要金錢。一件不小心沾血的內褲，讓蘇芳有了個天外飛來的勒索理由。

人一旦犯了錯，即便是錯誤的證據也很容易對號入座，所以趙允康很容易地踏入圈套。

聽說強姦犯進監獄很容易被獄友性侵，有一瞬間，蘇芳幻想著趙允康和自己一樣被壓在地上狠狠羞辱，不由得通體舒暢。

如同蘇芳預測那般，教主夫妻對於那件內褲絲毫未覺蹊蹺，只不過他們又哭又鬧，說有多慘就有多慘，最多只賠償三十萬。

蘇芳當然想要更多，可是許秋月在一旁裝腔作勢，最後也只能這樣了。

這是人之常情還是自作賤？蘇芳也不知道了。錢是彌補、是羞辱、是一帖將黑蓮花僞裝成白蓮花的良藥、是傷口上的爛痂，然而有了「這個」，她就能正常地生活——在這個世界裡，她不再是骯髒的了。

許秋月和她的關係正式跌到冰點竟是因爲她認爲蘇芳勒索教主。對她而言蘇芳仍然是教主救回來的，不論是被色鬼附身，還是被自殺怨靈纏上自殺未遂，都是被靈鏡大仙救回來的。

靈鏡大仙在上，千秋萬世，大顯神威。

拜靈鏡大仙所賜，她能有今日的生活，都是祂的功勞。

◆

蘇芳找了白吟知一年，書不知道流浪到哪裡去了。這一年來騷擾電話比提供線索的電話來得多，也不曉得這年代的手機可以拍照是好還是不好……此外，怎麼會有這麼多男人喜歡寄自己性器官的照片給不認識的女生？

若不是因爲白吟知，她眞的想把號碼給停掉。後來，她直接靜音了它，接不接電話、回不回訊息全憑天時地利人和。

大學三年級的尾聲，林頤橙突然與蘇芳聯絡，說朋友有個不錯的男生希望可以介紹給蘇芳認識，大約是看她對白吟知糾結這麼久終於看不下去，另一個原因是——

「現在騷擾電話那麼多，我眞的很怕妳有一天會被跟蹤還是鎖定，交一個男朋友可以保護妳比較好吧？」

「我要是怕變態，我就跟我姊住就好了啊。」這充其量不過是應付之詞，蘇芳再怎麼樣也不會和姊姊住了，自從姊姊工作、交男友後對蘇芳完全沒了心思，而她也識相地不當電燈泡、拖油瓶。開始在居酒屋工作時，蘇芳在林紫亭的介紹之下找到了便宜的房子住了進去。

林頤橙輕笑回道：「來不及了，妳就跟人家見面吧？我已經把妳的資料給我朋友請她轉交囉，他是個好人，聽說妳找白同學找了一年很感動呢。一直說，這麼好的一個人需要人好好疼……不覺得很感動嗎？」

蘇芳不知道該怎麼拒絕，因爲她還不是太了解自己……她從十七歲時就意識到自己可能是雙性戀，對於男生的喜歡目前似乎只存在於白吟知身上，且模糊不清。

她很害怕，會不會連找白吟知都只是她的執念作祟？畢竟，她眞的不知道愛是什麼模樣。

「好吧。」拗不過林頤橙的一片好意，蘇芳只好勉強應允，話音方落，電話那頭傳來林頤橙興奮的聲音。

「他叫鞏休，我傳照片給妳看。還有啊，自從大學開始，我們就只有在晚上見面，太不健康了吧？偶爾我們也早上出門逛逛街嘛？」林頤橙在電話將要結束前說道。

「嗯。」蘇芳默默思考著，假如跟這個男生發展不順利，就提早結束關係便是。

若是時光倒流，有兩件事蘇芳會避免再次重蹈覆轍，第一件事是上山靈修，第二件事便是認識這個人物。

第六章　厄夜驚魂

犖休和蘇芳認識沒多久便迎來了蘇芳的生日，他親手做的提拉米蘇蛋糕讓蘇芳又驚又喜。蘇芳對男人的防衛心不算低，但犖休的攻勢相當猛烈，他知道說什麼樣的話能討女孩子喜歡，第一次遇到這樣的狀況讓蘇芳難以招架，很快地，兩人成爲情侶。

有時候蘇芳會想，她是一個曾經不被珍惜的人，渾身髒臭、爛根的黑蓮花，而這樣一朵爛花根本沒有什麼選擇的餘地。只要有人要就好，至少她不會是孤單的，不是一個人寂寞就好，不再是一直追逐著白吟知背影的自己就好。

一開始，交往的過程很美好，美好到那場戀愛完全成爲蘇芳的重心。

每次和林頤橙或是蘇芬見面時，她們總說蘇芳變了很多，尤其是對蘇芬這種知道蘇芳在來台北之前發生了什麼事的人而言更是欣喜，欣喜蘇芳有了新的開始，自殺的陰翳會有消失的一天。

身爲動物界中最聰明的物種，可以選擇性忘記簡直是身爲人的特權，不像別的動物一樣是因爲腦子不夠用就忘掉。人可以爲了活下去，選擇消耗掉、和解掉不好的記憶，人就是這麼方便又容易悲傷的動物。

與犖休的戀愛是蘇芳的自我治療手段。通過這個方式，她才能夠抬頭面對自殺未遂後空白麻木的人生，重新爲生活塡上色彩。

麻木的日子裡，蘇芳不寫日記了。對她而言，她早就在二〇〇二年死了，死人寫什麼日記？二〇〇六年，她從一場輕微的車禍中活回來，又開始寫起日記。二〇〇六年的她是個活人，書寫著活人的記憶。

◆

「我最近會多一個打工，會變得很忙，我們先不要聯絡好了……」犖休說道。

那是一個晴朗的午後約會，蘇芳聽到了個青天霹靂的消息，噩耗與暖陽令她想起啓程上山靈修時的天氣。噩運上門拜訪時，是不會在乎天氣的，心情好的晴天也來，心情不好的雨天也來。

「爲什麼會因爲打工而不聯絡啊？我也在打工啊。」他們明明一起住在台北，卻因打工無法聯絡實在令人匪夷所思。

「其、其實是因爲我想要報名電腦的補習班，已經要大四了，我想要盡快爲未來打算。我的表姊是研發未來手機需要的軟體，我覺得這個工作很有遠景，所以想認眞學寫程式，需要九萬左右的學費。」犖休和某部分極度懈怠的大學生一樣，驚覺四年一無所獲，到了需要有所長時，只能借助補習班的幫助。

對男生來說，當時的大學會是什麼樣子？性、毒品、菸、酒、聯誼、亂交、夜唱、試膽大會、酒吧、夜店……女生也有一部分是這樣的，只是蘇芳並不是那一路線的人。她光是學習和打工就夠焦頭爛額了，好不容易有能夠放鬆的時間，她希望可以跟和他一樣喜歡電影的犖休渡過，否則她辛苦的日子便沒有意義。

鞏休說他的家庭經濟壓力也很大，從父母身上拿不到錢，他的爸爸常常在外喝醉到要他開車去載，是一個不容易的家庭。

蘇芳也來自一個不容易的家庭，同病相憐特別容易引起她的惻隱，「如果是錢的問題，那很好解決，我可以借你。」

她從沒想過她死而復生所經歷的人生，最後會沒有休止地將她推向地獄。

「妳……怎麼會有錢啊？」鞏休看似關心，實際只是想套出存款金額。只是一介從南部上來北部的、平凡單親家庭的平凡大學生卻有著爲數不小的存款……他不由得好奇這筆錢的來歷。據他所知，蘇芳畢業於一間校規極爲嚴格的高中，高中三年也沒有打任何工，上北部後也只是在居酒屋做幾個小時的臨時工罷了。

她還說過自己上大學的錢是拜託爸爸才有的，鞏休印象中她非常節省，身上根本沒有多少錢。

蘇芳或許是鬼迷心竅，稍微改編了一下說法，「以前曾經發生一些事情的和解金……就這樣，你之後還我就好了，先不要知道爲什麼有這筆錢。」

「我知道了，寶貝，謝謝妳，我一定會還妳的。」

「停電了。」蘇芳笑著說道，這句話來自一個她很喜歡的一個動人的故事。

有個大提琴家因爲意外失明，失明期間仍努力不懈練習提琴，不論失敗、意志消沉、快樂、墮落……他的情人總會陪著他，在情人的鼓勵與陪伴之下，大提琴家重回他的交響樂團中，每天都過得兢兢業業。

然而樂團夥伴們對盲眼大提琴師始終不信任，幾度爭取和情人的支持之下才終於取得回到舞台的機會，那一天，提琴家的情人也去了。

一開始大提琴家演奏得相當成功，然而樂章到了中間，周圍的樂聲卻突然消失，提琴家猜測他們可能是要設陷阱給他。他知道他的夥伴不信任他，但至於在演出中陷害他嗎？內心雖然千迴百轉，但他沒有停下拉琴的手，戰戰兢兢地拉完整首曲目直到結束。

他將樂章演奏完時，整個音樂廳響遍鼓掌與歡呼，他很錯愕，愣在舞台上。

直到他的情人上前擁抱他，在他耳邊輕聲說道：「停電了。」

因爲停電，其他樂音驟停，只有一直與黑暗共處的他拉完了全部曲子。

蘇芳非常喜歡這個故事，因此以「停電了」代替我愛你，就像夏目漱石用了「月色眞美」翻譯了I love you。

「停電了」是兩個人的默契，犟休聽聞，了然於心地笑了。

之後因爲犟休要上電腦課的關係，她和犟休約了一個兩人都有空的時間——下午五點半到六點，這段時間講上三十分鐘的電話。有時候說不到三十分鐘，即便是二十九分，蘇芳也會覺得不安。

不安的原因除了兩個人見面的次數少了，還有犟休屢次拖延了還款期限。

那筆錢對蘇芳而言非常重要，是夾著她出血動脈的止血鉗，少了那筆錢就像尚未癒合的痂被狠狠揭開。她用了另一種方式提醒自己，過去她所付出的代價還在，她不斷地反覆查看，就算痛苦也不肯罷休。

錢不在她的身邊，只是換了一個位置罷了，並沒有被花掉，蘇芳不斷地告訴自己，要自己冷靜。可隨著犟休的拖延次數漸多，她的惻隱之心也被迅速磨耗。

錢還在，痛就不會被喚醒；錢不在，痛就會開始糾纏。有錢可以使鬼推磨，連心也能跟著被療癒。

林頤橙與蘇芬關心蘇芳與男友的狀況，蘇芳不願意告訴她們兩人之間的金錢問題，從閉口不談到最後也不再帶她們和鞏休見面了，另一方面則是因爲鞏休也不想。

「我覺得妳身邊那兩個台大的很瞧不起我，就連介紹我給你認識的那個台大女生，我也沒有跟她多好。我不希望妳的觀念被她們影響，變成像她們那樣驕傲的人，她們跟妳說的有些觀念都是在害妳。妳要知道，只有我會站在妳的世界，爲妳想、爲妳好。」鞏休曾經數度對她說。

他的話宛若催眠，深深催眠了蘇芳心理狀態。她的世界只有鞏休，萬一失去鞏休那麼她就會變成跟高中一樣一無所有，沒有人愛，被世界遺棄。

◆

近乎從許秋月生活中消失的蘇芬，終於和許秋月聯絡了。她想要準備結婚，希望父母親出席，但不希望靈鏡大仙那一群人也跟著出席，然後什麼事前的提親之類的，都想一併省略。

這對遵照傳統的許秋月來說怎麼能接受，她嫁女兒怎麼可以沒有聘金？兩人大吵一架，什麼難聽的話都說了出口。

「許秋月，妳不覺得妳的行爲是在賣女兒嗎？妳怎麼可以這麼過分！」

「妳怎麼會這樣覺得？妳們去台北都學了什麼？我這是爲妳好耶！」

在許秋月的想像中，台北是個極盡龍蛇雜處、充滿爛泥汙垢的地方，任何人去了名爲台北的大染缸後白蓮花也會變黑蓮花。事實就擺在眼前，她的兩個女兒脫離靈鏡大仙的庇佑去了台北後都變了，變成她所厭惡的樣子。

「一樣的話妳到底要講幾次？我沒有徵求妳的同意耶！我只是報告我要結婚而已，如果妳不來我無所謂，我請爸爸和『阿姨』來！」

聽到關鍵字，許秋月馬上炸了，「好啊！叫那個狐狸精去參加啊，順便宣傳一下她跟妳一樣都寧願被插不用錢！妹妹聰明多了，她還有收錢！我那時候還氣得要死，現在想起來覺得妹妹實在太聰明了！」

蘇芬懵了，「什麼錢？」

「妳的妹妹厚臉皮去跟教主要和解金，笑死人了，又沒有被做什麼，要了三十萬。被蘇芳一搞，大仙廟差點過不去，老師他們怎麼辦？他們明明是在做善事耶！如果不是色鬼被騙走，蘇芳有辦法考上第三志願嗎？」許秋月如同失控的機關槍一樣，把腦子裡的東西全吐了出來，「你們對靈鏡大仙回報過什麼？她怎麼可以這麼厚臉皮地要求？」

蘇芬咬牙切齒，上牙與下牙無法控制地打著顫，握著手機的手指很是炙熱，她不知道究竟是手機的熱度還是自己的手，完全不知道了。在她爲了追求自己的夢想離開家的這一段時間，究竟發生了什麼？

蘇芬一臉發青掛掉電話，當她騎著機車到了蘇芳家樓下時，用後照鏡看了一下自己，佩服她的臉色還不至於太嚇人。她沒有打電話，她知道蘇芳這個時間在家，套房門口擺著兩雙鞋她也不管直接敲門，蘇芳一應門她馬上一掌劈來，「妳怎麼這麼不要臉！妳收了他們的髒錢嗎？」

蘇芳摀著熱辣辣的臉頰，眼中的淚水是被巴掌逼出來的，「我們可以到別的地方說嗎？」她不想要鞏休聽到。

此時此刻，鞏休也在她房間裡。她剛剛才知道鞏休欠了地下錢莊約莫二十萬，現在哪裡也不能去，只能躲在蘇芳家中瑟瑟發抖。

蘇芬瞥了一眼鞏休那窩囊廢樣，「怕什麼怕？收錢怕人知道？妳知不知道收錢表示什麼？」

「我怎麼知道？」

「妳不要以爲只有妳遭遇到這種事！我也有！我們三個都有！收錢的意思就是一筆勾銷，把自己賣了！懂嗎？妳爲了錢跟那種惡魔妥協嗎？妳怎麼可以妥協？那麼像妓女的事妳怎麼做得出來！一旦妥協，他們做的事就沒有結束的一天，你讓他們的犯罪行爲變成買賣，他們就會有機會對別人做出一樣的事情！」蘇芬忍不住委屈地哭了。

「那妳要我怎麼辦？我自殺過啊，我也很痛苦啊！但是我還活著……我要怎麼彌補自己才能活下來？除了髒錢之外，我有什麼辦法？我不是妳，妳上台大之後有多美好、多順遂？還要丟下我去加拿大！我有反對過一聲嗎？妳要是離開了家裡就只剩我而已耶，妳憑什麼可以離開！」蘇芳將憤怒一股腦宣洩在蘇芬身上，隨著話語出口，捶打著蘇芬胸口的拳頭、巴掌沒有停過。

若是將這些眞話揭開，就能發現以憤怒包裹著的是蘇芳的孤獨，曾經一直支撐著她世界的姊姊就要離開了，像弟弟一樣離開了。

鞏休的話被驗證了，最終站在她的世界的人，支撐她搖搖欲墜身體的人，只有他一個人，而這個人一旦離開，她就完了。

她不要他像白昑知一樣默默離開！她也不能讓這件事再發生一次！

蘇芬一臉錯愕，她曾經以為先遇到那些事情的自己會先瘋掉，沒想到蘇芳比她更快瀕臨瘋狂邊緣……不，她從十四歲的時候就不正常了，不是嗎？

「我沒有想到妳那麼快就把這些事情忘記，一旦拿了錢，他們就以為被原諒了，只要收了錢，妳和我們的指控就會變得脆弱，他們會繼續一樣的事。但是他們永遠不可以被原諒，永遠都要活在不安裡受到譴責！直到有一天他們的女兒發生了一樣的事情，直到他們都去坐牢我才能釋懷！妳懂不懂？收了錢，妳就沒有不原諒的權力了。」

姊姊，妳怎麼這樣說呢？他們不需要妳的原諒也過得很好啊，他們怎麼會受到良心的譴責？妳把人心也想得太美了吧？

他們根本不會因為糟蹋了妳，因為妳自以為是的憤怒而輾轉難眠，所有的人都是！少以為別人都欠妳！要是拿那三十萬搧妳巴掌，難保妳不會膝蓋發軟呢。

妳到底懂什麼？錢是我的紗布，妳懂什麼？

蘇芬最終氣得離開蘇芳的家，臨走前，她對蘇芳說：「這個人是個窩囊廢。媽媽發現妳從戶頭領錢出來了，呵呵，我竟然猜得到九萬是要做什麼，這種蹩腳的藉口妳也信。如果讓我知道你們之後還在一起，我們眞的可以不用再聯絡了。」

「台大畢業又可以移民到加拿大的人就這麼囂張嗎？」蘇芳冷冷一笑，那抹笑是一把刀，斬斷了兩人自弟弟自殺之後重新牽連起的血。

「所以……妳身上有錢可以幫我嗎？」這竟然是蘇芬離開後，犟休第一句說出口的話。他從床上彈起來，將蘇芳視為救命浮木似的抱緊，「寶貝，求求妳！他們說要到我家找我爸媽，我眞的很害怕！請妳救救我，我只剩下三天！」

蘇芳萬念俱灰，但在那個當下他們只擁有彼此，沒有彼此就眞的什麼都沒有了，「你說這個錢是怎麼欠的？」

這個問題在犖休和她坦白財務問題後，蘇芳問了一次，沒過幾天又問了一次，這次他們見了面蘇芳又再問了一次。她想找到犖休話語中的漏洞，好讓自己有理由、有勇氣可以不相信他。

「我不是說過好幾次了？因爲我不懂事在當兵的時候幫人作保了不還不行，妳放心這筆錢有另外一個人會幫忙還，他也是保人。」

「那個人是誰？既然是重要的朋友，重要到可以幫他作保，爲什麼我會沒有聽到你提起過這個人？爲什麼嚴重到要向地下錢莊借錢？」

「因爲我們絕交了啊，現在聯絡不到他。」犖休慌了，「我眞的不知道會這麼嚴重，我眞的只是想解決問題才會去找錢莊。」

蘇芳點開無名小站中犖休的相簿畫面，點開一個他當兵時期的相簿和另一個與一群朋友一起出門的相簿，「你指出來是誰。我想親口問他爲什麼要這樣對你？」

犖休覺得毛骨悚然，不知道是害怕謊言被拆穿，還是害怕蘇芳總是在研究他的網路相簿，「不管我說什麼妳都不會相信，何必浪費時間，一樣的事情我都解釋過那麼多次了！」

「因爲你每次解釋都很心虛，你自己沒聽出來嗎？你的說法前後是有出入的！」

「那是因爲你不相信我，所以總是找我的漏洞，妳自己才是吧？我問妳這個錢是哪裡來的，妳還不是不願意告訴我？少在那裡雙重標準了好不好！」

「夠了，我們分開一段時間吧。」蘇芳眞的覺得很痛苦，長痛不如短痛，一刀兩斷是她覺得最適合自己的方式。

犖休並沒有在當下繼續糾纏，只不過兩人失聯了幾天最終又開始聯絡。這回，痛的神經又接起來了，鞏休說的字字句句都是在最寂寞的那段日子中她最想聽的。

「我的世界只剩下妳了，沒有妳，我就只能死了。」

她之於白吟知是這樣，並且期待著別人之於她也是這樣，如果靈魂伴侶不是這個意思，那什麼是靈魂伴侶？

曾幾何時她也曾這麼想過，因此曾經如此靠近死亡的邊緣，只是因爲那一句話，蘇芳讓鞏休與她同病相憐，成爲病友、心靈相通的伴侶。

二十萬，最後她還是牙一咬，借出去了，「這是最後一次。」

但她其實不是很清楚那是對誰講的，自己？還是對仍稍有懷疑的鞏休？

她的世界只剩下鞏休，而鞏休的世界也剩下她能拯救，他們只有彼此，欠缺其中一個人，另一個人就得毀滅，臍帶相連，只能相依爲命。起碼她並不孤獨，這是她能維持的最低限度的陪伴，就算脆弱也好、膚淺也罷。

誰叫這個世界是這樣子的？KTV一個人去比兩個人更貴，除了拉麵店櫃台以外，所有的座位都是兩位以上，連店員「請問一位用餐嗎」的問候都顯得諷刺，每次蘇芳都彷彿能聽見對方的潛台詞——妳確定不要外帶？

單身的生活就是適合把食物外帶回家，放在可悲的矮桌上，看著HBO播放《鐵達尼號》邊看邊哭，感嘆著屬於自己的傑克怎麼沒有出現？

蘇芬要結婚了，她的生活將不會再出現他們這群「低等家人」的干擾，她將要飛往加拿大脫胎換骨。林頤橙將一直往自己的目標筆直前進，未來將會是一個成功的皮膚科醫生。

她自己呢？白吟知呢？他們也會有自己的幸福的嗎？

蘇芳用二十萬暫時換到了一段暫且能說是穩定的感情，穩定期間約莫只有甚短的一個月，甚至沒有足一個月，錢解決了問題卻帶來更多問題。

犖休說他休學了，要創業，然後又被騙了諸如此類……

「我當初決定提早當兵，就是因爲想要有更充足的時間拚事業，妳知道有個美國企業家叫做Steven Jobs嗎？妳知道他是休學創業的嗎？現在要跟上他的新時代還需要讀大學嗎？一點意義也沒有。Bill Gates哈佛也只讀到大三，所以我也決定停在這裡。」犖休如此說時，神采奕奕。

已經大學四年級了，蘇芳非常想對犖休說「是啊，憑你那愛念不念的王八樣確實不應該再浪費助學貸款了，你應該要跪在台銀門口道歉，還清學貸才對」，但是她說不出太傷人的話，最終只是違心鼓勵他，「嗯……如果你好好努力的話，也可以跟Steven Jobs一樣。」

「寶貝支持我的話，不願意看到我這麼辛苦對不對？妳知道嗎？我生活已經有困難了。我沒有工作，也不想浪費時間打工，想和阿龍他們一起創業。」

類似的內容，蘇芳已經聽到倦了，再怎麼意志堅強的人，同樣的話聽那麼多遍也是會麻痺、相信的。

「我覺得……我眞的沒辦法了，如果你眞的過不下去可以暫時跟我一起住，兩個人在一起可以平均收支，這是我覺得現在最好的辦法了。」而且，他並沒有讀到哈佛大學三年級。

「不行啦，我媽媽身體不好，我就住家附近怎麼可能搬？而且我爸爸幾乎每天喝酒，妳又不是不知道？」

講得好像我去過你家、見過你父母一樣。

事實上，至目前的記憶為止，蘇芳連經過鞏休家門口的機會都未曾有過，最多從地下停車場出去而已，她不知道他家在幾樓幾號，好可笑。她不曉得真正丟臉的是自己被騙，還是男友太爛……到後來她已經不敢和任何人談論鞏休的事情了，除了在居酒屋認識的另一個女孩——徐伊湊。

其餘如同死神說的，種種不合理接踵而至，骨牌仍然在倒，倒得亂七八糟。

「你的金錢狀況到底出了什麼問題？」過一段時間，蘇芳又問起一樣的問題。

他們又因為一樣的問題起爭執，周而復始，一而再，再而三。

「妳一直在質疑我！妳自己說話反反覆覆都不覺得自己有錯嗎？」

「哈！我就知道你要說什麼？我現在會寫日記了，我把我們的對話都寫了下來，你以後沒辦法鑽空了！」

鞏休露出不敢相信的神色，「妳知道嗎？妳很恐怖。我覺得妳有病……妳是個變態……精神分裂啊妳？去看醫生好嗎？」

蘇芳還記得那時她的電話反覆被鞏休封鎖拒接，幾天後再聯絡上時，他的態度總會突然好轉，比演員還要戲劇化。而她的同理心也很戲劇化，一下子悲憤，一下子又被哄得乖乖順順，一會兒不相信，一會兒又相信了。

她想，一定是自己記錯了，日記也有可能寫錯，人的記憶很脆弱，很容易變得模糊不堪且容易改寫，一定是這樣，一切都是自己的錯。

蘇芳變得極端暴躁又極端順從，在鞏休心情好時，她竟然可以忍受自己在大白天鞏休開著車時對他口交。心情不好的時刻她又哭得撕心裂肺，所有的事情跟錢扯在一起便不再單純，曾幾何時蘇芳的眼淚也包含了那三十萬的和解金。

她眞的覺得那一段日子自己近乎人格分裂。

◆

某天從居酒屋下班準備回家時，林紫亭從店內的後門跑了出來，揪住蘇芳尚未換下的制服，神色慌張，語氣卻盡量保持冷靜。

「不好意思！妳家可以借我躲一下嗎？一天就好！」林紫亭在說話期間不停抬頭看向二樓還亮著燈的倉庫窗戶，「快點幫幫我，等我老公關燈下來就來不及了！」

「老闆娘，有話好好說，妳怎麼了？還是老闆對妳怎麼了？」

蘇芳的老闆王志良，說眞的是一個不錯的人，蘇芳一時之間無法將他與林紫亭此刻臉上的驚恐聯想在一起。

「我之後再跟妳說，妳先讓我跟妳一起回妳家好嗎？」

蘇芳看著林紫亭一臉被追殺的模樣，才剛點頭應允，後領便被提了起來，整個人被甩出去。還不清楚發生什麼事情，蘇芳身體已躺在剛剛被提出來的黑色垃圾袋上，錯愕之餘，她又被王志良提起來甩到巷子底的子母車旁，碰撞聲在巷子裡迴響。

接著，王志良的怒吼劃破凌晨的夜空，「妳請假的那段時間是不是都跟老闆娘混在一起？妳請假跟她約會是不是？」男人的臉被凌晨四點的暗夜籠罩，一雙眼睛卻亮得像要噴出火。

蘇芳惦記著不能告訴王志良車禍肇事者的事情，「我出車禍，老闆娘來看我，就這樣而已。」

林紫亭在一邊跪著哭起來，說不關蘇芳的事情，雙手還抱著王志良的小腿。

「妳出車禍連我都沒有聯絡，竟然聯絡我老婆是什麼意思？她是老闆還是我是老闆？」

「是我的錯，我可能那時候意識不是很清楚，所以搞錯應該報告的對象了。您是老闆，我很抱歉。」

林紫亭還在哭喊，王志良一面朝她大吼，一面難堪地當蘇芳的面痛哭失聲，「妳現在是怎樣？不管男生女生都要勾引是不是？」

林紫亭見狀開始狂甩自己巴掌，「是我不對！我眞的知道錯了！但是事情已經過去了，我現在眞的沒有背叛我們的感情！」

「那妳要跟她回家是什麼意思？」

「我是……怕被你打，我眞的沒有要跟她做什麼事情的意思！懂嗎？」

王志良的雙眼自炯炯發光轉爲黯淡，低聲說了句他不相信，緊接著朝著蘇芳就是狠狠一陣亂拳，「王八蛋！勾引我老婆！去死！妳不要再出現了！」

蘇芳被揍得嘔吐，整個身上不只是垃圾車的味道還有自己的嘔吐味。

居酒屋的同事徐伊凌在暗處看著，她體型比在場的人都還要嬌小，只有一百五十六公分、四十三公斤的身形令她卻步不前，幾度躊躇仍喊出：「警察來了！」

王志良哪怕警察？他一點驚慌的神色都沒有，冷靜地進入餐廳將從蘇芳置物櫃打包好的私人用品丟在蘇芳身上，「叫徐伊凌幫妳辦離職！妳以後不用來了！」

蘇芳靠在子母車上無能爲力，只能眼睜睜看著王志良將林紫亭揪著離開，此時此刻她竟然還在想著林紫亭回家會不會發生什麼事……

待王志良離開後，徐伊凌小小的身影靠近蘇芳，「還能走嗎？要去醫院還是回家？我陪妳。」

蘇芳聽出剛剛那一聲「警察來了」來自徐伊凌，「謝謝，我沒事，我們回家吧。」臉上困難地擠出笑容。

兩人一起回到蘇芳租的套房，蘇芳先盥洗過再讓徐伊凌為自己臉上及膝蓋、手上的傷口貼上ＯＫ繃。

徐伊凌一面貼，一面輕輕問道：「一個人會不會怕？要打電話叫妳男友來嗎？」

「……不用。」清晨五點，怕是接了他也沒有好口氣。

徐伊凌理解蘇芳與犖休之間的事情，似乎看出對方需要人陪伴，像是隨口說出：「要我陪妳嗎？」

蘇芳這才驀然驚覺有多久沒有人關心她過得怎麼樣了？犖休打電話或是見面也只會不停抱怨他的財務狀況，以及施壓控訴蘇芳不願意借錢給他，對他漠不關心。她突然感到一股難以言喻的心酸，「好啊，麻煩妳……」

「嗯，借我衣服喔，我洗個澡。」徐伊凌雲淡風輕地進入浴室盥洗，出來時，蘇芳蜷縮在床上，像是睡了。

天色呈現魚肚白，蘇芳日夜顛倒的房間掛著兩面布料極厚的紫色窗簾，窗簾間隙透出的白光宛若銀河灑落在蘇芳的背脊。徐伊凌想像蘇芳是個被太空船遺棄的太空人，漂浮在無邊無際的寂寥中，不斷地呼救，卻從來沒有人聽見。

徐伊凌鑽入被窩，抱緊顫抖著的蘇芳。

「爲什麼？爲什麼我還要活著？我早就應該在十七歲死了……爲什麼我只是想要像別人一樣幸福卻那麼難？我什麼都沒了，沒有工作也沒有錢……男朋友有等於沒有……我覺得我好失敗！但是爲什麼我沒有重新再來的勇氣？」感受到徐伊淩的擁抱的瞬間，蘇芳哭了。

「妳感受到的幸福跟別人的幸福怎麼會是一樣的？只要妳認定妳幸福就夠了，爲什麼還要別人認同妳的幸福呢？如果妳認定妳是幸福的，繼續下去又何妨？如果妳眞的覺得很不幸想要重新再來，時間到了自然就會得到力量，在那之前根本不需要勉強自己一定要爬起來重新振作。」徐伊淩在蘇芳的身後輕聲說道。

蘇芳感覺徐伊淩的氣息非常接近，嘴唇開合之間有意無意地親吻了自己的後頸。

最後，蘇芳只睡了兩個多小時，醒來時，手錶顯示早上八點十五分，不過房間依舊很暗，只有一些光束鬼鬼祟祟爬了進來。

雖不知在早上八點啜飲紅酒適不適合，蘇芳仍是喝了，以口對瓶口的方式喝著，一如她在家中浴缸內選擇自殺的那一天。

她看著徐伊淩，再看看自己手機，發出一封訊息給犟休，簡單交代她被襲擊但傷口無大礙，正在家裡養傷，請不要擔心。看著游標在「擔心」二字後頭閃爍，似乎在問她用這兩個字眞的對嗎？他會擔心嗎？

蘇芳將信息送出，再喝下一大口紅酒。

在短暫的睡眠之前，她們兩個說完話後，不知道爲什麼地激烈地吻了起來，蘇芳已經忘了是誰先主動的了。她被揍得腫脹出血的嘴角被吻得出血，可即使如此兩個人的吻也沒有停止。

蘇芳模仿犟休與白吟知那樣愛撫女性的身體，鎖骨、乳房、小腹……觸碰到徐伊淩濕黏灼熱的入口時，手指不由自主地被吸了進去，徐伊淩嘆氣似的一聲輕吟喚醒了蘇芳這些日子沒有被滿足過的性慾。

犂休是她有過性經驗的三個男人中，陰莖最短小的一個，就連教主都比他大一點。蘇芳不想比較，但無形之中沒有被滿足到是事實。

性塡滿了兩人，蘇芳以爲自己好好睡了，沒想到只過去兩個多小時。僅僅這些時間，她的心態得到了暫時性的扭轉，她以實際行動上的出軌懲罰了犂休對她的利用。

猜猜看，現在是誰比較難堪呢？是明知道被利用還一直忍氣呑聲等著浪子回頭、劇情有所轉折的人呢？還是另一個自以爲演技完美、覺得可以用女人的錢揮霍無度毫無歉意的人呢？蘇芳從不覺得自己會輸。

灌下半瓶紅酒後，蘇芳的眼前出現了那個神祕的衣櫥。

起初，蘇芳是愣住的、存疑的，她記不太清死神說的事情，好像是要她注意夢中不合理的事情……可是，她現在眞的在作夢嗎？如果是夢，爲什麼所有的痛苦都如此眞實？

這是她的房間，衣櫥的出現並不會不合理……蘇芳靜靜盯著眼前這個「合理」的衣櫥，再次喝下一大口紅酒。

找到電視遙控器，蘇芳沒有再將焦點放在衣櫥上，而是撇過頭看著電視，隨意停在某個新聞頻道，靠著坐墊繼續喝酒，看著那則報導。

「台大畢業即將移民的人生勝利組，爲什麼在結婚前夕選擇上吊自殺呢？據悉和死者在國高中時期發生的事情有關，以下是本台的深入報導……」

酒精令蘇芳迷迷濛濛，想著死神那時到底說了什麼呢？他說衣櫥怎麼了？她在夢裡嗎？明明清晨時那麼舒服，怎麼可能是夢？這一切明明都是眞的。

第七章　令人討厭

時間到了二〇〇七年的大四尾聲，蘇芳居酒屋的工作結束後，在一間裝潢得相當時尚的貿易公司工作，公司裡一半是台灣職員，一半是日本職員與上司。工作內容起初充滿挑戰，後來日文漸漸好了，客戶之間往來的商業書信，甚至電話應對她也逐漸駕輕就熟，隨著經驗累積，她會議中的即時口譯也越發出色。

這一年來，蘇芳漸漸找到工作上的目標，要她回首看看過去沒有其他目標只沉浸在戀愛中的自己，總覺得可笑。原來工作只要是真心覺得有興趣，也能取代愛情成爲生活的動力。

等她畢業，應該就會繼續在這間公司裡待下去吧？總經理上田先生也說她很努力，是個很棒、有前途的女孩，若是繼續在公司拚下去，以後公司會有她的一席之地。

聽說大學畢業、通過在日本福岡的短期研修之後，她就能順利轉正，順風滿帆地工作。過了這麼久，蘇芳才終於找到目標，那些渾渾噩噩的日子她都不知道是怎麼過的。

她上網查了一下，福岡有一條很美的都市運河叫作那珂川，而福岡是一個港口挨著機場的都市，去機場的路上能看見博多海港的壯闊，還有機場的寬廣……如果說東京是顆人見人愛的鑽石，那麼福岡是只入了蘇芳眼中唯一的那一顆。

生活有了明確目標的蘇芳，手機桌面從聳休的照片換成了福岡塔。他們依然在一起，只是感情淡了很多，到最後已經處於要放棄的狀態時，蘇芳只能放下關於錢的事情，唯獨放下，兩個人才能正常交往。

她第一次感受到「kick」是在一年前自己被王志良打得半死之後，隔天接到犖休的關心電話時。她以爲自己會很有罪惡感，因爲身邊還躺著全裸的徐伊淩，然而她並沒有從自己近乎全暗的房間裡和與犖休的對話中打撈到罪惡感。

她想像自己是個紙網都破了還要繼續撈金魚的孩子，好不容易撈到了一隻，那一隻卻被犖休的一句「妳有去驗傷報案嗎？可以告他傷害妳知道嗎」嚇得掉回水槽中。

三四十萬陸陸續續不翼而飛後，不論犖休說什麼，最後的結論都可以連結到錢。他並沒有放棄，而是等待一個蘇芳極度心軟、特別卑下的時機，粉碎她的心防，再從她的銀行戶頭擰出最後一滴油水。

她還能過得更慘嗎？蘇芳自問。

她不想，可是她想做到與林紫亭的約定，要是驗傷提告說出眞相——即便那可能不是什麼祕密，但蘇芳總覺得當時林紫亭希望隱瞞，一定跟她長期受到的精神壓力與暴力脅迫有關。林紫亭只有她能拯救，所以她不想，並非因爲錢。

「妳跟他有什麼關係妳要這樣保護他？還是妳劈腿了？妳不敢討公道我去幫妳討！他至少要賠醫藥費！妳跟我說居酒屋地址在哪裡？」

「地址是……」這是第一個kick。

她明明有說過自己工作的地方在哪裡，犖休忘記的意思是？

他根本不在乎她，只在乎錢。

「我會考慮一下。」蘇芳想盡快結束這通電話，只好如此搪塞。

僅僅過了一個月，創業資金遇上困難的犖休再次找蘇芳尋求幫助。他一直以爲蘇芳會控告王志良，因此身上肯定有可以幫助他的錢，而且當時蘇芳沒有工作卻能正常生活，所以當蘇芳向鞏休坦白她完全沒有對自己被打的事情採取任何法律措施時，鞏休有點失控。

「妳知不知道妳現在是在對我見死不救？如果妳是這樣的人，我要妳做什麼？」

「我也不知道。」他不是把她當人體ATM用得很開心嗎？

「妳知道我們會一直在一起吧？我是眞的下決心才跟妳在一起的，向妳借錢是因爲相信妳，妳不會白費我的信任吧？」

這樣的話當下聽了沒有感覺，但在日記中寫下來時蘇芳卻覺得幽默至極，「相信」這個詞一向出現在債主對借款人的狀態不是嗎？現在怎麼會是反過來的狀況？

蘇芳寫下這些時，伏在桌上笑到哭了……是眞的哭了。

她不是眞的傻了、認不清自己的狀況，她比誰都清楚這條路若是堅持走下去並不會通往康莊大道，而是會直直往地獄前進。但她早就走過地獄一遭了，還會怕嗎？

「我那天有聽到妳姊姊說，那筆錢是什麼的和解金……如果跟那個人再要呢？就說那件事不能就這麼善了？求求妳，幫幫我好吧？」

一天之內，她感受到了兩次kicks，這是第二次。

蘇芳在心中想，第三次，第三次她就會眞的放下。

她不敢相信她聽到了什麼？既然是和解金必然有需要和解的理由，正常人都知道和解之後沒有什麼別的措施可以採取，事後翻臉不認帳更不可取，而且那種錢……怎麼可能再要一次？

「你知道那筆和解金是怎麼來的嗎？」

「車禍？」鞏休單純地回道。

蘇芳深呼吸了兩次，「那是我用身體換來的，這麼說你懂吧？我不想說出那兩個字，如果你明白的話，就不要再說出這種沒有良心的話了。」

電話那一端的犖休沉默了一陣子，竟然哽咽了。

蘇芳以爲那個眼淚是因爲自己，還出言安慰他，「事情已經過去了，我沒事了。」

「眞的沒事了嗎？你有勇氣重新面對他嗎？」

「你說什麼？」

「我眞的沒有辦法了，只有妳可以依靠了，我也不想要叫妳再去面對自己的噩夢一次啊！我如果連妳都失去我就眞的什麼都沒有了，我現在眞的壓力很大……我想找個地方躲起來……妳眞的不能試試看，幫我跟那個人說看看嗎？」

她想著，這人不只要找個地方躲起來，還要找個地方把自己活埋起來，死一死算了。

身邊的徐伊凌起床，隱約聽見了電話的內容，雖然知道肯定沒好事，還是問了一聲：「還好嗎？」

「怎麼可能會好……」

徐伊凌見蘇芳難過得顫抖的背影，起身抱住蘇芳，骨瘦如柴的身體看似冰冷卻很灼熱。

徐伊凌喜歡蘇芳，蘇芳也喜歡著徐伊凌，但是她們彼此都沒有要求過交往，彷彿這是早就約定好似的。

蘇芳將自己對人的「喜歡」分成好幾個部分，若問她最大的一個部分是誰，她會回答白吟知，那個從她十七歲開始就盤踞在她腦中的人。白吟知以下的人除了她對犖休的執著以外，似乎都是喜歡、可以發展的關係，在那以上的感情，似乎已經沒有了。

有一陣子，蘇芳沉迷與尋找這樣的感覺，不論男女都可以約出來睡一晚。諷刺的是，那本流浪的《我是貓》成爲她濫交的工具，不認識的、想玩的、寂寞的男女好奇打了電話，她便約他們出來見面，若是臉蛋不錯便可以睡。

總會有人可以把白吟知從她身上帶走的東西還給她，這麼多人當中肯定會有人帶著那樣的東西——然而沒有，沒有一個人如同白吟知一樣。

蘇芳逐漸疲乏，她與鞏休之間已經越來越不像情侶，他在等蘇芳說出分手，然後封鎖她，錢也不打算還了。蘇芳也在等著他說分手，然後雙手奉上他累積四十萬的債務……到最後蘇芳已經不知道她的執著是爲了什麼。

「我覺得妳的堅持是因爲妳不想承認妳錯了、失敗了，所以如今就算一切都是錯的，妳也要堅持走下去。」徐伊凌在一次與蘇芳的做愛後，一面抽著菸，一面淡淡說道。

蘇芳喜歡徐伊凌的原因便在這裡，徐伊凌永遠不會批判她、不會說她認爲蘇芳錯了或對了，她覺得這些事情別人永遠說不準，只有自己心中認定的才是最準確的。

她想起兩人在二〇〇七年的年初一起在西門町看了部令蘇芳哭得崩潰的電影——《令人討厭的松子一生》[18]。那是第一次，她竟然因爲共鳴哭了。

二〇〇七年的一月很冷，她們瑟縮在戲院外頭的垃圾桶邊，徐伊凌抽著菸，菸灰因爲她的手指發抖而掉落，微笑說道：「哭是因爲覺得自己很像松子嗎？」

「就是覺得……怎麼可以像我這樣這麼傻……」

「可是對松子來說，那是幸福的事情啊，因爲這樣她才堅持下去。我覺得妳的理由是不

18　《令人討厭的松子一生》爲二〇〇六年上映的日本電影，改編自山田宗樹的小說作品，由中島哲也執導。

一樣的，妳是因爲……我知道這麼說妳不是很開心，但是在我眼裡，有一個部分的妳是享受著那種……悲劇主角的感覺、當個菩薩聖母的感覺。」徐伊淩頓了頓，「我覺得電影裡的阿龍也將松子當成聖母一樣的存在。妳的共鳴大概來自這裡，妳也滿足於扮演像聖母那樣的角色。」

徐伊淩的話給了蘇芳當頭一記棒喝，她難堪地笑了，「對不起，妳喜歡的人竟然是這個樣子。」

「別說了，再說就不喜歡了。」

兩人在濕冷的西門町吻了起來，那年的一月比起所有蘇芳記憶中的一月都還要冷，寒風刺骨，指頭發顫。

鞏休在一旁看到了這一幕，理解爲什麼蘇芳不再站他這一邊。他萬萬沒想到，乖順得會在他邊開車邊幫他口交、把所有存款雙手奉上的蘇芳，竟然跟他的前女友一樣劈腿了。

「妳別想要我會原諒妳、把錢還給妳，這是妳劈腿的懲罰！」鞏休哭了，西門町水泄不通的街道中迴盪著他對蘇芳的怒吼。

蘇芳愣住了，她沒有想到有生之年竟然可以看見鞏休的眼淚，不是說鱷魚沒有眼淚嗎？可現在鱷魚卻因爲她有了眼淚。松子恐怕也沒有想到阿龍會有爲了她哭泣的一天，令人遺憾的是，她沒有看到就死了，但自己竟然有幸能見到。

蘇芳這回終於撈到了很多金魚，那一瞬間，她想起了林紫亭。

「對不起，我知道我錯了，我……」突然間，她說不出「不要錢了」這樣的關鍵詞。這是鞏休最在乎的事情，也是讓自己最痛苦的事情，糾結了一年多，最終她沒有鬆口答應將借款的事情付諸東流，卻也沒有再積極討回金錢。

如果他良心發現就會還吧？蘇芳天眞地想，雖然知道機率微乎其微，但是她累了。

直到林頤橙聯絡蘇芳，說她從共同認識的朋友那裡知道鞏休三年前就有了穩定交往的對象，只是那女生在菲律賓留學。這段時間，鞏休不知道往返菲律賓幾次。

林頤橙還傳了照片過來，上頭是那個女生在車上自拍的照片，她勾著一個不露臉的男生，男生的手上帶著蘇芳送他的CITIZEN限量錶款。那支錶就算化成灰她都認得，而方向盤上的LOGO，也正巧是她熟悉的。

要怎麼在同一張照片找到兩個巧合？除非那不是巧合。債務眞相大白，不是投資、不是欠債、不是作保……都是爲了另一個女人。

蘇芳躲進浴室哭得撕心裂肺，她的存款、和解金和她付出的同情與一開始的愛……最後都是討好他女友的手段、一張張往返菲律賓的機票與飯店費用。

她所付出的時間、四十萬的借款、不求回報的愛，加起來最終不等於零，而是負數。

十七歲時全身是血的她突然出現在蘇芳面前，站在浴缸裡說道：「作假證據威脅別人的事妳都做過了，現在威脅他不把錢交出來就告訴他的家人，還有他菲律賓的女朋友不困難吧？」

三十五歲的她坐在豐田車的駕駛座中，手上提著喝到剩一半的紅酒，「妳總有一天會覺得沒有小孩是多麼値得慶祝的事，妳完全不喜歡小孩。」

十七歲的白吟知手上拿著流浪了兩年多的《我是貓》冷冷問道：「妳是眞的有心要找我嗎？這本書變成妳約炮的工具了，不是嗎？」

二十七歲的蘇芳穿著合身的黑白套裝，從衣櫥裡和自己對視，那裡似乎是一間很豪華的房間，身後有個熟悉的影子從二十七歲的自己身旁經過。

二十二歲的林頤橙一臉無奈地說道：「雖然那個渾蛋是透過我朋友介紹的，我也有一些責任，但是我還是有提醒妳，或許我看到的他跟妳相處起來的他不一樣……沒想到妳竟然還因爲他跟我們還有妳姊鬧翻，眞的是太笨了。」

蘇芬憤怒地咆嘯：「如果他把錢還妳，妳就算了嗎？妳這個人眼裡只有錢嗎？」

十二歲的蘇螢笑得很燦爛，蘇芳已經很久沒有見過他這樣笑了，他拿出火野麗的貼紙，「姊姊要給我火野麗嗎？謝謝妳，天王遙[19]的東西太少了……不然我就可以跟姊姊交換了。」

「沒關係，誰叫你喜歡的角色剛好我討厭呢？」

「姊爲什麼討厭火野麗？我覺得她是個很勇敢做自己的人，又聰明漂亮，我想成爲……那樣的女生。啊，姊姊不可以跟任何人說喔，這個是我們的祕密……如果被別人知道我是一個想當女生的男生，會被認爲我是變態……」

「可是，小螢，你覺得我爲什麼喜歡天王遙呢？」

蘇螢歪了歪頭，理解地笑了，「姊姊是想成爲男生的女生嗎？」

「不是，我是憧憬成爲帥氣的女生，不是想成爲男生。只是我不想成爲大家眼中女生的樣子，想成爲自由的女生，或許我有可能會喜歡女生吧？不過我現在還不知道，所以我很羨慕小螢現在就知道自己要的是什麼。因此我會保護小螢，不管發生什麼事。」

她想起來了，她曾經決心要保護蘇螢那顆溫暖且眞摯誠實的心，像火野麗一樣的心。

反觀自己，到十七歲前爲止她就是使勁扮演好女孩、笨女孩的女孩，經歷了父親離開、弟弟自殺，仍然堅信著乖乖地過生活、乖乖地聽從母親的話就不會錯，直到山上靈修的事情改變了她……

久違的滴滴聲響起，蘇芳感受到有人正在撫摸著自己的臉頰，然而她睜開雙眼卻只感覺自己如同浮在宇宙間。臉上的觸覺還在，那手像是從別的時空穿透而來，碰在她的臉上，非常舒服，令人放心，「白同學，是你嗎？」

另一個宇宙的人當然聽不見蘇芳的話，這回大概又是蘇芳的自問自答。

「快醒來吧。」

沒想到另一個宇宙竟然第一次回應她的話……是白吟知的聲音，他在她身邊嗎？

「我好想你……」她想知道爲什麼白吟知會突然搬家，突然什麼也沒說就這麼離開她的世界，但是喉嚨哽住了，只能咳嗽，說不出其他的話。眼看好不容易能和白吟知說話的機會來了，卻只能眼睜睜看著機會消逝，她雙手握緊，悔恨得全身發抖。

「我會再來看妳的。」

白吟知的聲音傳來，蘇芳知道那是道別。抬起哭得滿是淚水的臉，她在飄浮的宇宙中站起，玻璃橋在她腳下延長，橋的盡頭是死神說的放著自己意識連結的衣櫥。

蘇芳朝衣櫥走去，心情竟無比平靜，大概是因爲白吟知的聲音吧？如果裡面眞的是自己的意識，那麼她的意識會是什麼樣子？會是關於現實世界的樣子嗎？現實中的她是什麼樣子呢？那個三十五歲的自己是她的樣子嗎？那個喜歡紅酒和巧克力的人是她的樣子嗎？找到她，就可以從這一連串的夢中醒來嗎？

蘇芳靠近衣櫥，這次沒有任何阻撓與其他因素干擾，她打開了衣櫥。

19　天王遙爲日本動漫《美少女戰士》主要角色之一，更爲人所知的是水手天王星，是個男孩風氣質的少女。

衣櫥裡是一支手機，螢幕比起現在她用的Sony Ericsson手機的螢幕還要再更大一點，上頭沒有鍵盤，只有三個分別是返回、首頁、功能列的按鈕。這和她在那輛Toyota中用的東西是不是一樣的？很像，可又不是……所以這是哪一年的東西？

那支手機突然震動起來，螢幕顯示著不認識的號碼，畫面中有兩個按鈕，分別以綠色及紅色表示接或不接。

這是她的手機嗎？她能接嗎？或許這是連接現實的電話，意味著她的眞實意識。不接？可這跟Toyota裡出現的手機是一樣的東西……最後蘇芳還是接了起來，「喂？」

「妳好，請問妳是蘇芳嗎？」手機中傳來一個陌生女人的聲音。

「請問妳是？」蘇芳覺得她聽過女人的聲音，但不記得在哪裡聽過。

女人在電話那頭深呼吸了兩三次，幾度猶豫又幾度急著說出什麼，女人要說出的話是根魚刺，扎在她的喉嚨裡，「我撿到妳的書了……在二〇〇七年的時候。我認識妳要找的人，書還在我這裡，我……我一直沒有讓他知道妳在找他……」

「妳說什麼？妳認識白吟知？所以現在書在妳手上？」

「書在我身上已經有三四年了……我一直沒有處理，這件事放在我心裡很久，我想把它解決掉……我以爲妳肯定換電話了，沒想到還可以聯絡到妳。」

三四年？所以已經不是二〇〇七年了？還是她到了另一個夢？蘇芳看著陌生的手機螢幕，上頭寫著二〇一一年一月二十日，「所以……白同學一直不知道我在找他？」

「對不起，他以後也不會知道……請妳也不要試著找他了，書我會寄還給妳，如果妳不要，我就會丟掉。」女人的這通電話已經讓她勇氣付罄，越是往下說，聲音就越是顫抖。

「等一下，請妳告訴我妳是誰？」

「我們決定結婚了，所以算我求妳，放過我吧？妳懂我的心情嗎？而且，我拿到這本書的時候，上面竟然還有一些男生的惡意留言，寫可以一夜情……我不知道他撿到這本書會是什麼想法？所以我來處理是最好的。可以的話，我不想要他知道這些事情。」

她確實荒唐了一段時間，但是很快就結束了，並沒有持續很久，因為她也不想繼續傷害徐伊凌。然而卻還是被寫上這樣的留言，被寫在白吟知最喜歡的夏目漱石的書上，簡直……太髒了吧？

她也太髒了吧？

一開始她真的只是想找白吟知而已，真的沒有想到會引發後續那麼多事情，仔細回想，這三年確實少了很多騷擾電話，原來是因為書被收起來了。

「妳還利用這本書來約炮嗎？也太髒、太諷刺了吧？就算妳沒有做這件事，要我怎麼跟他說？我很想要把這些事情都解決，想要好好地結婚，所以……拜託妳，別再找他了，他真的花了很多時間才忘記妳……」

「什麼意思？」

「他十七歲會搬家，是因為他把人家的房子給砸爛了，如果他爸媽不帶他搬家、用錢擺平，他現在就是個前科犯。所以他不能跟妳聯絡，妳不懂……他都快畢業了還要突然被逼來人生地不熟的台北、離開妳。他已經很辛苦了，請妳不要再讓他不幸了。」

她想起許秋月在她準備自殺的早上說的話——

「妳問我？我還想問妳呢！早上有幾個人砸了靈鏡大仙廟！是不是妳叫的？」

「房子叫作『靈鏡大仙廟』嗎？」

「我不想說了，反正妳不要再出現在我們的生命裡，真的夠了，匪夷所思，我真的不知道我該用什麼身分跟妳說話，也搞不清楚妳到底是誰……我真的沒辦法，甚至覺得永遠不可能贏過妳，雖然我說我們要結婚了很像宣示，但這其實是請求，求妳放過白吟知、放過我，讓我們所有人幸福吧。」女人崩潰，嚎啕大哭。

明明那時候靈鏡大仙廟要重建，正是需要錢的時候，三十萬的和解金他們卻爽快地給了出來，難道這筆錢不是來自教主夫妻，而是來自白吟知他家嗎？

「他這幾年都在做什麼？過得好嗎？」

「他過得很好，不需要妳操心，我們結婚後會搬到日本的福岡定居，我們都會徹底忘記妳。謝謝，再見。」

「等一下！我知道這樣很失禮，可是拜託妳！讓我跟他見一面就好！我求求妳，只要一面……不，只要讓我遠遠看他一眼就好。求妳了！」

蘇芳明知道她在一個虛無的空間中，卻仍對著衣櫥下跪磕頭，彷彿對方可以看見一樣，壯烈地懺悔、遺憾著。

電話那端的女人躊躇了很久，「二月二十日長榮航空早上八點飛福岡的飛機，我只給妳這個機會。」掛了電話，聽不見蘇芳跪著哭喊的道謝。

黑暗的宇宙隨著蘇芳的哭喊消失，所有黑色鑽入了衣櫥的一角。蘇芳躺在家中的沙發上，還能想起上一個夢境的斷點與這四年來發生的點滴，她應該沒有到死神說的第三層去。

按照他的說法，越往下面她清醒的機率就越低。她不知道自己究竟在幾歲昏迷，如果就是現在呢？所以她得醒過來，她要見到白吟知、非得見到白吟知不可。另外，她也很想知道究竟是誰讓她困在這裡？

「妳想知道嗎？」死神不知何時坐在沙發的另一端。

這是蘇芳白天的房間，卻仍舊是暗的。紫色厚窗簾從舊家拆下沿用至今，籠罩出和舊家一樣的暗色，蘇芳一時之間還沒意會過來眞的已經過了四年。

「我當然想知道啊，就算你說我會忘記我也想知道，儘管夢很容易混淆分不清楚虛實……可是我還是想知道我實際上幾歲了？」

「妳已經三十五歲了，今天是妳在現實中昏迷的第十二天，妳的腦還很清楚，還能回顧過去、還有能力喚醒自己，超過一個月，不……再這樣繼續下去的話，就很難有機會醒過來了。」死神說道：「妳得跟自己戰鬥，不能讓自己的意識沉下去。」

「爲什麼我要讓自己在這麼痛苦的噩夢裡呢？我明明那麼渴望醒來？」

死神嘆了口氣，「我知道妳想清醒過來，可是現實的妳根本沒有求生意志，有什麼事情阻止了妳，讓妳想一覺不起。妳必須在這些回憶中找到最需要克服、面對的那一件事，只有克服它，妳才有辦法重新開始人生。」

蘇芳更不懂了，抓著自己的頭髮，現實過了十二天，她在夢裡已經過了九年，到底還要多久，而且醒來的她還能見到白吟知嗎？三十五歲與駕駛座的夢模糊地進入蘇芳的腦中，「我有生小孩嗎？我夢到過一個白先生……臉我記不太清楚……他是白吟知嗎？」

「不要再糾結這個了，我說再多也沒用，妳會忘記的，一天一天過去，妳會越來越難判斷夢與現實的差距，在作的夢的內容和妳眞實記憶的出入也會愈來越多，尤其是……關於白吟知和妳的事情。妳好好想一想，究竟是夢還是記憶的重播，一定要弄清楚……如果沒有，即便妳醒了也沒用。」

「什麼叫作『醒了也沒用』？」

死神看向窗簾縫隙透出的白光，「『黑影』就是我說的那個人，他知道小芳的一切，熟悉小芳的個性，而妳是個很容易懷疑自己的人，要記得一定要相信自己的記憶，別全相信夢裡的事情，分清楚什麼是記憶，什麼是虛假。」

「我最後會忘記你說的話，對吧？沒有別的方法可以記得你說的話嗎？我曾經寫在手機裡，結果夢變了，手機也變了……你說的那個人是聾休嗎？」

她以爲堂堂一個死神應該是有辦法的，然而死神卻淒然一笑，「我沒辦法回答妳這個人是誰，一旦知道了只會阻礙妳克服心魔，至於記事情的話……就跟妳平常睡覺醒來一樣，很難記得夢了什麼，在夢裡要記得事情只有一個方法，就是相信自己的記憶，還有相信我，我是妳的意識。」

「你……」到底是誰？

蘇芳還沒意會死神話中的意思，只見他再度看了看手上的錶，「我該走了。」

這次相較之前匆忙許多，死神沒有多說什麼，只說了「妳要加油」，接著一縷煙包裹著死神，而後飄然消失。

蘇芳看著手上的手機，失神了一會兒，打給幾乎沒再聯絡過的許秋月。

「喂？許秋月嗎？我有事要問妳。」電話接通後，蘇芳並不是喚她媽媽而是叫了名字。自從發生那些事情以來，她就下定決心不再叫許秋月媽媽了，她不配被叫媽媽、不配被稱爲母親。

「哦？妳竟然還會想要打電話回家喔？現在是怎樣？吃了妳良心的狗把良心吐還給妳了嗎？」久違的許秋月態度依舊，沒有想放過任何可以傷害蘇芳的機會。

蘇芳不想把時間浪費在吵架鬥嘴上，「我有事情問妳，我十七歲的時候靈鏡大仙廟是不是被砸了？那個砸廟的人是誰？」

「妳問這個幹麼？妳知不知道妳把老師他們害得多慘？廟到現在都沒辦法重建，聲譽都受損了，廟裡被燒黑、外牆被塗鴉說教主是個強姦犯，街坊鄰居早上出門都看到了。這麼過分的事不就是妳指使的嗎？我就說妳怎麼那麼有能力，原來不只勾引學校的輔導老師，還勾引隔壁學校的男生？色鬼在作祟，妳還執迷不悟？」

蘇芳早練就了聽許秋月的廢話挑出關鍵句子的技能，「為什麼妳知道是隔壁學校的男生？」

「這件事情不就是妳跟別人聯合起來做的嗎？他幫妳破壞廟，妳再去把錢勒索回來不是嗎？幸好教主識破了才沒有被妳擺一道。妳這個孩子，太歹毒了，而且有問題，妳要去看醫生！恩將仇報，妳其他兄弟姊妹都不會，妳跟他們差那麼多，我還以為妳最乖，都是我看錯了。」

蘇芳愣了，到頭來，她索取到的……是白吟知的賠償金，而她竟然將這筆錢丟進黑洞。這算是懲罰嗎？她覺得是懲罰的事情不過是借刀殺人，該被懲罰的人安然無恙，還能以受害者的姿態自居，成功洗白。原來這就是蘇芬說的意思嗎？原來她早就什麼都知道了……

此時蘇芳突然比誰都想得到去福岡研修的機會，不僅僅只是研修。她想在有白吟知的城市裡生活，一如她在台北尋找他的足跡一般，是因為這個城市有他，所以她才會存在，如果沒有白吟知，這個城市就什麼也不是，連繼續待下去的價值都沒有。

但是去福岡需要一些費用……倏然間，什麼討債的羞赧、劈腿的罪惡感通通都被蘇芳丟到九霄雲外，她需要聯絡和鞏休在一起的女孩。

感謝這個時代有了「臉書」，即便蘇芳被鞏休封鎖了，仍然可以從幾個他提到的朋友的朋友欄中尋找蛛絲馬跡，一個叫作李維綺的女孩很快浮出水面。

就是她，那張臉和林頤澄給她看的照片一模一樣。蘇芳猜想李維綺是個心思縝密的女孩吧？肯定被交代了交往要儘量低調，相簿完全沒有讓鞏休露過臉，只讓他完整的臉出現在不顯眼的團體照上。

李維綺，妳知道嗎？如果不想要被看就要設定權限啊，只露出半張臉還要張貼在臉書上是什麼意思呢？炫耀妳有一段長達三年的遠距離戀愛的夢幻愛情嗎？

如今竟然還有個動態寫著兩人正在籌備婚禮……眞可笑呢，妳知道嗎？維繫你們兩個人愛情的機票與充實的物質生活，不是妳以爲的永恆的愛情，而是鈔票。

對不起了李維綺，我不是一個喜歡破壞別人好事的人，是你們先破壞了我的好事、蹉跎了我的光陰、浪費了我的時間，用我的痛苦建立了你們的愛，踩著我拱起來的、血淋淋的背，往香檳杯塔倒下勝利的氣泡。

蘇芳將一切都告訴了李維綺，另一方面以別的號碼同時聯絡了鞏休，脅迫他若是不還錢就要告訴李維綺。

鞏休聽了心想或許還有轉圜，畢竟蘇芳似乎還沒告訴李維綺眞相。

「蘇芳，我身上眞的沒錢，可以再給我一些時間嗎？」

「他的身上有快要五十萬吧，是要作爲結婚基金用的。」這是李維綺親口說的，由此可見鞏休又在說謊。

李維綺一開始當然不信，一再求證，蘇芳也給她看了照片。她幾度無法相信，最後盛怒之下連婚也不想結了，不過幸好她還算是明事理。

「李小姐說你身上有大概五十萬。」

鞏休的聲音開始顫抖，「妳……妳跟她說多少了？」

「還沒說完全部，你要是繼續說謊，信不信我連口交的影片都敢傳給她看？」蘇芳從來不知道自己竟然會有這麼一天，能勇於反擊並且無所畏懼。一個曾經要自殺的人，現在竟然強壯得沒有被現實擊倒，勇敢站起來面對傷害。

此時此刻，蘇芳感受到九年來未曾感受到的「重生」。

現在不管發生什麼事，她都不會動搖。

第八章　福岡夜夢

已經好久，蘇芳不知道何謂「目標」，每天都活在渾渾噩噩與自己根本沒有資格活下來的自責與噩夢之中。然而現在她終於找到目標了，就像那時她想讀日文系一樣，冥冥之中，必然有著什麼牽引著她的命運。

「這個禮拜六晚上七點，我們約在第一分局，在警察的見證下還錢，若你沒出現，我就會直接殺去你家，鬧到不只你未婚妻知道這些事。」這才叫作脅迫。

犟休在電話那頭咆哮：「妳知不知道妳有病！妳知不知道妳根本是變態！一下子說要把錢給我讓我花得開心，說那是給別人的懲罰！現在又一天到晚搞我？妳眞的有病妳知道嗎？」

蘇芳靜靜聽著，無動於衷，她沒什麼好畏懼的，在收到錢的瞬間她才能夠完全放手。

幾天後犟休依約出現了，他帶了兩個男生朋友，而蘇芳則是帶了徐伊凌和林頤橙。犟休的態度一點也不畏縮，一副吊兒郎當、若無其事的模樣，一派自然地拿出兩張同意書要她簽名。

蘇芳簽過名，接過錢，分別讓徐伊凌和林頤橙幫忙點清。

警察辦公室的一隅，幾個老警察一面看著電視又若有似無地看著烈女終於向軟爛男討回債務，嘴角洩出了笑。

過程中，他們除了錢的事情沒說過半句話，連一句應該要從鞏休口中說出的「謝謝」都沒有。

蘇芳自認幫了鞏休很多，道謝不爲過吧？只是兩個並不困難的字，蘇芳卻近乎渴望地想聽到，她的心中一定還有某個地方還是單純的、純潔的，兩個字就能化解她的怨氣，然而她最終依舊沒有得到。

最後談妥的三十萬倒是拿在手上了，她手上是一個福岡的夢、及時雨，是個離開沒有白吟知世界的手段。她怎麼會經傻成這樣？還將戀愛當作生活重心過，又不是孩子了，錢才是最重要的。

再一段時間、一段時間就好了，蘇芳祈求著，若是沒有任何機會可以相遇，起碼可以呼吸同樣城市的空氣，看著同一片天空。

◆

二〇一一年二月二十日的凌晨，蘇芳刻意打扮得像個背包客一樣，和一群不認識的人在桃園機場手扶梯前的沙發上，或是睡或是看著影片、看著書。分明是早上八點的飛機，她約莫四點就在長榮航空櫃台附近等待白吟知的身影。

時間流逝得異常緩慢，不知道在這裡有多少人和白吟知一樣是要去福岡的？有一天，希望是今年或明年，她也可以搭上同一班飛機，踏上和白吟知一樣的旅途。

這大概是蘇芳人生中最漫長，也是她覺得最值得浪費的四個小時，什麼也沒做，只是等待著白吟知的身影出現。既然他們要移居，想必行李很多吧，蘇芳專注尋找著行李很多的旅人，尤其是成對的。

她看著長榮航空櫃台前逐漸熙來攘往，人們推著行李在櫃台前等著辦理手續，迎向美好時光。如果有機會跟白吟知說上話，她會說什麼呢？如果不是自己跟他搭話，是白吟知認出她呢？

身邊的椅子上坐著一個一大早就醉醺醺的女人，蘇芳被她的酒氣給熏清醒，正要試著和她溝通請她不要在這裡喝酒時，發現那人竟是夢境中三十五歲的自己。

三十五歲的蘇芳拿著一瓶紅酒，直接對著瓶口喝，紅酒溢出口也不介意，身上的灰色圓領上衣沾染了紅酒漬，斑斑點點，模樣落魄潦倒。

「妳也是來等白吟知的嗎？」蘇芳對其問道。

以往的經驗總是她作爲旁觀者，完全沒有辦法和她直接溝通，但這次蘇芳忍不住和她說話了。

三十五歲的她喝下一口紅酒，眼神空洞看著長榮航空的櫃台，「不要去，妳會後悔的。」接著視線轉向蘇芳，原本不應該對視、分明不同時空的兩人卻四目相交了。

「妳看得見我嗎？」蘇芳問道。

三十五歲的蘇芳淒然地笑了，喝下一大口紅酒，狠狠地再度麻痺自己，紅酒的酸令她嗆得咳到眼淚跟著出來，「別去福岡，妳會後悔。」

「發生什麼事情？」蘇芳才問完，一眨眼，三十五歲的自己消失了，空下來的藍色塑膠椅上連紅酒漬都沒有留下。

蘇芳轉頭，順著三十五歲的自己方才看過去的方向望去，白吟知就在那裡，橫空出世、鶴立雞群的氣質就在那裡，她不會看錯的。他一如他的十七歲一般，半點沒變，除了身高更加碩長以外，那張臉完全看不出歲月的積累。

蘇芳忍不住站起身企圖離他近一點，一旁白吟知的未婚妻警惕地四處張望尋找《我是貓》的主人，接收到蘇芳的視線後，知道了書的主人正是蘇芳。

她的眼神讓蘇芳卻步了，畢竟這和當初說好的不一樣，當初只說好看他一眼就好了，不能接近、不能說話、不能觸碰……蘇芳腳步凍結，只敢在腦中希冀白吟知能看見她、跟她說說話，甚至只要知道她在這裡就好了。

蘇芳覺得自己病了，瘋了一般地憧憬她的初戀。對她而言那是最純粹的感情，沒有金錢、沒有慾望、沒有骯髒的性……能給她這麼純粹的感情的人就只有白吟知一人，沒有人可以代替他，也沒有人可以治療她的無可救藥。

蘇芳沒有忍住，終於哭了。

白吟知的未婚妻瞧見，低頭對白吟知說了一些話，讓白吟知先去洗手間，自己從長榮的櫃檯前朝她走來，從包裡掏出以紙袋包裹著的物品遞給蘇芳——不需解釋，那形狀分明是書籍，是《我是貓》。

「還給妳，我都做到這樣了，希望妳可以體諒我的心情。」白吟知的未婚妻一臉爲難。

體諒？蘇芳咀嚼著這兩個字，顫抖不停的手接過書籍，「他眞的忘記我了嗎？」

「對，徹底忘記。」

蘇芳的心被撕裂了，抱著書，像要將塌陷的胸膛塡補回去，「但是……」

但是我從來沒有忘記他。

我荒唐過，但是我沒有忘記他，一聽見他的消息，我就來了。

「不用但是了，我們現在要去安檢，妳快離開吧。」白吟知的未婚妻看了看手上精巧的仕女錶後，主動往洗手間走去，避免白吟知回來看見蘇芳。

可蘇芳還是跟了上去，不過保持著距離。

三人一起在電扶梯上，距離很遠卻足夠令蘇芳羞恥不已。她從來沒有這麼厚臉皮過，但這可能是最後一次，她必須要把白吟知的樣子深深印在腦海裡。

就算她眞能去福岡，可以遇見白吟知的機會也微乎其微，只能抱持著最低條件的願望——生活在和他一樣的土地上就夠了。

所以，她必須記得他的樣子，必須。

蘇芳看著白吟知在長長的人龍中，用手機紀錄下他的模樣，放大後幻想指尖輕輕拂過他的顴骨。

她並不信神或鬼，然而這時她卻虔誠了，求著未知的力量讓白吟知發現她就在這裡，求到了白吟知夫婦在安檢口檢查護照的最後一刻。

終於，一切都結束了，多麼絕望，曲終人散。她想。

可是，白吟知回頭了。

他或許是想再看看這個孕育他、他卻打算長期離開的地方吧，但是白吟知卻看見了蘇芳，蘇芳也看見了白吟知——他們「見到」對方了。

一如日文對於「看」與「見」是不同意思的差別，他們是「見到」對方[20]。

再見。蘇芳以唇語說道。

20　日文通常以「見る」表現看到了什麼，而「見到面」與「見到對方」通常以「会う」表示。

白吟知笑了，那抹笑容卻讓蘇芳感到痛苦，他不應該對她笑，那會讓她準備放棄的心死灰復燃。如果白吟知眞的爲她好的話，不應該給她希望。

蘇芳全身的力氣用罄，跪下哭了許久，白吟知早已進入安檢口，僅僅三秒的微笑已足夠重新支持她的信念了。

她慌亂地擦拭眼淚與疲憊的臉，撐起身體往桃園機場的觀景台移動。所幸早上的航班以廉航爲主，她很快地看見長榮航空綠色的機翼沐浴在朝陽下，閃著充滿希望的光芒。

這天天氣不錯，台北是濕冷的攝氏十五度，福岡是攝氏三至五度左右，蘇芳希望白吟知帶好了禦寒衣物隨時替換。

蘇芳幾乎是緊盯著長榮那班飛機不放，看著它慢慢地離開空橋，移動到跑道上，接著轉彎，到了另一個跑道，停止著等待起飛。她隔著玻璃將手放在綠色的尾翼上，將對未來的夢想與希望寄託在它身上。

不久之後，飛機滑行起飛。

「再見。」她就這麼站了許久，任憑時間從她的身邊呼嘯而過。

直到飛機消失在天空，蘇芳仍然癡癡望著，妄想著還能看見消失的黑點。

片刻後，蘇芳坐回椅子上，取出白吟知送的宇多田光的CD與隨身聽，重複聽著白吟知說喜歡的那一首歌，聽到這麼一段時，本決心不再哭的她再次流下眼淚。

「何度も姿を変えて、私の前に舞い降りたあなたを今日は探してる。どこでも受け入れられようとしないでいいよ、自分らしさというツルギを皆授かった（幾度改變樣貌的你翩然降臨在我面前，如今我在找尋著你，你不必試圖在任何地方被接受，因爲每個人都被賦予了屬於自己的劍）。」

她將這一段當作白吟知最後想告訴她的話，並深深記在心裡。

◆

白吟知抵達福岡不久後的二〇一一年三月十一日下午兩點四十六分，以日本宮城縣爲震央，發生芮氏規模近乎九級的大地震。這個地震不僅是日本地震觀測史上最大，還引發了日本歷史上最大的海嘯。

蘇芳看著電視上驚心動魄的畫面，想著幸好白吟知在福岡，聽著公司的日本職員說著家鄉的事情擔心不已，即便他們不是來自東北地區仍然憂心忡忡。

蘇芳總覺得自己一直以來就少了一些什麼東西，當她面對這樣的狀況竟然只想著其他芝麻小事——今年前往福岡的研修會不會因此延後或作罷？可能也會取消短期的員工福利也不一定，畢竟公司在東北地區損失慘重。

她看著電視畫面中幾個人站在屋頂互相抱著，束手無策地望著海嘯排山倒海而來，也不覺得怵目驚心。

蘇芳拉開公司辦公桌抽屜，裡頭有一瓶紅酒與一條明治巧克力。她想起三十五歲的自己竟然在孩子差點被自己悶死在車上後，聽了一首極爲歡快的歌曲，大口大口喝著她在購物中心買來的便宜紅酒。

這樣的地震其實也不算什麼，她都會在孩子差點被害死後喝酒慶祝了，還期待她是個正常人嗎？

蘇芳取出抽屜裡的紅酒，轉開金屬瓶口直接朝著嘴巴灌了下去，整個辦公室的人都專注地看著NHK電視台與YouTube的轉播畫面，完全沒有任何人看見她正在喝酒——抑或是他們正處在平行時空，畢竟這是夢。

蘇芳大方將腳舒舒服服地靠在自己的辦公桌上，在三一一大地震後飲著紅酒吃著巧克力，感受著如此扭曲的、對比地震傷痛之下才感受得到的幸福。

自從蘇螢自殺之後，蘇芳一直覺得自己只配過著跟狗一樣的日子，過得幸福根本是不可能的事，而周遭的人還眞會把她當狗。許秋月將她當成狗罵，蘇芬將她當成狗唾棄，蘇良成將她當成狗放生，鞏休將她當成狗在哄騙……也只有在這種狀態下她才覺得自己是個人、才能感受到幸福。

和那些站在屋頂瑟瑟發抖抱在一起的災民相比、和那些跑給海嘯追的人相比、和那些躲在桌子底下惶恐的人相比，此時此刻，蘇芳終於覺得自己是一個活生生、有血有肉的人。

蘇芳將「痛苦是比較出來的」這句話寫在紅酒標籤上，方便自己佐以紅酒反覆品嘗這句話。

◆

二〇一二年，末日電影《2012》[21]上演的瑪雅預言末日並沒有出現，蘇芳安安穩穩地渡過了自己二十七歲的生日。

她獨自吹熄蠟燭，面前的三角草莓蛋糕還是晚上店家打烊前賣剩的。其實她並不喜歡草莓蛋糕，還是掏錢買單了，畢竟有不喜歡口味的蛋糕強過什麼都沒有。

她這一年的生日徐伊淩並沒有出現，早在三一一地震之後沒幾個月徐伊淩就毅然決然要去澳洲打工渡假。或許是知道蘇芳也即將要離開台灣，她也不想待在這裡一個人孤單，抑或是遠在日本的地震讓徐伊凌突然有了頓悟，一如她常常會說出的那些超脫世俗的話。

「我跟妳一樣，不覺得地震的事令我特別難受，所以妳也沒必要配合大家做出妳很在乎的樣子，硬要裝成有同理心的好人。這樣妳或許一開始比較好過，但一直裝下去最難過的是自己。」

徐伊凌和她是一樣的人，兩人即便曖昧許久也沒有勇氣與衝動跨越界線，或許是預料到了最終會以受傷收場，便維持著看似了解對方卻又不了解對方的程度。

蘇芳認爲徐伊凌的故事或許比自己還慘烈，有時候她想藉著酒意先開誠布公，卻總是退縮。了解一個人一定要挖開瘡疤、赤裸以對才可以嗎？不能只是了解對方的興趣、生活作息和習慣就好嗎？

「我一直覺得小白帶走了我一些東西，我也說不上來是什麼，身體空空的。但是有時候仔細想想，或許在我弟弟自殺的時候，我就沒有那些東西了。」蘇芳有點醉意。

再不說出口，以後恐怕沒有機會了，她們一個將要去澳洲，一個嚮往日本，天差地遠，況且兩人又沒有多麼深厚的感情，要以什麼樣的理由才能名正言順地見面？

徐伊凌有自己的人生要過，蘇芳也有，從此之後，再也沒有對方的容身處。

明明蘇芳很捨不得徐伊凌，心裡深處卻覺得徐伊凌無法再帶走自己什麼了，她「自己」

21　《2021》爲二〇〇九年上映的美國科幻災難電影，由羅蘭．艾默瑞奇執導。

已經所剩無幾，徐伊凌沒有可以帶走的。

徐伊凌抽了一口菸，看著煙霧縹緲，「那就擁抱現在所剩無幾的自己，別想著填補了，本來就沒有什麼人是完整的，每個人都不完整。」

「我很想知道，如果我去了一個完全陌生的環境，磨練後的我會變成什麼樣子？是好還是壞？我當然希望是好，但若是壞，我也沒有什麼好說的，這都是自己的選擇。」

徐伊凌將菸撚熄在插滿菸屁股的菸灰缸裡，「妳想變成怎樣的人？」

蘇芳猶豫了半晌，「更好的人。」一個籠統的答案。

徐伊凌笑了，那一抹笑容充滿睿智，「不管妳說的是哪一種好，就是好吧？我們來約定，我從澳洲回來之後，妳從日本回來之後，我們在台灣相遇的那天來看看對方有沒有變得更好。」

蘇芳用微笑回答，吻上徐伊凌的嘴唇。這是她們最後一次在蘇芳房間內接吻，唇齒間充滿了酸澀的紅酒味。

徐伊凌接著白吟知離開了，蘇芳的世界陷入了前所未有的寧靜。

她本以為自己會覺得寂寞，事實卻正好相反。她一點也不寂寞，反而很享受一個人的生活，奇怪的是她曾經非常厭惡孤獨，所有在她面前恩愛的男男女女都是那麼面目可憎、自己是多麼的丟人……

現在她卻覺得自己一個人很好，沒有人管她怎麼糟蹋紅酒，就算她哪天發財了能喝拉圖或瑪歌她仍然會對著瓶口喝。

她開始喜歡一個人在餐廳內用，愛吃多久就坐多久，也愛浪費時間，有多久是多久，就算在熙來攘往的忠孝復興百貨前的椅子上坐一整天，也是她的自由。

她始終沒有勇氣打開那本《我是貓》看看其他男生在上頭惡意的留言，加上那終歸不是白吟知給的東西，如今也沒有珍惜的必要了。於是她閉著眼睛面無表情地撕毀了《我是貓》，丟在忠孝復興SOGO百貨前的垃圾桶。

當下她其實沒有什麼多餘的感情，只感到前所未有的疲憊、前所未有，心裡有一股空虛感盤踞著。

丟棄書籍之後，蘇芳久違地打了通電話給許秋月，忠孝復興前的人流可以掩飾她的孤獨，她希望許秋月可以不要發現她其實是孤單的，再自以爲是地要她回去南部生活，彷彿一切都能痊癒重新再來。

想得美，回去只是更糟糕而已，從來不會更好。她想。

這年同時是蘇芳進入日企的第五個年頭，一直心心念念的短期研修終究沒有下落，不過外派令倒是如願以償地到了她身上。他的上司上田先生即將調任日本，而上田請求總公司給蘇芳這個機會，讓她得以跟著上田在日本磨練。

「喂，許秋月嗎？我是蘇芳，跟妳說一下，我下個月要去日本了，可能會有幾年不回來了。」電話接通後，蘇芳開門見山。

電話那邊的許秋月沒有表現出以往的辱罵與氣急敗壞，只是沉默。許久過後，許秋月才開口：「妳覺得我會捨不得嗎？妳去台北之後也沒有回家過啊，都是一樣的，妳不管去哪裡都不會回家，我看透了。」

台北與福岡，原來對許秋月來說都是一樣的。

「妳爸爸之前跟我說，妳沒有工作的時候生活過不下去是他幫妳的，妳怎麼可以背叛我？妳跟姊姊都背著我跟爸爸聯絡是什麼意思？」

許秋月說的是蘇芳被王志良打了一頓後一段時間沒有工作的事，她不相信父親會是一個斷章取義的人，他肯定告訴了許秋月她被打一頓的事情，然而許秋月永遠只會將重點聚焦在她的不幸上。

兩姊妹不孝，弟弟又生病自殺，她年紀輕輕老公就離家出走養小三去了，最後只能咬緊牙根自力更生，就像老三台的八點檔媳婦系列[22]角色一樣。蘇芳總會將這些人投射在許秋月身上，或是許秋月也喜歡將自己投射在這些人身上——不管是哪一種，都極其噁心。

她從來不會將自己寄情在哪一個人物上自憐自艾，除了松子令她心有戚戚焉之外，可許秋月卻是一個會將自己完全放在電視機內的人。她覺得很恐怖，也很莫名其妙，特別是她將電視劇裡其他人物投射到她與姊姊身上時，那種被害妄想症會變本加厲。

「爸爸有沒有說我被打的事啊？」蘇芳的口氣開始無法控制。

電話那邊的許秋月愣住了，還以爲許久沒有和女兒說話女兒會輕聲細語一點，沒想到女兒仍然任性妄爲，「有又怎麼樣？妳會被打還不是妳的錯？妳就是那個時候色鬼沒有驅除乾淨，老師都跟我說了，妳一天到晚勾引別人，所以才會被打不是嗎？靈鏡大仙也這樣託夢給老師，說妳要是不回來處理會越來越慘！去日本也一樣啦！妳以爲去日本之後就脫胎換骨是不是？沒有這種事情啦，妳就是有病！妳現在是個神經病，要去看醫生！以前的事情沒有解決，怎麼可能像個正常人活著？」

蘇芳聽了腦子差點沒有燒起來，「妳到底知不知道妳在說什麼啊？我不能脫胎換骨是妳的錯好嗎！跟我去日本到底有什麼關係啊？我真的很後悔打這通電話給妳耶，不打怕妳以爲我失蹤了，打了妳又跟我說這些是什麼意思？」

「你們兩個差很多妳知道嗎？你們兩個雖然是雙胞胎才差五分鐘，可是他卻比妳成熟太多了，什麼事情都是他幫妳先做好，妳都不覺得丟臉嗎？妳有沒有自覺？結果妳現在還是一樣不成熟是怎樣？翅膀眞的很硬耶。」

聽到許秋月竟然還能若無其事提到蘇螢，蘇芳整個人寒毛直豎，電話裡的這個人眞的是母親嗎？她怎麼能說出這種話？

「我沒辦法跟妳溝通了……下個月這個號碼就要停了，妳放心，如果妳眞的這麼恨我的話，我不會再主動找妳。」蘇芳以爲自己會哭，但她沒有，忠孝復興前的人潮禁止她哭。

此刻的時間和去年白吟知去日本一樣，是春節剛結束的冬天，而她即將要在櫻花盛開的三月時出發，從此離開許秋月帶給她的地獄。

她的人生就像骨牌，一旦第一個倒下就會倒到最後一個，她必須要在骨牌的轉彎處設下障礙點，停止自己的人生倒塌下去。

所以她不能錯過重新再來的機會，對嗎？徐伊淩。

◆

到了出發福岡的日子，蘇芳與上田搭的是晚上的國泰航空，下午時分，上田因爲連日來的奔波已經累得在車上呼呼大睡。

蘇芳還記得在她和上田包車前往機場的路上，只剩下她一人清醒著陪計程車司機聽著廣

22 《驚世媳婦》、《勸世媳婦》、《醒世媳婦》爲一九九五年播出的台灣電視劇，其內容將婆媳和夫妻之間的關係展現得淋漓盡致。

播，廣播中傳出張惠妹沙啞顫抖的聲音：「如果你也聽說，有沒有想過我？像普通舊朋友，還是你依然會心疼我？」

聽說那首歌叫作《如果你也聽說》……白吟知會聽說過她嗎？他有想過、想起她嗎？

蘇芳看著車窗外流轉的台北風景，看著燈火迅速向後飛逝，終於在計程車內忍不住哭了。她哭得很低調，照理說計程車司機應該不會發現，卻聽見一個聲音問道：「妳在哭嗎？」

蘇芳看著聲音來處，副駕駛座上坐著死神。因爲他是死神，司機當然看不見他，且因爲這是夢，所以她可以大方和死神說話。

「哭了一下。」蘇芳回道：「我什麼時候才會醒來呢？」

「直到妳能面對三十五歲和十四歲發生的事情爲止，就能醒過來重新自己的人生，但是我要給妳一個忠告，千萬不要忘記自己是誰，要思考夢裡發生的事情是不是和現實一樣。妳要看清楚、想清楚，有人在引導妳，而且那是錯誤的。」

「這不過就是我在昏迷的時候做的夢，怎麼會這樣呢？」

死神看著蘇芳，高速公路的燈光在他眼中穿梭，幾度讓蘇芳以爲那是眼淚。

「我還是老話，妳依然會忘記這些的片段，因爲這是夢，所以我不奢求妳記得我說的所有話，只希望妳不要忘記自己是誰。如果一昧地相信下去，當妳清醒時，有可能會變成另一個人。」

蘇芳覺得啞然，不過是一個漫長的夢，怎麼會在醒來時變一個人？又不是外星人的洗腦手術。她不在太空站中，明明在醫院啊。那些留在她身體中的管線她都還感覺得到，夾在右手指尖的血氧器彷彿還觸摸得到似的，怎麼可能忘記？

「你放心吧。我會面對『衣櫥』裡的恐懼，醒來重新過好人生的。」

「妳要加油。」語畢，死神將視線移到窗外。

他也許是此刻全台灣唯一一個捨不得她離開的人，連蘇芬都與她許久沒有聯絡，更不用說林頤橙，從她專心致志走向她的夢想開始，她們就沒有再說話了。

等她回來是不是可以看到一個很棒的皮膚科醫師有了自己的診所呢？

等她回來是不是可以和徐伊凌分享在澳洲的見聞呢？

等她回來是不是眞的能成爲一個更好的人呢？

蘇芳與上田到福岡的時候已經很晚了，一出機場發現還下著大雨，兩人有些淋濕。她冷得直打哆嗦，一直以爲這個季節日本處處是櫻花，可福岡機場附近什麼櫻花也沒有，只有葉子掉光剩下枯枝的樹木。

福岡剛下過雨濕冷的感覺倒像台北，上田希望能儘快到飯店休息，蘇芳沒有機會多看看她在日本的第一眼，拉著行李跟著上田熟門熟路地搭乘地鐵至博多站。

博多車站很大，蘇芳有種到了北車大廳的熟悉感，公司爲兩人暫時安排的商務旅館就在車站附近。

上田是一個很會碎碎念的中年日本人，活脫脫像個漫畫人物，心裡想的事情會轉成聲音低聲說出。蘇芳還以爲只有上田如此，結果在日本待久了後才知道許多日本人都這樣。

一路上，上田不斷地抱怨，蘇芳幾度以爲上田在和她說話，後來發現他只是在碎碎念後蘇芳便閉嘴了。

上田把他的行李丟給蘇芳，而蘇芳竟也這麼拎著，這就是入境隨俗，日本的公司文化就是這樣的，不分上下班，從現在開始她得強迫習慣。上田是個聰明人，他知道台灣的職場不吃這一套，一踏進日本境內那種中年日本人上司在職場的樣子才端出來。

兩人進入旅館後上田逕自取了蘇芳的簽證和護照到櫃檯辦理住房，一臉不好意思笑嘻嘻地走近蘇芳，搔頭說道：「眞傷腦筋，公司竟然安排雙人房呢，幸好是一間很好的房間，我剛剛問過有沒有空房了，眞是不巧，因爲櫻花季的關係房間竟然都滿了。我等一下一定去罵負責處理的小山田，眞不好意思呢，蘇芳。」

蘇芳當然不信，她一直對和教主差不多年紀的男人戒心很高，不死心到櫃檯以日文詢問，然而上田一個箭步上前，擋在她和櫃檯服務員中間。

「別這樣啊，妳這樣是在帶給別人困擾，進入日本之後就要記得這是日本的規矩。」

「不要帶給別人困擾」是日本文化的美德，但被擴大解讀及濫用，蘇芳沒辦法接受這種扭曲，「那把我的護照和簽證還我，我到別的地方投宿。」

「現在這麼晚了，妳人生地不熟，明天再說吧？」語畢，上田看了一眼櫃檯的女服務生。

女服務生彷彿收到指令，訥訥開口，「是的，眞的非常抱歉，這邊升級的房間是兩張床的四人房……而且這麼晚了外面沒有空房了。」

蘇芳看著牆上的鐘才切切實實意會到這裡比台灣快了一個小時，竟然已經接近午夜，「上田先生可以先把我的護照和簽證先還給我嗎？」

「我明後天去公司幫妳辦理資料還要用，先放在我這裡吧，別擔心，我在台灣跟妳共事多久了？妳覺得我是那種會扣留妳證件的人嗎？先放在我這裡，等到所有的事情都辦理好，妳的宿舍也安排好後就把護照和在簽證還給妳。啊，好累好累，我們快點上去放行李吧。」

上田推著蘇芳的背往電梯移動，平時不覺得背部被觸摸有什麼，此刻她卻厭惡不已。和上田一同在電梯裡的時間漫長得令她想吐，可想而知進入房間後可能會更不舒服。

衣服因雨水濡濕，她只想快點洗澡，畢竟她是爲了煥然一新來到日本，當然必須要乾乾淨淨迎接新生。

兩人進入房間後，上田提議一起到樓下的便利商店買些啤酒及小菜塡飽肚子，但蘇芳只想快點休息，儘管她也很餓，但完全沒有食欲。

上田看出蘇芳的戒備，擺出一副從台灣帶來的老實人模樣，搔搔頭道：「那我一個人去喔，我會買妳的，多少吃一點吧。」

上田前腳才剛走，蘇芳幾乎是在門關起來的同時去翻找上田的包包尋找自己的護照及簽證，未料沒有找到這兩樣，卻找到一盒全新的保險套，她的腦子瞬間一片空白。

她衝進浴室趕緊洗了澡，匆忙洗完後翻找著自己的行李箱，看看有沒有什麼可以防身的東西：CD隨身聽及勒脖子用的耳機線，可是耳機線太細，還是SK II化妝水笨重的瓶子？這個打人應該很痛……手機充電線呢？

最終蘇芳選擇了充電線，充電器出現在床邊完全不奇怪，而且比耳機線堅固很多。

她才剛將充電器放在床邊，上田就開門進來了。

上田見蘇芳已經洗了澡，逕自碎念道：「也是啦，都淋到雨了確實會想快點洗澡。」

上田的上半身早就濕了，卻還是要蘇芳同他喝點小酒、吃些下酒菜。

蘇芳被磨得無法拒絕，只好僵硬地移動到沙發上，並且坐得很遠，一是保持安全距離，二是上田的身上已經開始散發出一股帶酸的霉味——是適合搭配紅酒的起司味。

下一刻，紅酒與起司就這麼恰巧出現在桌上。

上田知道蘇芳喜歡紅酒，便請旅館準備了兩個紅酒杯邀蘇芳共飲。

蘇芳不敢喝太多，僅僅止於小酌。她知道自己喝到哪裡會醉，一杯還在安全範圍，小心翼翼地堤防著上田。

上田很快開始裝瘋賣傻，蘇芳並沒有理他，或許盡快將上田灌到不省人事自己會比較安全，期間便不斷為上田斟酒。

日本人相當注重斟酒的學問，蘇芳從網路上學了些皮毛，再看看日籍同事的做法，有樣學樣。不能讓杯子近空，容量約餘三分左右就要斟上，酒瓶的握法一定要標籤朝上……

蘇芳戰戰兢兢，上田心情逐漸好了，誇個不停，否則他發現蘇芳早洗完澡時其實是不爽的。

「唉呀，蘇芳眞的很像一個日本女人呢！不過要再努力一點會更像喔，要更了解日本的風土民情。」

蘇芳擺出假意的笑臉，「上田先生說得是，我會加油的。」

轉過頭，蘇芳換上百無聊賴的表情，快速切換電視節目。日本的電視頻道不像台灣那麼多，HBO等等是要另外付費且不是很多地方都普遍有第四台，因此能看的只有幾台，所幸日本的廣告都很有趣可愛，她總是在看廣告。

上田繼續碎語呢喃，幾乎趴在桌子上昏昏欲睡，旅館裡的暖氣把他的衣服烘乾，蘇芳也不想叫他起來洗澡了。

蘇芳繼續轉著電視，等待上田完全睡死的時刻，跳轉之間，在福岡當地的電視台看見白吟知的身影就這麼活生生地、栩栩如生地闖進她的視線中。

第九章　第一樂章

眼淚只需要一瞬就令蘇芳的視線模糊了，她快速擦拭，不讓雙眼錯過有關於白吟知的每一刻。

認識至今十年過去，此刻的他成爲了醫生，身穿高領白袍，站在女記者身旁，笑得靦腆。

白蓮花一般的醫生……好適合他。

「今天爲大家採訪到的是在福岡中央區執業的白醫師，白醫師是一名心理諮商師，他爲三一一過後移居到福岡的災民們做公益心理諮商。而且白醫師是台灣出身，大家都知道台灣在三一一大地震時幫助東北災民相當多，給了災民許多支持及力量。地震至今已經快要一年，您對這一年災民的心理重建有什麼感想嗎？」女記者伸手請白吟知說話，背景似乎是他的診所診療間，相當乾淨，書本排列得整齊舒服。

鏡頭轉到白吟知半身時正好對上他身後的書架，顯眼的幾個字寫著：吾輩は猫である（我是貓）。

蘇芳紮紮實實地嚇到了。

「我爲三一一地震的災民做諮詢已經有一段時間了，剛來日本之後就發生這樣的噩耗，我很遺憾，希望可以在福岡盡一些心力。聽說福岡有很多災民家屬以及災後選擇移居到此的人，所以就想免費爲災民做創傷後壓力症候群及憂鬱症的心理諮商及治療，這都是公益性質。」白吟知說道。

「對災民做的心理治療大部分是怎麼樣的治療方式呢？」

「我最擅長的是催眠療法，讓災民在安心且可受控制的環境中，引導他們進入潛意識中回想快樂的回憶，重新感受美好時光，循序漸進建立健康的心理機制去面對問題。

「簡單來說，利用催眠架構一個美好的夢中世界，去化解災民面對悲劇帶來的衝突。曾經有個個案是某個人不得不放棄下半身已經被家壓住的母親，當他脫困之後回頭去尋找母親，母親已經離開人世。透過催眠治療，我讓患者坦然接受並且相信母親已經原諒、不責怪他，這個案例最後與自己的罪惡感妥協，終於有勇氣繼續活下去。

「不只這個個案，至今接受催眠治療的許多災民的回饋都很正向，很多人甚至重返家鄉重建家園，能夠為災民做一些事我很開心。」

白吟知乾淨的笑容令蘇芳明白他為什麼適合從事這個工作，從他十七歲時就知道了。

「是嗎？同學，你好棒…你現在變成『更好的人』了啊。」蘇芳忍不住對著電視裡的白吟知說道。

「我現在在兩個地方服務，一是我的母校福岡大學附設醫院的精神神經科，另外一個是我的小診所，公益項目都是在診所進行，考慮到許多人不願意到人流相對比較多大學醫院求診，所以我會在診所多排一些時間服務民眾。」

母校啊，原來白吟知早就出國讀書了，去年不過是正式辦理移居短暫出現在台灣而已，所謂的搬到台北也只是把高中讀完而已吧？她早就活在沒有白吟知的世界裡還不自知，竟然就這麼幻想著白吟知會看見那本書、和她見面而活下來了。

這些都是被包裹在粉紅泡沫中的徒勞，全都是白忙一場，但是他過得很好啊，過得很好……蘇芳離開台灣時掉了眼淚，現在到了日本又掉一次淚。

節目因爲無法廣告的關係並沒有透露白吟知的詳細診所位置，蘇芳查詢了一下，他的診所就在知名的大濠公園附近，距離博多車站只差幾個車站，並不遠。

原本以爲只是和白吟知在同一個天空下生活她就滿足了，沒想到這麼快她就找到他了，這肯定是命運的安排，是命運要她追尋著白吟知，除此之外，蘇芳想不到其他的原因。

身後傳出床墊被擠壓的聲音，蘇芳久違地見到黑影，他就坐在蘇芳的床上，維持著看書的姿勢，一如十七歲的自己看到的那樣。

那瞬間，蘇芳確定了一切，黑影就是白吟知。

她熱淚盈眶，「你就是小白……」

黑影將視線抬起看著蘇芳，儘管黑影沒有眼睛，她卻確實感受到黑影的視線。黑影沒有像之前一樣對她說話，只是看著蘇芳，似乎在等著她回應他。

蘇芳將手放在黑影的臉頰，這次眞的感受到了溫暖的膚觸，一觸碰到她就確定了——他就是白吟知。

「爲了和你見面，我到這裡來了，而我也會爲了你醒來的，用我的眼睛看你、見你。」

黑影握住蘇芳的手腕，輕輕地在蘇芳臉上落下一吻，柔軟的唇瓣眞實至極。

三十五歲的自己身邊竟然有白吟知的陪伴，走了那麼遠的路，他們最終會相見、會在一起的，對吧？

「你等等我，再給我一點時間，我會來見你的。」蘇芳對黑影說道：「我會贖罪、我會改變的。」

意識迷濛的上田見到此情此景以爲蘇芳醉了，撐起無力的膝蓋，搖搖晃晃地脫了褲子撲向蘇芳。

黑影倏然消失無蹤。

「小芳啊，我的小芳，我們終於在一起了，妳也不用藏起對我的眞心了。」上田一面說，唾液分泌滿臉。

「你在說什麼？」蘇芳驚恐地推開上田，思考著在台灣是不是做了什麼事讓上田誤會，一面快速抽起充電線防備。

「妳怎麼這樣？小山田說妳喜歡我，所以才訂了這樣的房間給我啊？」

「不可能的，一定是有什麼誤會，我對上田先生沒有別的想法。」蘇芳和那位姓小山田的女前輩交流極少，怎麼可能會說出這樣的事？

「妳不要辯了，小山田跟我說，每次聚會妳都會先關心我要不要去？還有台灣分公司停電的時候是妳陪在我身邊。妳還告訴我瞎眼提琴家的故事，妳對我說『停電了』呀！妳看穿了我的性向，是妳把我引導出來的，妳要負責！」

負責什麼？蘇芳不懂，「不是的，我那個時候說『停電了』不是故事裡的意思，我只是找話題跟上田先生聊而已。」

「蘇芳是不是認為捉弄像我這樣的大叔很有趣呢？想從我身上詐錢出來對吧？就像電車上那些誣賴別人是鹹豬手的女高中生一樣對吧？」上田的情緒失控，平時老實人的模樣已不復在，「蘇芳為什麼要像她們一樣？誤會我是電車癡漢，讓我在日本過不下去必須到台灣生活！妳要的是什麼？是錢嗎？你們都是一樣的，不管男的女的都一樣下賤！」

上田一面說，一面壓上蘇芳的身體，濕黏的雙手貼在蘇芳的肌膚上令她瞬間就想起了趙允康，趙允康的手、趙允康的體味、趙允康的汗液……趙允康的聲音。

快要塵封的記憶只消一瞬鋪天蓋地而來，發霉的榻榻米、宇多田光的歌、萬里無雲的夏季、粉紅色塑膠袋的美而美早餐、教主在她身上搖晃的身體、敲打鞭笞她的木劍、靈鏡大仙的畫像、身上如生海鮮表皮一般黏著的汗液與體液……

蘇芳的身體動得比腦還快，她提起充電線纏住上田的脖頸。

上田也不是省油的燈，扯開充電線後掄起桌上的紅酒瓶往蘇芳頭上奮力砸下，深色碎片在蘇芳頭上開了花，在床單上濺出一串巨大的葡萄，整個房間充滿果酸。

上田將餘下的紅酒瓶身丟在蘇芳眼前，是OPUS ONE。

「為了今天我特地提前訂了這麼好的紅酒，結果妳根本沒發現這瓶酒是『第一樂章』！妳明明告訴我『停電了』！」

蘇芳很想開口說不是酒的問題，如果是OPUS ONE她肯定能喝出來的，至少能嘗出它的價值不斐，是跟喝的人有關係，跟錯誤的人喝，就算是喝瑪歌也會像全聯的三百元紅酒一樣。

但是蘇芳沒有力氣回話，她的眼皮越來越重、越來越重，頭可能受傷流血了，她心想，閉上眼睛就完了，她要去下一層了，距離醒來的日子又要更久了，明明才剛和白吟知約好要盡快去見他。

蘇芳頭破血流、一片腥紅的狀態令上田渾身上下清醒了，手忙腳亂地來來回回以濕毛巾擦拭蘇芳，「還好嗎？還好嗎？」問個不停，卻沒有要將她立刻送醫的意思。

上田慌慌張張地掏出頭痛藥餵蘇芳服下，期間不斷道歉說他不是故意的。

蘇芳嗅聞著第一樂章的香味，漂浮在盛裝著酒精的海洋中，浮浮沉沉。

她好像在哪裡看過這樣的場景，她在衣櫥的對面看著二十七歲自己的「福岡的第一天」。

「三，二，一。」一個熟悉的聲音突然響起，再來是彈指的聲音，緊接著是書本闔上的聲音。

蘇芳沒有夢到蘇螢很久了，此刻久違地夢見蘇螢。

蘇螢背對著蘇芳，雖然常聽人說雙胞胎會有心電感應，或許是眞的吧？即使蘇螢背對著蘇芳，蘇芳仍能感覺到蘇螢悲傷的情緒。

蘇螢一直是個憂鬱的孩子，奇怪的是，他在自殺的前一陣子心情竟是好的並不憂鬱，所以沒有人知道，也沒有任何徵兆顯示他會選擇離開這個世界。

蘇螢自殺的前幾天，他放學回家在哭，手上捏著被撕碎的火野麗貼紙，「我受不了了，爲什麼我不能有自己的精神慰藉？男生就不能喜歡美少女戰士嗎？喜歡美少女戰士很奇怪嗎？」

蘇芳不知道怎麼解釋，人在這個年紀對喜好的規定變得嚴格，出了社會才有可能默默擁有自己喜歡的東西。這個年紀只要喜歡超越性別界線的東西就很容易令人覺得不舒服，而蘇螢令班上的男孩女孩們不舒服。

他想像火野麗一樣有話直說、仗義直言，但是他卻一直無法變成他所憧憬的人，越是憧憬，火野麗就離他越遠。

蘇芳不同，蘇螢感覺蘇芳正與他朝著不一樣的方向走，雖是雙胞胎，走的路卻截然不同。

蘇螢想守護這樣的姊姊，自己辦不到的事情，他希望姊姊可以辦到。不知何時開始，他希望蘇芳能成為像火野麗一樣的人，將希望全擺在蘇芳身上，希望她能活出自己理想的樣子。

為此，他許下承諾：「二姊，我會保護妳喔。」

蘇芳躺在蘇螢的床上安慰蘇螢，沒想到最後保護二字竟然出自蘇螢的口，「保護什麼？」

「保護二姊的一切、二姊的夢，二姊想成為一個帥氣又自信的女孩，我會支持這個夢、保護妳完成。」

蘇芳將蘇螢抱緊，對比蘇螢的勇敢，她覺得自己的懦弱可恥透了。她一直隱隱約約知道蘇螢發生了什麼事，她是知道的，卻不願意面對、站出來保護他——她自己也很害怕。

蘇螢是男生，所以會比較堅強嗎？不會，因為蘇螢還是自殺了。

一覺醒來，撲面而來的除了消毒水的味道以外還多了不知名的紅酒味，周圍是熟悉的醫院場景，蘇芳尋找著腦海中破碎不堪的畫面——林紫亭車開得很快，像是要逃離什麼。

就算是在巷弄內，她也毫不在意地飆車，橫衝直撞，一輛全新的本田車被刮得傷痕累累。

林紫亭究竟想逃離什麼？她會是像自己一樣，想逃離他人、逃離精神病恐怖的控制嗎？

蘇芳記得她剛下班，正要走回家時，林紫亭突然開著快車出現。她明明看到蘇芳卻什麼也沒說，只是從居酒屋的二樓跑下來，手中攥著什麼要緊的東西，接著上車，猛烈地倒車，然後撞到蘇芳。

頭上的繃帶與劇烈的疼痛感告訴蘇芳，她確實出車禍了。

蘇芳扶著疼痛欲裂的腦殼，撐起沉重的身軀坐定。這樣的畫面似曾相識，是她十七歲嘗試自殺那一次，在醫院窩了好長一段時間，不過這次是意外。

花了好長一段時間，蘇芳模糊的視線這才辨認出棉被上的醫院名稱，病態蒼白的嘴唇顫抖地念出：「福大……病院……。」

這是日文……這裡是日本？她怎麼來的？

「我不是告訴妳了嗎？妳會後悔的。」蘇芳突然聽見自己的聲音，嚇得不輕，惶恐的視線落在三十五歲的自己身上。

三十五歲的她舒舒服服地坐躺在沙發上，似乎醉了，臉頰酡紅。

「後悔什麼？」

「後悔來這裡，後悔來找白吟知。」

「我爲什麼會後悔？」

明明這是最不可能後悔的事情，她會後悔她和鞏休在一起過，會後悔關於錢的事情，會後悔在姊姊出國前和她吵了一架……絕不可能後悔來找白吟知。

白吟知是蘇芳一直以來追求的、單純的感情，既是如此明確的目標又怎麼會後悔？

三十五歲的蘇芳再飲下一口，蘇芳定睛看著她手中的紅酒酒標——是第一樂章，登時感到全身戰慄，這才徹底明白三十五歲的自己在說什麼。

「妳是說上田的事嗎？」

三十五歲的蘇芳沒有回答，只是看著窗外，淡淡說道：「別忘記妳是誰。」

語畢，三十五歲的自己提著酒瓶搖搖晃晃地離開病房。

雖然蘇芳雙腳此時不算太有力，稍微移動走個幾步還是可以的，她就著醫院走廊牆壁的助行欄杆，跟著醉醺醺的自己。

或許因爲這本身是夢的關係，沒有人上前關心蘇芳的傷勢，大家都在做自己的事情。蘇芳看著地面小心翼翼地一步一步走著，直到撞到自己三十五歲的背影。

她抬起頭，三十五歲的蘇芳消失了，取而代之的是幾個斗大的指示牌寫著：精神神經科。

她想起來了，這是白吟知服務的醫院，也是他母校的附屬醫院。

蘇芳找了一個位置坐下，聽著叫號聲此起彼落，期待著也許哪一個診間會出現白吟知的身影。

門診時間結束了，黃昏時的夕陽餘暉灑落，幾名護理師離開診間笑語雜談，幾個醫生分別從不同診間出現，但都不是白吟知。

最後，只餘下一間診間尙透著白光，門縫發出辛勤的打字聲，蘇芳靠近那房間，門口標示牌寫著「臨床心理士」及醫生的名字。她見開頭寫著白字便推開了門，房內正是纏繞在蘇芳心中十年的白吟知。

十年了，蘇芳一點也沒有感覺到眞實，只覺得錯愕。

「妳怎麼會在這裡？好久不見。」白吟知起身握起蘇芳的手，那張與十七歲時毫無分別的臉笑盈盈的，如此熟悉卻又如此陌生。

白吟知就在她面前，她卻退縮了，有個聲音像警報一般響起，要她立刻離開這裡。

蘇芳不自覺地退後一步，完全不明白爲什麼會有排斥的情緒產生？

她喜歡的，是她想像出來的白吟知，現實中的白吟知過了十年也有了未婚妻……根本不是自己碰得了的，她怎麼會只憑著傻勁做到這一步？白吟知是蘇芳心中的白蓮花，是她想碰卻永遠碰不得的白蓮花，她不應該將白吟知染黑，她不能待在白吟知的現實世界中妨礙他。

「怎麼了？我們找個地方聊一聊吧？很久沒有跟妳聊天了。」

蘇芳當然想和白吟知聊一聊，累積了十年，有太多話她想好好地說一說，但是一時半刻卻說不出個什麼，腦中一片空白，不自覺地擠出：「不用了……我只是想看你過得怎麼樣，你過得很好我就放心了……」

蘇芳覺得口乾舌燥，腳底熱了起來，「我該走了。」這次竟然是她抽出自己被白吟知握住的手，主動離開了她心心念念的初戀。

她在幹麼啊，都花了十年，如今卻……卻覺得這麼做比較好。

白吟知有白吟知的人生，他前途似錦，蘇芳的人生卻不是那樣，她早就知道她的未來會是什麼模樣，她會酗酒、會不顧小孩安危、還會載著小孩去偷情……這樣的人，怎麼配和白吟知在一起？

三十五歲的她會說自己肯定會後悔，當然會，毀了喜歡的人的一生怎麼可能不後悔？肯定會後悔的啊。

她怎麼說得出自己要去見他、要白吟知等她、要改變自己的話？這是最恬不知恥的人才說得出口的話不是嗎？

「我該走了。」蘇芳再次說道。

白吟知察覺了蘇芳的卻步，這是他的職業病，他總是能很快地切入癥結，「等一下，這是我的名片，上面有我個人的電話，我會等妳連絡我，好嗎？」

蘇芳將白吟知的名片慌亂地收進口袋，捏緊的同時感到頭皮發麻，這不是一個好的預兆，蘇芳有不好的預感。

蘇芳轉身快步地離開候診室，甚至不知道自己是怎麼回到病房的。她推開門，上田一臉歉意坐在裡頭，身邊放著包裝相當精美的便當、水果和花，周到至極。

「妳去哪裡了？我好擔心！頭還痛嗎？會不會不舒服？」上田趨前扶起蘇芳，不斷地檢查蘇芳有無異狀、噓寒問暖，深怕那一擊留下深刻的後遺症。

將蘇芳送到醫院之後，上田非常後悔，他恨自己酒後亂性傷害了一個長期以來都相信著他的人。

「我沒事。」蘇芳回道，疲憊地抬眼看著上田，心裡只想著隨便怎麼樣都好，「停電了。」

上田聽聞，擔憂的眼神盈滿水氣，對於自己終於和蘇芳心靈相通喜極而泣，以顫抖著聲音確認道：「真的嗎？真的嗎？」

蘇芳這回並未回答上田，她原本是想告訴白吟知「停電了」，可是她膽怯得說不出口，只有看到上田以外的人才輕而易舉地吐出了本應該是說給白吟知聽的話。

上田對這樣的謊言喜不自勝，蘇芳此時應該要感到羞恥、要說出真相才對……然而上田攻擊了她，自己騙他也無可厚非吧？

現在誰都好，只要能讓她不要再想白吟知，誰都行，上田也可以，即使他使用暴力，只要他不再犯，隨便吧，都可以。

反正只要白吟知維持純白，不被自己染黑就好。

半夜的醫院靜得令人不安，蘇芳躺在床上，翻來覆去久久無法睡去，現在她在第三層中，死神卻沒有出現是怎麼了？是放棄她了嗎？

如果她就這麼在現實世界中殞命的話，白吟知就會純白無瑕對嗎？別再想著要和他在一起了，一切都是不可能的。

死神說過，到了第三層，清醒的機會就會少很多很多，她該放棄嗎？

蘇芳起身直視前方的病房牆壁，白色的牆面有著月光的暈染，光和影交錯著，這裡是她夢寐以求的福岡，她卻在此時想回家了，在發覺白蓮花會被她親手染黑之後。

徐伊凌會和她一樣嗎？去了澳洲的她會想家嗎？

牆面上慢慢浮現蘇芳熟悉的木製衣櫥，這回衣櫥上還貼著許多火野麗的貼紙，貼紙有脫落的也有完整的，各種各樣，像被撕了又貼，貼了又撕，控訴著那個不准他貼火野麗貼紙的人——許秋月。

貼紙是蘇螢貼的，而那衣櫥早就隨著蘇螢的自殺被燒了。

蘇芳緩緩下床，伸手打開了衣櫥，門扉敞開，鮮血潺潺流出宛如海潮一般淹沒蘇芳，蘇螢小小的身體蜷縮在裡面，像一隻脆弱新生的小蝸牛，手上抱著火野麗染血的水手服，全身是血。

火野麗是紅色的，蘇螢也是紅色的，他希望蘇芳成爲像火野麗一樣的人，自己卻成了火野麗。

她記得這個畫面，蘇螢在衣櫥裡自殺，她放學回家時發現的，那年他們都才十四歲。蘇螢失去呼吸很長一段時間了，他那天沒有去學校、許秋月也剛好不在家，那一年是她最醉心於宗教活動的時候，一天有一半以上的時間都在靈鏡大仙廟中處理一些狗屁倒灶的小事。

這幅景象重現時蘇芳崩潰了，過了十三年，記憶並沒有被時間沖淡，而是藉由噩夢給了蘇芳一記當頭棒喝，比第一樂章敲擊在自己頭上還要痛。

「啊啊啊啊啊啊啊啊啊啊！」蘇芳摀著耳朵尖叫起來，可這裡是夢，沒有任何人聽到她的尖叫，爲此出現在她身邊，連死神也沒有。

就是這個嗎？她必須要面對的噩夢？在她選擇放棄的同時給她一個重擊，要她不能放棄、不能向現實屈服，得醒過來面對亂成一團的人生嗎？

然而，衣櫥中的蘇螢卻醒了過來，幽幽說道：「二姊，對不起。是我讓二姊不幸的，對不起。」

蘇螢自衣櫥中走了出來，一雙血手握住她後，環上她的腰際，一如生前那樣，「都是我的錯，對不起。」

蘇芳亦彎腰抱住了他，抱緊了自己的心魔。

◆

那是一九九九年的夏天黃昏，許秋月發現了蘇螢的書包裡有許多火野麗的東西，她火大地將它們全倒在餐桌上佐菜，三姊弟看著桌上滿滿都是蘇螢的難堪，食不下嚥。

就在同一年的冬天，蘇螢選擇自殺。

「弟弟，你說說看這是什麼？我不是說了一個男生不要看這個嗎。」許秋月臉色鐵青，她早察覺蘇螢有偏女性化的氣質，原以爲再長大一些就痊癒了，沒想到他還喜歡著禁止了好一段時間的《美少女戰士》。許秋月轉頭看向蘇芳，惡狠狠地說，「妹妹，是不是妳影響他？我知道一開始是妳先喜歡《美少女戰士》！」

「這跟二姊沒有關係，是我自己喜歡的。」放下碗筷，蘇螢鎮靜地說道。

蘇螢的說法並沒有成功爲蘇芳開脫，反而令許秋月更生氣了，她氣得將筷子甩在蘇芳臉上，當筷子掉落時蘇芳臉上還黏上飯粒。

許秋月在做危險動作時總是很有自信，每次都神準地丟中蘇芳的鼻樑、敲中眼鏡，鏗鏘一響，從不曾失手。從小到大，唯獨這段婚姻、那個死不了的蘇良成留下來的三個小孩是她的「失手」。

許秋月越想越氣，「我就知道都是妳的錯！我是不是生錯性別給你們？一個喜歡不男不女的人，不喜歡穿裙子只喜歡穿褲子，妳自己看看，學校允許女生這樣穿嗎？學校允許妳剪男生頭嗎？百褶裙裡面穿著體育褲是啥潲？然後弟弟竟然喜歡《美少女戰士》！是怎樣，天地顚倒了啊？」

「媽，蘇芳也沒有那麼像男生，她也喜歡《美少女戰士》啊，不喜歡穿裙子只是因爲討厭班上的男生惡作劇，可以不要這麼激動嗎？」蘇芬出聲，終於看不下去許秋月的歇斯底里。

「你們三個不要把我當成白癡，我知道蘇芳喜歡卡通裡面一個同性戀的不男不女的角色，就是因爲這樣才會影響到弟弟的性向，他才會搞混。他現在還小懂什麼？妳這個做大姊的有盡到教導的責任嗎？」

蘇芬十八歲，正是壓力最大的年紀，她嘆息：「媽，妳又不是不知道我要考試了？妳覺得我有時間監督他們嗎？」

「喔，好厲害喔，第一志願台大是不是？要考台大就可以不顧弟弟妹妹了嗎？成大不行一定要台大是什麼心態？瞧不起鄉下下等人？」

蘇芬一向理性，平緩了會自己的情緒，「媽，我想考哪間學校是我的自由，不是因爲瞧不起南部，我一點都沒有瞧不起家鄉的意思。」

「我已經管不動妳了，越大越難教，但是弟弟妹妹年紀還小，還來得及，我決定要帶弟弟去靈鏡大仙那邊治療，先處理好弟弟再來處理妹妹。」

蘇芬聽見靈鏡大仙四字，原本理性的臉龐瞬間刷紅，氣憤難當，「不可以！妳跟我約定好這些事情到我為止就好，妳說過的！」

當時蘇芳與蘇螢都沒辦法理解這段對話，只是瞪著眼睛看著蘇芬和許秋月吵得臉紅脖子粗。原本應該會是許秋月對蘇芳姊弟倆發飆直到氣消為止的，現在卻變成她和蘇芬吵得轟轟烈烈。

「弟弟變成現在這樣我有什麼辦法？還是我要帶他去看精神科？見笑代！」

蘇芬覺得不可理喻，「看精神科幹麼？性向的事情又不是病！」

聽見關鍵字，蘇螢落淚了，開始哽咽。

蘇芳將蘇螢攬著，安慰他。關於性向的探索，蘇芳覺得蘇螢確實辛苦多了，他是個男孩子，確定性向之後，在一個敏感的、傳統的單親家庭中生活，各種只加諸於他的壓力令他活得比蘇芳還要窒息，尤其媽媽是這樣的態度。

「我不准妳連蘇螢都帶去！我會跟爸爸說。」

聽到蘇芬的威脅，許秋月嚇到了。許秋月的世界除了靈鏡大仙之外還有丈夫的位置，畢竟許秋月之所以開始接觸邪教正是因為他離家出走，這一去，就徹底著了迷。

蘇良成與靈鏡大仙分別佔據了許秋月的天秤兩端，有時蘇良成重，有時靈鏡大仙重，有時許秋月也分不清楚。

世界關了許秋月的門，卻開啓了許秋月的另一扇窗，而這窗開在懸崖，一打開往下就會迅速墜落。

「隔壁某某去了之後，大仙就把那個外遇的王八蛋的魂給勾回來了。」

「隔壁村的某某某也是，大仙做法後，隔一個月她老公就回來了。」

穿鑿附會的流言許秋月卻深信不疑，她的靈鏡大仙顯靈顯聖，千秋萬世。

「妳敢？」許秋月氣得揮掌給了蘇芬一個耳光。

瘦弱的蘇芬撞倒了餐桌椅，原本哭哭啼啼膽怯不已的蘇螢卻是第一個過去扶起蘇芬的人。

蘇芬紅了眼眶，憤怒的雙眼像要噴出火焰，伸手摀住刺痛的太陽穴上方，定睛一看，是鮮紅的血在手中張牙舞爪。

蘇芳愣了，怎麼也想不到母親竟然會有這麼對待姊姊的一天。頭流血了，會死，她必須救姊姊，必須保護弟弟，可下一瞬間，她卻全身僵硬，不住地顫抖。

蘇芬看著許秋月對自己的傷勢不聞不問，竟然就這麼繼續與自己對峙，憤怒的情緒轉成失望，不甘心的眼淚掉了出來。

許秋月眞的瘋了，親情輸給了神棍與謊言。

蘇螢看著蘇芬的悲痛欲絕，心中燃起了保護姊姊的勇氣，當時他不知道阻擋在他前方的會是什麼。

若他知道還會如此勇敢嗎？說眞的，會嗎？

蘇螢如初生之犢，握住蘇芬的手，堅定說道：「好，我去，我願意接受靈鏡大仙的治療……」

蘇芳跟著落淚，隨著蘇螢的自白落淚。

「媽媽，我有病。」

聽見蘇螢的自白許秋月有如五雷轟頂，可能她心中還是有一些些希望只是自己會錯意，於是當鐵錚錚的事實降臨時，她崩潰了。

腦中破碎的思緒終於拼湊出理智時，許秋月已經用掃把將蘇芬打得不成人形，絲毫沒有顧慮到蘇芬的頭上的傷，一個勁地揮動手中不知何時被打斷的竹棍。

蘇螢不知什麼時候開始擋在許秋月面前，抱著頭攬下疼痛，「媽媽，不要再打了，如果要去廟裡治療我會去，求求妳不要再打大姊了。」滿臉橫淚的他此刻竟然停止了哭鼻子。

「小螢，不要這樣，你會後悔的！」蘇芬抓著蘇螢吼道。

當時蘇芳不明白蘇芬爲什麼會這麼激動，自從她也經歷過山上靈修的事情之後便徹底懂了──他們的大姊，早經歷過了。

與蘇芬不同的是，蘇芳選擇墮落，變成一個隨便的人遊戲人間，所以最終也被玩弄，落得渾身是傷，想要重新追夢時卻又遇到噩夢重演。

她不懂，她要的就只是一個靈魂伴侶，這很困難嗎？爲什麼總是不斷跌跌走走，不知道到哪裡才是噩夢的盡頭。

所以她逃到了日本，在日本大可以奔放地進行她在台灣不能做的交友關係，男人靠的是交際應酬，女人靠的是枕營業。蘇芳在日本開了眼界，在台灣不能說的、不能做的，還有可能會吃上官司的事情在日本竟然如此稀鬆平常，跟定食一定要配味噌湯一樣。

跟她腐臭、抑鬱、令人恐懼的家鄉差太多了，這就是她心心念念的自由，原本就該屬於她的自由。

那天夜晚在許秋月終於發飆完後，蘇芬把蘇螢叫到自己的房間談了很久，直到深夜蘇螢才回到跟蘇芳一起睡的房間。那天蘇螢並沒有回到自己的床上睡覺，而是擠進蘇芳的被窩與蘇芳靠在一起。

「大姊說了什麼？」蘇芳對著蘇螢埋進涼被只露出的頭頂髮旋問道。

「大姊跟我說……在靈鏡大仙廟可能會發生的事情，她要我好好保護自己，千萬不要去，要是被媽媽威脅不得已要去的話就打電話給爸爸，或是想辦法逃出來報警。」

蘇芳覺得不可思議，「會發生什麼需要報警的事情？」

蘇螢並沒有回答，只是露出一雙哭腫的眼睛，「二姊不用擔心，我會保護妳，我是男生，我撐得住。」

蘇芳想像不到會發生怎樣的事情，她以前見過教主夫婦，覺得他們都是看起來面目善良的人，完全無法想像他們可以做出什麼傷天害理的事情。甚至可以說，當她親眼看見自己的母親發瘋時，她相信蘇芬與蘇螢在教主夫妻那裡會過得比家裡好。

蘇芳與蘇螢同是十四歲，想像不出超越兩個人迄今爲止經歷過的屬於成人的黑暗世界。

蘇螢抱著蘇芳，嘟囔了句：「二姊看著我們兩個被打的時候是嚇到了，還是不敢保護我們？」

蘇芳全身起雞皮疙瘩，羞恥得馬上想死，「對不起，我嚇到了……下次，下次我一定會保護你和姊姊。」

儘管想好好保護蘇螢，可蘇芬那時非常忙、壓力很大，真的沒辦法隨時照顧到他，但是又不希望蘇螢告訴蘇芳太多這些會令蘇芳胡思亂想的事，造成她與許秋月更多衝突，只好隱晦地告訴蘇螢可能會發生的事，並要他若真的得去，一定要準備防身物品。

只是蘇芬沒想到，許秋月連給蘇螢基本的準備時間也沒有，才剛放暑假，蘇螢就沒有出現在餐桌邊了。

放學一回到家，蘇芬簡直要急哭，「弟弟是不是被帶到山上了？妳會不會太心急？暑假第一天就把他帶走！」

面對許秋月一臉冷然的模樣，蘇芬悲憤交加，不敢相信眼前的人是自己的母親。

「妳生氣有什麼用？弟弟還要十幾天才回來，而且妳知道他在哪裡嗎？連我都不知道了，老師說我不能知道地點，怕我會有雜念干擾治療。我告訴妳，他們爲了專心幫蘇螢治療眞的是煞費苦心，廟就這樣關起來不辦事，爲了全心全意解決弟弟的問題耶。」

蘇芬終於崩潰，「我要跟爸爸說，妳瘋了，我會要他把小芳和小螢接走。」

緊接著蘇芬爲了打公共電話跑了出去，留下蘇芳與許秋月乾瞪眼。

「媽媽，弟弟到底要去做什麼治療？」蘇芳仍然一頭霧水，她認爲弟弟再正常不過，沒有任何病徵表示他需要接受治療。

即使是那句自白也不代表他眞的有什麼問題，那只是爲了敷衍許秋月所說出的話不是嗎？絕對不是眞的有病……至少，十四歲的她看起來是如此。

沒想到她一開口就換到許秋月的歇斯底里，她將餐桌上的東西都丟向蘇芳，蘇芳來不及擋，頭上手上被丟出好幾個傷口。

「妳姊出去打電話給爸爸了，你們開心了嗎？都出去不要回來了！」許秋月失控地吶喊，若非這裡是鄉下，房子和房子間的距離算遠，否則以這樣的音量很有可能得進警局喝咖啡了。

片刻後，蘇芬回到家中，她哭紅了眼睛，看著家裡亂七八糟的樣子，不用想也知道發生什麼事情，可她無視現場牽起蘇芳往二樓走去，將許秋月的咆哮拋在腦後。

「怎麼樣？是不是爸爸的小三接的？還是他說他沒辦法接你們啊？笑話！你們三個都別想離開這裡！」許秋月聲嘶力竭，將對那男人的怨恨全發洩在姊妹身上。

蘇芬帶著蘇芳回到自己的房間，關上門的瞬間，雙腿一軟，跌坐在地上放聲大哭。

第十章 夜行魔道

姊姊一直是她的模範、她的榜樣，而今蘇芬竟然會有如此脆弱的一天，如此像一個「普通女高中生」的一天。

「爸爸說……他有自己的家庭要顧，沒辦法帶我們走！」即使考試的壓力再大，蘇芳也沒有見過蘇芬哭成這樣，現在卻因父親說的話哭得聲嘶力竭。

「我說不出我和蘇螢的事情，我要怎麼說出口？爸爸現在已經有自己的生活了，我怎麼可以奪走？我眞的下不了手！」

蘇芳覺得靈魂彷彿離開了身體，身體沉重無力，她想安慰痛哭的蘇芬，卻做不到。蘇芬就在她的面前，可她碰不到蘇芬，她們之間有層薄膜、有片玻璃隔開兩人。

一直以來以爲雖然離開家但是精神是與三人同在的爸爸，現在連精神都與這個家脫節了。

「小芳，妳要記得，妳以後一定要離開家裡，一定要離家裡遠遠的，最好考上台北或國外的學校，就算畢業了也不要回家裡，想辦法留在北部，最好就出國，反正千萬不要回家。」蘇芬哭紅的雙眼飽含憤怒，那不該是一雙痛恨母親的眼睛，正常的孩子都不應該有這樣的眼睛。

「蘇螢一定很想回家。」深夜，蘇芳看著月亮想著。

沒有蘇螢的房間空蕩蕩的，蘇芳看著月亮想像著蘇螢在山上看到的月色一定很美……快了，她要努力，她必須去蘇螢的身邊，和他一起看著，因爲月光是「愛與正義的化身」。

蘇螢一個人跟著一群不認識的叔叔阿姨上山治療肯定很孤獨，蘇芳想跟著去，希望至少可以陪在蘇螢身邊。治療的過程肯定很痛苦，她希望可以至少緩解蘇螢的寂寞，讓他知道還有二姊陪在身邊。

她答應他了，她會保護他。

隔天一早，蘇芳主動向許秋月說她也想參加「淨化課程」，她知道蘇芬聽了肯定不開心，所以沒有告訴蘇芬自己的決定。

蘇芬爲了考上台大，暑假期間每天都要往返補習班、圖書館，她沒有時間陪伴蘇螢，蘇芳不怪她。她是蘇螢的雙胞胎姊姊，他們從還是胚胎的時候便陪伴在彼此身邊直到現在，蘇螢的事情、蘇螢的心情，她是最清楚的人——她必須保護蘇螢。

「妳不要以爲妳在想什麼我不知道？妳是不是想要把弟弟帶出來？告訴妳，直到治療結束之前，弟弟都沒有機會離開那裡，他再不矯正的話，我要把他送去精神病院了。」許秋月語氣平靜。

看著許秋月的臉，蘇芳覺得有時候眞的打從心裡佩服這個女人，她竟然可以不疾不徐、面無任何一點波動地說著這麼可怕的話。

「妳不是說我可能跟弟弟有一樣的問題嗎？妳不是知道我喜歡《美少女戰士》裡面的女同志角色嗎？所以我也需要矯正吧？一次矯正我們兩個對妳來說不好嗎？」蘇芳有來自許秋月的眞傳，說謊也好，幹話也罷，都能一本正經地說出來。

許秋月思考了一會兒，「等姊姊這幾天去住同學家後，我再讓妳去。」聽許秋月這麼一說，蘇芳在蘇芬補習班下課後迫不及待問她：「妳什麼時候要去住同學家？」

「幹麼，妳也要去嗎？妳就算去也沒有DVD可以看喔，大家都要準備考試。」」蘇芬放下肩上裝滿書的托特包，她非常了解蘇芳要去她同學家的目的爲何，頓了頓，「媽媽是不是要求妳也要治療？」

「沒有，妳放心。」蘇芳十指絞緊，誠心祈求蘇芬不要發現端倪。知道確切日期後，蘇芳旋即下樓偷偷通知許秋月，估計她的人生只有此刻會選擇抱著許秋月大腿。

在廚房的許秋月聽聞蘇芬明天起要住同學家，幾乎是立刻打電話給陳阿姨，要對方明天一早就來家裡接蘇芳，把蘇芳送去淨化課程的念頭似乎也醞釀很久了。

蘇芳偷聽兩個人的通話內容，心情雀躍激動，不曾想過此行將令她終身遺憾。

次日是個天氣晴朗的日子，蘇芳收拾好包包，乖順地等著陳阿姨來家裡接她。當時十四歲的蘇芳對陳阿姨還沒有太多意見，對於搭她的車子出門竟還有些期待。

陳阿姨相當疼蘇芳，一路上蘇芳要什麼便給她買什麼，令蘇芳有種或許蘇螢也過得不錯的錯覺，難道一切都是她擔心太多嗎？

果然，留在教主夫妻那裡比留在家裡好多了；果然，離開許秋月那個瘋子好多了。蘇芳不禁想著。

車子到了一間山上廟宇前已是黃昏時刻，其外觀與一般寺廟並無明顯不同，門外也沒有任何裝飾看來與靈鏡大仙有關。一開大門才看見靈鏡大仙的掛軸與神桌等等，大堂有幾名蘇芳見過或是沒見過的叔叔阿姨們以為蘇芳怕生，親切對她噓寒問暖。

她不想浪費時間在這裡和叔叔阿姨搏感情，「請問蘇螢在哪裡呢？」

陳阿姨笑著帶蘇芳走到二樓，「妳跟蘇螢的房間是一起的喔，晚上上課在二樓最裡面的講堂。」

走到蘇螢房門前，陳阿姨轉動門把，發現上鎖了，敲敲門，「弟弟啊，你二姊來了，開門吧？」

蘇螢立刻開了一個小縫，見到蘇芳便把對方拉進房間，反身再度將鋁門上鎖，「陳阿姨，謝謝妳帶我二姊上來。」

門才關上，蘇螢馬上抱住蘇芳。

十四年來，蘇芳第一次被蘇螢抱得如此緊，雙胞胎的奇妙感應告訴她，她錯了，蘇螢過得不好，在這裡並沒有比較好。

「發生什麼事了？」

「妳怎麼也來了？」

兩人幾乎同時問出問句。

蘇螢看著蘇芳，要她先說。

「我覺得我應該要來陪你，你一個人在這裡，周圍的人你都不熟，我怕你寂寞，你看。」蘇芳自包裡拿出蘇螢最喜歡的《美少女戰士》漫畫。

見到《美少女戰士》，蘇螢本應該笑的，他卻僵著笑不出來，「妳不應該來的，妳又沒有生病，妳知道這裡有多恐怖嗎？」

蘇芳搖頭，十四歲的她能理解的恐怖有限，無法想像有什麼比靈異現象和《七夜怪談》之類的恐怖還要恐怖。

蘇螢口中塞滿了話，最終仍無法說出口，「晚上妳就知道了。」

蘇芳想繼續追問，未料陳阿姨又出現在門外敲門，「吃飯囉，吃完飯要接著上晚課喔，教主和老師都很期待蘇芳的加入喔。」

房間內的兩人面面相覷，誰也說不出話。

在食堂用完餐盒前往上課地點上課時，蘇芳一面牽著蘇螢走著一面想，第三層的夢境是更穩定的一層嗎？還是自從她打開衣櫥之後又進入了下一層？

為什麼都沒有外來的聲音或是事情的干擾呢？怪聲、衣櫥、黑影和死神也沒再出現了，就連第一層和第二層夢中一直附著在她右手食指的機器感覺也消失了……難道蘇螢自殺的衣櫥就是最後一個連結現實的衣櫥？

前幾次都會出現的死神怎麼了？這次為什麼是先夢到蘇螢？

她不太清楚夢到蘇螢的原因是什麼？是因為蘇螢的死是她最大的噩夢嗎？她怎麼想都覺得很詭異，蘇螢的死是許秋月最大的噩夢才是……一股巨大的違和感在蘇芳的胸口中脹大，這是一個純粹的夢。

這並不是完全、真正發生的內容……有一半確實是真的……她無法確定。

她的記憶從踏入靈修場開始變得混亂，無法無法整理眼前發生的一切。死神說的那個翻書的人就是控制自己夢境的人嗎？而他就是白吟知嗎？如果是，現在她正在被控制嗎？

不知不覺兩人已經到了作為講課使用的大廳，廳內的模樣她還記得，她確實來過這裡——她十七歲時。

信眾們圍成一個圈，中間有兩個發黑的老舊坐墊，示意蘇芳及蘇螢需要坐在信眾圍成的圓心中。

兩人手牽著手進入圓心跪坐下，蘇芳大致都知曉會發生什麼事。這是夢，這些事情她在第一層的夢境中、在她十七歲時就經歷過，雖然她在這個夢中只有十四歲。

大堂上教主夫婦盤腿端端正正坐著，穿著時代劇中會出現的長袍及斗篷，扮演神扮演得煞有其事，蘇芳看了總是想笑。

「蘇芳、蘇螢，你們兩個人知道爲什麼媽媽要讓你們參加這個淨化課程嗎？」老師說話了，她是教主的老婆，也是靈鏡大仙的發言人、靈鏡大仙的受體，楊依梅，而主持著靈鏡大仙這個邪教團體的人便是她的丈夫，趙允康。

「我知道。」蘇螢恭恭敬敬回應，他在這裡已經幾天了，知道課程的大概流程。

「我也知道，媽媽說我需要淨化心靈，所以我來這裡。」

「哦？蘇芳說說看妳的心靈發生什麼事需要淨化？蘇螢雖然之前說過了，但是今天因爲蘇芳的加入，要再進行懺悔一次。」

蘇螢開始發抖，蘇芳則抬頭挺胸，她不知道她十四歲時對他們是怎麼樣的態度，但此時此刻她已是個大人，不會再恐懼了。在夢中，她能毫無顧忌保護蘇螢，實現她的諾言。

「我喜歡女生也喜歡男生，我一直覺得我應該要當男生，一直覺得我和蘇螢在同一個肚子裡性別應該搞錯了。」蘇芳大方說出，聽著周圍傳出不小的驚呼。

「……我、我也是，我覺得我跟二姊的性別好像應該顛倒過來，我喜歡男生，也有喜歡的人。」蘇螢聲音極小，幾乎是破碎的程度。

蘇螢早在前幾天便自白過了，因此這次的自白得到的僅是令人窒息的靜默。

楊依梅這時開始施法和教主說著沒有人懂的天語。天語結束後，老師竟然毫不笑場地說出：「沒錯，老師剛剛詢問了靈鏡大仙，祂說你們兩個確實是靈魂倒置，必須要經過儀式才可以讓你們的生魂回到正確的身體中。」

這段話讓蘇芳聽出許多瑕疵，「我們兩個交換的話不就連身分都換了嗎？」

「換生魂而已，其他的兩個靈魂並不會交換，人有三魂七魄，要交換的是最根本的那一個，它對你們的記憶沒有影響，不過在那之前你們還是要先懺悔才行。」

「懺悔什麼？」蘇芳不覺得做一個雙性戀有什麼不對，她是來接受淨化的，與懺悔有何關係？

「懺悔妳才十四歲還不懂就學壞，妄想自己跟女生在一起，蘇螢則是要懺悔自己是家裡唯一一個男丁，得為蘇家傳宗接代卻喜歡男生，滿腦子淫蕩思想、喜歡女生的東西，像變態一樣。」

蘇芳完整聽完，覺得自己的指控對比蘇螢的簡直輕如鴻毛，蘇螢的指控嚴重多了，連她都不敢聽。蘇螢才十四歲，怎麼承受得了這些胡說八道？

「我會懺悔。」蘇螢跪下趴在地上，五體投地。

蘇芳雖然嘴上沒說懺悔卻跟著一起跪趴著，她說不出「我會懺悔」，嘴巴比身體還倔。兩人同時聽見周圍的叔叔阿姨站起，圍著他們兩個一面轉圈一面口中念念有詞，「靈鏡大仙顯靈顯聖，請淨化蘇芳和蘇螢的靈魂。」

接著他們停頓，水灑了下來，蘇芳知道這是教主將口中含著的符水噴向兩人以淨化兩人錯誤的靈魂。她覺得幽默，癟嘴笑了。

此起彼落的數落聲瞬間掩蓋蘇芳不合時宜的細笑，「懺悔！知恥！懺悔！知恥！懺悔！知恥！」

三句輪迴後他們又被符水噴得全身都是，原本應該感到炎熱的暑假，現在卻因爲濡濕的衣物及山上濕涼的冷風覺得陰寒。

餘光瞥見教主手持木劍往兩人靠近，蘇芳知道要被打了。她能搜索到的記憶是在第一層夢境中發生在自己身上的事情，不是過往十四歲的她經歷的過程，她偷偷觀望四周有無出現黑影或是死神，一樣的段落，她想死神說不定會出現？

若是死神出現能幫她釐清嗎？她逐漸能肯定，有一半確實是眞的發生過的事情，然而目前爲止她還無法正確理出哪一半是眞實發生過的。她的腦、她的精神在發生變化，可她說不出來是什麼變化。

四周的辱罵結束後，教主舉起木劍打向蘇螢，每一聲都伴隨著蘇螢的尖叫與教主的辱罵。

「羞恥，你不喜歡男生！同性戀天理不容，同性戀會下地獄！靈鏡大仙顯靈顯聖，淨化蘇螢的靈魂！令他和蘇芳的生魂交換，治好他的心病，矯正他的錯誤人生。」

蘇芳全身顫抖，電流自腳底竄到頭頂。

「錯誤人生」四個字雷擊一般打進蘇芳的腦子，她覺得莫名其妙與悲憤。蘇螢和她現在才十四歲，若說人類未來都可以平均活到一百歲的話，他們不過才走了人生百分之十左右的段落而已，就單憑這百分之十就斷言他們的人生是錯誤的？

「小螢的人生哪裡失敗？」蘇芳忍不住反駁，這句話來自蘇芳三十五歲的成熟靈魂與意識。

她覺得她的三十五歲或許眞的很失敗沒錯，但是蘇螢才十四歲，連失敗的邊緣都還沒沾到就被冠上這樣莫須有的罪名未免過於幽默。

教主夫妻都假裝沒有聽見蘇芳說的話，只是繼續虐待蘇螢，要他自白，「說，你跟男同學進展到哪裡？」

「進展到哪裡關你們屁事啊？閉嘴好不好？」明知道這是夢，蘇芳還是動氣想要阻止教主夫妻的汙辱。

「姊，妳不要說話……」蘇螢爲蘇芳感到緊張，害怕發生在他身上的事情會降臨在蘇芳身上。

教主惡狠狠地瞪著蘇芳，一見到教主動氣，圓周的大人們有幾個上前壓制她，固定著她、令她無法動彈，如同她十七歲時一樣。

「現在我們先專心處理蘇螢的問題，蘇芳妳先看著。」老師說話了，嗓音溫柔，語氣卻無情冰冷。

「小螢啊，你難道忍心讓蘇家沒有後代嗎？不趁現在矯正你要什麼時候矯正？你想想看，你爸爸都離家出走那麼久了，他一直不回家你敢說都跟你沒有關係嗎？眞的只是單純因爲小三？他喜歡跟小三在一起，但是你們都是他的親生孩子，他怎麼會絕情到不跟你們見面呢？難道不是因爲爸爸覺得你很噁心嗎？」

趴在地上的蘇螢全身一震，蘇芳全看在眼裡，「我爸離開家裡再也不回來不是因爲弟弟，也不是因爲小三，是因爲你們把媽媽變成奇怪的人！」

這是蘇芳長大之後才意會過來的事，父親從來都不是因爲要追求眞愛之類的才離開家裡，而是因爲越來越奇怪的許秋月。只是包含她在內，沒有人願意正視這個眞相。

其中也包含蘇螢，年紀還小、不應該想那麼多的他卻總是以爲自己才是害蘇良成離家出走的人，他是一切錯誤的開端。沒有他，可想而知蘇家的日子會是前所未有的和平與安寧。所有的錯都是別人的錯，就算是自己的錯也是該由別人去承受，這就是大人專屬的權利，逼迫小孩子必須要做一個負責任的人。

蘇螢哭了，蘇芳不曉得在她不在的時候蘇螢究竟經歷了什麼，但是她看得出來蘇螢被說服了，「二姊不要說了，都是我的錯。」

「你要不要起來？不要這麼懦弱，我們一起走！他們都想羞辱你！」蘇芳十七歲時也這麼被羞辱過，她知道那種傷痕會一輩子深深刻在心上，成爲心魔永遠控制並洗腦自己。

「二姊不要管了好不好？十四歲的時候妳根本沒有管過我！妳只是……妳只是躲起來而已！現在妳在夢裡對我說什麼都沒有用了不是嗎？『對妳來說』我已經死了，妳不是知道嗎？」

蘇芳雙手驀然一沉，身後箝制她的叔叔阿姨們消失了，講堂的大門敞開發著白光。

蘇芳知道，從這裡走出去將會經歷當年的眞實……蘇螢說得沒錯。

記憶猶如海嘯一般朝著蘇芳襲來，將她沖向記憶的彼岸狠狠撞擊……對，蘇螢沒有說錯，他是對的。

實際上自己只來了一天，也沒有參加「這次」的講課，還記得那天晚上講課完還有蘇螢的換魂儀式，而她看完當場吐了，深夜丟下蘇螢就逃跑了。她才十四歲，第一次她認知界線中的恐怖被突破，一腳踏入成人的晦暗世界中，萬劫不復。

陳阿姨在路上抓到正要狂奔回家的蘇芳，在蘇芳幾乎瘋狂失控的要求下送她回家。

心魔在她十四歲時就在心中住下了。當然，心魔也在蘇螢的心中紮下了根，慢慢地、慢慢地成長，直到完全控制蘇螢爲止。

「可是我很後悔！」蘇芳對蘇螢喊道，她沒有朝著光走，而是選擇留下，沒有乖乖接受夢的引導。

我不要再被你控制，不管控制我的夢的是誰，我不會被你控制，我要留在這裡。

一但下定決心後，原本牽制住蘇芳雙手的信眾們又重新自黑暗中將手伸了過來，控制住她的行動。蘇芳閉上眼睛，她不能改變已經發生的事實，希望至少可以改變她的夢，「弟弟，我們一起走好嗎？算我求你！」

她想起白吟知說的——

「引導他們進入潛意識中回想快樂的回憶，重新感受美好時光，循序漸進建立健康的心理機制去面對問題。簡單來說，利用催眠架構一個美好的夢中世界……」

所以當她醒來的時候，她將會因爲改變了夢境而有了健康的心理機制。

蘇螢溫婉地笑了，任憑教主高壯的身軀將他拎起狠狠揍了一頓，揍得鼻青臉腫。

「蘇螢的生魂現身！速速離開蘇螢的身體！」

所謂的換魂儀式，竟然就只是狠狠地把蘇螢往死裡揍、揍得半死不活，以身體的痛記得他不能當一個喜歡《美少女戰士》的同性戀。

有一瞬間蘇芳覺得後悔，她應該要接受引導離開這裡，因爲她完完全全清楚最後會發生什麼事情。

蘇螢被打得腦震盪、翻白眼，幾近昏厥，在場竟然沒有任何一個人出手救他，就這麼接受教主的說法，說他是要將蘇螢的生魂打出身體才不得已這麼做。被打的人苟延殘喘，大家卻對施暴的人歌功頌德。

如同蘇螢所說的，蘇芳實際上並沒有參與過這段過程，儘管她對蘇螢的傷害已經造成，她仍靠過去跟蘇螢說話，「對不起，你一定很痛苦。」

她竟是在夢中向他道歉……如果那時她能再快一點察覺的話，蘇螢不會離開。

蘇螢因暴力精神渙散，勉強擠出一抹微笑，「我是男生，我可以的，我要保護妳和大姊……雖然，我很快就走了。」說完的同時，昏死了過去。

之後的畫面蘇芳記憶猶新，然而身體有個本能告訴她，她此後得忘記這一切，將這一切鎖進貼滿火野麗貼紙的衣櫥裡，必須得這麼做，她才可以正常生活。

她告訴自己千次百次，必須忘記這個畫面她才能走下去，不能想起來！她不能再過著爛人的日子。

畫面越來越清晰，蘇芳知道這些畫面都是眞的所以才會這麼清楚。

她拿著連行李都還沒來得及裝進去的空包包，一路在山間小路狂奔，昏暗的小路路燈令靈修地點顯得像試膽場所，她便是從試膽大會中脫逃的懦弱女孩。

跑著跑著，後頭響起了熟悉的引擎聲，是早先載她上山的陳阿姨的車子，那輛近二十年的日產車噪音極大，蘇芳一聽便知道是她。

蘇芳知道凌晨時分獨自在山道上走的下場會是如何，或許有野獸、她不想信的鬼、電鋸殺人狂……但是自尊不允許她立刻向陳阿姨示弱，「如果不是載我回家我就不上妳的車！如果我失蹤還是被熊吃掉了都是妳害的！」眼淚不受控制落下。

其實蘇芳無論如何都不想要待在山道上，也不想回去靈修場地，有許秋月在的家她當然也不想去，可三個選擇之下還是家裡勝出，她的後腦勺陣陣地痛，全身上下的毛孔張開血盆大口，心臟瘋狂地跳，理智瀕臨破碎。

「要回家可以，但是絕對不可以報警，知道嗎？」陳阿姨半威嚇地說道。見蘇芳怔了一會兒，陳阿姨又說：「聽說山上有很多黑熊呢，可是牠們食物很少，會襲擊人類，很可怕啊，蘇芳國中地理有學到嗎？山上住著黑熊的事。」

在黑熊與蘇螢的的拉扯之下，黑熊取得壓倒性的勝利，蘇芳跪下，失控哭叫答應了陳阿姨的要求。

她坐上陳阿姨的車子，破曉之前抵達家門，在那之後蘇芳病了好幾天，終於醒來時，蘇螢一臉呆滯坐在蘇芳床邊，冰冷地看著她。

「對不起。」蘇芳先是道歉，自己確實做錯了，敗給恐懼，犧牲親情。

明明是暑假，蘇芳卻在見到蘇螢時嚇出了一身冷汗。面前的蘇螢面黃肌瘦，彷彿這幾天來他都沒有正常吃過飯似的，不僅如此，那天晚上她看見的事情肯定一直在發生……甚至每天都在發生。

有著三十五歲靈魂的她在夢裡爲蘇螢仗義直言有什麼用？現實中她就是一個扔下弟弟逃亡的弱者、膽小鬼，現在她做什麼都沒用，而且都是多餘的，只是徒增可笑而已。

她是一個被困在夢中無處可逃的可悲靈魂，就算醒來下場也一樣。她面對上田、面對她只知皮毛的新環境，不論何時何地都感到不適應與排斥，她過得很痛苦，痛苦到快要忘記自己爲什麼來日本。

自從放棄了白吟知之後，她所有的目標都茫然了。

曾經以爲逃離了那個村子之後她可以變成一個不一樣的人，不一定要像白吟知一樣成爲一朵白蓮花，至少……至少她希望自己不會再黑下去，但是自從她十七歲之後，事情的發展好像一直都沒有變好，她沒有變成白蓮花，依舊是一朵爛根的黑蓮花。就算到了日本又怎麼樣呢？她依然是一樣的人啊——一樣爛的人。

從十四歲起，她就注定當一個爛人。

「二姊看到了不是嗎？二姊在那裡不是嗎？明明二姊和我最好，也最照顧我，爲什麼不救我？」蘇螢說道，他應該要放聲大哭，但是他沒有，只是以異常冰冷的情緒面對對他棄之不顧的蘇芳。

那天晚上蘇芳確實看見了，不過不是看見被打的蘇螢，畢竟現實中她並沒有參加課程。她當時只是單純擔心蘇螢爲什麼沒有回到房間，於是走到教主夫妻專用的房間門前，聽見門內傳來蘇螢的尖叫。

蘇芳緊張地開了門，看見了令她終生惶恐的畫面。

十四歲，她看見了；十七歲時，她經歷了。

她眞的經歷過嗎？還是蘇螢又代替她經歷了一切？不，蘇螢死了，早就死了。

蘇螢被壓在榻榻米上嘔吐著，他已經被打到腦震盪，吐到後來只剩下水可以吐，而他的臉就這麼貼在嘔吐物上。

如此噁心的畫面竟然還能讓教主有獸慾，肥滿的腰部粗魯擺動，每次插入蘇螢都帶著血，如同初經的少女般，既痛又震撼地迎接成人的一刻。

蘇芳嚇壞了，跪在地上嘔吐不止，下體濕黏，她的初經就這麼來了，痛不欲生。

他們是雙胞胎，蘇螢痛，蘇芳也痛，他們在同一天一起走進了大人的汙穢世界。

「小螢，靈鏡大仙要教主這樣教你，你要用身體記住，做一個同性戀就是這麼痛！還是說你會爽？」教主不斷將蘇螢的頭拎起，反覆看進他充滿恐懼的眼睛，逼著他凝視自己，看著自己眼中病態的慾。

此時教主發現蘇芳闖了進來，拉起蘇螢的頭，露出榻榻米上的霉垢，十四歲與十七歲的畫面重疊轟炸掉蘇芳的腦袋，震得她無法言語。

她怎麼能忘記？她怎麼能還苟活著！怎麼還會以爲逃離到日本就會有所改變？她怎麼能這樣想？她根本不值得改變人生獲得幸福！

「對不起！二姊是因爲太害怕了，對不起！」蘇芳拉著蘇螢的手哭著喊著，彷彿只要取得蘇螢的原諒他就不會自殺了。

蘇螢生無可戀地輕輕撥開蘇芳的手，僵硬地笑了，「叔叔說，等妳長大，他也會對妳做一樣的事……像對大姊和我一樣。但是，我會保護妳，二姊，我會保護妳……叔叔永遠不會碰妳，他跟我約好了。我是男生，我沒事，妳們是女生……需要被保護。」

「我不要！這次我會保護你！再給二姊一次機會，好不好？」

蘇芳第一次覺得被困在夢境中如此無力，她他媽的什麼事也改變不了只能拚命掙扎，她得醒過來，醒過來才能改變！可是她又能怎麼辦？蘇螢十四歲就離開了！她連當一刻帥氣的天王遙都當不了。

「沒關係的，我相信二姊以後一定可以成爲像天王遙一樣帥氣的女人，就算現在不行，以後一定可以，所以我不能讓二姊被傷害，二姊絕對不能被弄髒。」

可是蘇螢，你一定很失望，你要是知道了一定會很失望。

三十五歲的我有嚴重的酒癮、失眠、憂鬱症，我沒有一天不想要死。生了小孩之後狀況更加嚴重了，小孩讓我的生活完全進了黑洞變成垃圾，又臭又黑，人生說有多失敗就有多失敗，有多錯誤就有多錯誤。

我根本不想被治療，因爲我知道這是我應得的，我的人生活該這麼爛，從十四歲開始這個想法就在心裡變成根了。我要活得很慘、比松子還慘，這是我想要，也應得的。

因爲，我不應該在失去你之後還活著。

我做過最可惡的事情大概是我喝得爛醉還開車，載著五歲的孩子去找徐伊凌偷情，所以現世報來了，我出了車禍。但其實我是故意的，故意撞車。

我一點都沒有想著後座的孩子，他根本不該出生，所以我從沒想過他。我到現在還想不起來那小孩叫什麼，就知道我有多麼不把他放在心上。

人們都說，孩子是愛的結晶，呵，什麼樣的愛的結晶會將生養他的母親推向地獄？原本就已經活的不像人了，我還要進地獄嗎？

蘇螢，你一定很失望，否則你不會走。

如果你選擇活下去，像火野麗一樣勇敢戰勝一切活到現在看到我的話，你一定會失望。你說要保護我和大姊，然而同一年的冬天你就走了，證明了你很失望。

一片漆黑的夢境結束後，蘇芬憤怒到鐵青的臉倏然出現在蘇芳面前，「妳怎麼這麼不要臉！妳收了他們的髒錢嗎？怕什麼怕？收錢怕人知道？妳知不知道收錢表示什麼？」

收了錢，蘇螢也就白犧牲了，他的犧牲連同蘇芳的貞節成了三十萬的廉價和解金。

蘇螢最終默默離開了，三人之中最有希望伸張正義的蘇芳卻收了錢，販賣了一個令神棍伏法、斷絕此後所有後患的機會。這樣的她和許秋月不同在哪裡呢？

他們蘇家三姊弟之後，還有多少人會被壓在那塊霉斑上被狠狠羞辱呢？

從那之後，蘇芳的每一步就都是錯的。

沒有人想要很爛的人生，蘇芬不想，於是她刻苦讀書，考上台大，成了律師出人頭地，最後邂逅了靈魂伴侶，一起在加拿大過著幸福快樂的生活，多麼棒的成功人生模板。

只有蘇芳寧願選擇這條路，用她的時間贖罪，再也不相信自己能與幸福二字有沾上邊的一天，就算她像睡美人一樣睡了這麼久醒來也是一樣的，沒有美好的劇情，也沒有完美的結局。

沒有成功人生模板的故事，沒有《美少女戰士》的浪漫，她和蘇螢的靈魂是錯誤的，沒辦法像《亂馬1/2》[23]那樣輕鬆簡單地遊走於兩性之間，只有驀然回首足以令人淡然一笑的幽默。

人生就是這麼幽默。

深夜靜謐的病房中，昏迷第十八天的蘇芳如機器人一般睜開眼睛，醒了過來。

23　《亂馬1/2》爲日本漫畫家高橋留美子創作的戀愛喜劇漫畫，連載於一九八七年至一九九六。

第十一章　在他房間

醒來所見的第一個畫面無非是清晰的天花板，伴隨身旁機器的聲音。曾經在夢境中陪伴蘇芳的聲音，現在都得到證實，連厚重的關門聲都一模一樣。

蘇芳仍然無法動彈，不知道是不是因爲昏迷了許久的關係，她花了好一段時間才舉起痲痺無力的手按了呼叫鈴。

進來的護理師沒想過蘇芳會清醒，開門時聲音大了些。當她進門發現房間裡只有眼睛張得老大的蘇芳，並且大拇指還黏在呼叫鈴上一臉抱歉與不可置信。

「眞是奇蹟，妳知道嗎？妳先生每天都在床邊關心妳，每天跟妳說很久很久的話，他相信妳還聽得見他的聲音，會因爲他的呼喚而醒來，果然是眞的。」護理師說道。

然而蘇芳在她眼中看見的佩服卻不是對她掙扎著自噩夢中清醒，是對她先生的不離不棄、鍥而不捨。

「眞不敢相信你們並沒有結婚多久，感覺你們在一起很久了。」護理師繼續說道。

蘇芳的腦中一片空白，任由護理師自說自話，而她逕自翻找碎裂的回憶。

蘇芳還想不太起所有的事情，雖然身體醒了，也有眞實感，但活著的感覺一時之間還沒有全部回到身軀中，靈魂仍舊出著遠門，或許她的生魂眞的和蘇螢交換了……蘇芳看著天花板，爲了確認眞實、確認沒有密密痲痲的日記。

「要不要我先聯絡妳先生？等一下住院醫師會來先做個基本的檢查。」

蘇芳機械式地將眼球轉向護理師，像木偶一樣盯著她，「先不用，我想休息。」

眞幽默，她已經休息很久了，醒了卻還是想休息……這是她醒來後說的第一個笑話。

蘇芳再度閉上眼睛，想著清醒之前她還夢到了什麼，想在那之中多看看蘇螢的樣子。她不想忘記他，所以得多看看他，將他記在心裡，將他和自己的約定深深記在心裡。

十四歲的冬天剛開始沒多久，許秋月竟還想要蘇螢繼續參加課程，她明明知道會發生什麼事，卻還是若無其事將自己的孩子推入火坑。

或許那時十四歲的她還不懂吧？不懂許秋月的想法，才會那麼懦弱，長大了才從許秋月身上看到自己的影子，尤其是在對待自己孩子的態度上。許秋月怎麼對他們的，蘇芳現在就怎麼對自己五歲的孩子。

蘇芳想著，每次許秋月看到他們三個，一定在想著自己是如何的倒楣，生了三個老是倒戈向外的兒女。自從父親離家出走之後，每隔一段時間就會有人吵著要爸爸回家、要回到爸爸身邊，無視她對這個家庭的付出，儘管那個付出可能少得可憐。

她做母親越做越洩氣，曾經她也會自責、想著問題是不是出在她身上？所以才會淪落到被最愛的家人背叛？

後來她沉迷於靈鏡大仙，單純的信仰演變成迷信，大仙告訴她，不是她的錯，她的丈夫被強大的色鬼附身了，是色鬼要他出軌，並不是她不夠好。只要誠心信奉靈鏡大仙，不僅與丈夫有可能破鏡重圓，也有可能修復破碎的家庭。

心靈脆弱的她很容易就相信了，自責太久，自責到她都要毀了自己的前一刻，靈鏡大仙拯救了她，告訴她不是許秋月對不起這個世界。

許秋月開始相信，她大女兒的孤僻及任性是因爲她的三魂七魄跟著她的父親飛走了，聚合不起來所以沒辦法待在家裡。

她相信蘇芳是因爲沒有爸爸，加上和弟弟互相影響才會喜歡女生，被色鬼附身有機可趁之下偷親學校的老師，做出這樣傷風敗俗的事情。

她的小兒子則是因爲和蘇芳待在同一個肚子裡互相影響，進而影響了靈魂，變成了一個喜歡女孩子東西的娘娘腔同性戀。

不知道爲什麼，此刻她竟然有那麼一點點同情許秋月，甚至能從她身上得到可恥的共鳴。

蘇螢，你是因爲知道了我有一天會成爲和母親一樣的人，所以才離開的嗎？

失去你之前，你很堅強地熬過幾次苦難，我好幾次跪著哭求你不要再去，那個畫面太過恐怖，我無法想像你要再次經歷。

可如果報警了，沒有許秋月我們該怎麼辦？如果報警了，同學們知道這件事會怎麼想你？因爲喜歡《美少女戰士》已經讓你在學校過得很辛苦了，如果再讓同學、老師知道你發生這樣的事情，他們會怎麼看你？這是一個又臭又深的爛泥淖，你懂的吧？

我無能爲力，除了逃，我不知道我還能做什麼。

我在那條很長的、山獸走過的窄徑一路奔跑，月光灑落在我身上，止不住地哭泣。魔道上被黑暗籠罩的樹影婆娑，每一棵樹都像是要將我抓走狠狠撕裂吞下。

而月光是愛與正義的化身……愛與正義？我身上絲毫沒有。

蘇螢總是說「爲了保護二姊和大姊，我是男生，沒事的」，每天晚上在許秋月的要求下到附近的靈鏡大仙神壇報到，隔天再以被打個半死的狀態回來。

教主說這是爲了驅趕蘇螢的生魂，說他的生魂非常頑強，抵死不從，需要多次的「驅趕」與「治療」。對任何人來說，那就叫作虐待，但對靈鏡大仙的信眾們來說，那是獲得救贖的唯一方式。

據說教主在毆打蘇螢的時候總是會邊打邊哭，用他那沒價值的眼淚欺騙信眾說他是「打在他身，痛在我心」，賣弄他捨己爲人的偉大情操。

然而說著沒事的蘇螢，還是受不了走了。

那天早上，蘇螢又一身是傷回家，獨自一人躲進房間中，聽著陳阿姨那張唬爛嘴對許秋月說得天花亂墜。片刻後，他聽見許秋月被陳阿姨帶出去的聲音，整個家裡只剩下他一個人，世界難得陷入平靜。

蘇螢，我一直很想知道，你在決定離開前在想什麼？

當你經過那個小車站，看著綠色的告示板，撕下那張廣告標語時，你在想什麼？你有感到猶豫嗎？還是因爲太過堅決，所以撕下了那張標語呢？

能不能告訴我，你在想什麼呢？

房間裡的小電視停在你平靜心情時喜歡看的探索頻道，自從你走了之後，我一直自動忽略那台電視，忽略到我忘記它的存在。我非常害怕不小心看到和那天一樣的節目，甚至畫面。

你知道嗎？我們之間眞的有心電感應，我就是知道發生什麼事。當我經過車站看見告示板破損的標語時，甚至知道那是你撕的。

你被奪走童貞的那天，我的月經甚至來了。

我打開房間門，小電視上是一隻母海豚與小海豚在海中悠游自在的畫面，即便是海豚這樣的生物也是如此母慈子愛，可人呢？你是不是這樣懷疑？

當那隻母海豚遭到獵殺受重傷還拚命地將小海豚頂出血紅海灣時，你在想什麼？還是你想都沒想，只是假裝自己正在看電視，其實早就躲在黑暗的衣櫥裡，咀嚼著標語的意思？

多想兩分鐘，你可以不必自殺。

蘇螢，你和我有一樣的想法嗎？兩分鐘可以改變什麼嗎？兩分鐘後，就眞的可以不必自殺嗎？

兩分鐘後，你在想什麼？想著母海豚還活著嗎？想著小海豚最終有沒有被抓走呢？還是想著我和蘇芬？

還是兩分鐘後，你無動於衷地劃開血管，躲在你最愛的、我的衣櫥中，熱血橫流，漫過我的衣物，一如你生前想將它們占爲己有。

「好羨慕姊姊喔，我好想穿裙子。」

「二姊，爲什麼我不是女生呢？」

「二姊，神是怎麼決定異卵雙胞胎的性別？爲什麼我們不是相反的？」

「如果可以，我想成爲二姊……成爲小芳。」

如今，你成功霸道地占有了我的衣櫥，門板上貼滿了火野麗，像是在宣示，從今開始，這一整個衣櫥的、我不愛的裙子與洋裝都屬於你了。

未來，你將會有適合自己的性別。

衣櫥開啓，小小的蘇螢、臉上都是瘀青的蘇螢，緊緊抱著火野麗的衣服屈膝坐在衣櫥裡，活像一個睡在迪士尼夢幻世界的少女、作一個永遠的美夢，手上捏著沾滿血的那句話——多想兩分鐘，你可以不必自殺。

現實中，蘇芳沒有哭，但在這個夢裡，她哭了出來，心痛到像是心臟從胸口被拉扯出來擰碎，喉嚨痛得如同火燒。

她到底該怎麼做？到底該怎麼贖罪？贖罪到什麼時候才是盡頭？

她已經親手毀掉一切了，每天都想死，然而她總覺得還不夠，做得不夠，她要繼續爲蘇螢做更多……可是究竟要怎麼做才能消弭這跟海一樣深的罪惡感？

「夠了、夠多了，二姊。」蘇芳的肩上搭上一隻慘白的手，伴隨著熟悉的聲音。

她倏然轉過頭，是死神。不，他說過，他是她意識化成的影子，不是死神，他是貨眞價實的蘇螢，蘇螢……一直活在她的心裡。

「小螢？你長大了？」蘇芳將蘇螢緊緊抱住，不想要他再離開了。

「恭喜妳，妳眞的要醒了。」

她感動地看著蘇螢三十五歲成熟穩重且面相端正的臉龐，明明知道這不是眞的，蘇芳還是感動得無以言表。

「你不是我的意識吧？」蘇芳問。

蘇螢柔和地笑了，他竟然還有了屬於成熟男人的大手，那大手撫摸著她的臉，「因爲二姊一直記得我，所以我的靈魂就住在妳腦子裡了。」

「你不要離開好嗎？」蘇芳有個直覺，蘇螢向她坦白的意思便是他要永遠離開。

這是眞正的道別。

「不行，時間到了，妳必須醒了。」

「你會去哪裡？」蘇芳急著問道。

「我會消失，但是二姊會代替我活下去，連我的部分一起活下去得到幸福。」蘇螢哭了，可顫抖的嘴角卻揚起笑容。

「我不要……我辦不到。」

沒有你，我真的辦不到。

「不會的，妳要相信自己，我相信妳，二姊會過得很好的。」

「我有這個資格嗎？」

蘇螢，你真的認爲這樣的我有資格活下來嗎？我是你失敗的二姊、徐伊凌失敗的女友、蘇芬失敗的妹妹、白吟知失敗的戀愛。

「妳可以的，我希望妳可以得到幸福，代替我好好活下去，這是我最後的願望，也是我一直在想的事情。我一直住在妳心裡，所以很捨不得妳。」

蘇螢成爲了蘇芳唯一相信的靈異事件，他徹底顛覆了她的價值觀，成了長久住在她心房的鬼魂，而今悄然住這麼久的靈魂卻說著他得走了。

他是蘇芳的心魔，或許她應該舉杯慶祝心魔的離開……她應該這麼做的，卻極度不捨，好像沒有了他自己便什麼也不是。

「放過自己吧，妳不該過這樣的生活。二姊，代替我好好看看這個世界，好嗎？答應我，我想告訴妳這句話已經很久了。」蘇螢逐漸變得透明，他的眼淚也是。

「好，我答應你。」蘇芳經過幾度掙扎，終於接受蘇螢即將眞的離開自己身邊。

見到蘇螢發自內心的笑容，蘇芳懸宕在心中多年的遺憾得到解脫。

蘇螢化成玻璃碎片一點一點慢慢消失，她也是。

十四歲的、她和蘇螢共同的房間在夢中崩解，如發泡錠般冒著碳酸氣泡向上，牽引著活下來的蘇芳回到現實。

再見，幽靈衣櫥。

然後，再見，蘇螢。

第二次的醒來是喧鬧的早上，床邊圍著好多人，林頤橙、好久不見的吳洺妃、林紫亭以及徐伊凌，久違的現實噓寒問暖讓蘇芳腦子像是一台老舊的電腦在緩慢地運轉。大多時間她只是笑著聽林頤橙、吳洺妃和林紫亭三人說話，徐伊凌則坐在一邊看著窗外若有所思……她知道，只有兩人時她們才有辦法侃侃而談。

過了一段時間，徐伊凌去了走廊，蘇芳將其他三人打發離開後，徐伊凌有默契地重新進入病房。

「怎麼樣？成人紙尿褲的感覺？」

這確實是現實，也確實是徐伊凌會說的話。

「不怎麼樣，黏黏的。」蘇芳苦笑。

「白吟知和小孩要來了，是我聯絡他們的。」徐伊凌說道，臉上帶著一抹淡得看不見的微笑，從袋子裡拿出一瓶紅酒，向蘇芳展示酒標，「第一樂章，等妳康復後，一起喝吧，這瓶酒很適合慶祝重獲新生不是嗎？」

徐伊凌再度念了第一樂章的名字，像是咀嚼著它的涵義。晨陽從她身後灑落，一直以來，她都是扮演著救贖蘇芳的角色，如今現在的模樣、現在的構圖，儼然是個救蘇芳脫離困境及噩夢的使者。

她既不相信鬼神也不信什麼天使及惡魔，但從這幾個噩夢中醒來後，蘇螢成爲了蘇芳唯一的破例。她只願意相信蘇螢，他是她的奇蹟，也是世上唯一的鬼，是她唯一願意相信的靈異。

蘇芳變得緩慢的腦子開始有點狐疑，一時之間又說不出什麼，視線定在第一樂章上許久，整個腦子維持著跟夢境一樣的黑幕……畫面閃現，第一樂章碎裂在福岡日航酒店中的白色床單上，蘇芳雙眼圓睜看著這個她喜愛的、沉溺的、同時也是擊碎她的東西，突然意會了什麼——

她是在去了福岡才嘗到第一樂章的，並不是在遇到徐伊凌之前。

「凌，妳做了什麼事？」蘇芳揉著頭，「我還在夢裡嗎？妳怎麼知道第一樂章的事？」蘇螢說的那個控制了她的夢的人，會是徐伊凌嗎？是她帶她走向今天這局面的嗎？在知道徐伊凌回到台灣一陣子後，她就帶著還跟自己分不開的孩子驅車前往南京東路附近的飯店。當時她喝了很多酒，簡直不知道自己到底是去赴死還是去偷情。

在見到徐伊凌之後的那天晚上，蘇芳開車撞進死巷子內，安全氣囊壓得她喘不過氣，最後失去意識。

她最想知道的只是徐伊凌有沒有變成一個更好的人，她有沒有完成她的夢想？

她有，她穿著白袍，成爲和白吟知一樣的醫生。

我呢？我沒有，我自甘墮落，成爲了一個爛人。

僅一瞬間，靈光乍現，蘇芳突然想通了，一切茅塞頓開，只要她眞的死了就沒事了，對吧？事情就是這樣處理的，世界就是這樣運作的。

因爲她沒有按照約定變成一個更好的人，所以那次見面之後，蘇芳打算自殺，和徐伊凌相比，她簡直相形失色。

自殺後，世界一片空白，誰知道她竟然墜入噩夢中十八天。

蘇芳期待著徐伊凌會否認，但她明顯不是這樣的人，「我不知道妳在問什麼？」

這樣懷疑徐伊凌立刻就讓她覺得心虛自責，或許她們相處的某一個時刻曾向她提過想喝看看第一樂章吧，只是忘了而已。更何況，控制夢這種事情不是一般人可以做到的吧？

「對不起，我腦子還很亂，等我出院恢復得差不多我們再來喝酒吧。」

徐伊凌大概清楚之後蘇芳會怎麼處理和她的關係，她冰雪聰明，不需要說太多，也不需要暗示她，總是會有個直覺告訴她事情會怎麼發展。

她曾經告訴蘇芳，身體是一輛車子，靈魂則是駕駛，駕駛知道終點在哪裡，但是車子本身不會知道，也沒辦法跟駕駛眞正地溝通，所以人生感到迷茫的時候就別想太多吧，駕駛知道就好了，反正最終還是會走到想要的終點。

但蘇芳覺得這理論應該是針對如同自己這樣的人，如果是徐伊凌的話，她肯定是個身體與靈魂完全互通的人，靈魂告訴她「我打算在康復之後結束對彼此的感情」，那麼她的身體自然就知道了。

徐伊凌笑得了然於心，搶在蘇芳之前開口，「不了，以後我們再也不能以朋友的身分見面了，不適合也不恰當。」

之前也是這樣，感覺她們的關係到了瓶頸，她就突然說她要去澳洲工作，想知道離開舒適圈後能成爲怎麼樣的人。好像只要這麼做，問題就會順利地被拖延，然後在未來的某個時間點自動被化解，之後大家都能裝作沒事，繼續擺出笑臉。

她們都一樣，只是在這個時候一起完成一個儀式，一起經歷結束這段關係的瞬間，然後轉身擁抱新的人生。

「嗯，祝妳順利。」蘇芳說不出「祝妳幸福」，因爲，一旦說了就失去徐伊凌的用意了，「順利」是她能說得出的、最好的祝福了。

徐伊凌要的是拖延，並不是解決。

病房厚重的門扉再度開啓，一個清瘦的男子牽著五歲的孩子一起走進房間。他朝著徐伊凌禮貌性地笑了笑，文靜的態度與五歲活潑的孩子形成強烈的對比，好像孩子不是他的一樣。

「小芳！」男孩叫道，快步到了蘇芳的床邊，比起叫她媽媽，男孩似乎更習慣這麼叫，大概是因爲她是個失職的母親，也不配成爲他的母親。

男孩握著她的手，「以後我不會搶妳的手機了！對不起，害妳睡了這麼久。」一臉泫然欲泣。

蘇芳摸了摸那孩子的頭頂，神奇地找回了一點點原本「應該」沒有的母性。

男人握住了她的手，那憐愛珍惜的觸感相當久違。

「我先走了。」徐伊凌見男人出現立刻整理儀容與包包，站起身，禮貌性地微笑告別。

男人明知道她就是蘇芳的偷情對象，卻對她沒有半點憤怒，或許是因爲孩子在吧？又或許是因爲他認爲蘇芳清醒比一切都重要？

不管如何，蘇芳已經下定決心，回握他的手，看著他，決定不會再讓自己過得一團糟了。她想要幸福，要連同蘇螢的部分一起努力，努力活下去。

「我等妳很久了，有好多話想跟妳說。」男人坐在身旁，溫柔慈愛地看著蘇芳。

男人一直是這樣的人，純潔善良，她簡直不敢相信過去自己是怎麼對待他的，內心滿滿都是愧疚。

「對不起……小白。」蘇芳哭了出來。

這輩子，餘生，她會在他身邊用盡全力彌補自身犯下的所有錯誤，只爲了求得他完整長久的原諒。

我會活下去，連同蘇螢的靈魂。

我會活下去，連同你的愛。

豁然開朗之後，蘇芳感覺陷入一個既漫長又美好的深眠，沒有突然的叮咚聲、沒有突然闖進夢境的豐田車、沒有翻書的沙沙聲，靜如死寂。

眼前有一盞光線微弱的路燈……是家鄉的無人小車站。十七歲的白吟知坐在燈下辛勤地讀著書，沒有發現平行時空的蘇芳。

過了一陣，死神……不，三十五歲的蘇螢出現在他身邊。

白吟知在蘇螢在他身旁坐下後，看著燈光，開口說道……

◆

我喜歡上一個和我同歲的人，我們讀同一間中學卻不同班。每一天，我們都會在火車上相遇，時間雖短，卻是我最珍惜的上下課通勤時間。

我喜歡的那個人總喜歡坐在火車角落翻閱一本相當舊的漫畫，坐在他身邊時總會聞到漫畫書頁的味道，那是一股陳舊的霉味，但因為那個人的關係所以我不認為那是臭的。

那個人看漫畫總是小心翼翼，怕毀了他的細心收藏似的，花了一段時間我才看出那本舊漫畫是《美少女戰士》，登時明白了為什麼——十三歲似乎真的已經不能看《美少女戰士》了。

我想起小我三歲的妹妹，她現在也在看《美少女戰士》。

「你最喜歡《美少女戰士》的誰呢？」起初，只是為了找個可以延續對話的話題，應該要慎重，最後卻是不慎重地脫口而出。

那人瞪大眼睛看著我，似乎沒想到我們會繼續聊，「火野麗……啊，還有天王遙……」語畢，那人下意識地用手中的漫畫遮住自己衣服上繡的名字。

其實我早已知道，不過還是刻意問他，「你叫什麼呢？還是有什麼綽號？」

提起名字似乎讓那個人很不自在，「我不是很喜歡我的名字……蘇螢……聽起來很像『輸贏』。」

我想起了在學校時，隔壁班級常在下課時間響起此起彼落的嬉鬧聲，其中就曾聽過類似的發音，原來那是在嘲笑他名字的諧音。

但我很喜歡這個名字，螢火蟲的螢，「我很喜歡你的名字，我姓白，大家都叫我小白，你也可以這樣叫我。」指了指衣服上的繡字。

蘇螢一副聯想到了誰的樣子，那是一個最近在電視上出現的動畫人物，我立刻就知道他想到了誰，閉起眼睛，尷尬地笑了。那時，那部深夜動畫正在流行，已經很多人都這麼說，說我跟那主角很像。

「那我叫你小碇好嗎？」蘇螢說道。

原本會令我尷尬的過程因為對方是蘇螢所以變得可以接受了，或許自那一刻起，那個人成了燃燒我心中所有情緒的藍火。

讀到這裡，白吟知闔起手中的日記，細瘦的身體自沙發滑下一些。他幾乎是以躺著的姿勢癱在沙發上，一臉疲憊、全身癱軟如泥。

白吟知閉上雙眼，眼睛需要休息的他卻連摘下眼鏡的力氣也沒有，唯一還能動的便是他勾著孩子的右手。

孩子累得睡在他身邊，胸口隨著呼吸輕輕起伏。

已經過了二十天，太漫長了、太累了。看著病床上沉沉睡去的蘇芳，白吟知的眼淚滿溢出來，「對不起……」

身旁的孩子被他的啜泣喚醒，伸手擦去白吟知的眼淚，「爸爸，什麼時候去找媽媽？我想媽媽了。」

白吟知看著病床，眼淚模糊得他快要沒辦法看清，「快了，還要一些時間，再給爸爸一些時間。」

◆

當白吟知知道蘇螢喜歡火野麗後，回家將妹妹叫了過來，「妳是不是不喜歡火野麗？」

妹妹立刻一臉狐疑，彷彿她與哥哥一直沒有處在同一個頻道上過，「你確定我們住在一起？我超喜歡火野麗的好嗎？比喜歡木野眞琴還喜歡。」

太多日本人的名字令白吟知頭痛，若不是因爲蘇螢他才懶得記這些，「那妳覺得火野麗的特色是什麼？」

「你跟我一起看動畫就知道了啊，問那麼多。」

「我不要，妳只要跟我說火野麗的特色就好。」

白吟知只是單純想知道蘇螢具體喜歡什麼而已，並沒有想深入了解《美少女戰士》的意思。

白吟詞歪著頭想了一下，拿出她珍惜的畫冊，指著一個穿著紅色水手服及巫女服的紫髮女孩，「她就是火野麗，特色就是她很有正義感、性格強勢，個性雖然急但是其實非常溫柔和堅強，說話直接相當單純，看起來很前衛，實際是個堅持守護自己家神社傳統的人。」

白吟知一邊聽著妹妹的解說一邊想著蘇螢的樣子，著實跟妹妹說的火野麗差距甚大。蘇螢會喜歡火野麗應該並不是因爲在這個角色中找到共鳴，而是憧憬這個角色有著他所沒有的特質。

「妳有沒有可能把火野麗的東西賣我？或是幫我買呢？我可以給妳我一半的零用錢。」

白吟詞年齡雖小卻是個視錢如命的女孩，她爽快地答應了白吟知的請求，反正《美少女戰士》的東西並不難買，白吟詞好奇地問了一下，「哥是不是有喜歡的女生？那個女生剛好喜歡火野麗對吧？」

白吟知只想盡快搪塞她，「算是吧？還有天王遙的東西也可以來一點。」

白吟詞的雙眼發光，確信她的推論成立，「一定是女生了，錯不了，天王遙這個角色幾乎沒有女生不喜歡，但她卻是不討男生喜歡的角色。」

哥哥有了喜歡的人，做妹妹的似乎非常開心，到她的房間中拿出一些她的非限量收藏販賣給白吟知，讓他隔天上學就有好東西能討好暗戀的人。

「親情價，五百元。」

那個時代對學生來說，五百元可是大錢，然而想著蘇螢便覺得無所謂了，白吟知心一橫，乖乖付錢了事。

於是隔天白吟知用一疊買來的《美少女戰士》貼紙換到了蘇螢一臉幸福甜蜜。

「真的要給我嗎？真的是你妹妹不要的嗎？」蘇螢反覆問道。

他記得很清楚，這是他們第一次認真聊天，很珍貴，所以他特別寫在日記裡，貼上貼紙，不過不是火野麗的貼紙，是很一般的貼紙，只因為它是紅色就用了。

貼上去後，發現它是心型又撕了下來，要是被白吟詞看見怎麼辦？他換上另外一張紫色雨傘的下雨貼紙，雖然這天分明是晴天，白吟知的心也沒有下雨。

白吟知看著日記想著蘇螢的模樣，反覆想著停在那一刻的蘇螢。

「嗯，她不喜歡火野麗。」白吟知回道。

騙人的，白吟詞超喜歡火野麗，他不知道蘇螢家有什麼樣的收藏，但白吟詞竟然有她的衣服。白吟知在知道後當然想買下來送給蘇螢收藏，可是白吟詞開出的價格非常離譜。

白吟知雖然想要盡力討好喜歡的人，卻也不至於在財力有限的狀況下答應妹妹的無理取鬧，多數只是向白吟詞買些小東西，再對蘇螢說那都是白吟詞不要的，或是抽獎抽到，不過已經有買一樣的東西等等理由。

「那下次如果你妹妹再抽到火野麗可以給我嗎？」蘇螢非常興奮。

沒想到沉默寡言的他竟然會有這樣的表情，那是白吟知第一次有衝動想要一直讓蘇螢開心。一想到他在家可能是壓抑的，連《美少女戰士》周邊都買不得，白吟知就覺得揪心。

「當然。不然她也會丟掉。」白吟知笑著答應道。

十三歲的孩子很單純、物欲也很單純，但在這單純的皮囊下多的是同齡幼稚的尖酸刻薄，經常不知道說出口的話、做出來的事情有多麼傷人。

蘇螢小心翼翼珍惜的漫畫終是被劃破了。

隨著周遭的孩子開始懂的越來越多，開始有了對蘇螢不好的傳言，說他不男不女、娘娘腔之類的。小小的村莊，孩童的流言蜚語很快地擴散到成人的世界，加之蘇螢本就內向，甚至有些陰沉，這樣的個性更容易招致孩子們的排擠。

「噁心死了，成熟點好不好？都要升國二了耶！」

「我都不敢說我們同班耶！」

孩子們將蘇螢的課本亂畫一通，將蘇螢包裡的東西往樓下倒，撒了滿地的火野麗貼紙登時令他尷尬得想逃。孩子們見狀，氣焰更高漲了。

他不是故意將這些東西放在包包好讓自己成爲標靶的，是因爲許秋月不准家裡出現火野麗的東西，逼不得已將這些東西帶在身上。

「看到了沒有，《美少女戰士》！」孩子們歡呼，彷彿成功從俘虜的口中逼供出關鍵機密。

一個男生的包裡竟然有《美少女戰士》的事情令全班血氣方剛的男孩們失去控制。

「我們要跟老師報告你每天都帶這些東西！」孩子們決定向老師告密，火速下樓要取蘇螢包裡的東西作爲證據。

白吟知在樓下看見，捷足先登搶走了蘇螢的書包。

「怎麼了？現在孝班的人也跟後段班的一樣不讀書了嗎？這樣怎麼贏過忠班的人？成天就搞這些東西，喜歡嗎？霸凌開心嗎？」

這幾個孩子還算有眼力，看見白吟知的臉後不必多說自動退散，眾所皆知他的父母是當地知名醫院的經營者，鄉下小村姓白的家族也僅那一家，赫赫有名。然而蘇螢因爲家庭封閉的關係，只知道白吟知讀的是成績較好的忠班，孩子們可能因此對他敬畏三分。

醫院世家、當地仕紳家族出身的白吟知如同學校的白馬王子、《美少女戰士》裡的地場衛。若有人想與之抵抗便是與全校的女生為敵，識相的男生無一敢招惹白吟知，但也沒想過他會為了蘇螢出頭。

幸好欺負蘇螢的孩子並不是特別具有攻擊性，他們屬於還停在口語羞辱階段的小惡霸。這樣也好，兩三下就能打發的對手對白吟知來說總歸是好的，他也害怕拖累到父母，會讓父母甚至家裡的爺爺奶奶知道的醜事都不是他想去蹚的渾水。

白吟知提起蘇螢的書包走回二樓孝班的教室前，將包交還給一臉淡漠的蘇螢，看起來他似乎早習慣了被如此對待，並沒有如同其他被霸凌者一樣悲傷害怕。

「不能姑息霸凌，知道嗎？如果跟老師說沒有用的話，就跟我說。」白吟知堅定地說，這樣的承諾讓蘇螢有了不一樣的情緒，淡泊的表情有了漣漪。

「以後放學都跟我一起回家吧？」白吟知開口邀請道。他從沒想過會從自己口中說出這些話，從小時候開始，他就極度討厭朋友或同學與他同行，或訪問的他的住處及房間。

「今天要來我家玩嗎？」蘇螢是白吟知第一個開口邀請的朋友。

在那之前，他並不清楚一般的孩子是怎麼開口邀請朋友一起到家裡玩的……

要來我家玩Game Boy嗎？不，蘇螢不玩遊戲。

要來我家吃飯嗎？不，爸媽晚餐時間從來不在家。

想了一會兒，最後，白吟知說：「你喜歡宇多田光嗎？我有她的專輯。」

語落，蘇螢的雙眼亮了起來，那一瞬間，白吟知便知道自己的選擇是對的，一次就挑中了蘇螢最敏感的神經，在心裡為自己一次就成功找到邀請蘇螢來家裡的理由喝采。

「我喜歡！」

當蘇螢的裸足踩在家裡冰冷的磁磚上時，爲了不讓他腳底覺得冷，白吟知甚至蹲下爲他細心套上鋪著絨毛的拖鞋，如同王子爲灰姑娘穿上玻璃鞋。

「哇，小碇家好大喔。」蘇螢大驚小怪地四處張望。

「還好吧，我的房間在二樓。」白吟知一腳踩在擦得一塵不染的淡灰色雲彩地磚上，招手要蘇螢跟上。

蘇螢笑了，「我在家的房間也是二樓，我跟二姊住同一間。」不同的是，他家的階梯沒有漂亮的地磚，只是普普通通的家，有著普普通通的樓梯。

「是嗎？我和妹妹是一個人一間房間。」白吟知牽著蘇螢上樓，在白吟詞房門前停下，豎耳傾聽房內有沒有發出什麼聲音——非常安靜，想來她並不在家。

這時候他可不希望白吟詞在家。

「我的房間在這裡，你先在裡面等一下。」白吟知開門先讓蘇螢進去稍等，幾乎是跑步下樓倒了兩杯可樂、拿了兩包零食，再衝上樓，在房門關閉時自動切換掉緊張兮兮的人格。

在蘇螢面前，白吟知一直是個沉著冷靜的人，今後也必須一直是。

第十二章　蝴蝶效應

白吟知偷偷開了冷氣，希望冷氣能盡快將自己的汗吹乾，掩飾自己的慌張，「敢喝可樂嗎？」

那年代非常盛行一個關於可樂的都市傳說，說它的成份是謎，可以用來洗馬桶之類的，爲避免冒犯，白吟知還是問了下。

沒想到蘇螢非常開心，「我一直想喝喝看，但媽媽不准我喝，都說它是馬桶清潔劑，謝謝。」將可樂接了過去，小心翼翼地喝著，深怕氣泡會溢出杯口。

白吟知笑了，眼角帶淚，沒想過竟眞有人篤信這個，可樂跟充滿杏仁味的廁所清潔劑到底像在哪裡？「你說你跟二姊用同一個房間嗎？」

「對啊，我跟我雙胞胎姊姊，她叫蘇芳，在上面還有一個大四歲的大姊叫蘇芬，一開始是蘇芳先喜歡《美少女戰士》，我才跟著喜歡的，我們兩個不僅住在一起也影響對方最深，這應該就是所謂的心電感應？我相信在還是小天使的時候我們就在一起了。」

「她在哪裡讀書啊？怎麼不是跟你同校？」白吟知裝作漫不經心，他想知道蘇螢的所有事情，又希望自己不要看起來咄咄逼人。

「我媽媽不希望她影響我太多，就把她送去讀市區的國中了，不過以後她會跟我一起讀光德高中，就是車站附近那所。」

白吟知回想了下車站附近的學校，「那在我們學校隔壁耶，所以你不想繼續上我們學校的高中部？」

蘇螢搖搖頭，「我不想又遇到現在的同學，如果可以，我想跟二姊同班，從小到大都是二姊在保護我，她就像天王遙一樣，又帥又充滿正義感，跟我是完全不一樣的人。她完全知道自己想成爲什麼樣的人，而且很勇敢。」

「我覺得做自己、接受自己的樣子也沒有不好，世界這麼大，總會有一個人眞心誠意地接受眞實的自己，喜歡上自己眞實的模樣。因此羨慕別人可以成爲什麼模樣……我覺得沒有必要。」

蘇螢低頭沉思，看著自己手中的可樂，碳酸氣泡浮起在液體表面破裂，白吟知說的事情他從來沒想過。他爲蘇螢的世界開啓了一扇短暫的窗，窗外有了截然不同的世界。

兩人說著說著，白吟知取出他的手提音響及宇多田光的《First Love》24專輯，從第一首歌開始，他們很有默契地安靜聽著。

蘇螢一直端著杯子沉浸在他喜歡的歌聲中，忘了可樂的甜、刺激的碳酸。

直到第三首歌接近尾聲時，白吟知突然說：「這首歌叫作〈In My Room〉。」

在聽見下一首歌〈Frist Love〉的前奏響起時，蘇螢的臉倏然漲紅。

「在我的房間初戀。」

聽見宇多田光唱出第一句歌詞的同時，白吟知突然親吻了蘇螢，嘗到蘇螢口中可樂的甜在口中散開，「蘇螢，我喜歡你。」

儘管蘇螢不喜歡別人連名帶姓叫他，但此刻白吟知想正式地喚他，螢火蟲的螢很美，很適合蘇螢。突然間，他們的關係從一直以來都有點尷尬，變成一點也不尷尬了，一個親吻化解了一切。

蘇螢握緊手中的杯子，並沒有戲劇化地將可樂灑在白吟知的房間內。兩人接吻的時候，他只是拚命地想著他千萬不能將飲料灑出來，千萬不能弄髒了白吟知家裡的一塵不染。

白吟知必須是白色的，對蘇螢來說。

初吻是碳酸消失的可樂糖漿，甜中帶著一點點酸，像是人魚公主消失後的海上泡沫，而它預言了蘇螢最後的下場。人魚公主自殺了，隔年的冬天，在貼滿了火野麗貼紙的衣櫥內，蘇螢也是。

◆

蘇螢雖然一直沒有回應白吟知的告白，卻在那一次初吻過後幾乎每天都會去白吟知家裡。

許秋月若問他去哪一個同學家寫作業？只要回答白吟知，許秋月便會放心地答應。

整個小村沒有人不知道白家是怎麼樣的存在，他們家經營著一間市區及村里的區域型醫院。小村的醫院幾乎維繫了整個村的命脈，爲沒辦法遠行的老人家們提供醫療服務，更有老一輩的人讚白家賢伉儷簡直是活菩薩在世，他們大可以把這間賠錢的小醫院收掉，專心擴張市區的大醫院，畢竟車程不算太遠，但是白家人堅持將小醫院延續下去，就這麼經營了好幾代。

24 《First Love》爲一九九九年宇多田光發行之專輯，第三首歌爲〈In My Room〉，第四首歌爲〈First Love〉。

蘇螢如今和未來的醫生朋友關係如此好，學習成績又蒸蒸日上，豈有不同意的道理？但同時許秋月也會胡思亂想，她知道蘇螢的性取向是男生，不禁擔心蘇螢和白吟知的關係。

可最終許秋月只是胡思亂想，在她的認知中，同性戀是一種病，而現在蘇螢和未來的醫生混在一起，說不准會意識到自己的病，甚至得到幫助呢？她異想天開，起初相當贊成兩個人相處。

然而好景不長，蘇螢的性傾向越來越明顯，加之他的蒐集行爲並沒有減緩。每一次蘇螢帶了火野麗的東西回來，肯定會被許秋月弄得稀巴爛丟垃圾桶，當她得知送這些東西給蘇螢的人就是白吟知時氣得七竅生煙，差點將家裡的屋頂掀了。

她不准蘇螢再繼續和白吟知在一起，要治療這種病，果然還是只能靠靈鏡大仙的力量。她在靈鏡大仙壇前跪了好久好久，教主才答應出手治療蘇螢……

蘇螢當然很抗拒，即使蘇芳說過千百次他沒有病。她說就算許秋月威脅要將他送去精神病院或是當年赫赫有名的龍發堂[25]，也不能將許秋月說的威脅信以爲眞，沒有病的人不會去這些地方，同性戀不是病。

然而同一個威脅聽久了會成眞，會摧毀內心的信仰，比起進入新聞說的髒亂不堪且沒有人性可言的精神病監獄中，他寧願去試試看靈鏡大仙是否眞有辦法將他與蘇芳的生魂交換，是不是這樣一來，他的人生會好過一點？順利一點？

蘇螢在十四歲的暑假時告訴白吟知他需要參加夏令營，可能需要十幾天才回來。

白吟知相信了，如今回想起來，他其實有發現蘇螢的不對勁……可是他選擇相信蘇螢。他很後悔當時的決定，懊悔到他寧願死也不再願意相信人生有許多美好的可能，他也才十四歲，死亡卻像強力膠一樣緊緊黏附在身上。

從「夏令營」回來後，蘇螢變了，他原本話就不算多，夏令營結束之後更加沉默寡言，不管問他什麼，只要是與夏令營有關的事情他一律避重就輕。除個性的轉變之餘，他身上開始有了大大小小的瘀血及傷痕，就算蘇螢不說，白吟知也立刻知道這一切都與夏令營發生的事情有關。

「夏令營到底發生什麼事？有人欺負你嗎？是上次那些孩子們嗎？」白吟知在他的房間對蘇螢問道，若是在學校問蘇螢這些事情，他肯定回答不出來。

蘇螢的視線飄忽，不願意正視白吟知擔憂的眼神，「我沒事，你別管我了。」一向溫柔到甚至仙人脾氣的蘇螢竟然也會有這麼倔強說話的一天，白吟知聽了著實有些吃驚，「你都受傷了，我怎麼可以不管？」

白吟知想的事情、他的擔憂，都是非常平常普通的事情，他覺得其他人應該都一樣，每個人都會有惻隱之心，蘇螢的媽媽會有一樣的情緒、蘇螢的雙胞胎姊姊蘇芳也會有吧？看見親人痛苦的樣子都會心痛吧？更何況他只是一個和蘇螢沒有血緣關係、也沒有住在一起的人都會這樣想了，可爲什麼他們還是漠視了蘇螢的痛苦，讓他孤獨地走向毀滅呢？

那一年的晚秋，蘇螢更是與白吟知避不見面，連學校都不去了，每一天他都不敢想像蘇螢的狀況會變得多糟。

張老師，如果您發現了蘇螢長期受到同學的霸凌與神棍的強暴，您會選擇漠視嗎？

許秋月，妳明明知道蘇螢發生什麼事情，知道他都受到什麼對待，但是爲什麼妳竟然可

25　龍發堂位於臺灣高雄市路竹區，爲傳統但非法的精神病患者長期居住地，於一九七一年成立，該名稱常常被當作精神病院的代稱詞。

以讓蘇螢就這麼活在地獄中？

蘇芳，妳是蘇螢的雙胞胎姊姊，和他朝夕相處，從一起在同一個子宮待著到住同一個房間，卻同樣漠視他，導致他離開……

白吟知一直不懂，也一直想不透，爲什麼明明是親人卻做得出這樣的事情？尤其在最後眞相大白時更是如此地想著。

蘇螢的第一次給了一個既腦滿腸肥、恐同卻又悖德地喜歡未成年人的神棍，之後竟然還固定被送去神棍的小神壇裡對他歌功頌德、誦經懺悔，誠心誠意接受神棍的鞭笞與「善意」的虐待。

「我不能讓你繼續過這種日子，我要告訴老師和警察！」如果當時他繼續堅持，沒有軟化態度的話，或許一切都還有改變的空間。

「不行，我不想讓更多人知道發生在我身上的事情，如果告訴老師或是告訴警察，肯定會讓很多人知道……不能因爲我而害了大姊和二姊……」

小村的流言就像毒瘤，而蘇螢的大姊目標是台大，這個毒瘤不能留在蘇芬身上，蘇芳當然也不行，他想保護蘇芳，保護她免受到教主的染指——當他聽見教主騎在他身上卻叫著蘇芳的名字時，他清楚聽見自己心臟清脆的破碎聲。

蘇芬若眞去了台北，餘下的蘇芳就再也沒人可以依靠了。

所以他必須忍耐，必須堅強，他絕對不能讓教主碰他的二姊。他天眞地以爲，他是個男孩子，男孩子就可以、就該捱過去。

蘇螢將他的擔憂全告訴了白吟知，以及他必須保護蘇芳的原因。

「對我來說，二姊是世界上第二個我，也是一直支撐著我的人，而大姊有很重要的事要做，我想支持她、保護二姊，這是我唯一可以用自己的能力做到的事……為了她們，我可以的，因為我是男生……」蘇螢念出自己的咒，這咒語禁錮著他。他並不想成為一個普通的男生，明明不想卻不得不這麼說服自己，好像只要這麼做，他就無所不能、所向無敵。

蘇螢並不認為蘇芳能成為像天王遙一樣的女人，至少現在不行，她需要一個真正的燕尾服蒙面俠，如果這個人沒有出現，就必須由他來扮演。

白吟知想開口繼續勸蘇螢卻不知道該說什麼。蘇螢說的是事實，在這個小村將自己是同志的事情搞得人盡皆知，對蘇螢和他來說都不是好事。

「你覺得我能做什麼？」最後，白吟知只能這麼問。

「你只要待在我身邊就好。」蘇螢哭累了，紅著眼眶回道。

「嗯。」白吟知答應了蘇螢，可他不明白為什麼最後破壞約定的人反而是蘇螢。

明明他做到了待在蘇螢身邊，為什麼他還是就這樣「離開」自己了？難道一切都是謊言嗎？

◆

蘇螢終於脫離險境的下午，烏雲籠罩的雲隙間透下陽光，那是冬天，能感受到陽光的一點點暖意。

蘇螢自殺被送到醫院的時候，白吟知還被禁止探望，連病房都不得其門而入，他只能請白吟詞跟著父母進去偷聽大人們說了些什麼。

白吟知看著病房門縫裡那個竟然還敢為蘇螢誦經祈福的教主的背影，憤怒得腦中一片空白。

白吟詞說，蘇螢被發現時血都快流乾了，整個人幾乎是黏在自己的血泊上……雖然最後救了回來，但他沒有因此打算原諒傷害蘇螢的人。白吟詞又說，許秋月宣稱蘇螢是因為有精神憂鬱問題所以才會自殺。

白吟知知道事實不是那樣，蘇螢沒有病，他是因為被長期虐待……他心疼得哭了出來，模糊的視線看向病房外一旁一臉呆滯的蘇芳，握緊雙拳，十隻手指的指甲全陷進掌心的肉裡。

他還有好多事情想問蘇螢——自殺前的兩分鐘，有沒有想過他？

這可能是蘇螢在這世上最隱密的事情，沒有人可以窺知蘇螢的內心到底在想什麼，他很想知道蘇螢在想什麼，所以到處尋找關於蘇螢的任何蛛絲馬跡。

因此白吟知就連那個探索頻道的節目也想了解，重看了好幾次，沉浸在蘇螢自殺前的寧靜時刻。

看著母子海豚的你在想什麼，可以讓我知道嗎？

撕下自殺勸導標語的你在想什麼，可以告訴我嗎？

躲進衣櫥前將門板貼滿了火野麗貼紙的你在想什麼，可以跟我聊聊嗎？

當你用美工刀將動脈劃開的瞬間在想著什麼，可以說出來嗎？

那怕只是一點點的念頭也好，拜託，告訴我，我想知道你在想什麼。

蘇螢昏迷不醒的每一天、每一天都在下雨，直到昏迷結束。

白吟知看著烏雲終於散去，暖陽諷刺地自雲隙間灑落的天空，心想：開什麼玩笑？

蘇螢醒來之後，整個人徹頭徹尾地變了。

就某種意義而言，蘇螢死去了，便是活著也成了另一個人。

世界確實放晴了，白吟知的心卻陷入黑暗、豪雨成災，彷彿颱風過境。

他瘋狂地想要知道蘇螢觸不可及的腦子在思考著些什麼。他不停地旁敲側擊，偵探一般地尋尋覓覓，甚至有了想要研究心理學、成爲精神科醫生的目標與想法，這一切的一切都是爲了更加接近蘇螢的世界——他那死亡、黑暗得沒有任何陽光、永夜的世界。

他需要時間了解，需要時間學習，未來的某一天，他相信自己可以救得了蘇螢傷痕累累的心，只需要再給他一些時間。

他也很想知道蘇螢究竟怎麼了？他認爲自己死了，現在活著的並不是蘇螢，而是另一個靈魂。

可如果蘇螢愛著自己，又怎麼會成爲另一個靈魂呢？

看見蘇螢以另一個靈魂的身分自居，白吟知不知道如何是好，不曉得蘇螢究竟出了什麼事情，就連蘇芳也不清楚該怎麼做。

蘇螢瘋了，這次是真的瘋了。

蘇芳陷入瘋狂的自責，認爲蘇螢會發瘋都是自己的錯，自己才是該要自殺而死的人。

未知的蘇螢令白吟知逐漸畏懼，他曾經喜歡的蘇螢死了，取而代之的是另一個完全不認識的、不正常的人。曾經下定決心要在未來的某一天拯救他的白吟知，逃亡了，並且無可厚非地轉移了自己的感情在蘇芳身上。

他想要保護她，那個從胚胎開始就和蘇螢在一起的女孩……努力不讓她變成另一個蘇螢。蘇螢做不到的事情，他會努力。

如果是蘇芳，她會知道答案嗎？她會知道蘇螢正在想什麼嗎？她的邏輯跟蘇螢會是一樣的嗎？如果交往對象是身爲他雙胞胎姊姊的蘇芳，他就能更加接近蘇螢的世界了，對嗎？

一開始，他確實是抱著扭曲的心態接近蘇芳的。

蘇芳是蘇螢步向瘋狂的兇手之一，他不應該，卻逐漸無可奈何。

蘇螢變另一個人之前曾說自己必須保護蘇芳，不能讓蘇芳走上和他一樣的路，所以蘇螢也能了解他的轉變嗎？能了解他都是爲了蘇螢而付出、犧牲一切嗎？

◆

白吟知沒有想到當他到日本就讀大學的第一年，就接到了高中同班同學的電話。

「好久不見了，長話短說，你認識一個叫作蘇芳的人嗎？她現在很紅啊，她做了一件很浪漫的事喔。」

突然聽見蘇芳的名字，白吟知竟有些懷念，「你說，我認識她。」

「那個人竟然用你最喜歡的一本書在找你，她在蝴蝶頁寫尋人啓事，整件事情在大學圈傳開了。她以爲你還在台灣耶，我要跟她說你在日本嗎？你要不要跟人家聯絡一下？」

白吟知立刻就知道那本書是《我是貓》。

「我不想，聯絡她沒有意義，我們也不可能會見面。」白吟知無意識地掐緊自己的拳頭。過去他曾經很執著，但他現在已經放棄了，轉身向前邁步，也走了很長、很長的一段路，遠到他都不知道回望能看見什麼。

過去是無數的沙塵飄散在空氣之中，他已經淡然釋懷，可一通電話卻將他狠狠拽了回去。他都已經想放下了，爲什麼不讓他放掉？

電話那端是個跟白吟知不算熟的高中同學，至今仍然不記得他的姓氏究竟是鞏還是龔？那人沉默了一下，「那我不告訴她書的事情了。我們今天見面了，雖然是透過朋友，她很漂亮啊，是我喜歡的型。」

白吟知笑了，他印象中，這位同學是個不折不扣的軟飯渣男，高中時期一路玩遍台北女校，有的是一身能讓女人爲他掏錢的本領。

「是嗎。」白吟知的語氣聽來沒有任何興趣。

「我在想可以跟她玩個一陣子，感覺你和她不熟，也不介意的樣子我就放心了，眞奇怪，人家都那樣找你了？」

白吟知的語氣冰冷，「以後不需要告訴我你們交往的事情，我不想知道。我們可以保持聯絡，但我不希望聽見跟蘇芳有關的任何事情。」

他已經重新自己的人生了，那麼不容易地終於開始了自己想要的人生，也已經和想與之共度一生的人在一起了，不想要得來不易的寧靜生活崩潰、重蹈覆轍。

一開始，白吟知就知道了、也預見了事情會怎麼發展。蘇芳與蘇螢追求的都是一樣的東西，他們兩個都認爲自己是垃圾，所以愛上與自己截然不同的人，靠近之後都會發現自己不適合成爲垃圾以外的東西，所以逃避任何幸福的可能。

蘇芳更是，蘇芳成爲了一個爛到不行的人，她認爲自己永遠都是垃圾。她害弟弟發瘋、漠視弟弟的悲劇，最後變得無法原諒自己，畫地自限不願意讓自己幸福。

蘇芳來找白吟知與其說是爲了追求心中那一段一直如此純潔至眞的感情，不如說是想讓自己在對比之下顯得更慘。只有這樣，她才能一直藉酒澆愁活下去，成爲一個有酒癮、憂鬱症、外遇、虐待孩子的混帳東西。

活得像個垃圾一樣的存在，是蘇芳對蘇螢的贖罪。

所以當蘇芳來找白吟知時，白吟知輕易地就看出來了。他曾經對蘇螢的執著又被蘇芳勾起，重新想要探究心中深埋許久的問題，想藉由與蘇芳共同生活以及控制蘇芳來讓自己得到長久以來追求的答案。

於是在蘇芳決定逃開的同時，白吟知幾乎立刻就做了決定——蘇芳是他的。蘇芳是蘇螢留下的另一半靈魂與肉體，蘇螢離開了，但他還有蘇芳。

蘇芳，妳相信一見鍾情嗎？我相信，因爲我有經驗，那種第一眼就被一個人吸引的經驗，百貨公司櫥窗裡那個妳第一眼就喜歡的PRADA包也是一樣的。

妳就適合待在裡面被我擁有。

如果可以，我將把妳切碎，將妳的血液完全處理乾淨，讓妳整個人變得乾乾淨淨像雞肉一樣，接著把妳整整齊齊地收進妳最喜歡的黑色PRADA包中帶走，神清氣爽地穿梭在福岡大濠公園的櫻花雨下。然後將妳的血灌溉在公園外的桃花樹間，妳的骨肉則給公園的櫻花，每年三月接著四月輝煌盛開，以妳爲肥的花開花謝都是爲了見我一面。

妳就適合這麼結束。

因此在我允許之前，妳得活下去。

◆

蘇芳出院的那天下著大雨，沒有人來接她，就連肇事的上田也沒有，默默獨自處理完出院手續後出門伸手要攔計程車。

白吟知湊巧看見了，將車子開過去靠近蘇芳，搖下車窗，「我送妳吧。」他看得出蘇芳的心驚膽戰。

她遲疑了一會兒，最後仍然小心翼翼坐上白吟知的副駕。

車子過了好幾條街，兩人沉默了好一段時間，白吟知突然問道：「妳還喜歡火野麗嗎？」

蘇芳看著白吟知，沒有任何情緒的雙眼看著前方擺動的雨刷，「我不知道。」

「不，妳喜歡火野麗。」白吟知輕聲道，輕卻堅持。

蘇芳看著他，聽見心中一個微小的聲音慢慢擴散，嗅聞到了那天的第一樂章，四散的玻璃碎片中，白色的床單上結了一串巨大的葡萄，葡萄肆無忌憚地渲染開來，逐漸將床單染成紫色，從最細微的纖維上產生了改變。

送蘇芳到飯店門口時，白吟知拉住蘇芳的手，語氣溫柔，「不管有什麼事都可以跟我說，我會像以前一樣聽妳說的。」

蘇芳鼻子一皺，難得被關懷的心變得奇怪，或許是因為不習慣，又或許是還處在驚訝的狀態。蘇芳捏了捏自己的臉，她在做夢嗎？很痛，應該是現實……她真的見到了白吟知。

蘇芳天真得不知道夢遠比現實還痛。

休息了幾天之後蘇芳的工作開始步上正軌，她並沒有主動去找白吟知，那天面對白吟知產生的退卻感真真實實勸退了她、要她離開。她驚覺自己並不適合白吟知的世界，他們兩個徹頭徹尾分屬兩個極端，是她太單純才會一路追到現在。

蘇芳曾經渴求的感情在見到白吟知之後碎成了渣，大夢初醒，這就是她的第一樂章，她破碎的、失去的第一樂章。

她終究不適合擁有正常的感情，蘇芳不合時宜地想念著徐伊凌……徐伊凌才是適合她的感情，她怎麼會現在才驚覺到？

諷刺的是，人總是會憧憬自己沒有走過的路。

蘇芳最終並沒有因爲來到福岡而改變什麼，她與上田最後演變成外遇關係，除此之外亦因性上癮症私下與客戶搞枕營業。說眞的這沒有什麼，很多日本女生都一樣，臉不紅氣不喘地爲了前途脫下內衣內褲，當一個世界錯誤的認知占了多數，價値觀也會被扭轉。

原本蘇芳沒辦法接受、沒辦法做的事情，現在卻駕輕就熟，原來生理的狀態可以輕鬆扭轉一個人根深蒂固的觀念。她曾經非常恐懼、非常厭惡的性，如今卻成了她依賴的東西，就如同酒精。

蘇芳的事業一帆風順，經過上田的事情後再也無人刁難，酒會應酬中她最終成了那個把後輩灌到吐的人，並且她是享受的。

最終，當蘇芳意識到時，她已經有了嚴重的酒癮，每天都需要以此麻痺自己。她曾經以爲白吟知就是她的救贖，現在卻是酒精成了她的救贖。

原來救贖並不需要千里迢迢、尋尋覓覓，只要花點小錢就可以買到，只是分成貴與便宜而已，本質上都是一樣的，早知如此她何必過得那麼辛苦？

幾乎每天蘇芳都讓自己有參加不完的酒會和應酬，在酒席與不同人的床上輾轉。她醉醺醺地漫步在中洲川端喧鬧的街上，撐著牆，掏出剛剛和對方交換的名片，模糊的印刷字在她眼中漂浮扭曲，吃力地念著：「白井先生……」

都什麼時代了，日本還是盛行在應酬聯誼時交換名片，比起交換LINE帳號交換名片似乎比較容易且沒有什麼被強迫感，加不加聯絡人全憑對方自由。

交朋友變得簡單，上床也是。

蘇芳掏出手機，想連絡這位白井先生出來續攤，這是很司空見慣的約會手法，女方先離開應酬現場假裝回家，再把男生約出來單獨見面，最後夜晚結束在愛情賓館中。

電話撥通後，蘇芳歡快地呼喚對方：「白井さん、遊ぼう？。」

電話那頭的人愣了下，照理她應該聽見市區熱鬧喧嘩的背景聲，此時耳邊卻一片寂靜，須臾，對方竟說出蘇芳許久未聽見的國語，「蘇芳，妳喝醉了嗎？」

竟然是白吟知——蘇芳一直沒有丟掉那張名片。

那瞬間蘇芳嚇得酒都醒了，喉中擠出乾笑，「真巧，你的電話竟然跟我剛認識的朋友差了一個號碼……我不小心把他電話號碼弄丟了……」

這樣的謊言極其蹩腳，說出來連蘇芳都不相信，果然白吟知也不信似的輕輕笑了，「妳在哪裡？我可以去找妳嗎？」

蘇芳吃力地看了下扭曲的環境，判斷離地鐵站不遠，「在中洲川端站這裡。」

「我去接妳，真的想喝酒，我就陪妳喝吧。」白吟知說道，沒有等蘇芳回答便掛了電話，不讓她有任何拒絕的時間與空間。

蘇芳看著地鐵站的指示牌發愣，她確實沒有想拒絕白吟知的想法。他們雖然不適合、也不能在一起，但是見面喝喝酒、做做愛也是可以的。

愛是不公平的，性卻是公平的，而蘇芳喜歡公平。

白吟知如同在那附近閒晃似的很快開著同樣的車來接蘇芳。蘇芳雖醉，卻看得出白吟知正溫和善良又純潔地笑著，如同往日許多重疊的日子般。

每次見到白吟知，蘇芳都很困惑，他怎麼可以一直都是這個模樣？

進入白吟知位於福岡大學附近的住家中，蘇芳頓時有十七歲那時拜訪白吟知家的感覺，久違的羞赧又回到她早以變得恬不知恥的心中。

迎面而來迎接的還有一隻公貓，品種像波斯貓，毛色是灰中帶著一些橘黃。當牠背對著蘇芳走路時，那驕傲的背影以及兩顆鈴鐺一般渾圓的睪丸，彷彿炫耀著牠有多麼備受主人的尊崇與疼愛。

蘇芳蹲下，伸手撫摸那隻公貓，「牠跟《我是貓》裡敘述的一樣呢，叫什麼名字呢？我猜猜，該不會是『吾輩』吧？」

白吟知笑了起來，「對，妳看看牠那個驕傲的樣子，就好像在說『吾輩是貓，一隻睪丸可愛的貓』。」

「你的未婚妻呢？不，你現在結婚了嗎？」蘇芳裝作毫不在意地問道。

白吟知也毫不在意地回：「她暫時回台灣了。」似乎是眞的毫不在意。

他們就連擁抱也都是毫不在意的……蘇芳酒醒了，而清醒會令她卻步，她比任何人都清楚，因此，她在白吟知的家中多喝了幾杯。

藉酒壯膽之後，兩人如同貓咪嬉戲，躺在床上激起微塵般的貓毛飄飛。

愛是不公平的，性卻是公平的，而蘇芳喜歡公平。

如果只是維持著這樣的關係，那麼她也可以擺脫過往那些令她難堪的日子，假裝自己和尋常的女孩並無不同，仍然喝喝酒、唱唱歌、聯誼，大方地談論彼此的戀愛與性生活。

可日子過著過著，她與她最憧憬的模樣越差越遠，她仍然富有正義感且正直，卻不再是她憧憬的火野麗。夢想離自己越來越遠，有一半的自己明明達到了設定的目標，另一半的自己卻離目標越來越遠。

人或許就是這樣，總是最爲嚮往自己沒有走過的路。

蘇芳曾經告訴自己，如果再度巧遇白吟知的話她便不再堅持，放下配不上他的自卑心態，若眞的處不好再說放棄，反正她已經習慣放棄與被放棄了。

她不像別的女孩對戀愛還充滿衝勁，她變得更加被動，若命運在她身後推她一把，她便順水推舟循序漸進。她忍不住懷疑，那個勤勤懇懇追逐著白吟知身影的自己去了哪裡？

蘇芳不認識自己了，越來越陌生。

於是蘇芳將自己交給命運，一天晚上，命運讓他們在毫無聯絡的狀態下，在茫茫人海的福岡鬧區——天神中相遇了。

那是一個很冷的夜晚，蘇芳估計會下雪，搭地鐵前在地下街準備買些便宜的麵包，看著看著，窗外有個人影跟著她晃著晃著竟也定住了——是白吟知。

白吟知後來想起這件事時對蘇芳說：「我想是因爲我們是靈魂伴侶。」

因爲靈魂緊緊繫在一起，所以不論何時何地都能感受到對方，蘇芳的那一側蝴蝶輕輕搧動翅膀，白吟知的這一側則颳起暴風。

第十三章 急轉直下

白吟知承認起初她和蘇芳過得很開心。蘇芳喜歡喝酒，白吟知並不覺得有什麼問題，他認識的許多日本人每天都在喝，即使從醫學的角度而言，酒精對腦子並不好，但為了讓她過得更加開心，從來不曾真正地阻止過蘇芳。

白吟知覺得直到蘇芳懷孕為止，兩個人都還是開心的，但自那開始，他開始發覺許多蘇芳與其他女孩不同的地方。

蘇芳個性像個男生，這麼說並不表示她粗魯或衝動，而是她的思考模式像個男生。當她知道自己懷孕時，所有白吟知想到可能會在她身上看見的反應他都沒有看見——她有了一個他想都沒想過的反應。

「我怎麼可能會有小孩？」蘇芳愣了。

白吟知很失望，收拾著房間內散落的酒瓶與酒杯，不曉得蘇芳的失望是因為之後無法飲酒，還是因為根本不想要小孩，「妳是個正常健康的女人，我也是正常健康的男人；妳有健康的器官，我也有，當然會懷孕。」

「我詛咒過自己生不出小孩……也不想生……」酒醉的蘇芳笑道，而後又哭了起來，「我不想成為許秋月……」

白吟知筆直地看向蘇芳，很顯然，以上皆是，這是有可能發生的狀況。

對蘇芳而言，懷孕生子成了復刻許秋月的第一步，她感到驚慌失措，確信並肯定自己將會成爲和母親一樣的人。她們身上流著一樣的血，受困在同一個腐爛的地方很長一段時間，理所當然會互相影響。

「妳到底爲什麼……要這樣……」看著恐慌的蘇芳，白吟知掐著自己兩側的太陽穴，深深嘆氣。

蘇芳難以啓齒，她沒有對白吟知說過具體發什麼事情讓她得經由自殺解脫，但白吟知似乎隱約知道，否則他不會去破壞靈鏡大仙廟，可即便如此他仍無法理解蘇芳爲什麼要詛咒自己。

蘇芳飲下一口紅酒，酸味在喉中炙烈地傳開，「我怕成爲像我母親一樣的人，我有預感，我真的會。從蘇螢離開之後，我……我好像不知不覺間成爲我不想成爲的那種人，我的細胞就是帶著這樣的基因，時間越長，我越是覺得這一切都難以挽回，所以我寧願不去想這些事情。酒喝多一點，是不是就不會有這些煩惱？」

白吟知聽著，眉頭蹙緊，「蘇螢……唉。可是妳有我啊，我不會讓妳變成那樣，我會陪妳一起戒酒，懷孕過程的大小事都不會讓妳一個人，未來還有很長，我也不會讓妳變成妳討厭的那種人，相信我好嗎？」白吟知抱緊蘇芳，將她深深嵌合進身體，怕是分開一時半刻也捨不得。

蘇芳哭了，曾經她認爲酒精可以麻痺一切，然而現在她有了白吟知，第一次，她似乎能拿出勇氣斷絕酒精的麻痺了。

蘇芳莫名想起那部她和徐伊凌一起看過的電影《令人討厭的松子的一生》中的台詞——

只要和這個人在一起，地獄也好什麼地方都好，我都要跟著他，這就是我的幸福。

對啊，這就是她的幸福。

「如果我說要回台灣呢？你願意跟我一起回去嗎？如果我要你離婚？你願意嗎？」

蘇芳很忐忑，深愛的人願意爲了她放棄目前爲止在日本累積起來的一切嗎？他願意放棄自己的幸福和那個她記不起臉的妻子嗎？若可以，她願意最後一次相信——她，蘇芳，即便是這麼爛的人也値得擁有愛情，而非同情。

沒想到，白吟知竟然很快地應允了蘇芳，兩人再次緊緊相擁。

她曾經狠狠詛咒，希望自己生不出小孩，而今卻感謝這個孩子改變了一切，這是兩人一起孕育的新生命，也將爲自己與白吟知帶來轉機。

搬到福岡之後蘇芳常常看著天空，福岡機場緊鄰著市區，常常抬頭仰望就能見到飛機呼嘯而過。蘇芳每一次都會想，飛機上有多少人是正在離開家？又有多少人是正準備回家呢？而在機場的那些人，又有多少是來送行的？多少是來歡迎人的呢？

如今，她是準備回家的人了，她會好好地和伴侶一起扶養這個孩子，在他們的家鄉中讓這個孩子身心健康地長大，絕對不會讓任何人虐待他、控制他、情緒綁架他……蘇芳輕撫著肚皮，在心裡告訴那孩子：媽媽絕對不會像你的外婆一樣，絕對不會成爲像外婆一樣的人，媽媽死也會保護你。

看著蘇芳的轉變，白吟知欣喜不已，她不僅下定決心戒酒，也變得正向積極，時間彷彿流回蘇芳十七歲時，他曾經這麼喜歡這個女孩。

白吟知心忖，終於到了可以放下曾經對她抱持怨恨的時候，了解了蘇芳家裡的情況之後，他心裡有一塊地方終究鬆綁了……蘇螢也希望他會幸福吧？

現在，他有了孩子，即將回熟悉的家鄉好好地經營家庭。他最重視的東西一件一件失而復得，他已經滿足了。

親愛的蘇螢，雖然你走了，但謝謝你讓我遇見你的另外一半，和你共享靈魂的、你的雙胞胎姊姊蘇芳。因爲你，我們成爲彼此的靈魂伴侶。

可白吟知沒有想到，事情在回到台灣、蘇芳生下孩子之後急轉直下。

蘇芳得了嚴重的產後憂鬱，生完孩子後，她回到與酒精爲伍的生活。

寶寶在哭，好吵。蘇芳的腦中畫面是破碎的，她取出被白吟知藏在流理台下的紅酒，右手顫抖地托著紅酒杯，爲自己倒下一杯，輕輕地搖晃，沉浸在成爲高級品酒師的夢境中乾杯。紅酒麻痺的速度很慢，以前她喜歡一小口一小口優雅品嘗，幻想自己是法國女人，而不是活在鄉下地方、被傳統及現實綁手綁腳的可悲女人，現在卻是爲了快點被睡魔附身而喝。由於她實在太過於厭惡清醒的感覺，如此一段日子過去，喝到覺得紅酒不行了，她開始改喝威士忌，一點紅酒，一點威士忌，很快便能進入夢鄉。

蘇芳看著寶寶的眼淚，不明白該哭的究竟是誰？說眞的，該哭的人是她吧？蘇芳幾度對著聽不懂人話的娃娃重複抱怨。

自從生下孩子之後，她就再也沒有闔過眼，孩子極其敏感，一點點動靜都能讓他哭個不停，而白吟知幫他取的名字簡直文不對題。

蘇芳將小孩帶出去時，曾遇到街訪鄰居寒暄問道：「這孩子眞可愛，叫什麼名字呢？」當時她低下頭看著懷中的孩子，想著哪裡可愛？

「他叫白靜，安靜的靜。」蘇芳將對孩子的不滿隱藏在眼神的最底，禁錮在潘朵拉的盒子中。

安靜？哪裡安靜？白靜超級吵、吵得無與倫比，他的哭鬧非比尋常，並非只是哭鬧，而是吼叫。每當白靜哭鬧時，蘇芳總會看著幫寶適尿布紙箱上的嬰兒發呆，想著要是他是白靜就好了，他應該是個天使吧？笑得這麼開心應該是天使，他應該和白靜交換。

幫寶適的那個嬰兒，才是眞正的白靜。於是蘇芳同它說話，「白靜，你笑得好可愛喔，媽媽好愛你，哇！」還扮鬼臉給幫寶適紙箱看，如瘋子一般娛樂不會動的紙箱嬰兒。

一旁眞正的白靜則哭得呼天搶地。

對蘇芳而言，不會哭的幫寶適嬰兒才是眞正的白靜。

靈鏡大仙一定是對她和蘇螢做了交換靈魂的儀式對吧？會不會她和蘇螢眞的交換了？否則她怎麼會感受不到自己有母愛這種東西？

蘇芳被酒精麻痺的腦子無法思考太多事情，白吟知經常在下班回家時看見醉醺醺的蘇芳與哭喊的白靜同時躺在地上，一個明顯看得出來是嬰兒，一個是心靈退化的「嬰兒」。

不久，白吟知將孩子接走了，再繼續這樣下去連他也無法預測蘇芳會做出什麼事情……最後是白吟知的前妻蘇靜儀幫忙帶小孩。

起初，蘇芳並沒有小孩被帶走的實感，她仍然覺得吵，只不過哭聲變得很遙遠，似乎是從隔壁傳來的樣子，細細的如同蚊子一般，不是震耳欲聾，卻依舊很吵。蘇芳仍然盯著紙箱嬰兒，「好吵喔，白靜，你一定很難過吧？隔壁這麼吵……可是你還是好乖喔，你都不吵，還笑得像天使一樣。」

孩子被接走之後，白吟知數度要求病況越發嚴重的蘇芳就醫，但是她不肯，堅持自己沒有生病，甚至覺得這一切都是靈鏡大仙搞的鬼。

「一定是因爲我的靈魂被交換了，我現在是蘇螢，我已經死了……所以我才會變這樣……蘇螢要來取代我了！蘇螢要來把我帶走！他現在在哪裡！蘇螢要把我殺了！」

白吟知露出困惑的眼神，他明明知道蘇芳怎麼了，知道她需要幫助卻不曉得該怎麼做，剎那間，他當初爲了蘇螢所學的東西彷彿全都沒了意義。如果不能說服蘇芳接受治療，他的工作還能做什麼？

「我知道妳到現在想到靈鏡大仙的事情，還是會覺得很痛苦，我都知道，但是妳最終還是要面對。如果妳不能治療好，就沒有辦法跟我一起白頭偕老，好嗎？」

蘇芳的眼神飄忽，像在看一個全然陌生的人，「可是我已經不是蘇芳了，小碇，你知道嗎？許秋月說的是眞的！靈鏡大仙是眞的，祂眞的改變我了……」

「妳剛剛說什麼？」白吟知已經很久沒有聽見這個名字。

小碇。

他不曾對蘇芳提起自己曾經與蘇螢在一起的事情，當然也沒有告訴蘇芳這是蘇螢幫他取的小名，如今蘇芳這麼叫他讓他頓時困惑了。

不是小白，而是小碇。

「小碇，我不是一直這都樣叫你的嗎？」蘇芳反問道。

「妳說靈鏡大仙做了什麼事？」

「祂說，因爲我和蘇螢從肚子裡就一直在一起，我跟蘇螢先是共享一個靈魂，後來靈魂分裂，分別進了錯誤的身體裡，我變成蘇螢，蘇螢變成我。一定是當時那個儀式成功了我才會成爲一個殘缺不全的人，我只有一半的靈魂而且住在我身體裡的蘇螢死了……所以我才會沒有母愛，對不對？」

蘇螢帶走了她的母愛，她缺少的那一塊肉。

一切都通了，所以她才會成為一個沒有母愛，只有自私的人。

白吟知頹坐在地，看著蘇芳的眼神自泛著淚光轉為心死晦暗，束手無策……怎麼會呢？怎麼會束手無策？

蘇芳幾乎每一件事都按照白吟知所想的進行，連腦子裡的想法也是照著他希望的方向演進，怎麼會束手無策？她明明好好地往他希望的方向前進著——好好地、漸漸地成為蘇螢。

◆

過了幾年，蘇芳因為生兒育兒產生的憂鬱症獲得控制，酒也喝得少了，重新拾起安穩的生活。對她而言，只要有白吟知就夠了，根本不需要白靜。

果然，她不應該生下白靜。

白靜跟蘇靜儀住了幾年後，白家年事已高的奶奶去世了，喪禮辦得相當隆重。不過蘇芳沒有出席，雖然憂鬱症獲得控制，但這個時候讓蘇芳出現在大家面前相當不明智，因此白吟知謊稱蘇芳新冠肺炎確診，需要隔離，正正當當有了十多天的藉口。

白靜失去奶奶，突然就被安排回到台北，和蘇芳生活到喪禮的事情圓滿結束為止。什麼叫作生活到喪禮圓滿結束？對蘇芳而言那是永遠，白靜重回了這個家，蘇芳一點也不高興。

白靜來的那天，蘇芳便是再怎麼厭惡也只能搬出練習許久的笑臉，在開門的那一剎那彎下腰，一臉慈藹擠出嘴角的弧度，「白靜，好久不見，我是媽媽。」

白靜抱著小熊，一雙圓滾滾的大眼盯著蘇芳，彷彿看穿了這個人並不喜歡自己，下意識地退了一步，對在他身後的白吟詞問道：「姑姑，以後我要跟這個人住在一起嗎？」

白吟詞爲難地笑了，她多少聽說過一些蘇芳的事情，也知道蘇芳有憂鬱症並控制中。她心中頗爲忐忑，不曉得這個時候讓白靜和蘇芳短暫生活會發生什麼事。有可能好轉，也有可能惡化，她說不準。

白吟詞蹲下輕聲安撫，「白靜，乖，姑姑會常常來看你，再過幾天爸爸就回家了喔，你忍耐一下。」慈愛地搓揉白靜的頭頂。

蘇芳看了竟然有些忌妒，想著白吟詞哪來的膽子竟然敢碰白靜。

「白靜就交給我吧，我們兩個會很乖的。」蘇芳笑道，輕輕地將白靜攬到自己懷裡，白靜和蘇芳並不熟悉，進到蘇芳懷裡時有些抵抗。

白吟詞觀察著蘇芳是否如同哥哥所說的已獲得控制，如今見了覺得並沒有如同他一開始說的那麼可怕，現在還算可以好好溝通，雖然對白靜的狀況有些擔憂，畢竟她已經爲人母親，應該沒事。

「那好吧，白靜就交給妳了，可是我想告訴妳……白靜是一個需要高度關心的小孩，希望妳能多費點心。」白吟詞終究多嘴，她捕捉到了蘇芳眼中一閃而逝的不快。

什麼意思？是諷刺她有病照顧不了小孩？

蘇芳並不知道白吟知究竟對妹妹說了多少，也沒有多問，那並不是她想關心的事情，她從來只想到自己，然而想起來還是不開心。當天晚上，蘇芳的猜疑成了引爆點，不管喪禮進程，她不分青紅皀白地打給白吟知，指責他告訴妹妹自己的事情。

白吟知聽著蘇芳激動的罵聲以及背景白靜的哭聲，伴隨著鄉下地方喪禮特有的噪音，三種聲音混雜在一起，聽著聽著，他突然覺得他要撐不住了，「妳聽我解釋，我沒有說過妳喝酒的事情……」

「但是你說過我生病的事了吧？我不是好很多了嗎？你也覺得我好很多了啊？」蘇芳確實好很多了，但白吟知沒有想到白靜才回去一天，他們的努力都前功盡棄。

蘇芳的心理並不健康，加之錯誤的生活習慣讓白靜成為一個需要被高度關心的敏感孩子。蘇靜儀深知這點，因此對白靜加倍寵愛，但在蘇靜儀的寵溺之下，白靜變得無理取鬧。

「妳先忍耐一陣子，等我把事情都處理好，我會帶著白靜離開家裡或是讓別人照顧他，妳一樣繼續休養、持續治療。」

聽白吟知這麼一說，蘇芳崩潰了，「你什麼意思？你要離開我嗎？」

「……我不是這個意思。」

白靜只花一天就摧毀了蘇芳的神智，也只花一天消耗完蘇芳與白吟知的耐心。兩個人隔著電話卻都明白終點線細如蜘蛛絲，只要輕輕往前一碰，甚至不需要跨越，便會斷裂。

蘇芳知道自己不能再說什麼了，腦中有個許秋月喋喋不休的畫面閃現，蘇芳知道她得阻止自己變成母親那樣，於是掛掉電話拉起白靜坐上車，也管不了她車上沒有兒童安全座椅便一路往陽明山開，速度極快。白靜嚇到了，從哭到喊，蘇芳的手機響個不停，訊息也沒有停過，可她絲毫沒有理會。

一個可怕的想法在她心中萌芽，不，其實一直都有，只是白靜沒有和她一起生活所以她曾經覺得無所謂，現在白靜回來了，一切就有所謂了。

如果沒有白靜就好了，她就能一直努力了，不會前功盡棄。她會一直努力和白吟知兩個人過生活，快快樂樂，兩個人，靈魂伴侶，如此簡單。

如果沒有白靜就好了。

蘇芳不知道她究竟開到陽明山的哪裡，外頭一片漆黑，蘇芳下了車終於接起電話，什麼字都還沒有說出口，另一端便傳來白吟知急促的聲音。

「妳在哪裡？不要傷害白靜！」

蘇芳茫然地看著星空，沒想到白吟知一開口竟然不是關心有可能會赴死的她，而是關心白靜。才一天，白靜連白吟知都奪走了，她什麼也沒有了。

「爲什麼叫我不要傷害白靜？明明是白靜傷害我？」

白靜撕裂了她的身體，令她痛不欲生，還要奪走她生活中唯一的重心。她什麼都沒有了，沒有工作、沒有白吟知、沒有蘇螢、沒有蘇芬、沒有徐伊淩、沒有家、沒有朋友……都是白靜奪走了。

「妳在哪裡？妳冷靜下來，我們好好商量好嗎？」電話那一端，白吟知正匆匆趕著高鐵回台北，所有的親戚都不知道白吟知在忙什麼，他從始至終都沒有說出蘇芳的事情。

蘇芳將視線移到漆黑一片的柏油路面上，「我想把白靜丟掉……白靜不是我的小孩。」她的小孩是幫寶適尿布盒上的天使嬰兒，不是白靜。

白吟知聽見蘇芳鎮定的語氣，一股寒意從腳底竄到頭頂，凍得他眼冒金星，「妳在哪裡？我去找妳，我不會離開妳的。我會把白靜給別人照顧，我現在就叫蘇靜儀過去接他！我會在妳身邊，好嗎？」

電話那端傳來白靜的哭聲，白吟知的身體整個軟了，沒想到惱人的哭聲此刻竟然讓他安心不少。靈機一動，白吟知換了說法，「妳是不是太匆忙所以沒有帶白靜的尿布？我帶尿布去找妳，告訴我妳在哪裡，好嗎？」

聽見白吟知的承諾，蘇芳總算暫時放心，「我在陽明山……確切的位置我不知道……。」掛了電話，蘇芳走到車子後座將白靜的安全帶鬆開，面對啜泣的白靜悠悠然地換上準備好的慈祥面具，「白靜，要看星星嗎？對不起啊，媽媽不是這樣的人，媽媽生病了，以後媽媽發誓絕對不會這樣給你驚喜了。因爲媽媽想要給你驚喜，想要讓你看星星。」

白靜啜泣道：「我尿尿了。」

「沒關係，爸爸等一下就來了，他會買尿布來。」

「爸爸會來？我們一起看星星嗎？」白靜下車，屁股翹著一團因爲尿液而膨脹的尿布，像隻鴨子，莫名有些可愛。

蘇芳主動爲白靜脫下尿布，「要尿尿要說喔，尿布要再等一下。」

她覺得不可思議，自己竟然主動幫白靜脫尿布，她明明討厭白靜。

白靜不知是出於恐懼還是眞的疲勞，順從地讓蘇芳脫下自己的褲子和尿布。

如果蘇螢小她多一點，照顧蘇螢應該是一樣的感覺吧？如果他們並不是雙胞胎，也許她今天不會成爲這麼失職的人。蘇芳想。

她的人生就像骨牌一樣，或許從一開始就是在錯誤的時間被推倒，骨牌倒到一半某個機關出錯了，後面的骨牌開始倒得一蹋糊塗……可是，究竟是哪裡出錯了？不論怎麼想，蘇芳就是不知道，也想不透。

那是蘇芳第一次想要擁抱白靜，她對白靜有了一些奇妙的熟悉感，像是變小許多的蘇螢坐在她的腿上。兩個人就這麼斜坐在駕駛座，看著夏夜，只是沉默。

蘇芳不知道要跟白靜說什麼，而白靜更是因爲和蘇芳不熟不知道要說什麼。

沉默持續到了白吟知搭著計程車上來爲止，白靜見到溫柔的爸爸展開懷抱，興沖沖地衝了上去，方才的寧靜被他拋諸腦後。

白吟知抱著白靜，哭得不知道該如何是好。

蘇芳從來沒有見過白吟知哭成這樣，這才驚覺白靜在他眼中是這麼特別的存在……原來，白靜勝過她嗎？

月色下，蘇芳擠出一個難看的微笑，「小碇，我知道錯了，再給我一次機會吧？是我太衝動了……我會好好學習愛白靜。」

白吟知抬起臉，招手要蘇芳過去。

她步履蹣跚地靠近，蹲下身，讓白吟知將她和白靜摟在懷裡。

三人相依相偎，白吟知哽咽地說：「沒事了，我知道妳只是生病了……我們都會沒事的……妳只是生病了。」

對於一個生病的人，沒有什麼是不能被原諒的。

蘇芳並不明白以及意識到憂鬱症帶給她的影響，她已經有很長一段時間都是這樣了並沒有任何區別，只是遇到白靜變得更加明顯而已。

她正好需要被原諒，需要一個理由被原諒。她能一直被原諒，可以嗎？可能嗎？如果她一直就這麼病下去就可以不斷地被原諒嗎？

蘇芳的眼前浮現許秋月的背影，她說就是因爲生下了他們三個、就是因爲蘇螢的關係，他們的爸爸才不回家。若不是要挽回蘇良成，她才不會相信靈鏡大仙，是靈鏡大仙給了她生活的意義。

他們三個都沒有資格對活得這麼慘的她說三道四，應該給予同理及同情，體會她的辛苦，參透她的眞心——對許秋月來說，那就是愛。

聽人說愛太少的單親家庭孩子多會走上歧路，所以許秋月給了她的三個孩子很多的愛。愛讓蘇芬逃離了家鄉，遠居加拿大再也不回來；愛讓蘇螢選擇自殺結束悲劇；愛讓蘇芳變成現在這樣。

骨牌究竟從什麼時候開始出錯了呢？蘇芳不知道，白吟知更不知道。

經歷了小孩被接走、小孩再度回到身邊約莫四年的空窗，白吟知以爲蘇芳的症狀可以獲得控制……其實也算是獲得控制，只是在白靜回來的瞬間一切瓦解成泡沫。

蘇芳說她會克服、她會努力……可白吟知看見的不是那樣，他眼中的蘇芳逐漸瀕臨瘋狂，她在夏天將小孩留在地下室停車場中沒開空調，讓白靜差點脫水死在車子裡。醫護人員趕到時，她竟然態度閒適，語氣悠然。

蘇芳確實有定時去醫院報到，接受專業的精神科治療，可她不願意按時吃藥，總說那些藥讓她變得昏昏沉沉，甚至會加重她的病情。

她說那些藥會讓她見到蘇螢，而蘇螢會將她消滅。

逼她只會讓事態越演越烈，所以白吟知一直處在隱忍、爆發、原諒的惡性循環中。最後他請了一個保母在家照顧白靜，蘇芳才沒有機會傷害孩子，那一陣子日子倒是過得還算平靜。

保母和蘇芳一樣姓蘇，名叫蘇儀如，除了日常寒暄以外，蘇儀如沒有和蘇芳說太多話，似乎是個明白蘇芳狀況的人，不聞不問、相敬如賓。

生活平靜到了他想著若是就這樣和蘇芳在一起，事情終能有改善的一天吧？他從來不是一個會輕言放棄的人，尤其面對蘇芳的時候。

她是蘇螢留下來的另一半，他深愛的蘇螢留下來的另一半。

或許皇天不負苦心人，在白吟知的悉心照料與愛護關心之下，蘇芳的症狀好轉了，仔細算來，她已經三個月沒有碰酒精。雖然自從白靜受到傷害後蘇芳的進步不算多，但是一點一點累積起來也算是前進了一大步。

白吟知相當欣慰，冬天時，白吟知收到母校的邀請回學校參加講座，他或許也覺得正好是時間，於是帶著蘇芳、白靜與保母蘇儀如一起去了福岡。

那一段時間雖然他都在工作，不過也帶大家走走看看幾天，其他白吟知需要工作的日子裡，蘇芳與蘇儀如如同她們在台灣的相處模式一樣，相敬如賓地生活著。

蘇芳沒有覺得什麼不好，她很喜歡蘇儀如，甚至說服白吟知讓他帶白靜幾天，她與蘇儀如想去些小孩子覺得無聊的地方，例如長崎、佐賀等等。

白吟知想了一會兒，安排好時間後答應了蘇芳的請求。他覺得這是應該做的，也覺得應該要好好犒賞一下蘇芳，若不是她如此努力，病情不會得到改善。

只是當蘇芳獨自一人回到福岡時，蘇芳彷彿完全忘了蘇儀如這個人曾經存在過，「小碇，你在說什麼？蘇儀如？我不知道她是誰啊？我是一個人去長崎的耶。」

「她明明跟妳……」

白吟知啞口無言，瞪大雙眼看著蘇芳，耳畔盡是白靜聲嘶力竭的哭喊：「把媽媽還給我！媽媽！」

蘇芳的眼裡沒有任何情緒，黑洞一般深沉的眼睛看著白靜，厚薄適中的粉唇揚起，她以溫柔低沉的聲音安撫白靜，「白靜，乖，媽媽就在這裡喔。」

白靜哭得滿臉是淚，拿起他珍視的小熊玩偶朝蘇芳投擲過去。那是蘇芳第一次看見白靜發了這麼大的脾氣，也是第一次見到白吟知彷彿人偶一般頹倒在沙發，空洞無神的眼睛不斷流下眼淚，終日一語不發。

她仍然記得白靜大聲嘶喊著「妳才不是我媽媽！妳快點把媽媽還給我」，她當下十分困惑，她記得一清二楚。

為什麼呢？我現在慢慢好轉了，不是嗎？我這麼努力卻換到了否定？為什麼我不是你的媽媽？你又為什麼不承認我是你的媽媽？

蘇芳與白靜之間隔著巨大的鴻溝，任憑蘇芳再怎麼想填補也填補不了，以前她不想要在乎、理解白靜，現在她想理解、在乎的時候才赫然明白，白靜不是她努力就能理解的對象。就像許秋月之於她，她之於蘇螢。

現在，她終於覺得自己慢慢地「像」許秋月了。是許秋月建立了她的骨牌，也是許秋月推倒了她。

回到台灣後，三人家庭短暫的平和持續到了徐伊凌決定回台灣為止。徐伊凌一下飛機就和蘇芳聯絡。她待在防疫旅館隔離的兩個禮拜間，蘇芳突然變得正向積極。

白吟知以為蘇芳突然忘記蘇儀如的事情，是因為併發了其他心理疾病，以為是她終於開始乖乖服藥、接受治療帶來的改變。

而蘇芳也以症狀改善為由說服新保母，讓她帶著白靜去接結束隔離的徐伊凌，並且抓緊了新保母家裡突然有事、賣她一個人情。

即使那新保母被白吟知交代過千百遍不能放任蘇芳與白靜獨處，她除了覺得女主人有點奇怪之外，沒有在這個家庭中看出任何不對勁，況且她再怎麼奇怪也是白靜的母親，母親爲何不能與自己的孩子獨處？她怎麼也想不明白。

開車去見徐伊凌之前蘇芳還喝了酒，查詢了旅館地址後，她將手機的導航關掉丟給身後吵鬧不絕的白靜，「媽媽要去找朋友，你如果答應不要跟爸爸說的話，我就讓你玩遊戲。」

「妳又不是媽媽……」白靜呢喃道。才說完，他就接收到蘇芳憤怒的眼神，頷首點頭應允，「好，我不會跟爸爸說。」

引擎發動之前，她想著自己這麼跟白靜說會不會欲蓋彌彰？她只是去見一個朋友罷了，又不是要去偷情？絕對不是，而且過了這麼多年，徐伊凌怎麼可能沒有別的交往對象？蘇芳深呼吸一口氣，不知不覺又再舉起酒瓶灌下一大口紅酒。

後來她將徐伊凌從防疫旅館接出來，就這麼順水推舟地偷偷到另一間汽車旅館的床上翻天覆地，而白靜仍然待在車子裡，這次有空調、有遊戲，可以耗上好幾個小時。不會有一一九的人出現、不會有白吟知的出現，她還買通了白靜，一切天衣無縫。

當兩人翻雲覆雨完準備退房時，白吟知一臉鐵青地站在一樓的車庫她的豐田車旁，白靜依偎在他的小腿邊，手機的畫面停在LINE的對話框——白靜誤撥了電話給白吟知……或是故意撥給白吟知。

「對不起，我在車子裡很害怕……」

蘇芳完全無法相信白靜的說詞，她不覺得把小孩留在車子裡哪裡有錯，只感受到嚴重的背叛，白靜背叛了她，才五歲的年紀就學會背叛。

此情此景，白吟知無言以對，轉身牽起白靜離開車庫，餘下蘇芳與徐伊凌兩人。

「妳還是好好道歉比較好，說不定一切都還有轉圜空間。」徐伊凌冷靜說道，彷彿這樣的事情她早預料到會發生。

「不用了，我們的問題就是白靜……在他眞的離開我們的生活之前，我們的關係都不會改善。」蘇芳簡短說道，一直以來都是這樣，她們之間不需要說太多，她和徐伊凌遠比她和白吟知還來得有默契得多。

現在她終於知道了，白靜就是骨牌上的排法錯誤，因爲白靜，骨牌倒得亂七八糟。

蘇芳匆忙回到家，見到桌上躺著一紙寫著「離婚協議書」的文件，而白吟知仍然一臉鐵青坐在沙發，視線定在那幾個字上。

蘇芳拉扯著嘴角，突然想笑，沒想到最後她竟然眞的走上了跟許秋月一樣的路，蘇良成跑了，現在白吟知也要跑了。

她想到了一個好適合現在的梗，來自於狗血偶像劇《犀利人妻》，但是她沒有辦法笑著說出來。她想將這一切都當作玩笑，笑著說她們什麼事也沒有，跪著求白吟知的原諒。

「我生病了，你不是知道嗎？你不是說過不能怪罪生病的人嗎？你不是總是會原諒我嗎？」這都是白吟知給她的承諾不是嗎？但是現在做不到是什麼意思？一張紙就想打發掉這一切是什麼意思？

你到底知不知道我爲了你做了多少事。

面對白吟知的靜默，蘇芳抬頭看著天花板，睜大眼睛，不願意讓眼淚掉下來，咬著牙說著：「問題根本不是出在我身上。」是出在白靜身上，是白靜奪走了一切！

「我知道妳想說什麼，妳想說都是白靜的錯，對吧？」白吟知的臉埋在他的雙手手心，說出來的話音悶悶的，有著奇怪的回聲，「不是這樣的，是我的錯，我應該在妳剛懷孕時就發現妳不適合養育小孩，不應該勸妳生下來。我明明知道妳很容易被說服……卻還是利用這一點，一直要妳戒酒，生下孩子，生完後我很罪惡所以沒有阻止妳重新喝酒，這也是我做錯了。我不應該這麼慣妳，慣到妳有酒癮，一切都是我的錯。」

當白吟知這麼說的同時，蘇芳怎麼樣也無法感受白吟知在說的人是自己，或許與她被侵犯時一樣的狀況，她的靈魂抽離了，所以無法感受到「自己」。

拿起鋼筆，白吟知輕輕將它放在離婚協議書上，「簽名吧，妳自由了。」

蘇芳靠了上去，卻是拿起桌上剛剛被白靜拿走的手機，「我考慮一下。」

語畢，蘇芳轉身離開家裡……即將是過去式的家裡。此時此刻她的心中竟然只是一味想著好想直接灌下好幾杯未稀釋的Hibiki，然後開車去找徐伊淩。

她進了便利商店，發現陳列架上只有三得利，那也好，她迫不及待，好像只差幾秒她就會被拖進萬丈深淵，只要喝下去就好了、喝下去就沒事了。

這個世界都是假的。

第十四章　靈魂伴侶

蘇螢沒有死，只是變成白靜來折磨他、討這筆債……憑什麼？喉間頓時一緊令蘇芳喘不過氣。

「憑什麼啊，憑什麼是我死？」蘇螢彷彿就在她的耳邊低語，逼眞到蘇芳連忙繼續灌下一口。她明明知道蘇螢死了，卻有另一個極爲眞實的感覺告訴她「再清醒下去就會被蘇螢拖到地獄喔」。

「二姊，我們不是沒有分開過嗎？我們還沒出生時就在一起了，爲什麼妳不能繼續陪我？」

「二姊，我們要一直在一起，妳說過我們會一直在一起不是嗎？」

「妳看不出來我是逞強嗎？是看不出來還是選擇視而不見？我不相信妳竟然會這樣冷眼旁觀，妳以爲我喜歡被強暴嗎！」

不夠、不夠、不夠！必須喝多一點，喝多一點，喝多一點！

蘇芳無法忍受聽見蘇螢的聲音。他就住在她身體裡、腦子裡、神經裡、血液裡，他們是血肉相連的雙胞胎，少了其中一個都不會完整，任何一方活下來都只會剩下一半。

「殺人兇手。」

「就是因爲妳冷眼旁觀，所以我才會死的。」

蘇芳的靈魂被拉扯到貼滿火野麗的衣櫥前，看著縫隙潺潺流出的血水，過去不論她回到這個畫面多少次，每次都讓她拔腿逃跑，可這次她卻因爲酒精麻痺而動彈不得，只能抽著嘴角，絕望地笑個不停。

死，對她而言實在太便宜了，童軍繩一條二十五元，美工刀一支三十五元，跳樓免費，臥軌不錯，也不花錢……她從沒想過，死怎麼會這麼便宜？

所以她才會選擇活下去、活得像個垃圾一樣，如同因爲靜電而黏在指尖的塑膠袋、因爲引力而掉落的髮、因爲水太混濁而死掉被沖下馬桶的魚、因爲太過恐怖被丟掉好幾次卻都會回到主人身邊的安娜貝爾與恰吉。

就因爲她這麼爛，所以才會選擇活下去，而活著是折磨，她願意領受。

但是眞的夠了，她再也受不了了，回過神來她已經坐在車子裡，搖搖晃晃地開著車，神智早被她拋在後車廂牢牢鎖住。她只想跟徐伊凌見面，然後告訴她「我這一輩子最不可能做到的事情，就是成爲更好的人」。

他們都可以成爲更好的人，所有除了她以外的人都可以，而她會被留在原地、甘願留在原地，只爲了成爲一個爛掉的、壞掉的人。

可是，她累了，不行了。

蘇螢，二姊去找你了。見到面時，可以告訴我你那時候在想什麼嗎？電視上的母子海豚、防自殺標語、火野麗、我的衣櫥……可以告訴我全部嗎？

蘇芳想像自己就是蘇螢，細小的身軀鑽進自己的衣櫥中，僅靠著門縫的亮光觀察著脈搏，一刀劃下，血流成河。

蘇芳痛得哭喊出聲、哭得撕心裂肺，踩下油門，那一瞬間，後座傳來白靜的聲音，她全身一震，踩下煞車。

「……小螢？」白靜睡眼惺忪喚道。

「啊啊啊啊啊你閉嘴！我就知道是你！是你變成白靜！」

白靜歪了頭，一臉不明白，「你們在吵架，我很害怕就躲到車子裡了。」

蘇芳腦中思緒千絲萬縷，往死亡前進的目標中白靜插了隊。

白靜，一開始就不應該被生下的白靜……蘇芳扭曲地笑了，再度踩下油門。

老舊的豐田車撞進巷子的矮牆，撞得稀巴爛，後座的白靜繫了安全帶奇蹟逃過一劫，而蘇芳受了重傷，昏迷不醒整整十八天。

醒來時，一切恍若隔世。

◆

「妳很幸福，妳知道嗎？我沒有見過這麼癡情的男人耶，而且還是我們醫院的王子，要不是白醫師結婚了，我們不知道排隊排到哪裡去了。」

蘇芳看著窗外，靜靜聽著護理師聊著白吟知的事情，她邊說邊量著蘇芳的各項數據紀錄著，一心三用，相當熟練。

「是這樣嗎？」蘇芳隨口應道。

「是啊，白醫師在日本就是主修催眠治療，他相信在妳陷入昏迷時多跟妳說話、念妳以前的日記，勾起妳的記憶和對生活的渴望，妳就會燃起求生欲望。因爲妳病得很嚴重，白醫師一直很關心妳，不過我今天這樣看，覺得莫非是白醫師的治療方式有效了？妳整個人和白醫師說的不太一樣。」

蘇芳低頭看著潔白的床單，陷入沉思，昏亂的腦子發生了一些化學變化，但她卻理不出究竟是什麼事情，想得再深入一些就會因爲想起蘇螢而痛苦不堪。

片刻後，白吟知身穿白袍進了門，拉來椅子坐在蘇芳旁邊，溫柔珍惜地牽起她的手。

「還好嗎？」白吟知輕輕問道。

明明是這麼普通的一句寒暄卻讓蘇芳想哭，顫抖著嘴唇，幾度感動得說不出話。

「對不起，我錯了……」斟酌良久，這是蘇芳吐出的第一句話。

白吟知抱住蘇芳，話音同樣帶著哽咽，「一切都過去了，不要害怕，以後再也不會發生不好的事了，我會在妳身邊，好嗎？妳也要答應我，要連同弟弟的份一起活下去，好嗎？別再這麼輕賤自己了。」

蘇芳伸出手抱緊白吟知，腦中想起種種她做出來對不起白吟知的事情，如今白吟知又「再度」原諒了她。已經不知道是第幾次了，白吟知總是會原諒她，她是差勁的人，只有白吟知願意不斷給她機會，她卻一直沒有發現。

「對不起……我會好好努力彌補，『停電了』。」蘇芳哭著說，唯獨那句「停電了」她希望白吟知能夠清楚聽見。

從這個漫長的夢境中回顧了自己三十五歲以前的錯誤之後醒來，蘇芳醒悟了只有白吟知會對她不離不棄。可她卻數度踐踏這樣的感情，每次想到，她便恨透自己。

蘇螢看到現在的她變成這樣肯定會心痛的吧？蘇螢不就是希望她能幸福所以自告奮勇去靈鏡大仙廟的嗎？現在她又在做什麼？分明在糟蹋蘇螢的好意。

對不起，蘇螢，我踐踏了你的好意。

對不起，白吟知，我浪費了你的寬容。

對不起，白靜，我是個失格的母親。

陽光灑進病房，白色牆面盈滿金黃光輝，一切如此寧靜安樂，蘇芳與白吟知沐浴在宛若神的祝福中，緊緊相依。

「答應我，好好活下去好嗎？不要再想過去那些悲劇了，向前看好嗎？」白吟知說道。

蘇芳淚流不止，發抖的雙手將白吟知的白袍用力抓皺，如攀附浮木的溺水之人，「以後不會了，眞的不會了……」

蘇芳是個無神論者，但如今她想，如果有鬼門關的存在，那麼她是眞的走了這麼一遭，世界因此天翻地覆，腦子因爲鬼門關起了某種化學變化。她說不上來具體是什麼，很難形容，她覺得心情很好，一掃夢中出現的三十五歲的、陰沉的自己。

心中充滿溫暖的勇氣，她想活下去了，並且再也不會出現負面的想法，她能確定，因爲她重生了。

蘇螢，靈鏡大仙說你有一半靈魂活在我的身體裡，現在，你醒了嗎？你醒了吧？如果你醒了，我要和你的靈魂一起活下去，永遠不分開。

現在，我們永遠都不會再分開了。

隨著點滴的藥物注入，蘇芳昏昏欲睡，總算作了令她心滿意足的美夢。蘇螢是她唯一願意相信的靈異現象，不論這是靈異現象還是以假亂眞的夢境，她都是眞的得到了慰藉。

下一回她再度醒來時，會是做好準備的，對吧？她會做好準備的，對的。

帶著對自己的期許，蘇芳安心地睡了，這一回，只有黑暗擁抱著她，她也不再害怕進入夢鄉。她不會再昏迷不醒，也不會再害怕面對現實，當她醒來，只有一段全新的日子等著她去充實。

房內是前所未有的寂靜，陰冷的月光灑在蘇芳的床褥，床的一旁，一個人型的黑影緩緩顯像。他不疾不徐地坐在一旁，藏身在月光照射不及的角度內，黑洞在黑影的臉上鑽出兩個坑，那兩個坑看著蘇芳，緩緩開口。

隨著黑影的話語進入蘇芳耳道，黑影的身上有了顏色。白色的襯衫、深藍色的西裝褲，捲起的袖口隱約可見的咖啡色皮帶錶，左手細長無名指上的小鑽戒如星塵一般隱隱發光。黑影不想看，用厚重的黑色檔案夾遮住了它，裡頭是一疊紙張，有新有舊，各種顏色，七彩標籤分別散布在各色紙張上。

須臾，黑影將檔案緩緩打開。

◆

我是妳夢中的黑影，也是在夢中翻閱妳日記、念妳日記、修改夢境內容給妳聽的人，所以，我說了什麼妳便會夢到什麼。同時，我也是妳的醫生、丈夫、初戀情人——白吟知。

蘇芳，我想妳不會知道，夢是多難控制的東西，雖然我看不見妳究竟夢到什麼，但從妳的囈語中我聽得出來，妳的意識一直都在試圖干擾妳，讓妳繼續認不清自己。

但是我怎麼會讓這樣的事情發生？這麼千載難逢的機會到手，妳得以睡了好幾十天，而我有好幾十天的機會可以深度催眠妳、植入我的暗示，我怎麼會讓這樣的機會溜走？

姑且不論妳是不是會就這麼一覺不醒，所幸妳並不會，從妳的生命徵象及各方面的數據看來，妳會醒來，只是時間問題。可是妳三十五歲的意識並不希望妳醒來，妳渴望死亡，企圖從憂鬱症的世界和對蘇螢的強大罪惡感中解脫。

妳終於受夠了，作爲一個垃圾的生活。

但是生的本能鼓勵妳，要妳勇敢醒來面對，妳卻以爲它是你心心念念的死神，諷刺至極。

妳想自殺的原因、妳得憂鬱症好不了的原因，是我們兩個合作無間造成的，我明明知道妳不能喝酒，但我還是願意讓妳喝，爲什麼？如此一來妳才能擁有一個極度錯亂的腦袋，錯亂所以容易接受暗示、訊息的腦袋。

妳必須一直喝，喝到分不清楚現實與夢爲止，喝到分不清楚是非對錯、在毀滅與救贖自己之間徘徊爲止。

生與死夾殺之間，我知道會有這樣的狀況發生，人的思考總在碰撞摩擦，這不是什麼新鮮事，困難的是，我必須創造出一個完全符合妳印象且不衝突的角色來轉達我希望妳做的事。

我需要創造一個蘇螢，而妳不能一眼看穿他是蘇螢，他必須成爲別人，慢慢地得到妳的信任，再慢慢地引導妳。這個角色是妳最深信的死神，所以他不斷地告訴妳這是夢，妳得趕快清醒，將蘇螢的事情放下，重新掌握妳那悲慘至極的人生。

我得讓妳確實相信這是夢，不是催眠，也不是控制，就算妳曾經「醒來好幾次」。

對，妳醒來好幾次。好幾次模糊的視線將我看成黑影，我會在這時注射少量的鎮定劑讓妳維持混沌，然後加入我的暗示。

有時候妳甚至看不見我，只能聽見我的聲音引導著妳，妳醒了，卻依然以爲自己存在於夢鄉。我覺得自己做得很好，妳甚至可以成爲我絕佳的研究範例，妳覺得呢？

整個深度催眠與暗示的過程經歷了十八天，我期許當妳醒來時，妳將脫胎換骨，成爲一個完全不同的人。

在那之前，我想告訴妳，對於這個療程，我做了哪些準備，以及我爲什麼這麼做。

我深愛著妳的雙胞胎弟弟，說起來我眞應該感謝靈鏡大仙，沒有祂我就不會遇到蘇瑩和妳。其實我憎恨著妳，但如今我對妳的確帶著一些謝意，這剛好可以成爲妳能毫無戒心讓我接近的理由。

一開始我接近妳是因爲我眞的很想知道，那個他口口聲聲說總是站在他那一邊、會處處維護他、保護他、打從胚胎時便和自己一起的二姊，爲什麼會對他被強暴虐待的事情不聞不問？因爲怕輪到自己嗎？

妳知道他有多絕望才會選擇自殺？

妳知道我有多想了解蘇瑩在想什麼嗎？

從他自殺開始，這些問題就一直不斷糾纏著我，所以我才會走上研究心理的路，我想破解、想知道他究竟在想什麼？他有想到我嗎？

妳有嗎？當妳決定自殺的時候，妳有嗎？蘇芳，我想知道。

雙胞胎眞的能互通心靈嗎？如果可以，我想從妳的口中知道蘇瑩的想法、弭平我失去蘇瑩的痛。我恨妳恨到不曉得該怎麼原諒妳，妳知道嗎？然而我眞的想過要原諒妳、放過妳，可最後是妳對我窮追不捨，是妳將手中的汽油彈丟向我，讓我全身灼熱，陷入地獄中，萬劫不復。

妳決定自殺、踩下油門的時候，有想到我嗎？如果靈鏡大仙說的是眞的，在妳踩下油門的瞬間，妳腦中住著的蘇瑩有想到我嗎？

我有好多問題想要得到解答，所以我不斷給妳暗示。分辨妳究竟是否成功接受到我暗示的方法很簡單，先放下妳的戒心，讓妳在可受控、安全安心的環境下建立放鬆的精神狀態。妳以爲得到了我的原諒，也終於決定放下蘇螢，昂首向前接受新的人生，循序漸進地誘導妳說出我引導妳說出來的話、做出的決定。

最後，這是最終的幾道練習題。

「妳今年幾歲？」

「我今年十七歲。」

「爲什麼妳會在醫院？發生什麼事了？」

「……我在老家的房間衣櫥裡……割腕……已經第二次了，第一次是十四歲，這次是第二次，我在浴缸……」

「妳知道電視還開著嗎？爲什麼看那個節目呢？」

「因爲我想成爲海豚，海豚母子看起來過得好開心，可是牠爲了保護自己的小孩死掉了，這種感情比人還偉大，我看了很久，也等了很久，媽媽最後沒有回家。我很絕望躲在衣櫥裡自殺，但是我同時很怕她回來不會一下子就發現我的死狀，所以我在衣櫥貼滿貼紙，希望她看了會生氣……她最好會生氣，我希望她生氣，因爲只要她生氣，我就會覺得至少她對我還有『情緒』。」

「妳爲什麼撕掉車站的標語呢？」我將那張破碎的防自殺傳單交給妳。

妳無神卻專注地注視了很久，接著緩緩地笑了，「因爲這句話很好笑，我不想讓別人看見。我看了這張都想自殺了何況別人？所以我把它撕掉，因爲我覺得自殺是成全自己最好的方式……我就不會爲了蘇螢這麼痛苦了，他會走都是因爲我。」妳雙手蓋住整張臉，哭了起來，「我活該活得像垃圾一樣，這都是我的錯，所以我要用我的人生向他道歉，死太便宜了，不適合我，所以我把自己活得一文不值……但是……我受不了了，眞的，我好想結束自己。」

看妳哭了我眞的很感動，在妳眼中，我或許露出了捨不得的表情吧？我抱住妳，不斷安慰哭泣的妳，妳在我的臂彎中是這麼地脆弱又全心全意交付出信任。

我哭了，因爲我成功了，成功引導妳，妳將眞的成爲蘇螢。

妳會震驚嗎？記憶竟然是這麼脆弱的事情，尤其是對於一個有酒癮的人而言，若是好多腦子清醒的人不斷灌輸妳我才是對的呢？妳會懷疑自己，相信自己該是其他人口中的樣子。

所以我繼續當妳的好丈夫，抱緊妳、告訴妳不用怕，「未來有我，我們會一起面對，好嗎？我只求妳不要離開好嗎？」

這個世界除了我，不會再有人比我更愛妳，還三番兩次原諒妳這樣的人渣。除了我以外，妳再也沒有其他可以依靠的人了。

「徐伊凌怎麼辦？」

妳再一次說出我最想要的答案。

「我已經決定不會再和她見面了，對我來說，你和白靜才是最重要的，任何人都取代不了你們的位置。」妳的雙眼閃閃發光，一掃陰霾，成爲了不同的樣子。

我甚至幾度認爲這就是妳最原本的樣子，多麼美好。

我抱住妳，緊緊擁抱著自己得來不易的成果，「我們永遠都不會分開。」

對，永遠，蘇螢也是。

你們確實交換了靈魂，我確定，也相信，事到如今我還有什麼不信的？都是命運，妳難道不覺得嗎？

《我是貓》就這麼巧流落到我同學手上，我的未婚妻就這麼巧取得那本書，然後打給妳？妳眞的覺得她會這麼做嗎？我們兩個就這麼巧讀隔壁的高中？就這麼巧每天上下學都能遇見妳？在日本妳想打給白井先生卻打給了我，妳相信嗎？妳眞的相信那麼多巧合嗎？

若不是因爲蘇螢，我不會相信。

若不是因爲蘇螢，我不會這麼恨妳。

所以妳怎麼能死？死得這麼便宜？在我允許之前，妳從來沒有任何資格與權利告訴我妳眞的受夠了，想要一死了之，怎麼可以？

就算妳去地獄，我也會將妳的靈魂帶回來，這一輩子妳就應該繼續活得像個垃圾，沒有任何、任何重新振作的空間。

妳並沒有給蘇螢那樣的空間，所以我憑什麼給妳這樣的空間？

我希望妳清楚地記得，是我讓妳活下來，給了妳所有希望，妳會切切實實死心塌地直到死亡，然後爛成爲肥水。

「我愛妳。」

我眞的愛妳，所以我才會讓妳成爲我的靈魂伴侶，永不分開的靈魂伴侶，如同妳一直在積極尋找的靈魂伴侶。

蘇芳，妳難道不覺得，這才是眞愛嗎？

蘇芳三十六歲的聖誕節也去了福岡，雪花飄飛的日本非常有過節的氣氛。她看著窗外不斷積累在聖誕樹上的積雪以及白吟知賞雪的背影發呆，自從重新振作之後，蘇芳回想過去好長一段糜爛的日子都會感到不可思議，如今她竟然就這麼擺脫了。

這一年，她過得很充實，自己的生活從來都說不上充實，但是這一年她卻覺得可以用這個的詞，甚至可以說是快樂的。

蘇芬與蘇芳許久未見了，如今她爲了慶祝蘇芳成功擺脫憂鬱症遠道而來，守在蘇芳的身邊、握著她的手。從她的眼神中可以看見她爲蘇芳感到驕傲，以及對姊妹長久以來終於和解而由衷喜悅。

如今，蘇芳想著現在她們終於都是走過陰霾的人了，一切雨過天晴。

「對了，我帶了妳會懷念的東西。」蘇芬從包包裡掏出一本陳舊的筆記本，封面是《美少女戰士》的圖樣，「這是蘇螢的東西，夾著有很多他的收藏，看著看著，心裡眞的會很有感觸。」

語畢，蘇芬的眼神詭譎，她似乎想再說些什麼卻無法說出口，最後她將臉別了過去，閉口不談。

蘇芳並沒有察覺蘇芬的怪異，逕自欣賞著手中的筆記本。她只是微笑著，指尖輕輕拂過封面上的火野麗，「謝謝，我想我現在就算看蘇螢的東西也沒事了。」

蘇螢的記憶對蘇芳來說已經不再只有痛苦了，經過這些日子後，蘇芳的內心充滿對蘇螢的愛與蘇螢對她的期待。她知道自己會往前不斷邁進，帶著蘇螢的遺憾繼續充實地活下去。

蘇芳甚至不明白自己去年怎麼那麼想不開？想死想得不行，想放棄一切，一直以活得像個爛人來懲罰自己，最後受不了了打算了結生命。

現在這樣的生活令她很滿足，如果這是夢，她希望永遠不要醒過來。

「打開看看？」蘇芬慫恿道。

蘇芳深呼吸了下，「我想等晚一點和小碇一起看，我想和他分享。」

蘇芬點頭理解，但表情古怪地笑了，「也是。」

兩姊妹相視而笑已經是多久以前的事了？蘇芳已經算不出來，只知道眞的過了很久，久到她都感覺不到時間。

突然，蘇芬自沙發上站起，伸懶腰，「好可惜喔，眞希望白靜也來看看雪。」

「別了吧，他繼續黏他姑姑就好，難得我可以和小碇獨處，我不想還有白靜的干擾。」

重生以來，她充實得、快樂得感覺不到時間流逝，不知不覺就這麼迎接了三十六歲的聖誕節。

如今手上來自蘇芬的耶誕祝福，她想跟白吟知分享。

待蘇芬離去後，蘇芳與白吟知兩人坐在別墅客廳依偎著彼此，兩人小酌著熱清酒看著雪景。

蘇芳拿出那本蘇螢留下的筆記，「我想和你分享這本筆記。」

白吟知笑了，「好啊，跟我聊聊妳的雙胞胎弟弟是有幫助的。」

蘇芳慢慢地翻閱著，有好幾頁貼著火野麗與天王遙手牽著手、感情和睦模樣的貼紙，兩人的旁邊還有箭頭寫著火野麗是他、天王遙是蘇芳。

天王遙？這讓蘇芳有些不懂了。

蘇芳繼續翻頁，好幾張火野麗的貼紙掉了出來，筆記頁上還有死纏爛打附著在上面的貼紙，貼紙特別斑駁，像是被撕下後再重新黏上，充滿皺紋……而她似乎在某個地方見過這樣的貼紙。

腦海中浮現許秋月撕毀蘇螢的珍藏貼紙的背影，那爲數眾多的貼紙貼在蘇芳的衣櫥門板上，劣質的膠相當頑劣，大部分許秋月只撕下反光紙的那面，另一半白色的貼面緊緊黏在門板上死命掙扎，就像所有商品上的難纏標籤。

蘇芳不由自主地跟著她印象中的許秋月一起撕開這些原本被撕開過的貼紙，白色貼面的部分寫著字，是蘇螢寫完之後再重新上膠貼上的。

隨著一張張撕開後，身旁白吟知的笑臉逐漸僵硬起來。

別相信白吟知。

離開他。

他在說謊。

蘇芳不敢相信地瞪大雙眼，顫抖的手翻到下一頁，蒼白的紙上以簡單的黑線勾勒著那早被燒毀的衣櫥，蘇芳將顫抖的手指放在紙面上的把手上，想起死神曾說過的話。

「夢境的衣櫥就是妳對現實連結的意識。只要將它打開就能一點一點連結現實的意識，最後取得回到現實的鑰匙。」

「告訴我這是怎麼回事，小碇？」蘇芳哭了起來，她意會到噩夢還沒結束，渾身上下動彈不得，眼球只能盯著記事本的紙面，無法移開視線去看白吟知。

蘇芳看不見白吟知的臉，但感覺到他輕輕笑了，冰冷的指尖撥開了蘇芳頭髮，露出她的耳朵，「你還沒發現怎麼回事嗎？這筆記本是我準備的啊。」

「這些撕下來又被貼上的貼紙，是從你沉睡的衣櫥上取得的。」

蘇芳開啟筆記本上如同立體卡片的衣櫥紙門，裡頭夾著一張泛黃陳舊的報紙——這才是死神所說的「衣櫥」。

報紙上斗大的標題寫著：〈台大畢業將移民國外的人生勝利組結婚前夕突自殺〉死者蘇芬（女性）今凌晨被發現上吊，死於台北市區自宅⋯⋯

「蘇芬沒有來，你醉了，她過世很久了。」白吟知淡淡地說。

蘇芳，現在讓我告訴你，你一直都在捫心自問的那些問題的答案吧。

爲什麼你沒有母性？因爲「你」天生就沒有母性。

別傻了，你既不是孕育白靜的人，也不是扶養白靜的人，一切都是你的想像。

蘇螢，終於⋯⋯終於是你。

「告訴我，你爲什麼會把自己當成蘇芳？」

白吟知的聲音如同子彈貫穿了蘇螢的腦門，他倒了下來，全身的力氣被抽得一乾二淨，就連內臟也一點都沒剩下，僅剩一副脆弱的、不堪一擊的皮囊。

世界突然天翻地覆，眞實如同海嘯鋪天蓋地席捲而來，將蘇螢完全吞噬，浪潮退去後留下一片白色澄淨的淺灘，空無一物。

白吟知只不過在他的重擔上多放上一根羽毛而已，他便完全崩潰，世界化成一地的沙，所有的一切都是爲了現在，爲了推倒最後一個還矗立著的骨牌。

啪嗒。

「十，你開始慢慢意識到自己在什麼地方。」

「九，現在開始明白發生了什麼事情。」

「八，放輕鬆，接受記憶慢慢像一股暖流回到身上。」

「七，你正在一個叫作銀山溫泉的地方，溫泉泡著疲憊的身體。」

「六，現在，重新想像銀山溫泉的環境。」

「五，隨著水流，你感受到了被保護、被接受。」

「四，你感到越來越安心、身體的疲憊被溫泉治癒，接著起身緩緩離開溫泉。」

「三，池畔有一面鏡子，現在走過去，照照看。」

「二，把鏡子裡的人的名字，呼喚出來。」

「……蘇螢。」

「一，很好，最後，請你將蘇螢從鏡子裡帶出來。」

對於銀山溫泉的印象，蘇螢只記得雪下得很大，大到視線能夠被完美遮蔽，四周是全然的白的程度。

他現在身處的地方，舉目所見是與銀山溫泉一樣無窮無盡的白。白色的房間、白色的床、除非必要，否則不會出現在房間的折疊椅，此外空無一物，只有穿著白衣白褲的自己與主治醫生——白吟知對坐著，蘇螢盯著白吟知的名牌，數次都覺得不可思議到像夢一樣。

「首先，你現在是誰？」白吟知開口問道，這一年來他每天都在重複一樣的問題，同樣的問題已經不知道循環幾次。

「我現在是蘇螢。」經過長期的催眠引導治療後，一直認為自己是蘇芳的蘇螢終於成功意識到自己的眞實人格。

白吟知無意識地嘆了一口氣，他奮戰了這麼久，終於等到蘇螢意識覺醒的這一天，「你知道發生什麼事了嗎？」

「知道，我把小芳殺掉了。」蘇螢愜意地坐在床沿，雙腳划動，想像著自己正在一條小溪上的大石上，潺潺流水撫過他的雙腳，烏黑大眼骨碌一轉，笑了起來，「好奇怪喔，小芳跟我說已經過了一年，但是變成我單獨使用這個身體時，我卻覺得小芳好像才剛走，她的身體好像還有溫度。」

白吟知的眼神閃爍，「為什麼？」

「因為小芳跟你在一起，還生了小孩，就是這樣。」蘇螢聳聳肩，說出口的話縱使詭異，對他而言卻稀鬆平常。

「為什麼？」白吟知的「為什麼」包含了許多意思，有醫生詢問病患的為什麼，也有姊夫問小舅的為什麼、被害者家屬問兇手的為什麼、作為白吟知詢問蘇螢的為什麼，還有許許多多的、他想不透的為什麼。

「你不是知道嗎？因為小芳從小就是我的，我不管她是我的雙胞胎姊姊還是什麼，她就是我的，不管她做了什麼，或是背叛我去跟你在一起……她要跟你在一起我也要，她不想經歷的事情我就代替她，我一直都在保護她，也一直會保護她，就算她逃去福岡我也要跟著去，不擇手段找到你、找到小芳。」

說著說著，蘇螢笑了，雙手向後撐在柔軟的床上。

「你不覺得很奇妙嗎？龍鳳胎這件事，我覺得很奇妙，所以她決定徹底擺脫我的時候我真的無法理解，我甚至想死，因為我不知道沒有小芳我該怎麼辦？但是當我十七歲時模仿小芳在浴缸自殺後，我掌握到了小芳的弱點，她總是會在我傷害自己的時候出現，十四歲的時候也是，十七歲的時候也是。我就是知道，她永遠放不下我，也永遠感受得到我，我們緊緊連在一起，永永遠遠。」

「既然這樣，爲什麼最後要殺了她？你的目的不就是爲了奪走蘇芳的人生嗎？她都決定退出，讓給你了，爲什麼你還要殺了她？」白吟知的眼神逐漸黯淡，緊緊盯著與之相反，眼神逐漸璀璨的蘇螢。

「她確實是自願退出了我的人生。當我第二次自殺之後，我發現，比起那一對神棍夫妻，她更害怕的是我，她去求蘇良成，然後蘇良成把她帶出那個恐怖的家，可是卻沒有帶上我，蘇良成也沒有帶上我。

「她改名叫蘇靜儀、蘇儀如，嘗試以別的身分重獲新生，因爲她當時就放棄以蘇芳的身分活下去。她可能簡單地想著我可能會就此罷手，可我偏不是，我要的不只是她的人生，我還要她的一切。

「因爲蘇芳的一切本該都是我的，她奪走了本應該是我的一切。」

身爲子女中唯一的男孩，蘇良成不可能選擇不要他，蘇螢再怎麼想也想不透，爲什麼爸爸最後選擇拯救蘇芳，而不是拯救已經接近故障的自己？

爸爸，是因為我瘋了嗎？還是說，因為我是同性戀嗎？

蘇螢怎麼想也想不明白，因爲他從頭到尾都選擇挺身而出與忍受？因爲他選擇默不作聲，而蘇芳選擇放聲大哭，所以父親選擇蘇芳？還是因爲就像自己說的，他是一個男孩子，他應該可以承受、捱過一切考驗，所以他就活該被留下來？

不，他不接受，蘇芳有的原本都該是自己的，白吟知也是。

這些事情蘇芳也很清楚，所以當她知道自己與白吟知之間關於《我是貓》的事情被蘇螢拿出來褻瀆時，她與十四歲的蘇螢一樣，選擇忍受。

蘇芳就該是他蜘蛛網上垂死的蝴蝶，坐以待斃，等著自己踩著蘇螢的背拱起的橋而建立起來的人生被原主人奪回、被鯨吞蠶食殆盡，可決定生下白靜之後，蘇芳變了。

「生了白靜之後她就徹底變了，我以爲從她十七歲被蘇良成接走之後就會變得冷漠絕情，就像蘇芬一樣。然而她是在生了白靜後徹底變的，有了小孩之後開始抵抗我了，說什麼要她要保護小孩？眞是好笑，她怎麼可以生你的小孩？小芳不能生孩子，許秋月是什麼德性她不知道嗎？生了小孩就是複製我們。我們是靈魂伴侶，我們應該一起承擔痛苦，不是嗎？如果她沒有生下白靜就不會得產後憂鬱症，不會那麼痛苦了啊？」

蘇螢一面說，一面看著自己的手心，那是親手殺死蘇芳的手。

「我本來不相信趙允康那一對神棍夫妻，但我十七歲時聽到靈鏡大仙跟我說話，祂跟我說啊……把小芳殺掉，她的靈魂就可以住在我身體裡跟我在一起，我們可以眞正地同甘共苦，所以我就殺了她。你看，她不是很喜歡下雪嗎？她跟我去銀山溫泉的時候多開心啊？她永遠待在她最愛的地方了，現在小芳的靈魂已經跟我在一起了喔。

「而且她再也不會相信你了，是你當初心軟想和我復合、想要解救我，彌補你對我的虧欠才離開蘇芳、和她離婚。現在她只相信我，只活在我的世界裡，沒有人可以傷害她。你傷她最多，因此她才躲起來，不是你的催眠有效果，是我自己願意出面面對你。今後她會活在我的心中，我會保護她，她會成爲我，而我會成爲她。」

白吟知無言以對、面無表情，對他而言一切都已經沒有什麼好說的了，哀莫大於心死。

在沒有聽見蘇螢現身告訴他一切之前，白吟知還曾想著或許是自己誤會蘇螢、太過悲觀了，又或許是蘇芳眞的只想要一個人過生活也說不一定。他想過許多可能、千百種可能，唯獨蘇芳死亡是最後一個他不願意去觸碰的假設。

他的妻子、他孩子的母親，被她的親弟弟、雙胞胎弟弟殺死了，而現在自己要面對這個魔鬼無數次、無數次……爲了知道他在想什麼，爲了知道蘇芳的藏身處。

蘇螢對白吟知的反應很是滿意，蒼白的臉上勾勒出笑。

敲門聲響起，另一名女醫生進入病房，晃動的名牌上寫著：徐伊凌。

那是深愛著他的前女友，因爲愛所以縱容，徐伊凌是唯一一個沒有要蘇螢去看醫生，甚至沒有直接對他說他有病的人。

她曾經高估自己，以爲憑她的努力蘇螢就能身心健康起來，爲了他學了這一切的知識。可現在他們都恨不得將蘇螢碎屍萬段，將蘇芳的靈魂拉出來，從深愛她的他身邊搶走蘇芳。

「你們辦不到的，我和小芳不可能分開。」蘇螢突然說道。

兩人同時迎上蘇螢冰冷的視線。

只見蘇螢露出近似蘇芳的微笑，說道：「因爲我們是靈魂伴侶。」

妳成爲我，我成爲妳；妳是我，我是妳，我們自胎內便緊緊相依在一起，從始至終都要在一起，永不分離。

我要切下妳的肉，劃開妳的動脈，鋸斷妳的骨，喝下妳的血，聽妳的尖叫，殺了妳，讓妳靈魂住進我的身體、我的腦裡，奪走我的心臟，因爲這才是眞愛，我對妳的眞愛。

十七歲開始的每一天，我都會跪在窗前，朝著月亮祈禱。

靈鏡大仙顯靈顯聖，請讓蘇芳成爲我眞正的——眞正的靈魂伴侶。

第十五章 美好結局

蘇螢在十四歲時的自殺，令他初次嚐到蘇芳對他的深切關懷，包含親情、愛、無法分割的血緣關係、雙胞胎……甜美得令他覺得再也無法從別人身上得到一樣的東西了。

也是在同一年，蘇螢覺得自己死去了、徹底死去了。另一個部分延伸而出的是另一個「蘇芳」。精神上的他所憧憬的蘇芳在他內心蔓延滋生，直到他將自己徹底當成蘇芳。

許秋月見無計可施，在蘇良成強烈要求下將蘇螢送進醫院治療了幾年，十七歲出院時他的病況已改善許多，可許秋月沒有放棄讓蘇螢完全痊癒，她認為蘇螢還有其他需要治好的毛病，像是同性戀，於是將希望重新寄付在靈鏡大仙身上，再一次將蘇螢推下懸崖。

蘇螢的骨牌是許秋月推倒的，靈修後，蘇螢重新、並且更加認定自己是蘇芳，無庸置疑。

蘇螢會在妄想時穿上蘇芳的衣服，以蘇芳的身分去經歷他想像蘇芳應該經歷的事。在他的想像中，蘇芳就該極其悲慘，若沒有蘇螢便什麼也不是。

原本蘇螢有著性別認同障礙，但是當他成為蘇芳時，一切迎刃而解，因為他就是蘇芳，完完全全的蘇芳。他沒有任何疾病，沒有，他比任何人都還要正常，那個拋棄他有著扭曲個性的蘇芳甚至可能比他還要不正常。

因為蘇芳，所以十四歲的自己死掉了，因為愛、因為痛苦、因為虐待、因為漠視、因為蘇芳的無能為力，所以蘇螢自那一次的自殺中醒來後，將自己當成蘇芳……不，是更加理想的蘇芳。

「二姊，妳不要管了好不好？妳十四歲的時候根本沒有管過我！妳只是……妳只是躲起來而已！現在妳對我說什麼都沒有用了不是嗎？我已經死了，妳不是知道嗎？」

他理想的蘇芳會對他的任何事表現出在乎的樣子，現實中，她確實是在乎的，但是懦弱阻止了蘇芳，讓她一事無成。

他的蘇芳會是完完全全受他控制、完完全全愛著他、聽從他，而現實中的蘇芳早背叛他活得快快樂樂。

他不准！也不允許！

妳怎麼可以笑呢？我都為了妳做那麼多事情了？

妳怎麼可以背著我過得幸福？我們明明是緊緊相連的！不是嗎？

對蘇螢而言，蘇芳拯救的是另一個自己、覺醒的自己，並不是她所知道的蘇螢。真正的蘇螢還是死了，死在十四歲冬天的那個衣櫥。

他會死都是蘇芳的錯，所以蘇芳不能活得好好的，必須要活得跟垃圾一樣。

看啊，小芳，因為妳，我生病了，我不斷傷害自己，不斷讓自己深陷在泥淖中。

小芳，看看我、可憐我、救救我吧？以前妳沒能救我，那麼現在補償還來得及，讓我待在妳的身邊，擁有妳，我就會原諒妳。

可是蘇芳怎麼可以就這麼去跟白吟知生小孩？她怎麼能擺脫他成為一個正常且幸福的人？她怎麼可以忘記他為她承擔的一切，遠走高飛？

我們不是要一直在一起嗎？我們不是要一直綁在一起嗎？

妳就是我，我就是妳啊。

所以「他的蘇芳」要是一個充滿猜忌的人，是個雙性戀，且不愛自己的孩子，一點也不。這個人格恨透白靜，她只喜歡幫寶適的紙箱，這是當然，白靜破壞了一切，他為何要喜歡白靜？

蘇螢成為一個有酒癮、性上癮、憂鬱、妄想症狀的人，妄想出來的蘇芳取代了他的主要人格，以這個人格過得人不像人鬼不像鬼。

他大方借錢給人、隨便和撿到書的男男女女上床，就連大他許多歲的居酒屋老闆娘也可以睡，不管是別人辜負他或他辜負別人都可以，連帶白吟知的同學徐伊凌對他的一片真心也遭到踐踏。他扭曲的心中只有蘇芳，蘇芳必須看見自己因為她過得很慘，才能意識到這世上真的只有蘇螢這個雙胞胎弟弟會真正無條件愛她，蘇螢是這麼想的。

因為妳，我瘋了。

因為妳，我爛掉了。

他並不是在心中憑空捏造蘇芳，他是重新塑造了蘇芳，經歷了「他的蘇芳」所經歷的事情。如此一來她便是一個活生生的、有過血肉的靈魂，真切地住在自己的身體裡。

蘇螢將蘇芳與白吟知最重要的回憶《我是貓》作為媒介，在上頭寫下一個癡情女孩尋找初戀男孩的美好故事。

實際上這本書卻淪為誹謗蘇芳、蘇螢用來以蘇芳名義約炮的工具，大學最後一年，蘇芳過得痛苦不堪。她的背後充滿流言蜚語，所有知道她本名的人都暗指她人盡可夫、賤得可以。

最後她仍然忍過了，下定決心切斷與蘇螢的連結，再也不和蘇螢見面。不論蘇螢做了什麼事情，她不能與蘇螢見面，這樣不正常且病態的關係必須停止。

蘇芳知道蘇螢想給她看見的是什麼，是他的可憐兮兮，是他無可救藥的病，是他走投無路之下產生的癮頭。

「小螢，我向你道歉，我知道你也很喜歡小白，你是因爲覺得小白被我搶走才這樣對我的，對嗎？」

這是其中之一。但最大的原因妳難道不知道嗎？小芳，我感受到了血肉相連的雙胞胎背叛對方後產生的強烈恨意，是這樣的恨讓我瘋狂。

印象中蘇芳已經不只一次這樣下跪求他了。

蘇螢的執著非比尋常，在蘇芳愛上白吟知之前，確實是白吟知先喜歡上蘇螢的，兩個人過了一段不錯的日子。然而隨著時間流逝，白吟知漸漸地在蘇芳身上找到正常且普通的情感，雙性戀的白吟知喜歡上了蘇芳。

尤其在兩人有了白靜後，白吟知更加地清楚知道自己是愛著蘇芳的，只是每每想起十七歲的蘇螢重新出現在他面前時，他還是迷失了。他知道蘇螢病了，也終究是因爲蘇螢才決定成爲精神科醫生，而現在，他終於有了治療蘇螢的能力，他不想放棄。

可最終這樣的感情、這樣的負罪感，也被蘇螢給親手扭曲了。

當蘇螢終於找上門時，福岡持續著蘇芳害怕的嚴寒，可如此冰冷說話的蘇螢令蘇芳更加恐懼。

「小芳，妳錯了，妳只是成爲我而已，妳只是成爲我、接替我被他愛而已，所以並沒有什麼誰搶走誰，因爲妳是我的，所以他就是我們的，就這麼簡單。」蘇螢語帶笑意。

蘇芳起了渾身的的雞皮疙瘩，不明白同胎出生的弟弟究竟發生了什麼事情，變得這麼陌生？從前那個貼心溫柔的蘇螢呢？從十七歲的靈修課程結束後，蘇螢整個人彷彿被靈鏡大仙換過靈魂似的，再也不是先前的模樣。

蘇螢總是會說是經過那一次在衣櫥的自殺，有一部分的他死掉了，跟靈鏡大仙一點直接關係也沒有，不過間接的關係倒是有，正因爲祂，一切有了轉機。

蘇芳永遠都不是他的，他知道，他一直都知道。所以他要將他的蘇芳塑造出來，她要對白吟知極其失望，必須要非常憎恨小孩、必須要把自己當成垃圾。

最後，只需要蘇芳的一縷幽魂，一切便能完美地結束了。

蘇螢將要脅來的錢全都給了一個叫作犖休的男人，犖休是他的萬中選一，因爲他是白吟知的同學，和他維持肉體關係只爲了時時刻刻提醒蘇芳，他離她很近，就在身邊。

和徐伊凌的關係也是，所有人的關係不管是好的也好，壞的也罷，全都是爲了就近觀察蘇芳、探聽蘇芳、等待蘇芳。

蘇螢知道靠得太近蘇芳就會逃離，所以他靠近，卻保持一定的距離，定要如此蘇芳才會感覺到他在身邊默默守候，最後才會願意成爲蘇螢的靈魂伴侶。

不論蘇芳逃到哪裡，就算躲在福岡，蘇螢也拚了命拋下一切跟著一起去。

把書還了就沒事了？妳連看都沒看我，只有白吟知還對我憐憫地笑了？憐憫什麼？我有什麼好可憐的？我只是愛著自己的姊姊，哪裡可憐？

那一刻，蘇螢下定決心也要跟著蘇芳的腳步前往日本……可卻遇到該死的三一一大地震。

所有人都在爲這件事表示傷春悲秋，但他沒有，他甚至覺得開心，他根本感受不到擔憂與悲傷，若有，都是因爲蘇芳。

蘇螢由衷認爲自己已經成爲蘇芳，所以當他與眞正的蘇芳見到面時，對於她的模樣竟然與「她的蘇芳」有著巨大的差別後，眞的嚇到了。

對蘇螢而言，蘇芳只有一個，而那個蘇芳是活在他腦海中的那個人——也就是自己。要讓蘇芳完整的方法就是取得她的靈魂，如此一來，就會像靈鏡大仙說的一樣，蘇芳會永遠屬於他，死生不渝。

在這之前，這個人是假的，百分之百，這個人不是「蘇芳」。

剛到日本沒多久，蘇螢藉由電視節目找到白吟知，再藉由白吟知找到蘇芳。

蘇芳看見一身女裝、舉手投足竟然與一般女人無異的蘇螢時，吃驚得不知道如何是好。雖然她早就知道蘇螢假扮她，但是如今見到時還是瞠目結舌，她試探地問道：「請問妳是？」

蘇螢淺淺一笑，紅唇上揚，「我是蘇芳，芬芳的芳。」

蘇芳僵硬地笑了，「你可能忘記我是誰了，我們在機場見過面，我是白先生的未婚妻，我……我叫蘇靜儀。」

她伸出手，接到了一隻似曾相似、分明是自己雙胞胎弟弟的人的手，卻也是陌生人的手。這個「蘇芳」來奪走眞實的蘇芳的人生了。當重新見到蘇螢的第一眼，蘇芳便知道了。

白吟知知道蘇螢的病況不輕，那天蘇螢以女裝出現在醫院時，他便明白此刻的蘇螢變得更加瘋狂。白吟知塞給他自己的名片，他曉得就是現在，現在是該爲自己鑄下的遺憾付出代價的時候了。

他曾經自我安慰地猜想，蘇螢有沒有可能得到正確的治療，讓狀況緩解？但如今證明答案是否定的，許秋月、蘇良成都沒有出手拯救他，更何況他那自殺離世的大姊。

長期不聞不問的蘇芳最後還是心軟了，蘇螢成為現在這樣確實與自己有很大的關係，她難辭其咎，主動背負起照顧蘇螢的責任。

在蘇螢眼中，她既是把白靜帶走的白吟知前妻蘇靜儀，也是白靜的保姆蘇儀如，永遠不會是蘇芳，因為蘇芳早另有其人。

他們三個一家人與蘇螢再度回到福岡時是下著雪的冬季，兩個人共同經歷了白靜差點被蘇螢害死的噩夢，好不容易迎來和平的生活。而蘇螢看來也越來越穩定，有一段時間甚至坦然接受自己身為蘇螢的狀態，很長一段時間都未再出現蘇芳的人格。

在蘇芳與白吟知不懈地努力下，蘇螢除了酒癮以外，其餘控制得相當不錯。再繼續下去，蘇螢也能成為一個正常人吧？不需要進入精神病院，只要重新給予蘇螢一個充滿愛的環境，他是可以痊癒的吧？蘇芳曾經這麼天真地想著。

然而這一切歸功於蘇螢的演技，為了留在蘇芳身邊，為了讓她能更加清楚鮮明地住在自己的腦海中，他可以演得很好，演出自己有好好吃藥、好好地看精神科、好好地追蹤、好好地當一個正常的男人，而不是穿著洋裝，假扮成蘇芳的樣子。

這些日子他演得可像了，連蘇螢都不由得佩服自己。但與白靜有關的事情，蘇螢真的控制不了自己，他就是想毀了白靜，憑什麼蘇芳要和白吟知生小孩？看著白靜那張圓滾滾的臉，他感覺不到可愛。

白靜是蘇芳的底線，蘇螢讓白靜陷入危險不只一次，她終於再也忍不住。蘇螢是一顆隨時會爆發的炸彈，她不知道未來蘇螢會對白靜做出什麼事，即便蘇螢表現出受控的樣子，她也無法相信，或許白吟知可以被說服，但她累了，不行了。

「小螢？你不是喜歡下雪嗎？我帶著你，就我們兩個，搭國內線去泡溫泉吧？我們去山形，那裡的銀山溫泉聽說很像《神隱少女》的畫面，很美，你會喜歡的。」

蘇螢開心地答應了，卻沒想到這是蘇芳準備的第三次拋棄。在大雪紛飛中，她將他帶到銀山溫泉的山上，將喝醉神智迷糊的蘇螢壓進雪堆中，試著將他活埋。

第一次是十四歲山上靈修時，蘇芳跑了，將他丟在靈鏡大仙的地獄中。

第二次是他十七歲從醫院回家的時候得知蘇芳也被迫參加靈修，自殺未遂後被蘇良成接走，而蘇芳並沒有帶上他。

他的姊姊、深愛的親姊姊、形影不離的雙胞胎姊姊、他的靈魂伴侶，想將他活埋。

◆

蘇芳望著窗外的大雪紛飛沉默許久，她好像已經有很長一段時間沒有將心靜下來，完全放空，享受自己的時間。最近一段時間她、白靜、白吟知三個人的相處逐漸得到改善，也感覺自己越來越好，放下手中的紅酒杯，蘇芳癱軟在沙發上，沉沉閉上眼睛，

「蘇芳？」

蘇芳醒了過來，看向聲音來處，是白靜的保母，蘇儀如。

蘇儀如一身雪白，手中托著紅酒杯笑吟吟地朝著蘇芳走來，她手中的酒液如同融化的紅寶石般。

蘇芳一開始覺得蘇儀如總給她惴惴不安的感覺，現在她卻泰然自若許多，雖覺得蘇儀如

有些蹊蹺，倒也沒有覺得她哪裡做得不好。至少她一直把白靜顧得很好，白靜之所以變得這麼乖，得歸功於蘇儀如。

蘇芳舉杯，「儀如也喝嗎？」

蘇儀如微笑，一手理了理裙擺後坐在蘇芳身旁，「蘇芳，我可以和小螢說說話嗎？」

蘇芳愣了會兒，笑著喝下手中的酒液，「好，妳等等。」

只見蘇芳仰首看著天花板，疲憊地緩緩閉上眼睛，再張開眼睛時，看著蘇儀如的眼神不再相同，「小芳。」

蘇儀如淺笑，眼神卻帶著悲戚，「小螢。」

當蘇螢以蘇芳的人格出現時，他會將蘇芳當作白靜的保母蘇儀如或是白吟知的前妻蘇靜儀，只有在蘇螢的人格回到身上時，他才能將眼前的人當作是自己的姊姊。

雖然蘇螢的出現必須經由白吟知的協助，但這些年與蘇螢相處下來，蘇芳漸漸掌握到一些容易喚醒蘇螢的關鍵時間，興許念在她還是姊姊，所以沒有眞的將她忘記吧。每當蘇芳呼喚他，他都會出現……是啊，蘇螢記得她，永遠記得她，不會將她忘記。

「讓你跟著我出來了，沒想到你演得這麼好，說我們只是出去逛逛，我們卻搭飛機到山形的深山賞雪，不是北海道，眞可惜。」蘇芳說道。

蘇螢搖搖頭，「這裡已經很棒了，我已經很滿足，只要跟小芳在一起我都好。」

溫泉旅館的落地窗外是一片無窮無盡的皚皚白雪，室外的半露天溫泉水流潺潺，約莫還要一下子，檜木桶的水才能八分滿。

蘇芳換了姿勢，從蘇螢那頭取來紅酒爲自己斟上，「小螢，很久都沒有跟你好好聊聊，每次你出現的時候總是不斷對我道歉，好像你眞的把自己當成一個已經不在人世的靈魂，有好幾次我根本不知道也沒有自信究竟這一輩子還有沒有機會可以跟你好好談一談了？好不容易有這個機會，現在千頭萬緒，反而不知道該從何說起。」

時間在這一刻凝縮，蘇芳感受不到時間的流動，她緩了一下才開口。

「爲什麼是我？我看過類似的書和許多電影，多數人都是幻想出一個完全不存在的人的人格，而我卻是眞實的，不是幻想中的人物。如果可以選擇的話，你大可以選擇一個虛構的角色或是一個現實生活中和你沒有那麼好的人，爲什麼是我？」

蘇螢訝異，彷彿蘇芳就理所當然該是最了解一切源頭的人，「還問我爲什麼？因爲我們是從小到大血肉相連的靈魂伴侶啊，我爲什麼這麼做的原因妳應該要是最清楚的人才對，怎麼還明知故問？」

蘇芳搖頭，「如果眞的將我當成靈魂伴侶，你就不會這樣對我，你讓我在大學過不下去只好離鄉背井，你還讓我成爲一個拋下弟弟不管的、沒心沒肺的人。

「我不知道你有多麼痛苦，但我能想像，也想像過，所以最後我原諒你、接納你待在我的身邊，接受小白的治療，你能理解嗎？我也將你當成靈魂伴侶、血肉相連的弟弟，但是我的做法和你完全不同。」

聽著蘇芳顫抖的聲音，蘇螢目光暗淡下來，他別過眼又轉回聚焦蘇芳的臉龐，哼笑出聲，「所以呢？妳想說什麼？妳是對的嗎？必須要像妳或大姊一樣才是正常的思路嗎？別讓我笑了，大姊還不是自殺了？

「我不過就是想讓自己好過一點。我不知道妳過得怎麼樣，也沒有想過眞的要讓妳眞的不幸，但是我至少可以控制自己、控制另一個小芳，將我的憎恨宣洩在她的身上，想著要是妳知道我正在用這樣的手段傷害妳，同時傷害我自己的話，妳會不會有那麼一點點……有將我拋棄的罪惡感？」

每晚，他的臉貼著榻榻米的霉斑受著狂風暴雨，下半身撕裂得彷彿不再擁有雙腳，上半身被提了起來隨意擺放。教主的拳頭是隕石，在他身上撞出坑洞，他不再完整，所以他成爲破碎的人偶。

火星仙子的咒語再也沒能給他勇氣，因爲他終究心死了，愛與正義從來不會降臨在他的身上，那些他媽的狗屁不通的東西，終究不屬於現實。

臨、兵、鬥、者、皆、陣、列、在、前[26]。

他的臨兵鬥者逃走了，沐浴在愛與正義的月光下逃了，並沒有皆陣列在前。

在那樣的萬丈深淵中，不是火星仙子出現在他身邊，而是靈鏡大仙。

教主與老師兩人縱然是神棍，但靈鏡大仙是完完全全的神祇，他信的是靈鏡大仙不是教主夫妻。因爲在他最痛苦的時候，大仙將蘇芳給了他，陪在他的身邊，甚至會深切地反省自己的錯，並且認知自己的命運，重新作爲一個盡責的好姊姊，盡心盡力贖罪。

「我有，所以我才會讓你待在我的身邊。」蘇芳說道。

然而蘇螢並不同意，他扭曲地笑了，眼神中滿是不可思議，「妳有還會跟著小碇一起走？在我最痛苦最需要關心的時候，妳早就找到書卻不聯絡我，最後一面竟然是在機場跟我說妳要跟人走了，對象還是我曾經喜歡的男生？妳現在還敢跟我說妳對我有罪惡感？」

「那是因爲我發現你生病了！我害怕！但我現在不一樣了，我想要好好地治好你，待在

26　九字護身法，又稱九字眞言，爲日本眞言宗、修驗道所用的九字咒語。火星仙子火野麗戰鬥時，也會念出該法咒。

你的身邊，盡我所能爲你做任何我能做到的事。」

「如果我要你拋棄白靜和小碇呢？」蘇螢斂起笑容。未等到蘇芳的回應，蘇螢搶先開口：「妳完全誤會我想要的生活了，『蘇芳確實想要和白吟知在一起』，所以妳帶著白靜走了一段時間，但是我想要的是和妳在一起，如果妳覺得我在掠奪妳的人生，那麼我會把人生還給妳，我可以不再是蘇芳，我會一直是蘇螢，可是妳必須在我身邊。如果妳做不到，那麼我只能以蘇芳的身分活下去，若我無法以妳的樣子重生，我不如一死了之。

「二姊，當初拋下我的人、對我的狀況裝傻、冷眼旁觀的人就是妳，現在妳有這個機會可以對我本人彌補，爲什麼不要呢？這一切要先解決，妳才可以繼續有臉待在小碇身邊不是嗎？

「繼續抱著對我的愧疚感，妳還可以正常活下去？還是最後妳也瘋掉？妳自己好好想一想，離開我之後妳過得有比較好嗎？還是妳只是自欺欺人，不斷逃避而已。這麼一來，妳確定妳可以安全地把白靜扶養長大？我們的瘋狂都是從同一個母胎中出來的，我會變這樣，妳以後也有可能，而被妳生下來的白靜也有可能。」

蘇芳全身發抖，蘇螢所說的她不是沒有想過，而是每次去想就會讓自己陷入囹圄，她只經歷過一次蘇螢的痛，在她十七歲的夏天，她絕望得自殺。獲救之後毅然決然離開了家，如果她繼續待在那裡，或許會變得跟蘇螢一樣。

然而離開了那個家，脫離了教主夫妻的控制後，心魔仍然沒有放手，這些日子，她沒有一天想著蘇螢過得如何……沒有了她，蘇螢會變得如何？

見到蘇螢之後，蘇芳更印證了自己的猜想，蘇螢會變成這樣甚至不能說是許秋月一手造成的，是她自己。身爲離他最近的人、他最信任的對象、他的雙胞胎姊姊、他的心電感應、自母胎開始便陪伴在身邊的人，最後卻狠狠背叛、拋棄了他。

從一開始，蘇螢就沒救了。

蘇芳想起自己苦苦央求白吟知的樣子，求他不論如何都不要剝奪自己和弟弟在一起的權利，他再不正常也是自己的弟弟，她就算死也要把他放在身邊，總有一天，姊姊陪伴在身邊的回憶與感恩一定可以戰勝蘇螢心中的黑暗。她一定可以喚醒原本的蘇螢，喚醒那個，在骨牌開始倒塌之前的蘇螢。

蘇芳握緊雙拳，握緊的高腳杯像要斷裂，然後放下手中的酒杯，「我知道了，明天我們往山上去吧？這裡有個電視上播報過的祕境，有一處梅花盛開的地方我想去看看，畢竟現在處於疫情期間，難得有機會來，想把想看的地方全逛過再回台灣。」

蘇螢對蘇芳的轉變感到詫異。

他些微的表情變化令蘇芳警戒，立刻補充道：「你說的我都知道也明白了，我不會離開你，你說得對，從以前到現在陪在我身邊的一直是你，白靜怎麼取代得了你？謝謝你讓我清醒了。」

蘇螢沒有多問，那天晚上，他久違地長時間地使用了自己的身體。他以蘇芳的人格使用身體已經太長時間，現在以原本的人格出現這麼久，讓他覺得疲憊。

泡過溫泉後，蘇螢站在立鏡前看著自己不是女性的身體，說來奇怪，在以蘇芳的人格使用身體時，他沒有一次在鏡子前看過自己全身——他竟然是實心的人。

蘇螢總覺得自己是鬼魂，已經死於家中腐朽的衣櫥，沐浴在火星仙子的火光之中……而今確實感受到自己活著真的很詭異。

但是他很感謝今天能回到這個狀態，原本蘇螢這個身分只會令他感覺到痛苦不堪，然而這天深夜他並沒有這麼覺得，尤其是當他與蘇芳睡在同一個被窩時、他想起小時候蘇芳說要保護他時。

他已經很久沒有擁抱著自己的姊姊沉沉睡去了，「二姊，別再丟下我了，好嗎？」他請求道。

他懷中的蘇芳隱忍著不哭，漫漫長夜，她千頭萬緒，沒能睡去。

一早蘇芳從旅館老闆那裏借來雪鏟，在旅館玄關穿上雪靴，蘇螢扶著額頭迎上，同她一起穿上厚重的雪靴，搖搖頭，醒醒腦。

他看見蘇芳身邊躺著一支鏟子，「鏟子要做什麼？」

「老闆娘說，去那裡的路上積雪很深，附近的人也不走，建議我們帶著鏟子。」

蘇螢回頭以日文向女將確認一次，得到正面回覆便未再起疑，跟著蘇芳往後山行去。

蘇芳所說的祕境在後山徒步一個小時左右的地方，雖只需一個小時，卻人煙罕至，是當地人也鮮少涉足的祕境。

一路上細雪紛飛，蘇螢一面走，一面讚嘆著，這裡的雪與福岡不同，竟然更加清透綿密，像是從天上下了棉絮，舒服得很。

兩人並未使用到雪鏟，蘇螢道：「看來老闆娘猜錯了，這山道根本不用雪鏟啊。」山道的積雪鬆軟，走起來沒有任何不適，也不會滑動，兩人走得很穩。

兩人走了一段路，蘇螢抱怨道：「不應該因爲怕冷一早就灌那麼多熱清酒，走這一段酒氣都上來了，頭暈目眩。」

蘇芳回頭看他，只回了句，「是嗎？」

除了許多清酒以外，蘇芳還在蘇螢的酒水中加入了抗焦慮藥，那藥效會令人嗜睡。一個酒精成癮的人是不會拒絕破戒的，蘇螢更是如此，他爲了更加融入她與白吟知的家庭數度戒酒、破戒、戒酒、破戒……這回和她在一起，心情一開心當然喝得多。

蘇芳突然偏離山道往深山走去，蘇螢起初跟得很辛苦，每走一步腳都會陷在雪堆中，片刻後他完全緩下速度，再也跟不上蘇芳的身影。

「二姊，等我……」不知道是自己眞的醉了，還是又想起過去自己被蘇芳遺棄的經驗，蘇螢不禁害怕，奮力要追上蘇芳。

當蘇芳回頭等他時，蘇螢全身彷彿被什麼力量牽引，趴倒進雪堆中，僅剩的力氣留在將自己翻過身，看著不斷撒下棉絮的天空，失了神。

蘇螢怎麼也沒想到，昨天晚上才說要好好留在自己身邊的蘇芳卻在他醒來時打算將他活埋，她奮力地鏟著雪，不斷地哭。

「小螢，對不起！爲了白靜，我眞的沒有辦法了……」

蘇螢直到胸口被雪覆蓋至感受到重量才醒來。他不知道自己昏過去多久，或許已經過了一段時間，蘇芳活埋他的速度很慢，她並沒有準備好要殺死蘇螢，也不斷地在猶豫該不該這麼做。

蘇螢看了一眼手上的錶，過了兩個小時。蘇芳連殺掉他都這麼不乾不脆、優柔寡斷，就像那時猶豫著要不要救他。

「小芳……小芳打算殺了我嗎？」蘇螢自喉間困難地擠出破碎的句子。

「你不想治療沒關係，我用了那麼多時間陪你、小白也做了那麼多！你卻三番兩次對白靜做出危險的事情，我要怎麼原諒你？我要怎麼相信你會好？你用我的身分做了那麼多傷害我的事，我可以忍，也可以原諒你，你會變成這樣都是我的錯，我知道，所以我可以原諒你無數次！但是你不能碰白靜！」

蘇螢哭了，這就是結局，一個從肚子裡開始就互相陪伴的比不過一個從肚子裡痛不欲生地生出來、吵得要死的。眞實的世界蘇芳終究會離他而去，而他不應該再相信現在這個蘇芳，他唯一該相信的，是自己與心中的小芳，那個小芳是完美的，不會離開自己，讓蘇螢仍然有被懷念、被記憶、被愛的感覺。

「我成爲妳……是想懲罰妳……可是我懲罰不了妳，所以只好懲罰我自己，我將妳鎖在我的腦中和妳在一起，這麼一來，我就不會想起妳曾經背叛我、搶走我的男朋友、不管我在山上被強暴……我理想的妳不曾拋棄我，甚至在我最痛苦的時候給我救贖。小芳，我們是靈魂伴侶……少了其中一個就會不完整……」

鞏休說他瘋了，說他有病；許秋月也說他瘋了，說他有病，白吟知也說他需要加強治療……現在連蘇芳都放棄了，說他需要治療，說再也受不了他，因爲他傷害白靜，踩到了她的底線。

那我的底線呢？蘇芳，我的底線呢？

他心中的小芳是不被愛的，他們都窮途末路，所以緊緊相擁。

蘇芳嚎啕大哭，伏在蘇螢顫抖的胸膛上，「放過我好嗎？我求你！我當初不應該打電話給你，還叫你來機場！小螢，眞的夠了！放手吧？爲了你，我幾乎快要失去我的家庭，我爲了償還自己的罪讓小白和白靜跟著我一起受苦，這才是最不應該的！所以原諒我必須這麼做！

「我也很痛苦，你變成這樣就是在懲罰我，我見到你的每一天都很痛苦，你受不了，我難道受得了嗎？我真的捨不得讓你住精神病院，你看起來有時候明明那麼正常，爲什麼會變成這樣？爲什麼治不好！」

蘇螢困惑地看著蘇芳，「因爲我根本沒病，我要痊癒什麼？」愛一個人，認定她是靈魂伴侶，對她死心踏地，就是病？

原以爲全世界唯一會理解他，覺得他沒有生病的人就只有蘇芳而已，他尋尋覓覓就是爲了回到蘇芳身邊，甚至爲了和她合而爲一，他將自己抹煞，將自己當成蘇芳。如果不這麼做，他沒辦法捱過蘇芳決定離開的每一天。

但是，蘇芳和大家一樣認爲他有病。

蘇螢放棄抵抗。對，他有病，有病就該死，同性戀是病，愛著姊姊也是病。

「你根本不是想成爲我的靈魂伴侶……你想成爲的是小白身邊的那個人，只是你成爲我，一切會簡單一點。對不起，小螢，你可以走了，下輩子再來當我的弟弟好嗎？我一定會好好保護你，不會再讓你受苦。」

蘇芳將鏟子丟在一邊，跪地狠狠掐緊蘇螢的脖子，皚皚白雪下，蘇螢身後漸漸地形成一個人字型的大窟窿……接著就是把他埋起來。在人煙罕至的深山死了一個沒有身分的神經病很難被發現，而且這個神經病還是大部分的人都認爲死了好的神經病。

沒有人，也不會有人在乎蘇螢的死活。

想到這裡，蘇芳不禁嚎啕大哭，「你知道嗎？我有時候常常在想，如果你十四歲時眞的死了就好了……不只我……所有看著你瘋掉的人都這麼想！」

蘇螢的心碎個徹底，天空仍然掉下棉絮，他覺得奇怪，他明明想死好幾千萬次，這次卻眞實地感覺到——他不能死在這裡。強烈的違和感讓蘇螢的雙手充滿力氣，狠狠一拽，換成蘇芳摔進人型窟窿，抓緊蘇芳那支想要剷雪活埋他的雪鏟，狠狠一揮，蘇芳臉上鮮血噴發，濺得蘇螢滿臉。

「小螢……」蘇芳喚道。

蘇螢恐懼至極，「啊啊啊啊啊啊啊啊啊啊！小螢死了！別叫啊！」舉起鏟子又是一揮，蘇芳的臉幾乎碎了，就像蘇螢的心，碎成肉醬。

蘇芳的臉成了肉醬之後，她再也沒有叫他了，蘇螢跪在雪地的人型窟窿旁，一臉震驚。直到找回了意識，映入眼簾的是蘇芳一張被自己緊握鐵鏟的雙手敲爛的臉，五官模糊不清——蘇芳是真的走了。

「小芳，妳看，我把假冒妳的人除掉了……靈鏡大仙顯靈顯聖……我終於完成了大仙交代的事情。」

眼前的這個人並不是蘇芳，真正的蘇芳活在自己的心裡。

這個臉爛掉的人不是妳、這個滿口謊言的人不是妳、這個該被切舌頭的人不是妳、這個膽怯的人也從來不是妳。妳也從不是火野麗，不是天王遙，妳只是一個假扮別人、剝奪別人人生的人。

蘇螢跪在窟窿旁好一段時間，直到腦袋開始轉動，他才緩緩地動手將雪填進坑裡。雪坑填平後，蘇螢這才站起身，以雪鏟繼續挖雪將蘇芳埋得更深，接著走進針葉林的一處野地，丟棄鏟子。

只剩下他一個了。

蘇螢抬起臉仰望天空，看著雪花多了起來，綿綿密密地飄落。是他的蘇芳毀了這個蘇芳，並不是蘇螢，蘇螢死了，千真萬確地死了。

「呵，哈哈哈……小芳？」這是夢嗎？蘇螢不小心笑了出來。

回應蘇螢的只有記憶鮮明的一張成了肉醬的爛臉，蘇螢疑惑，只是用鏟子敲個兩三下，人就這麼死了嗎？真的嗎？蘇螢感受不到任何情緒，彷彿死去的人什麼人也不是，她也不是蘇芳，真正的蘇芳已經在他的心中，死生不息，長長久久。

◆

山形的雪季很長，一望無際的雪白中要找到蘇芳幾乎不可能，事隔一年，大雪下到景物全非。白吟知與蘇螢站在一起，兩人的表情反差且諷刺。

白吟知絕望透頂，他花了好多時間透過催眠引導治療好不容易才引出蘇螢的人格，讓他開口說出埋屍地點，如今積雪已有矮牆高度，紛飛的大雪停不下來，找到蘇芳難上加難。可蘇螢卻說他需要看著一樣的雪景才會想起埋屍地點，如今兩人來到此處，白吟知將雪鏟丟給蘇螢，「給我挖，沒有挖到蘇芳不准停下來。」

這一年間，他用盡方法要令蘇螢這個人格甦醒但沒有一次成功，最後在他車禍陷入昏迷的那十多天，白吟知對他的深度催眠終於見效。醒來之後，被蘇螢親手封鎖的「蘇螢」與「蘇芳」更加密不可分。

既然找不回蘇螢，那麼「蘇芳」就必須帶著蘇螢共存，代替蘇螢活下去。因此蘇螢能將自己當成靈魂，將自己捨棄，但是他不能完全不存在，少了他，這個「蘇芳」便不完整。

白吟知利用蘇螢與第二人格的記憶混沌之際，令蘇螢的意識一點一滴地拼湊出來，再引導他現身說出藏屍地點。

蘇螢癟了癟嘴，戲謔地笑了，撿起地上的雪鏟，一片無盡白茫之中像是隨意選了個地點，意興闌珊地挖掘起來，「我不確定是不是在這裡。」笑著說道。

「我不想聽廢話，繼續挖。」白吟知面無表情。

蘇螢再度挖了一會兒，但沒有多久便丟下雪鏟要逃，白吟知上前揪住蘇螢的羽絨外套後領用力一扯，對蘇螢的嘻皮笑臉揮上好幾拳，白雪染上熱血的紅點。

「繼續挖。」白吟知冷冷說道。

蘇螢撿起雪鏟繼續挖了一陣子，看著白雲緩緩地飄過再飄回原地，不知時間過去多久，他再度停手，累得兩手一攤，將雪鏟丟到一邊，轉身斷然放棄。「好冷，可以泡溫泉嗎？」

白吟知忍無可忍，拾起雪鏟朝著蘇螢的後腦勺敲下，頭破血流，一道鮮紅劃開無盡的白。

蘇螢痛得全身彷彿通電了遍，他翻過身，看著晴朗卻如同去年一樣白雪紛飛的天空，因緣際會，竟然能和小芳以同一種死法離開、死在同一個地方……這是這輩子最痛的時候，也是他最幸福的時候。

他的初戀、他最愛的第二個人來完成他們兩人的葬禮，這世上還有比這更美好的事嗎？靈魂伴侶相伴至死，還有比這更美好的事嗎？

蘇螢笑了。

野山上迴盪著鐵器的敲擊聲，在蘇螢聽來悅耳至極，直到死亡降臨前一刻，他將白吟知難得憤怒的臉龐記在心中。

「謝謝你，讓我在這裡結束。」

白吟知的臉龐與他身後的藍天成為一片血紅，這是蘇螢看見的最後一個畫面。

他終於可以結束這個假扮成他人的、虛假的、垃圾一般的人生。

他終於能帶著蘇芳離開這個世界。

因爲這才是眞愛，而我們是靈魂伴侶。

正文完

番外　Big Girls Cry[27]

十七歲時，在靈修課程上遭受到趙允康的暴行後，蘇芳因爲無法承受創傷選擇在家中的浴缸割腕自殺。在她自殺之前，她連繫了父親——蘇良成，告訴他自己即將離開這個世界，父親不再需要爲她的大學學費操心了。

「爸爸，我很抱歉，明知道你有新的家人要照顧卻還跟你聯絡造成你的困擾，關於我以後升學費用的事情您不需要擔心了，我決定離開這個世界。

「謝謝爸爸的努力，因為你，媽媽才終於答應讓弟弟接受治療，而不是讓病情繼續惡化。發生弟弟自殺的事情後，我們都以為媽媽會想開，但她好像沒有，是不是要有人真的付出生命媽媽才會清醒呢？

「沒關係，弟弟快要出院了，我想，如果我可以讓媽媽清醒一點，那麼弟弟也能繼續待在這裡，不需要和他喜歡的人分開了。爸爸，我走了之後，請你好好照顧弟弟，他好不容易才治療好，我不想要他前功盡棄。」

簡訊送出去後，蘇良成飛也似的趕回家中拯救蘇芳，在那之後，蘇良成將蘇芳帶到台北，他們再也沒有回過家。當然，她沒能見到終於自精神病院出院的蘇螢，也沒能知道蘇螢

27　〈Big girls cry〉爲澳大利亞歌手Sia於二〇一四年發行專輯《1000 Forms of Fear》之收錄曲。

出院後沒多久再次逼著接受靈修，發生了許多事情。

蘇芳搬到台北沒有多久，爲了迎接並開始全新的生活，蘇良成的女朋友——也就是許秋月認定被色鬼附身的第三者，提議蘇芳改名字。

蘇芳沒有聽阿姨的話，如果可以，她希望可以留著這個名字，至少感覺她心上還有一個部分是惦記著蘇螢的，並沒有眞的就此離他而去。

重新再來並不容易，午夜夢迴，蘇芳經常自噩夢中驚醒，夢中總是能看見蘇螢血淋淋的模樣，冰冷地控訴著她有多麼冷血無情，多麼令他失望。

「姊姊，明明我們那麼靠近，還是雙胞胎呢，可是妳卻這樣對我？」

「二姊，妳有想過我嗎？妳有曾經……一次也好，對我感到愧疚過嗎？」

面對蘇螢停留在十四歲的臉龐，蘇芳總是不知道該說什麼，她只能與蘇螢四目相對，靜靜地聽著蘇螢數落自己。

是啊，她是該被數落。自從蘇螢被送進精神病院之後，她一次也沒有去探望過，一次都沒有。

蘇芳經常想著，當她停在某一個時間點驀然回首，總能爲自己的絕情感到驚訝，又或許那不是絕情，亦不是冷血，只是沒有臉面對蘇螢。

蘇螢十四歲時，蘇芳親眼見到他遭到趙允康的強暴，可自己拔腿跑了出去，無邊的黑夜、無盡的夜路、蜿蜒山道上樹影婆娑搖曳，每一陣風聲聽起來都像是蘇螢的啜泣。蘇芳聽著，跪在地上吐了出來。

黑夜籠罩了四周，暗得伸手不見五指，蘇芳看不見自己究竟吐了什麼出來，如果她看得見，她想可能是血肉、器官之類，因爲她吐得像是身體被掏空似的。

「對不起……小螢，對不起……」

她明明對蘇螢說了，也下定決心保護他了，可爲什麼關鍵時刻辦不到？爲什麼她要逃？爲什麼？

夜路無窮無盡地向前延伸，不遠處彷彿有個黑洞等著吞噬自己，而她的身後是靈鏡大仙廟點亮的燈。她應該要往哪裡？她應該怎麼做？她應該要怎麼辦？

蘇芳想不明白，就算她已經是決定重新再來的蘇芳，仍然想不明白。

蘇芳轉學到了新的學校，認識了新的同學後不久，他們班上又多了一個罕見的轉學生。這個時間點轉學多的是和蘇芳一樣有隱情的人，沒有人想要在高二這關鍵的時期轉學，更巧的是，轉學生和蘇芳一樣都是台南人。這讓蘇芳對轉學生起了好奇，她抬起頭，視線輕盈地落在老師身邊的少年身上。

少年察覺了蘇芳的視線，抬眼毫不客氣地看了回去，他的視線冰冷，像一支以冰製成的箭，直勾勾地、銳利地朝自己射來。

同學們竊竊私語，「你聽說了嗎，這個人差點放火燒了人家房子。」

「是嗎？我聽說他是把人家的房子給砸爛了。」

「砸爛？絕不可能，他看起來不像是混的。」

「不可能是他，他的爸媽分別是是台南兩間醫院的院長耶。」

蘇芳也覺得少年不像混的，他看過那麼多混的孩子，他們沒有半個人會燙襯衫。少年的襯衫燙得整整齊齊，若他眞如同學說的一樣是醫生世家的孩子，還有幾分可信。

他絕對不是一個會縱火，或是砸爛別人房子的人。蘇芳心忖。

「白吟知同學從今天開始加入我們，請大家多指教。」老師的聲音打斷了蘇芳，他指著她旁邊的空位說道：「白同學，你去坐蘇芳旁邊的位子，你們都是台南人，比較好互相照顧。」

蘇芳聽聞立即挺直了背，看著白吟知嚴肅著臉走來，輕輕朝他點了下頭，可白吟知不予理會，別開與蘇芳交會的眼神。

蘇芳沒有見過白吟知，只有聽過他的名字，起初她聽蘇螢喚他「小碇」，還以爲他姓「碇」，如今許多當初的線索都與眼前的少年符合……當他坐在蘇芳身旁翻閱書本時，蘇芳更加確定他就是蘇螢敘述的那個人。

白吟知莫非認定是她拋棄了蘇螢，才會以冷淡的眼神看著自己嗎？可她沒有。她定要找個時間跟白吟知說清楚，而且她也想知道關於蘇螢的事情。

眞是可悲，蘇芳不敢面對出院後的蘇螢，提不起任何勇氣去解釋蘇螢可能會提出的問題，也無法面對蘇螢面對她會產生的任何表情。當然，她也不想面對許秋月。

她只能旁敲側擊，除此之外，沒有其他方法。

下課後，蘇芳傳訊息告訴蘇良成自己要去圖書館念書，可實際上她卻是悄悄跟著白吟知來到台北市立圖書館中，偷窺著、觀察著白吟知的一舉一動。

白吟知分別在日文原文小說散文區取了幾本書，又在深奧的醫學保健類別中取了幾本書籍，靜靜地在圖書館中一隅讀了起來。

直到晚間逾七點，手錶發出滴滴聲後，他才迅速走出圖書館，到捷運站附近的補習班補習至熄燈爲止。

蘇芳在那時才等到白吟知被黑暗籠罩的身影。

「妳在等我嗎？」

蘇芳被一聲呼喚叫醒，睜開眼睛對上了白吟知模糊的臉。她等白吟知等得犯睏，不知不覺在公園長椅上打起盹，最終不是她等到了白吟知，而是白吟知找到了蘇芳。

「是，我在等你。」蘇芳回道。

公園的樹影稀疏掩蓋了路燈，蘇芳看不清白吟知的表情，只覺得他看來深不可測，與蘇螢口中說的小碇有很大的差距。

蘇螢說，小碇是一個很溫暖的人，非常溫暖。

可蘇芳見到的白吟知卻不是那樣，他是溫暖的相反詞，與溫暖兩字毫無任何關係，他很冰冷，非常冰冷。

白吟知看了看手中的錶，「要吃飯嗎？」

蘇芳點點頭，「什麼都可以。」

於是他們兩人隨便在附近找了一間麵店，秋天開始轉涼，手中的湯麵很暖，蘇芳與白吟知只是對坐沉默地吃著。

蘇芳想問關於蘇螢的事情，可不知該如何開頭，也想問他在圖書館做什麼，但開口問了又怕被當作跟蹤狂。

於是蘇芳埋首吃著，直到看見碗底浮現紅色大字才終於下定決心，「蘇螢出院了，請問你有去看他嗎？」

白吟知沉默著。

蘇芳只好接著問：「他在精神病院住那麼久你都沒辦法看他，他前一段時間出院了，你不是就有機會看他了？」

「那我問妳，妳看他了嗎？他住精神病院時只有家屬可以看他，妳看了嗎？」白吟知平穩的聲音一點也不具攻擊性，卻尖銳地擊中了蘇芳的心，攻擊她那顆原本就因爲蘇螢的事情而反覆懊悔的心。

蘇芳看著白吟知，一時之間不知道應該要說什麼好。她低頭看著碗底浮現的紅字伴著麵湯隱隱約約浮動，「我害怕面對他，所有關於他的一切我都害怕面對。」

蘇螢分明是離她最近的人，也是她的雙胞胎弟弟，更是與她感情最好的人，可她卻害怕他，害怕極了。從他十四歲自自殺中甦醒時，她就開始害怕蘇螢。

她記得蘇螢因失血過多昏迷了幾十天，那一段時間他好幾次心臟停止，每一次都差點離開世界。

當父母親激動地衝出病房叫喚護理師與醫生時，蘇芳又再一次地以爲蘇螢心臟停了，病房外的她與蘇芬衝了進去，蘇芬本來要做急救按摩的手停在半空，接著，她跪著哭了出來。

「小芳快點來，小螢醒了。」蘇芬哭著說道。

蘇芳僵直身體，她恨極自己當下的第一個念頭竟然是：怎麼會？

蘇芳當然不希望蘇螢死去，可她卻也不希望蘇螢醒來說話，如果可以，她希望蘇螢活著，但最好一直沉睡下去，直到再也不會責備自己爲止。

蘇芳拖著麻木的身體靠近蘇芬，雙手十指纏繞，像個準備受到責難的孩子，吞吞吐吐，「小螢，對不起。」

蘇芬將蘇螢的床頭稍微搖起，醫生與許秋月、蘇良成此時趕了回來，一窩蜂地對蘇螢噓寒問暖。

蘇芳稍微喘了口氣，她想蘇螢或許還不會這麼快告訴大家她做了什麼好事。

病床一旁，許秋月感激涕零地哭著：「感謝靈鏡大仙顯靈顯聖！救活蘇螢！」

蘇芬冷冷看過許秋月的病態，溫愛地撫弄著蘇螢的頭髮，「小螢，有沒有覺得哪裡不舒服？跟醫生說好嗎？爸爸來了，有什麼想對爸爸說的都可以現在說喔。」

蘇芬期待著蘇螢能開口控訴許秋月，拯救自己脫離苦海，可蘇螢沒有照著蘇芬說的做，只是表情超然地看著蘇芳，冷白的嘴唇顫抖著開口問道：「妳是誰？姊姊，她是誰？」

蘇芬表情歪扭，莫名其妙，「什麼意思？她是二姊啊，她是小芳。」

蘇螢的表情像在咀嚼著蘇芬的意思，那一雙空洞的眼神不像在假裝，蘇芳看得出來，她了解蘇螢，蘇螢不會用那樣的眼神看著自己。

神怎麼會這麼快就聽見她的請求，並且以另一種方式實現了她的請求呢？蘇螢雖然再也不會指控她，可是卻再也想不起自己了。

大家詢問著醫生怎麼會這樣，醫生起初請了另外一位醫生來爲蘇螢做檢查。那位醫生診斷蘇螢得了創傷後壓力症候群，接受心理諮商一段時間會好起來，所有人都接受了這個答案，只有許秋月沒有接受。

「不對，是靈鏡大仙把他們兩個的靈魂換了！一定是這樣！」許秋月說道。

如果靈鏡大仙眞的存在，那麼蘇芳相信就是祂一次實現了蘇芳與許秋月的兩個願望。祂將蘇螢的靈魂換成了另一個人，讓許秋月一償宿願，將正常的兒子還給了她，也同時讓蘇芳得到了保有祕密的機會。

可蘇芳仍然很害怕，她對眼前的蘇螢感到害怕。

他不是蘇螢，可他是誰？現在住在蘇螢裡的人是誰？

蘇芳連連退了好幾步，頭也不回轉身跑出病房，途中，她撞到了一名穿著白襯衫的少年，少年一個踉蹌，冰冷的眼神投向義無反顧逃走的蘇芳。

公園裡，蘇芳與白吟知並肩坐著，聊到這裡，蘇芳才想起十四歲時，她與白吟知在醫院匆匆見過一面。她不禁苦笑，「原來我見過你。」

白吟知頷首回道：「我也見過妳。」

秋風穿過樹葉吹拂著蘇芳的短髮，她繼續說道：「醫生說，蘇螢的狀況可能過一段時間會好，但蘇螢就算回家休息，按時複診也沒有改善。原本他只是認不出我，將我當成別人，對於他自己，他似乎以爲自己成功自殺，離開這個世界了。一開始他還沒有那麼嚴重，好像是出院一個禮拜之後吧，有天晚上，他開始自稱自己是『蘇芳』，然後我就再也沒有見過『蘇螢』了。」

白吟知專注聽著，眼神閃過一絲悲戚，蘇芳並沒有看見。樹影閃爍之下，白吟知自認藏得很好，在蘇芳的面前，他盡量保持著心平氣和，天知道他有多麼恨蘇芳，恨到快要將給自己淹沒。

「我媽媽還以爲是換魂儀式做得不夠徹底，還每天將蘇螢帶去靈鏡大仙廟中接受治療，過了很長一段時間，蘇螢變得更加嚴重，他開始偷穿我的衣服，使用我的所有東西，好像他就是我一樣，那麼理直氣壯、理所當然。最後，爸爸終於受不了了，他把蘇螢送到精神病院，然後他也從經常離家到眞的離開了家。」抬頭望向無邊無際的夜空，蘇芳繼續說道：「他到精神病院住了三年，從他住進醫院開始直到現在，我都沒有見過他，一面也沒有見到，我可能很害怕吧，我害怕他對所有人說出我做的事，也很害怕他會變得越來越像我。因爲如果變成了我，那我又會是誰呢？我會不會就這樣默默地消失了呢？

「蘇螢變成那個樣子，我想我需要負最大的責任，爲了他，我想贖罪；爲了他，我想去承受，雖然不知道可以走得多遠，可我相信贖罪的盡頭將會是重生。」

看著蘇芳的側臉，白吟知突然放聲大笑，蘇芳看著他擦去眼角的淚、笑得上氣不接下氣，「妳根本不需要贖罪，一切都還來得及，妳只需要陪在蘇螢身邊就夠了，但妳卻做不到。」

蘇芳氣極，「那是因爲許秋月，都是因爲她，我才不敢回家。」

白吟知溫柔地笑了，「是這樣嗎？」

「你呢？你又是爲什麼不敢回蘇螢身邊？他出院了，你大可以待在他的身邊不是嗎？」

秋風清冷，不斷地吹拂過白吟知的髮鬢，他微微上揚的側臉被路燈照耀，冷色系的臉龐弔詭地笑了，「我想放火燒了那棟房子。」

白吟知想起緊握著金屬球棍的自己，掐緊的手心不知道在什麼時候開始流血，越流越多、越流越多。

他與一群孩子砸爛了趙允康的車子，敲破了趙允康的家門與窗。

迎面而來的楊依梅一臉震驚，她從來沒有想過白家的孩子成了這個樣子，竟然和平時風馬牛不相干的那群壞孩子勾結起來了。

楊依梅那浮腫驚訝的臉白吟知不敢看，倘若再多看一秒，不曉得他接下來會怎麼對楊依梅。

然而楊依梅像是一顆球朝他直面而來，他重新握起球棍，從下而上揮動，這力道他相信不是全壘打也有安打，鏗鏘一聲、青天霹靂，楊依梅的三顆牙齒飛了出來。

那三顆牙像珍珠一樣在地上滾動，白吟知開心極了，一轉身，用一樣的揮棒姿勢狠狠朝趙允康打去。

趙允康還不知道發生什麼事，口中便掉出了四五顆牙。

平常比白吟知還要凶狠的孩子們見狀，無不是全身僵硬、凝結在現場。他們不知道眼前的人究竟是誰，這個人精神是不是還正常？

孩子們其中一人伸手想安慰白吟知，詢問他是否需要什麼幫助？可白吟知一語不發，只是溫柔地微笑著不斷揮動手中的棒球棍，痛且深刻地擊打在教主夫妻身上。

孩子們想再這樣下去就要出事了，於是一窩蜂離開了靈鏡大仙的仙壇出外求救，另一方面，則是不希望與白吟知待在同一個空間。

不斷響起的哀號停止，白吟知木然看著仙壇上的靈鏡大仙發愣，仙壇上的蠟燭火光有一股奇異的力量吸引著自己。等到他回過神時，已經舉起蠟燭燃燒了靈鏡大仙畫像。

火光很快地向上延燒，黑煙冉冉升起，白吟知一點也不害怕，要他一起陪著趙允康夫妻走黃泉路，他一點也不怕……沒有任何一個世界比蘇螢忘了自己的世界還要令人難待。

◆

聽說蘇螢出院開始恢復上課時，被下令不能再接近蘇螢的白吟知只能期待著他們能在火車上相遇。

蘇螢從原本的特殊學校轉到了他隔壁的學校，那原本是他與姊姊都想去的學校，可現在只剩下他獨自一人。白吟知想著蘇螢肯定相當寂寞，急著去他的身邊，告訴他自己就在他的身邊，只要他願意，他可以用之後的每一天陪伴他。

這次他不會再放手了，所以白吟知希望蘇螢也不會，可是，他不知道究竟發生了什麼事，蘇螢竟然沒有認出他。

即便他們在同一個車廂、同一張椅子上，甚至故意在車站等他，在彼此的視線範圍內，可蘇螢就是沒有認出他——不是裝的，是眞的全然陌生的眼神。

從與蘇螢四目相對開始，他就想要知道、挖掘蘇螢變成這樣的原因，那樣的念頭就像酸一樣，慢慢地、慢慢地腐蝕自己，直到自己完全融成了蘇螢的東西。

雖然他花了一些時間重新走進了蘇螢的心中，可是看著靈鏡大仙廟被焚燒，他忍不住憎恨起自己的無能爲力，他還小，什麼都做不到。

他需要時間，可蘇螢能等到那個時候嗎？能理解嗎？而他自己眞的有辦法嗎？

想到這裡，白吟知雙手摀著耳朵，壓低的身軀發抖，失聲痛哭，「我想救他，我眞的想，可是我需要時間。我很害怕，我不知道等到我有能力的時候，蘇螢會變成什麼樣子。」

蘇芳看著白吟知，忍不住跟著紅了眼眶，伸出手，想要安慰白吟知卻又不知如何說起，手心浮在空中，不知道該不該觸碰他。眼前這個人和她一樣都想要重生，都想要擺脫令人後悔的自己，可他們都需要時間，也都不知道未來他們想拯救的人會變成什麼樣子。

是會變得更好？還是變得更爛？蘇芳不知道，白吟知更不會知道。

望著皎潔的月亮，白吟知冷白的側臉裂開了縫，悠然說道：「蘇芳，我想知道，如果妳相信的是眞的，如果贖罪的盡頭是重生，那麼重生的條件是什麼？不是死亡會是什麼？

「蘇螢或許渴望著重生呢？如果不是，他又爲什麼再度傷害自己？爲什麼又選擇自殺呢？或許這就是正確答案呢。」

蘇芳看著白吟知的側臉，比起自己，她發現白吟知背負得更多一些，明明自己才是蘇螢的親人，相比之下自己對蘇螢冷漠多了。那是蘇螢第二次自殺，她卻經由白吟知的口才知道。

「蘇螢還好嗎？」蘇芳不自覺地雙手交握，她想起十四歲的時候，和那個時候一樣，她並不是希望蘇螢離開這個世界，只是希望他不要說出她的事情。她已經有了新的人生，離開了腐敗的小村，再也不想回到過去，不想走上與蘇芬與蘇螢一樣的夜路。

沉默持續許久，白吟知手中的咖啡早已從熱轉涼，「他還好，不過我只能離開他。」

良久，蘇芳說道：「雖然最接近正確答案的就是死亡，但是不是還有別的可能？可以讓我們輕鬆一點，不要那麼沉重。如果以前的蘇螢知道了，他一定會很難過，想著為什麼自己的疾病讓我們那麼痛苦。若他被治好了，他也一定會很難過我們因為他曾經變成這個樣子……所以，我們不要這樣好嗎？」

蘇芳說了謊。她比誰都清楚為什麼蘇螢成了現在這樣，她比誰都還要知道，不單純只是因為靈鏡大仙。白吟知甚至不需要說，她就知道蘇螢為什麼要再次自殺了，除了他再度遭遇到了那些破事，還能有什麼？

那一天的秋天夜晚，蘇芳突然有了勇氣想要告訴白吟知，關於自己與蘇螢之間發生的事情、關於她如此害怕蘇螢的原因。然而她很害怕，害怕這個世界就此失去了一個能與自己互相支撐的人。

她有許多的罪惡感，白吟知也有，他們因為分享罪惡感而聚在一起，倘若能和自己分享罪惡感的對象消失，她該怎麼辦？她會像蘇螢一樣瘋掉嗎？

如果她一直將這一切當成祕密無法對任何人傾訴，她會怎麼樣呢？她會因為像蘇螢一樣孤獨因此瘋掉嗎？她流著和蘇螢一樣的血，瘋掉的機率很高，對嗎？

想到這裡，蘇芳恐懼不已。不，她不能失去白吟知，不能失去這個需要和她平均罪惡感與傷痛的人。

蘇芳甚至就是知道，蘇螢不會痊癒了，她就是知道，這就是心電感應。她可以繼續贖罪，可以繼續欺騙自己，也欺騙白吟知，可就是因爲她知道蘇螢不會得到改善，所以她才選擇裝可憐，選擇洗白贖罪。

蘇螢在他第一次自殺之後變了一個人，而她也是在那一次的深夜奔逃後，變了一個人——他們終於都變成自私的大人。

「小白，我叫你小白可以嗎？」

白吟知輕輕點了頭。

「從今以後，你有什麼心事都可以跟我說，不管是不是關於蘇螢的事情都可以，我想要成爲你的後盾，支持你的夢想。」蘇芳信誓旦旦地說道。

秋天的風仍然吹著兩人，他們漫無目的地看著遠方，許久許久。

◆

搬到台北之後的蘇芳過得相當輕鬆愜意，與許秋月住在一起時的蘇芳曾想過倘若自己搬出去，脫離許秋月生活的日子會是什麼樣子？肯定自由又逍遙，只是她沒有想到竟可以比預期的更加開心。

蘇芳有時會想起蘇螢，對她來說，蘇螢是令她可以得到一切的手段，雖然這一切的發展並不是蘇芳所願意的，但她並不覺這一切令她悲傷。確實，當她想起蘇螢時會感到有些難過，但蘇螢如果知道她現在過得不錯，想必會抱著祝福的心情吧？

因爲蘇螢一直是個溫暖且善解人意的人，現在他脫離醫院回到正常的生活後，只需要一段時間便能回到正軌，蘇芳如此相信著，因爲她就是這樣。

日子一天一天飛也似的過去，蘇芳心中的罪惡感也越來越薄弱、越來越稀少，她本來想著她會背負著蘇螢的一切沉重地活下去——並沒有。

人的記性與情感眞是殘忍得可怕，她自覺自己是個溫暖且善良的人，現在又不這麼想了。只有在白吟知面前，蘇芳才會積極表現出自己溫暖且充滿善意的模樣。

自從與蘇良成生活開始，蘇芳與蘇芬也不聯絡、不見面了，這都是爲了完整的重新開始，爲了全新的人生，她不得不割捨掉全部。

許秋月與她果然有著不可劃分的血緣與基因，蘇芳這才明瞭，某些部分，她越來越像她討厭的許秋月。她明明不想成爲她，卻不知不覺成爲她。

大學三年級的尾聲，一個蘇芳不認識的女孩經由同班同學聯絡了蘇芳，希望找蘇芳出來見個面。

蘇芳詢問之後，得知那女孩與白吟知一樣讀醫學系，這才放下心來答應邀約。

白吟知的朋友很少，除了一位徐伊凌能稱得上摯友以外，剩餘一個便是自己，也因爲如此，不少對白吟知有意思的女孩總會找自己討論、探聽關於白吟知的事情。

那女孩應該也不例外。蘇芳想。

兩人在咖啡廳見到面後，女孩對迎面而來的蘇芳驚訝不已，即便女孩戴著厚重的眼鏡也絲毫未減她直接的眼神。須臾，女孩察覺了自己的失態，搔搔及肩的頭髮，不好意思地拉開椅子坐下。

蘇芳簡短點頭地示意過後，也拉開椅子坐下，「聽說，妳是小白的同學？」

女孩尷尬回道：「我們同系，但是我跟他不熟，也不是想問他的事情才來的。我叫林頤橙，請多指教。」

女孩伸出手，蘇芳卻因爲她手上的粉紅色乾癬沒有打算握住它，「所以，妳想做什麼？」

林頤橙自討沒趣地將手伸回，自包裡拿出一本夏目漱石的《我是貓》遞給蘇芳，「請妳看一下這本書。」

蘇芳不明白，只知道這是白吟知和她都喜歡的書籍，不過那又怎樣？她不耐煩地將書滑到手中隨意翻閱，不堪入目的大量詞句瞬間占據了視野，那些句子寫滿了「使用蘇芳的心得」、「如何找到蘇芳」……

蘇芳瞠目結舌，「這是怎麼一回事？」

「這本書在各學校的通車路線上流傳，看起來這本書主人的目的是爲了找到白吟知，就像蝴蝶頁寫的一樣。不過，要找白吟知的人不是妳，是另一個蘇芳，也就是我的高中同學、妳的雙胞胎弟弟。我認爲蘇螢最終的目的也不是白吟知，而是妳，他想取代妳。」

蘇芳嚇得全身發抖，她沒有想到這段時間以來，蘇螢成了她從來沒有想過的樣子，「怎麼會這樣？蘇螢不是接受過治療了嗎？」

林頤橙繼續道：「我不知道蘇螢之前發生過什麼事，當他來我們班上時，我們只覺得他很特別，後來和他成爲朋友後，他自稱自己是蘇芳、小芳。

「一開始，我們覺得沒什麼，他只是比一般的男生還要特別而已，後來才知道他有一個雙胞胎姊姊離開了家。我和吳洺妃……她是我另一個高中朋友，我們兩個認爲或許他只是因爲太過想念姊姊，可是在他遭到性侵、喜歡的男生離開之後，他開始將自己當成完全的妳。

「現在他也在台北尋找著白吟知。我在想，他這麼做可能是想要懲罰妳、取代妳。」蘇芳收下《我是貓》，神情驚恐，「求求妳，不要告訴他我在哪裡，也不要告訴他關於我的所有事情，我求求妳。」

「爲什麼不跟蘇螢見面呢？他生病了，現在他最需要的就是家人的陪伴，爲什麼妳要躲他？」

「不可以，我還沒準備好。」蘇芳說不出無法面對變成這樣的蘇螢。

以前，她無法面對蘇螢遭受侵犯時逃走的自己，與差點失去性命的蘇螢；現在，她無法面對因爲她的逃避而發瘋的蘇螢。

怎麼會變成這個樣子？蘇芳不斷地問自己，可是她沒有任何答案，永遠沒有。

林頤橙聽聞蘇芳的拒絕無法接受，「需要準備什麼？你們有血緣關係還是家人，需要準備什麼？」

準備什麼？到底需要準備什麼？蘇芳自己也不知道。

「我害怕變成那樣的蘇螢，他就像我們的媽媽一樣變得越來越瘋狂……我想我還沒準備好面對和媽媽很像的他。」

林頤橙不知道那終究只是蘇芳用來搪塞她與搪塞自己最簡單的理由，這是其中一個理由，卻不是最核心的理由。

結束與林頤橙的談話後，蘇芳飛也似的急忙逮到剛下課回到租屋處的白吟知。

見蘇芳驚慌失措嘴唇發白，白吟知便將她帶進房間並貼心地爲她泡了熱可可，以爲她是生理期身體不適。他們雖然不是情侶，卻互相照顧對方、，陪伴對方過了很長一段時間。

蘇芳喝下一口熱可可後說道：「我不是生理期，不過，謝謝。」

白吟知的租屋處有個宜家家居買來的小家庭用餐桌組，他們兩個經常使用，對坐著談天說地好不快樂，可現下蘇芳觸摸著純白色的桌面感嘆著這樣的日子將要迎來結束。

白吟知必須離開，爲了他，爲了她，他必須離開。

番外 SHE

「發生什麼事了？」白吟知問道。

兩人沉默了一段時間，待蘇芳將謊言編織好後，蘇芳擺起笑臉開口道：「你的家人不是希望你去日本留學嗎？現在進行得怎麼樣了？」

白吟知嘆了一口氣，「我打算拒絕，我在這裡好好的，也踏實地在按照自己的規畫前進，沒有必要離開台灣。」

「不行，你必須去。」蘇芳幾乎是在得知了白吟知的想法後立刻反駁道。

「哈哈，之前說不想要我去的人是誰？擔心以後大姨媽來沒有人照顧的人是誰？」白吟知淘氣地笑了，一口整齊漂亮的牙齒不吝惜地展現在蘇芳眼前。

「跟大姨媽沒有關係，我不想要你去，是因爲我喜歡上你了。」

語畢，白吟知的笑容僵硬下來，「小芳，妳不要開玩笑了。」

「我沒有在開玩笑，因爲我喜歡你，很喜歡很喜歡，所以我希望你有更好的未來，不要再等蘇螢了，難道你都不覺得累嗎？他生病了，已經不是我們可以協助他的程度了。」

「我不覺得累，也不覺得現在這樣就不會有更好的未來，謝謝妳的關心與陪伴，我眞的覺得我們現在這樣的關係很好……」

「蘇螢在台北！」蘇芳猛地打斷了白吟知的滔滔不絕。

白吟知一臉愕然，瞪大的雙眼寫滿不可置信，「妳說什麼？」

「我說他現在在台北，你一直想知道的、關於他到底好不好的這件事我可以現在告訴你，他不好，他現在病得很重，都是因爲你。」

「爲什麼？」

「當然是因爲你拋棄他了啊，還需要其他原因嗎？他就是因爲你才變瘋子，你比誰都清楚才對，所以算我求你了，離開他，離開這裡好嗎？放手吧，還有其他人能拯救蘇螢，你比誰都清楚。」

爲了令白吟知放棄，蘇芳就連最不想說的話也說了，她明明知道蘇螢的瘋狂不關白吟知的事，卻還是脫口而出。

她不想一個人承受「蘇螢變成這樣的原因」，也不想一個人背負罪名，所以她從一開始就知道需要白吟知來一起承受、一起背負。如果兩人最終因爲這樣的錯誤得下地獄，那也得兩人一起下沉。

她與白吟知，沒有一個人能獨活於世，就算要白吟知受到傷害，她也毫不畏懼。

「我不相信，妳在說謊。」

「我沒有騙你，你可以自己去看看，我會告訴你蘇螢在哪裡，你看了就知道。」

白吟知搖搖頭，依然不敢相信蘇芳所說的。她說這一切都是因爲自己當初決定拋棄蘇螢，因爲這樣蘇螢才走偏了路，最終成了他與蘇芳都不認識的人。

縱使白吟知有許多想法，現在也來不及了，蘇螢沒有辦法等他。現實狠狠給了他一巴掌，叫他狠狠記住這個教訓，認清楚他仍然沒有辦法拯救蘇螢、治好蘇螢。

倘若他當初勇敢拒絕家人，勇敢離開那金碧輝煌的房子，是不是現在他仍然會在蘇螢身邊，陪著他，試圖讓他不再受到病魔的侵擾？就算蘇螢好不了，是不是最少有可能獲得控制呢？

千絲萬縷的思緒纏繞在白吟知的腦中，經過蘇芳這麼一說才真正揭開了瘡疤下的、脆弱不堪的新皮。

如果蘇芳說的才是眞的呢？如果一切只是他的一廂情願呢？如果蘇螢根本就不需要被拯救呢？

白吟知不斷地想著。他想知道蘇螢在想些什麼，經過那麼長的時間之後，他想理解的心情沒有隨著時間的浪潮被沖淡，反而日積月累，等到發現時，已經積成一座沙塔。

幾日後，蘇芳聯絡了《我是貓》上面留言的幾個男人，她要他們去聯絡蘇螢，並將他帶到指定的地點狂歡。那裡是留言的其中一個男人的家，男人輕浮又愛好派對，蘇芳打給他時，男人剛好生日，他打算在自己家中辦連續好幾天的主題派對馬拉松。

蘇芳代替蘇螢答應參加派對並化名加入，偷偷看著蘇螢與一眾男男女女玩得不亦樂乎。他們飲酒、吃藥、抽菸、打針，與互不相識的人親吻擁抱，糾纏在一起不停做愛。

蘇螢也在那其中，那次的主題是禮服，於是蘇螢穿著白色小婚紗參加。第一天，小婚紗很美、很典雅；第二天，小婚紗上有了紅酒印，斑斑點點，像是她與蘇螢的人生，逐漸被染上錯誤的顏色。

第三天，小婚紗逐漸看不出白，倒像是粉紅色，而蘇螢穿著它坐在沙發上呆滯地享受著藥物帶來的美好幻覺。

一個趨近裸體的女人鑽進蘇螢的裙襬下，而蘇螢的嘴則親吻著派對中的其他男人，那甚至不是留言的其中一個男人。

蘇芳就這麼看著蘇螢被其他人吞沒，他像《香水》[28]裡尚葛奴乙的結局一樣，被眾人簇擁親吻、生吞活剝。

或許蘇螢是幸福的，因爲在這裡，他被需要、被擁抱、被愛，再也不是那個因爲邪教、因爲被親人背叛而難過傷心，進而自殺的悲劇主人翁了。

第四天，蘇芳再度踏進派對中，所有人都玩累了，他們一個疊著一個進入夢鄉，每個人的表情都彷彿中了樂透一樣。

蘇芳找了一隻乾淨的椅子坐下，冷靜地撥通白吟知的電話，「我找到蘇螢了，你過來看看，地址我發給你。」

掛掉電話後，蘇芳靜靜等著白吟知出現，眼神冰冷地看著已經衣衫不整的弟弟。

我究竟對你做了什麼？我們到底對對方做了什麼？

你想做什麼？你的目的是什麼？

片刻後，白吟知趕了過來，他被眼前堆積的人體給嚇著矗立在門口好一會兒才提起腳步踩進派對的殘渣中，一步一步靠近房間一角被兩個男人抱住的蘇螢。

他睡得很香，諷刺的是，蘇芳想起的是她十四歲回到家打開衣櫥的那一刻，睡在衣櫥裡的蘇螢就是眼前這個樣子。

蘇芳不想要蘇螢醒來時與自己對上眼，她還沒有準備好面對蘇螢的眼神，她很害怕，害怕蘇螢的眼睛看穿她的全部。於是蘇芳離開座位朝外走去，她的目的已經達到了，不需要繼續待著。

她希望白吟知可以明白她的苦心，蘇螢不需要白吟知的拯救，也不需要被可憐，他正在用自己的方式變得快樂，過開心的日子。

白吟知拉開覆蓋在蘇螢身上的兩個人，顫抖的手伸向蘇螢已經暈染的眼線與眼影，已是灰紫色的臥蠶有兩道黑色的淚痕延伸至下巴。

「小螢，我們回家吧？」

蘇螢沒有任何回應，只是甜甜地繼續睡著。

白吟知伸出雙手架起蘇螢的掖窩，讓他整個人能站起來靠在他的身體上移動，「走，我們回家。」

白吟知抱著蘇螢困難地走著，而蘇螢感受到身體被移動，半睡半醒，迷糊之間喚道：「小白？」

「是，是我，我們回家吧，好嗎？」

「你做什麼？我們在跳舞嗎？」

白吟知想起學校教的，如何與心理狀態出現問題的人對話——避免一開口就否定他們，「對，我們在跳舞，我們要一路跳舞出去。你看，地板上有紅地毯，我要帶著你跳舞。」

蘇螢盯著地上散布的各種花花綠綠的垃圾，像是婚禮的七彩紙花灑落，迷糊地笑了，「我們結婚了嗎？我們這是結婚了嗎？」

白吟知聽了很難過，悲傷在他的心中迅速發酵。

蘇螢經歷過了什麼？他在想什麼？以及他為什麼會成了現在這個樣子？

28　《香水》爲二〇〇六年上映的德國時代心理犯罪驚悚電影，改編自徐四金原著小說，由湯姆・提克威執導。

「對，我們結婚了。」白吟知回道，忍著不讓哽咽逃出喉頭。

「是嗎。」蘇螢在白吟知的耳邊輕笑，鼻息呼出滿意的嘆息。

「是啊。」

「那音樂呢？婚禮的音樂呢？」

白吟知笑道：「停電了，沒有音樂，只能用唱的。」

蘇螢笑了，兩道黑色的眼淚流出，他伸出無力的雙臂環住白吟知的後頸，「是啊，停電了。」

停電了。世界陷入前所未有的寂靜與空虛，只有他們兩人待在黑洞的最中間，沒有任何聲音、沒有任何光線、沒有任何人。

演奏交響樂的舞台上所有樂師都停下了演奏樂器的手，只有白吟知一個人默默地拉著琴，全黑的世界中，只有他不會被任何顏色汙染，而他也絕對不會讓白吟知被汙染，絕對不會。

蘇螢抱緊他，就像他最喜歡的故事中的女主角一樣，輕聲說道：「停電了，你要唱什麼當作配樂？」

白吟知頓了頓，伸手輕輕揉開蘇螢暈染得近乎可憐的眼影，只爲了看清楚那已經不再是蘇螢的眼神——眼前的是蘇螢，卻也不是蘇螢。

白吟知一手牽起蘇螢，十指緊扣，一手攬在他的腰際，靠近蘇螢的耳畔輕輕唱道：

「She may be the face I can't forget, a trace of pleasure or regret. May be my treasure or the price I have to pay, she may be the song that summer sings. May be the chill that autumn brings, may be a hundred different things. Within the measure of a day……[29]」

蘇螢靜靜聽到白吟知的歌聲結束爲止，他被引導著跳完整首曲子後，仍然惺忪的眼睛盯著他，像在確認這一切的虛實。

「我請在座各位見證，我白吟知願意以你『蘇芳』爲我妻子，我願對你承諾，從今天開始，無論是順境或是逆境，富貴或貧窮，健康或疾病，我將永遠愛你，珍惜你直到天長地久，我將對你永遠忠誠。」

蘇螢覺得滑稽，這個夢逼眞得可怕，新的藥也太猛。

「現在，請你親吻新娘。」因爲這是夢，所以蘇螢大膽說道。

蘇螢仍然記得這個夢的最後，白吟知笑了，笑得很醜，面容扭曲，然後他哭著說：「對不起。」說完，深深吻了蘇螢。

那吻既深刻又令他難忘。就算是夢也沒有關係，他寧願賠上一切只爲了成爲蘇芳，爲了能成爲白吟知的靈魂伴侶，要他失去一切也沒有關係。

他就是想知道，如果牽繫著靈魂伴侶的是眞愛，那麼眞愛的條件會是什麼？不是婚姻會是什麼，不是將對方拆吃入腹、合而爲一會是什麼？

29 〈SHE〉爲英國歌手Elvis Costello於一九九九年發行專輯《Notting Hill》之收錄曲。

番外　俺の彼女[30]

從重新遇見蘇螢的那一刻起，白吟知沒有停止過問自己：爲什麼蘇螢成了這個樣子？我們對彼此做了什麼？

即使蘇螢死後，他仍然沒有停止問自己這些問題。

白吟知將因毒品而錯亂的蘇螢送到父母親認識的醫院安置後，帶著整身的疲憊回到家。蘇芳早在客廳恭候多時似的舒適坐著，清晨的光透過窗簾灑在她身上，對比著籠罩在他身上的黑影，白吟知這才恍然大悟，清醒過來。蘇芳早就走出陰霾，比他還要快放棄了蘇螢的同時，也放棄了他們的血緣關係，乾淨俐落地切斷。

那瞬間，便是領教過許秋月瘋狂的他也不得不覺得……或許蘇芳比許秋月還要瘋狂，是青出於藍勝於藍的瘋狂。

白吟知惶恐與陌生的眼神看著蘇芳，而蘇芳亦不避諱，她拿出《我是貓》放在桌上，「因爲這本書，我需要改名，從現在開始，我是蘇靜儀，既然小螢想要我的人生就讓他拿去

30　〈俺の彼女〉爲日本歌手宇多田光於二〇一六年發行專輯《Fantôme》之收錄曲，雖是女性演唱者，該歌曲歌詞卻使用了日語中的男性慣用自稱「俺」，打破性別定型。

吧。」

「妳在說什麼啊？」白吟知上前拿起破舊的《我是貓》，才翻開第一頁便能看見蘇螢的字跡以蘇芳之名寫下的尋人啓事，第二頁起，滿滿不堪入目與汙穢的字眼旋即霸占白吟知的眼簾——全部都是蘇螢以蘇芳之名約來的人，有男有女。

就如同他今天親眼所見那般，蘇螢讓自己沉淪在酒精與毒物之間，萬劫不復，也不願意求救或自救。對他而言，彷彿那是他能想到的最好的人生與最大的幸福。

可白吟知仍然不願相信，視線不斷搜尋著任何一段能連結到謊言的句子，哪怕只是短短一句都好，說服他吧，說服他、告訴他，蘇螢並沒有做出這些事……然而沒有，不管是哪一段話，都沒有辦法說服他，蘇螢不過是在惡作劇與開玩笑。

「現在你知道了嗎？蘇螢不是現在的你可以負擔的，就算是已經朝著夢想的你也來不及救他，沙塔的倒塌比建造還快。你不要再折磨自己了，放了他吧，去做你應該做的事情。」蘇芳道。

「比如什麼事情？」

「不要再讓蘇螢絆住你，你應該去到更遠的地方，而不是停在這裡。」

蘇芳一說完，白吟知便跪坐在地上大笑了起來，笑得兩眼眼角都掛著淚滴，抹開後又接著掉了下來，「爲什麼？這一切都是我的錯不是嗎？是妳說的，妳說蘇螢會變成現在這樣都是我的錯，現在爲什麼又講這種要我離他遠一點的話？如果眞的是我的錯，爲什麼不讓我贖罪？說得那麼好聽，我要怎麼做才能去到更遠的地方？只要蘇螢在，我哪裡都去不了。」

蘇芳瞪大眼睛，伸手搶過《我是貓》並翻開其中一頁，「你看看、你睜大眼睛看看好不好？他被那麼多人需要著，他還需要你嗎？」

白吟知頓時無言以對，只是呆愣地看著那些行雲流水的筆跡，一個一個都在訴說他們如何曾經擁有過蘇螢。他和書上所寫的那些人過了一段不錯的日子，而他也終於找到了幸福的方式，不需要自己了。

「小螢根本不需要你也可以過得很好，你是他的過客，他也把你當成他的過客，一切都過去了，不需要再糾結了。」蘇芳說道。

「並沒有。」

「你說什麼？」

白吟知看著書，「他生病了，從十四歲獲救之後就生病了，他沒有過得比較好，對他來說，只有成爲妳，他才有可能會幸福。」

蘇芳聳聳肩，「所以我才說，我要將我的人生讓給他，從今天開始，我會照阿姨的建議改名，這是我欠他的。可是你不要再把自己留在過去了，小螢要的不是這個，他不需要被治好，也不想被治好，更何況他是因爲你才變成這樣的。」

白吟知被蘇芳的話戳中痛處，腦中瞬間充滿的全都是自責的想法。

蘇芳收起書籍，輕輕地摟住白吟知，「我喜歡你喔，所以我希望你更好。離開吧，離開這個地方，接受蘇螢已經無法再被你控制的事實。」

他與蘇芳的狀態沒有變化，從他們認識開始到現在，依然沒有變化，他們依舊同病相憐，仍是相互支撐著對方的人。

隔日，白吟知到醫院探視蘇螢，可沒想到在醫院遇見了自己的同學——徐伊凌。他從來沒有想過，世界竟然狹小到了這個程度。

白吟知與徐伊凌到了醫院外的小庭園旁，徐伊凌緩緩抽著菸，神情凝重，似乎能預料自己將要面對什麼樣的問題，逕自開口問道：「你是因爲那本書認識蘇螢的嗎？」

白吟知腦中浮現破破爛爛的《我是貓》，「不是，妳呢？」

「我也不是，我和他在同一個地方打工認識的，其實我和他還沒有很熟，但我對他很有興趣。」

「怎樣的興趣？」

徐伊凌看著自己吹出的煙霧，「嗯……該怎麼說呢？他是我遇過最特別的人，他不是單純喜歡穿女裝或是性別認同障礙，他好像正在摧毀原本的自己，過著一種重新建構出的人生。當我看到蘇芳時，我就懂了，原來他在扮演一個角色，再藉由這個角色扼殺自己。」

「所以，妳早就知道他是蘇芳的弟弟？」

「知道啊，但我不清楚他跟你之間的事情，在與蘇芳見到面之前，我以爲蘇螢只是憑空扮演一個角色，見到蘇芳之後，我嚇了一跳，那個女孩竟然和蘇螢扮演的角色神態一模一樣，連名字也一樣，好像他就是另一個蘇芳，雖然他也自稱自己是蘇芳就是了。」

「爲什麼不告訴我？」白吟知握緊拳頭，無法想像自己視爲摯友的徐伊凌欺瞞自己，這件事這麼重要，他不明白有什麼不告訴他的正當理由。

微風吹動徐伊凌的細髮，菸味隨之起舞，「告訴你讓你和蘇芳害怕嗎？我又不是白痴，我看得出來蘇芳很喜歡你，喜歡得小心翼翼，雖然你只把她當成好朋友。她大概一直都在害怕你被另一個人奪走——這個人就是蘇螢。」

「什麼意思？爲什麼蘇芳會害怕？」

「因爲蘇螢想成爲蘇芳，他想待在你的身邊，不是以蘇螢的身分與樣子，而是蘇芳，貨眞價實的『蘇芳』，能爲你生兒育女、和你結婚。對他來說，蘇芳奪走了他的一切，所以他是來討債的。」

白吟知看不出蘇芳有什麼恐懼的神色，她甚至坦然且豁達地要將自己的人生交出去，這樣的她有什麼好恐懼的？又有什麼好怕被奪走的？

徐伊淩繼續說道：「過了這麼長一段時間，你心裡也有一點想法，認爲跟一個正常且普通的女孩在一起比較順利、比較好吧？你家的醫院怎麼辦？有一天，你必須要回去接手，不是嗎？考量到許多因素，你覺得蘇螢還是你可以拯救的對象嗎？即便你知道拯救他需要付什麼代價？」

白吟知僵在那裡，臉色鐵青。

眼看著菸即將燃盡，徐伊淩將菸捻熄在公共菸灰桶上，「這就是爲什麼我不想說。你看看你自己，多麼自大自負？蘇螢非你不可嗎？他只有你才能拯救嗎？你到底怎麼想的？你希望他繼續這樣，直到你有能力拯救他嗎？還是只要他能得救，不管是誰都可以？重點是他能不能得救，不是能拯救他的人是誰。」

「妳又是怎麼想的？」白吟知問道。

徐伊淩意味深長地笑了，「我希望他可以得救，也希望他可以幸福，但是他的幸福是什麼，得由他自己決定。他想待在地獄，覺得地獄適合自己，覺得自己這樣才會開心，那就是他的幸福。」

徐伊淩的一番話令白吟知深陷囹圄，這些年來囚禁著自己的那些想法歸根究柢終歸是自作多情，就像蘇芳說的——

「小螢要的不是這個，他不需要被治好，也不想被治好，更何況他是因為你才變成這樣的。」

因為一切因他而起，所以他才認為必須由自己收拾殘局，可是也可以不必是他，重點是蘇螢能得救。

白吟知向後退了一步，顫抖著轉身要走。

「不打個招呼嗎？不見個面嗎？」徐伊凌出聲喊道。

白吟知垂下頭，低聲回道：「不用了，沒有必要了。」

這世界上的所有人都是對的，只有他錯了，不僅錯得離譜，還繼續朝著錯誤前進。

說真的，蘇螢需要他嗎？

突然間，胃部翻湧不止，白吟知突然覺得噁心，回過神來，他已經在回家的捷運上。一下列車，他立刻奔往洗手間，不住地嘔吐，像是五臟六腑都快被他吐出來一樣。

片刻後，沖洗過自己的臉，白吟知朝著鏡子練習笑容，確認笑容並不虛假才開始回家的腳步。

回到家後，他洗了一個漫長的澡，擦拭身體、穿上衣服，整個人癱在家中沙發。日光燈炫著他的眼睛，他想起高一春假時，父親難得帶著他們全家前往北海道，一望無際的雪原之上，太陽任性妄為地照耀著，反射過來的光線如日光燈一樣潔白，非常耀眼……那是他對於雪的第一個印象。

須臾，白吟知睡了過去，醒過來是因為房間內的細微抽噎，他取下頭上的毛巾看向聲音來處。房間是暗著的，白吟知見到不知何時進入自己家中，蹲在餐桌下不斷地哭泣的蘇芳。

蘇芳一直都有他租屋處的備份鑰匙，不過這是她第一次在沒有事先通知白吟知的情況下使用它。

白吟知起身要將燈打開，可蘇芳阻止了他，神經質地喊道：「不要開燈！」

「求求你！就這樣！」

「好。」白吟知無奈回道，緩緩靠近蘇芳，雙膝跪在地上移動，「小芳，怎麼了？」

蘇芳哭著，「不要再叫我小芳，我不是蘇芳，我已經改名了，我是蘇靜儀。」

「好，靜儀，妳怎麼了？可以告訴我嗎？」

話音方落，蘇芳突然撲向白吟知，抱緊他，嚎啕大哭，「我其實好害怕，雖然我看起來好像不在乎，但是當我一個人回到家中，我就怕到不行，我總是會想著怎麼辦？蘇螢已經知道我的學校、我住的地方、我上學的路線……他一定全部都知道了，他只是在等待一個可以完全將我消滅的機會！」

「消滅？妳怎麼會這麼想？」

「因爲我做了足以讓他恨我一輩子的事情，總有一天……不，就是現在，他要來討回他的一切！他會殺了我！」

白吟知歪扭地笑了，「怎麼可能？他是妳弟弟……」

蘇芳淚眼婆娑，「就是會，他就是因爲知道了一切才來找我的！許秋月一定跟他說了……」

見蘇芳一直無法冷靜下來，白吟知將她帶到沙發上坐著，爲她沖一杯熱可可，爲自己準備了溫開水。

他一直沒有聽蘇芳說太多關於蘇螢的事情，對蘇芳來說蘇螢自殺的那一段記憶是痛苦的、對她造成創傷的。如果蘇芳不願意說、不願意觸碰情有可原，他也不願意過度追究這件事，挖掘蘇芳的瘡疤。

他再怎麼想要知道關於蘇螢的事情，也不至於禽獸不如至此，自私地去探究蘇芳的傷口。

可是現在，他能感受到蘇芳的鎧甲正在快速地鏽化、被腐蝕，長久以來她那若無其事的面具如今已越來越不適合她的臉，面具與臉之間的縫隙中不斷地流露出——她只是在逞強。

「妳準備好要說的時候跟我說吧。」

蘇芳窩在白吟知的懷中哭了許久許久，直到熱可可不再冒出熱氣、窗外的台北不再喧囂。今天夜色很深，讓蘇芳有了不論她今晚說了什麼，夜色都會將她所坦白的事情全都消化與吞噬的錯覺，好像如此一來，她就能繼續正常地過生活。

她有些明白蘇螢會什麼要這樣對待自己、讓自己過得很爛，蘇螢藉著讓自己捏造出來的蘇芳過得很爛來懲罰眞正的蘇芳，以此來達成內心的滿足。因爲，最不希望蘇芳獲得幸福的，就是蘇螢自己。

看啊，因爲妳，我成了這麼爛的人喔？

看啊，因爲妳，我成了否定自己的人喔？

看啊，因爲妳，我成了瘋子喔？

蘇芳哭腫了眼睛，淚痕清晰可見，兩人之間濃厚的沉默瀰漫，蘇芳抬眼看著白色的宜家餐桌，悶悶的聲音說道：「眞想去北海道看雪。」

白吟知同蘇芳的視線看了過去，想起當他高中畢業考上大學準備租屋時，正是蘇芳陪著他一起挑那張餐桌。挑餐桌這種該是情侶做的事情，卻是他與蘇芳這樣「朋友關係」的人做了。

良久，蘇芳緩緩開口道：「蘇螢很危險，我知道他在想什麼，他會傷害你，所以請你離開這裡，逃得越遠越好，不要讓他找到你。如果他找到你，請和他保持距離。」

白吟知並未接著蘇芳的話，只是輕輕拍著蘇芳的背。

起初白吟知以爲蘇芳只是過於害怕自己親近的人成爲瘋子，才會歇斯底里，從沒想過蘇芳會說出接下來的話。

「……蘇螢會發瘋，最大的責任在於我、兇手也是我，就算蘇螢在小時候曾經有一段時間常常去找你，許秋月也還是認爲蘇螢不是同性戀。她本來就是不見棺材不掉淚的人，後來，是我告訴她——你親了蘇螢的事情。」

白吟知的腦中一片空白，安撫著蘇芳的手無力地垂下，「妳說什麼？」

白吟知的懷抱鬆開，懷中的蘇芳看著白吟知，從她的眼神之中，白吟知找不到過去那個曾經支撐自己的人，取而代之的，是個眞眞切切的、叫做蘇靜儀的女人。

她再也不是蘇芳，再也不是。

蘇芳繼續說道：「你可能會對我很失望……不，是對我很失望，在那個家中，我很快地就知道與許秋月作對的下場是什麼，我不像蘇芬一樣有能力讓自己成功逃脫，也不像蘇螢一樣懦弱不堪，我知道只有順從許秋月，發生在蘇芬身上的事情才不會輪到我。我知道她發生了什麼事，她也去過『夏令營』，可就是因爲知道，所以我才那麼害怕那些事總有一天會發生在我身上。爲了拉攏許秋月，我跟她說了蘇螢眞的在和一個男生交往的事情，以及我撒了一個令她深信不疑的謊。」

看著白吟知恐懼與不安的眼神，蘇芳淒然一笑。

「我說，靈鏡大仙到了我的夢裡，到了我的身邊，告訴我，蘇螢之所以變成這樣，是因爲我們的靈魂不是對的，因爲他被色鬼附身，所以他的靈魂在我身上。」

白吟知聞言，早些時候的噁心感重回到胃部，他摀住口，推開蘇芳衝向洗手間，將他的五臟六腑全吐了出來——要是眞的能吐出來就好了。

蘇芳沒有顧慮白吟知正在嘔吐，只是緩緩地靠近白吟知，輕輕靠在他的背上，閉上眼睛，細聲哭了起來，「小白，求求你救救我，救救我好嗎？我眞的很怕，很怕會消失，很害怕會被取代，如果我被取代了我會怎麼辦？對這個世界來說，我才是不被需要的人嗎？蘇螢眞的很可怕……我眞的很害怕他會殺了我。」

這是剛剛白吟知才告訴蘇芳的話，他說蘇螢是她的弟弟，怎麼可能做得出蘇芳害怕的事情？可是現在想想，或許蘇芳害怕的事情是有可能會發生的。

他無法譴責蘇芳，也無法責備蘇芳做錯了，他的所學與所聞告訴他，蘇芳曾經的所作所爲都是很正常的反應。她當時是個孩子，一個孩子曾經犯過錯又有什麼好責備的呢？

想到這裡，白吟知便恨蘇芳恨不下去。他想恨，眞的想恨蘇芳，但是他現在恨不下去了。

「對不起……」白吟知喃喃道。

蘇芳不知道白吟知爲什麼這麼說，也不知道白吟知在對誰說，只知道最後白吟知抱著她，兩個人放聲大哭。

哭到雙眼視線模糊之際，白吟知彷彿見到他與蘇螢經常搭的那班列車緩緩駛來，蘇螢仍然在那班車上翻閱著他的漫畫，時間好像在他的身上種下永遠，停滯在他十四歲的時候，只有他沒有往前進，列車卻往前飛速疾走。

蘇螢說得對，早在十四歲的時候，他就死了。

漫畫會泛黃、會氧化變質，可是被畫下的人物卻永遠年輕，火野麗永遠秀髮飄逸、永遠正義凜然、永遠不會逝去，就像蘇螢的靈魂。

漫長的哭泣過後，白吟知與蘇芳緊緊摟著彼此進入夢鄉，長夜過去，朝陽輕柔地降臨，溫暖得難以言喻。

醒來時，白吟知只覺得身體空了，他是行屍走肉，無法思考，也無法行動，只能看著光影替代時間在房間中流動。蘇芳睡了很久，他不想叫醒她，撐起無力的身軀，走出自己的租屋處。

他不知道自己該去哪裡，也沒有任何想法，只是當他停下腳步時，自己在漫畫咖啡店前。他走了進去，在那裡讀了一整天的《美少女戰士》，也知道了結局並不完美。

閱讀結束之後，白吟知回到家中，繼續著如同行屍走肉一般的生活，他的晚餐沒有任何味道，只覺得自己正在進行著咀嚼的行爲。

當夜色籠罩之時，他放任著電話不斷地叫囂，每一通都是蘇芳在傾訴著不安，他沒有接起，只是聽著手機鈴聲不斷撥放。

後來，蘇芳又來到他的家中，蜷縮在他的床邊不斷地哭著。

「求求你不要討厭我好不好？求求你不要不說話好不好？」

「你在想什麼？你現在想做什麼？」

「我們之後會怎麼樣？我們之後會是什麼樣子？」

蘇芳不斷地詢問著、試探著，而白吟知動也不動，一雙深沉的眼睛盯著天花板，除了和緩的呼吸、心跳與本能的眨眼之外，說他看來像死了也不誇張。

對於一個已經死去的人，還有什麼好說的？

蘇芳，妳還有什麼好說的？

不，妳是蘇靜儀，眞正的蘇芳不在這裡，她活在蘇螢的心裡、身體裡，而蘇螢死去了。

意識到這個眞實，白吟知默不作聲地流下了眼淚。

蘇芳見狀靠了上去，小心翼翼地親吻著白吟知，漫長地親吻結束，白吟知又開始嘔吐。

直到他吐了出來，他才發現晚餐食之無味的食物是什麼。

奇怪，烏龍麵是這麼沒有味道的東西嗎？

蘇螢掏空了他，就連味覺也一併帶走了，對嗎？

白吟知被淚水盈滿的眼球如同機械一般轉動，手機上一則訊息跳出：「蘇螢短暫醒過來了，明天狀況應該會更好一點，所以你還是蘇芳要來看他嗎？但我明天不在。」

鬼使神差地，這次白吟知應允了徐伊淩。

隔日的早晨，眼皮逐漸感知到光線的同時白吟知醒了過來，隱約記得他睡去了一段時間，但不確定有多久。

在撥打這通電話之前，白吟知累得無法形容自己的疲憊，可他不想錯過今天。他害怕明天的自己會推翻今天的自己，好不容易下定了決心，他不想就這樣放著時間流逝。

電話接通後，傳來白吟知父親的聲音。

「爸爸，好久不見，有關上次爸媽跟我提到的事情……我想重新跟你們討論一下關於日本留學的事情，嗯……對，編入學[31]，很抱歉我到最後關頭才給您答覆。

「是，我剛剛查了，福岡大學下個月開始受理申請，下下個月考試，我明白……我知道大三要重讀……但我想試試看。我的目標仍然是精神科醫生……我有信心。嗯……讓你們擔心了，謝謝爸爸。」

掛了電話，白吟知癱回沙發，彷彿擰出身體的最後一點力氣一般，簡短地發了訊息給蘇芳。他終於成全了蘇芳的願望，蘇芳要他離開，他便離開，離開到一個蘇螢不知道地方，遠離蘇螢，遠離蘇芳口中所說的危險。

蘇螢總有一天會知道蘇芳的藏身處，也總有一天會知道自己的，他會知道蘇芳做過的所有事情，甚至有可能會知道他與蘇芳的感情壓線了。他不曉得蘇螢會做出什麼事，爲了別讓蘇螢犯錯，爲了讓他正常地過生活，他必須選擇在這個時候離開蘇螢。

拯救蘇螢的人，可以不是自己，可以是徐伊凌，也可以是林頤橙、吳洺妃，更可以是在《我是貓》書中留言的任何一個人。

至此，白吟知才明白自己有多麼害怕蘇螢成了他不認識的樣子，如果有那麼一天到來，他不知道自己能否仍然對蘇螢抱著一樣的感情？

蘇螢能給他答案嗎？白吟知想著，不知不覺挪動了沉重的步伐出門朝捷運站走去。

他的腦中一片空白，是萬里無雲、晴朗得過分的天空與遍地的白沙。

白吟知在醫院的大廳待了一段時間後才前往蘇螢所在的樓層，儘管時間已近黃昏，白吟知也不是應該待在蘇螢身邊看顧的家屬，可醫院裡的護理師與醫生都明白白吟知父母親的身分故無多言。他們讓白吟知在家屬休息室休息，直到蘇螢睡了才通知白吟知可以進病房看他。

31 編入學爲日本大學轉學考，通常招收二年級與三年級的插班生。

這是白吟知的要求，他只需要見蘇螢一面就好，不需要與蘇螢對話寒暄。

白吟知進入病房，輕輕將病房門緊閉，輕盈地走到蘇螢的床邊坐下，仔仔細細地看著蘇螢的睡臉。

蘇螢長得很美，他與蘇芳有著相似的輪廓與五官，只是蘇螢多了些剛烈、蘇芳多了些柔美。蘇螢的五官構成了性別的模糊地帶，僅僅看他的臉就能生出兩種臆測，他是男還是女呢？該稱呼他先生還是小姐？

白吟知明白為什麼蘇螢能夠男女通吃，因為不管他是男還是女，在他的身上都適合，並不違和。

那一瞬間，他突然想起當他燒毀靈鏡大仙畫像時，不知道打哪裡來的想法，他開口詢問嚎啕著的趙允康：「趙先生，你說你是靈鏡大仙的代言人，可是身為女神的靈鏡大仙怎麼會接受你這種變態男人做祂的代言人？這不是很好笑嗎？」

趙允康一面哀號，卻不忘義正嚴詞：「靈鏡大仙是超脫世俗的存在，祂沒有性別，祂如同觀世音菩薩和天使一樣，可以是男，也可是女。」

白吟知笑了，原來蘇螢也是超脫世俗一樣的存在，就像天使一樣，只屬於他的天使。

夜色越來越深，只有月光與稀疏的招牌燈映照進蘇螢的病房，閃著亮光的魚輕輕擺動魚尾，撒下銀色的鱗片在蘇螢臉上。白吟知看著那些鱗片擺動，緩緩說道：「蘇螢，想像著你現在在往常的那班火車上，一如往常的黃昏，你一如往常地看著漫畫，列車不斷地南下，那不是你回家的方向，但沒有關係，那個家沒有什麼好回的。

「你只知道你想找到我，沒有見到我不行，你迫切地想找到我。忽然，終點站到了，列車停在你熟悉的、沒有人的車站，但那並不是靠近家的車站，你比誰都清楚。你下了車，看見《我是貓》靜靜躺在月台長椅上……我呢？我在哪裡？你四處張望，慌張地尋找著我的身影，接著你走出車站，車站外的風景倏然改變，那並不是車站外頭應該要有的樣子。

「突然你腳下一滑，只能跪在地上穩住自己，雙手扶著透明的地面，仔細一看，那是只能讓一個人能通行的玻璃橋，橋下暗潮洶湧，黑色的海浪不斷朝著玻璃橋拍打，橋下還有幾尾大魚。當牠們游動時還能看見螢光綠的鱗片閃爍，回過頭去，車站消失，剩下的是茫茫無邊的、黑色的、無盡的海。

「可那片海也並不是眞的什麼都沒有，看似無限延伸的玻璃橋也有盡頭，盡頭是一個衣櫥，你沉睡著的衣櫥。正當你在思考的時候，有個男人出現，你想不起他的臉卻認爲自己認識他，你想不起來他叫什麼名字，卻又覺得他的臉每天都會出現，就是這樣一個神奇又神祕的人出現在你的面前，親切地告訴你，衣櫥裡會有一切你想知道的答案。

「爲了那個答案，你非常努力地朝著衣櫥移動，而且，你很棒喔，你知道嗎？經過了許多努力，你終於到達終點。一片漆黑的海洋中，衣櫥是最安全的地方了，躲進去，什麼都不用想，你只要睡就好了，安穩地睡、沉沉地睡，好像這一輩子，你從來沒有睡得這麼好過。

「另外，告訴你一個可以睡得這麼香、聽不見任何雜音的睡眠的方法是什麼好嗎？酒，就是酒，只要喝得夠多，你就不用擔心清醒時需要面對的狀況，眞的，你什麼也不用擔心。你只需要喝到混沌不清，就不會花時間思考所有令你難受的事情。

「待在衣櫥裡的你在想著什麼呢？你在重複著十四歲時做過的事情嗎？還是你在想著別的事情？海豚？或是那令你想笑的防自殺標語？又或者，你會想著我呢？你會夢見我嗎？夢裡的我是什麼樣子？是一團黑色的霧？還是一個有形體的黑影呢？我會是什麼樣子？我會是坐著讀書的樣子？還是只是默默地看著你？」

蘇螢的眼皮顫了一下，唇間囈語著不成句子的呻吟。

白吟知像在欣賞著，視線貪戀地凝縮在蘇螢臉上，停了一會兒，白吟知繼續說道：「車站的日光燈光透進去你的小小世界，外面不再是玻璃橋與凶猛的黑海，不知道為什麼，你就是知道我在那裡等著你，而我是你一直追尋的目標，不管經過多久都是。

「可是你的行李太多，背負的太重，走不了多遠，你無法跟著我離開，所以你需要將你的重擔放下、將蘇螢放下，放手讓蘇螢離開。從你轉過身的那一刻開始，你就是蘇芳，真真正正的蘇芳，你將會重獲新生，成就新的自己。別擔心，當你覺醒之後，蘇螢就不會再來找你了，你將會有新的人生。

「現在，你感覺全身上下充滿了力量，有著前所未有的勇氣，你不再悲觀想著與我分別，而是期待見面的日子到來。你不再南下，而是北上前進，你錯過了回家的車站，但沒有關係，我就在你身邊，我們可以一直待在火車裡，直到桃園、直到機場、直到搭上飛機，期待著那是一個怎麼樣的城市。

「我跟你說喔，那座城市有一條很美的都市運河，漫步在河畔的午後，河面如同成千上萬的鯉魚舞動閃耀著光輝，美得令人屏息。有一座靠近海邊的高塔，看起來像是好幾片玻璃堆疊起來，不論日出或是日落，陽光揮灑在那些玻璃上，映照出千變萬化的天空，有時候我會看著它，想像著它的孤單與高傲。

「我們可以在春天賞櫻，夏天賞螢，秋天有紅葉，冬天有雪，一年四季，我多想要讓你看見全部，告訴你這世界真的很好，你值得這樣的世界，也想多陪在你的身邊，可是我辦不到了，我沒有辦法。」

白吟知伸出手，指尖輕輕劃過蘇螢的睫毛，每撥動一次，便心驚膽顫一次。

如果你醒來了，我就會放過你。

我甚至希望你醒來，眞的，這樣我們就能見到彼此，我也或許能不再遺憾，也不移開視線。

可是，我心裡又有另一個聲音吶喊著：「求求你不要醒來，求求你不要帶走蘇螢在我心中的樣子。」

我到底應該怎麼做才好？告訴我，蘇螢，我應該怎麼做才好。

白吟知看著月光逐漸稀疏，夜色將要褪去，繼續說道：「現在，將注意力放在我的聲音上，當你醒來，便要完成我需要你做的事情。」

蘇螢竟輕輕點頭，甜膩地微笑起來。

「我希望你永遠惦記著我，永遠記得，除了我以外，再也不會有人對你比我對你好了。還有，除了我以外，我要你不將其他人當作人看，你可以利用他們、懷疑他們、控制他們……但你永遠不會愛他們，永遠，將你的愛放在我身上。

「最後，我要你放下蘇螢，從此之後，你就是蘇芳，以蘇芳的模樣活著，用蘇芳的名字存在於世，以蘇芳的面容見人，穿著蘇芳的衣服，做著蘇芳會做的事情，就連思考也要以蘇芳的想法爲主。你要知道一件事，只有完全放下蘇螢，你才能獲得幸福。」

語畢，蘇螢的眼皮輕顫，看來像是要醒了，白吟知看了下手中的錶心忖該是時候，上身前傾，輕輕在蘇螢的眼皮上落下珍惜的一吻。

「當我倒數到一時，睜開眼睛的你將會覺得自己煥然一新，從現在開始，你將成爲蘇芳，也將爲了成爲我的靈魂伴侶，一直追逐著我。」

「十，你將在裝滿過去的衣櫥前鼓足勇氣告別一切。」

「九，現在，將那些過去關上並上鎖。」

「八，你將感到前所未有的輕鬆與釋懷。」

「七，因爲你知道，能回應你的感情、能接受你的人只有一個人，所以在見到我之前，你必須不斷地、不斷地將自己破壞殆盡。」

「六，轉過身，你朝著白色的光芒走著。」

「五，很好，繼續走，順著我的聲音，繼續走。」

「四，我們將會回到你十七歲的時候，再一次經歷成爲新的自己的過程。」

「三，直到見到我的臉、我的人爲止，你要深深相信，我就是眞實，除此之外，一切都不是，其他全都是假的、虛僞的，是被建造、製作出來的。」

「二，你再也不是蘇螢、再也不是，你是蘇芳。」

「一，這是重新排列的第一個，也是最後一個骨牌。」

「現在，你可以睜開眼睛了。」

不斷下沉的黑暗之中，蘇螢感受到了眼皮上的微弱暖意與光線，他如同蝴蝶振翅一般地睜開眼，看了看周圍與昨天一模一樣、一成不變的環境。

走下床，蘇螢看著連身鏡中的自己許久許久，覺得有些不一樣，卻又說不出哪裡不一樣了。他總覺得這個改變是從今天開始，所以是今天有了些不一樣。

他盯著自己，緩緩走近連身鏡，細細瞧著，細到他能看見自己淺色的虹膜、臥蠶下淡淡的黑眼圈。

說也奇怪，自己與往常沒有不同，卻又有哪裡不太一樣。

今天也是，明明應該是相同的一天，可是不知道爲什麼，他總覺得今天有些不一樣……

像是什麼東西、什麼事情開始的第一天。

他想起榻榻米上的霉斑，曾經他也像現在一樣這麼近地看著榻榻米上的霉斑。霉斑實際上沒有那麼大，但在他的許多夢境之中，霉斑無限地擴散、無限地被悲劇與欺騙滋養、盛大綻放。

現在也是。它出現在鏡子之中如墨跡一般地渲染開來，直到將他全部染成骯髒的顏色爲止。

蘇螢看著名爲「像是什麼東西、什麼事情開始的第一天」的霉斑在鏡子上開花，滿足且釋懷地笑出聲，喜極而泣。

番外　魔道／水鏡[32]

白吟知去日本的第二年，蘇芳完成了大學學業，同時也跟著到了日本與他一起生活。她參加了大型的跨海線上面試，憑藉著出色的口譯與臨場反應得到了夢寐以求的工作。

她一直都是一個非常清楚自己目標的人，爲了達成目的，她可以犧牲一切，剷除所有的障礙，蘇螢也是。

若有必要，蘇芳可以隨時割捨掉蘇螢，白吟知很早以前就明白這一點。尤其是在日本與蘇芳見上面的時候，白吟知更加肯定了。

他記得幾年前他曾經想過，蘇芳與許秋月到底誰比較瘋狂？眞的是許秋月嗎？現在這個疑問似乎有了答案。

白吟知的房子在福岡大學附近，而蘇芳的房子在差一個地鐵站的梅林，依照她的工作場所，其實租在赤秋或是吳服町會比較適合，也相對便宜。但她偏不這麼做，刻意住在白吟知附近，如同以前大學時期一樣，時不時往來白吟知的住所，像戀人一樣。

32　〈魔道〉、〈水鏡〉爲日本歌手Cocco於二〇〇〇年發行專輯《塔裡的長髮公主》之收錄曲。〈魔道〉主要敘述著魔物想要控制人心、侵蝕人心，使人順從聽話；〈水鏡〉則表現了被強暴（被施暴）者無所適從且憤怒拒絕的心態。

見過蘇芳出沒在白吟知公寓附近的大學同學總笑白吟知：「什麼時候交女朋友啦！是不是應該要介紹給兄弟們認識？」

面對朋友，白吟知總是微笑回道：「一定一定，下次再一起吃飯。」

可是白吟知口中說的那頓飯總是遙遙無期，開他玩笑的人知道，白吟知自己也知道，這個話題只會不斷循環，不會眞的有飯局來結束這個話題。

蘇芳卻當眞了，她在聖誕節時與白吟知到天神看燈海，一片閃爍燈海之上，她一臉喜不自勝與幸福，可轉過視線，白吟知的雙眼發直，想著別的事情。

她可能這一輩子都不會知道白吟知究竟在想些什麼，不會。

趁著人山人海、也趁著節日給自己的勇氣，蘇芳正式提出邀請道：「我們交往吧，我喜歡你。」

白吟知依舊雙眼發直，眨都不眨。

自從與蘇螢分開以來，蘇芳總覺得白吟知失去了靈魂，但她從來無法得知他的靈魂去哪裡。或許從他十四歲的時候開始，靈魂便留在那個沒有人看管的小車站中，在閃爍的日光燈下，一明一滅，就像星星、像閃爍著的聖誕燈光一樣。

白吟知看著一片燈海如同繁星落到了地上，想著為何會有人感動於這樣人造的東西，如果這全是眞的星辰該有多好？多美啊？

他想了很多其他事情，就是沒有想到怎麼回覆蘇芳，以及麼繼續他與蘇芳的關係……太多了、太繁瑣了、太複雜了。

看著燈海，白吟知久違地問起蘇螢的事情，「結果，妳的人生有成功交給蘇螢嗎？」

蘇芳，不，蘇靜儀原本懶散地靠著圍欄，現在卻是撐著圍欄伸展肢體，「有啊，他過得很開心。」輕鬆的語氣，彷彿蘇芳的人生對現在的蘇靜儀而言一點也不重要。

冷風拂面而來，自決定留學日本開始，白吟知不再提起蘇螢的事情，這次突然聽他提起已是久違。如果只是不願提起倒也容易理解，可蘇芳總覺得白吟知不是那樣，認爲白吟知是想消滅那一段記憶、消滅蘇螢曾經存在過的證據，就像自己一樣，只是做法不同。

「小螢不是以爲自己是我嗎？在你決定離開台灣後，不知道他是不是知道了這件事。總之，他變得更像我，之前還能說只是模仿，可現在他給人的感覺像是替身，非常像我，像到恐怖的地步。」說著說著，蘇芳笑了出來，「我在說什麼？什麼替身？他就是我的雙胞胎弟弟啊……他就是我的另一半啊。」

白吟知不知道爲什麼接了下一句：「就像靈魂伴侶一樣。」

蘇芳尷尬地扯了扯嘴角，「是啊，靈魂伴侶，很貼切呢。」

「蘇螢像我像到……好像我在想什麼他全都知道、全都理解，就連我像許秋月的那一個部分他也知道，我覺得很恐怖、很噁心。」

白吟知看著閃爍的燈光，靜靜聽著。

寒風吹起蘇芳俐落的短髮，她簡單地梳理，繼續說道：「就好像照著鏡子的時候，鏡子裡的倒影做出了本人沒有做的事情一樣噁心，就像靈異影片一樣。我常常有這樣的感覺，特別是照著鏡子的時候，蘇螢大概也有著一樣的感覺。

「蘇螢照著鏡子的時候會不會跟我有一樣的想法？會不會也覺得跟我像到噁心的地步？就連我像許秋月的那個部分，他也像嗎？」

看著蘇芳的側臉，白吟知面無表情地說道：「在答應和妳交往以前，我希望妳知道一件事，如果妳接受，我們就在一起。」

「嗯，你說吧，可是我希望你知道，不管怎麼樣，我都會讓你喜歡上我，我會努力的，就算現在你不喜歡我，也沒有關係。」

白吟知微笑著，卻令人毛骨悚然，「我催眠了蘇螢，在他昏睡的時候，給他指令。」

蘇芳全身一震，凍僵在那裡。

「我沒有想到我會成功，就算不會成功也能幫助蘇螢減輕他的痛苦，但是，聽妳說了這些之後，我想我成功了。我知道他想成爲妳，所以我加強了指令，讓他成爲妳、完完全全的妳，複製貼上、一模一樣的妳。」

蘇芳瞪大眼睛，「爲什麼你要這樣？你明明知道我因爲這件事有多痛苦！爲什麼你要這樣做？」

蘇芳沒有想到，面對她的問題，白吟知竟是報以輕笑，「因爲『蘇螢』這個角色讓他痛苦，我沒有能力治療他，所以我讓他完全逃離這個角色，這樣他會輕鬆一點，至少不再那麼痛苦。這不是很好嗎？妳也覺得『蘇芳』這個角色讓妳痛苦吧？那就把蘇芳讓給他啊。」

一記響亮的耳光斬斷白吟知的話語，火辣辣的手印印在白吟知的左頰上。

「你有想過我嗎？」隨著問句出口，蘇芳的眼淚也跟著掉了下來。

「現在我應該回什麼妳會比較開心？」白吟知問道。

「你有在想著我的事情。」

怎麼可能會有？白吟知想著。

從十四歲的時候開始，他的時間就沒有再前進過了。可他也不知道他的時間究竟停在哪裡，如果知道位置的話或許他還能找回來……可是現在他就是不知道。

是停在那班列車中，還是那個小車站，又或許是冒著烈焰的靈鏡大仙廟……也許也不在以上那些地方，是蘇螢帶走了吧。

「沒有。」白吟知的口吻冰冷，沒有經過深思熟慮，也沒有深呼吸，更沒有爲蘇芳著想。

這些，蘇芳全都聽得出來，「就算是這樣，我也希望和你在一起，你不把我當成女朋友也沒有關係，只要讓我待在你的身邊，和以前一樣，分擔著你的痛苦與祕密。」

「如果有一天，蘇螢回到了我們身邊呢？如果我讓他待在我的身邊呢？妳願意放手嗎？」

「如果是這樣，我願意爲了你再成爲其他人，可能不再是蘇靜儀，但是沒有關係，我可以當個旁觀者，只爲了待在你的身邊。」

蘇芳說出的那些承諾，過了幾年之後回到了她的身上——她對自己催眠、給自己指令的同時，也給了自己詛咒。

她從來沒有想到她會有一天得付出代價，她曾經天眞地以爲她就此擺脫了蘇螢的陰影，不管是怎麼樣的詛咒，只要蘇螢不在她便是自由的。

她已經是蘇靜儀了，蘇芳的人生已經給蘇螢了，沒事了，一切都結束了。

白吟知看著蘇芳淚流滿面、勉爲其難的笑，最終將視線轉回了地面上的繁星點點，像是施捨一般地說出：「好啊。」

蘇芳想，白吟知答應了她的請求，可是在那之後她也想過其他可能，「好啊」到底是什麼意思？是自己所想的意思嗎？如果是，那就眞的太好了。

每當蘇芳鑽進被窩，總會合掌祈求著，祈求神讓白吟知屬於他。

就算是靈鏡大仙也好，請讓白吟知屬於我，永遠永遠。

二〇一二年，如同末日電影說的事情並沒有發生，自由女神並沒被洪水沖垮、地面沒有裂開大洞、極寒冬夜並未發生。可是蘇芳的世界卻毀了，如同電影《2012》一樣，天崩地裂、火山爆發、天搖地動。

在她見到蘇螢的那一刻，一切都毀了。

「……你、你找誰？你是誰？」蘇芳嚇得舌頭打結，腦中千頭萬緒，蘇螢怎麼會知道她住哪裡？怎麼會？他是什麼時候來日本的？是誰告訴他她在這裡的？

蘇螢塗著口紅的嘴唇笑了，「我是蘇芳，芬芳的芳，我們在機場見過一次面，妳記得嗎？」

倘若要她爲那紅色取一個名字，她會稱它「火野麗」。

「對了，我來找白先生，我是他的患者。」

眼前的蘇螢除了個頭較高以外與一般女生幾乎無異，他穿著裙子、女用襯衫、畫著淡雅的眼影、眼線、腮紅、唇膏登門拜訪，最令蘇芳覺得驚悚的，是他的化妝的方式與自己一模一樣。他和她一樣會把眼尾稍微畫上揚、下眼尾會用眼影的中間色點綴、不使用提亮而是盡量使用陰影讓臉變得立體……

那與自己幾乎要一模一樣的臉與神態，令蘇芳覺得就像在照鏡子一樣，只是那是一個會發生靈異現象的鏡子。

蘇芳勉強擠出笑，點頭禮貌回覆道：「既然是這樣，那麼請你在他的看診時間去醫院或是診所吧，他今天不在家，請回吧。」

「請問妳是白太太嗎？妳就是還給我書的人，對吧？」

明明是接近年底的冬天，蘇芳壓著門的手卻頻頻冒汗。

「是。」蘇芳回道：「所以我希望你知道，在這樣的晚上來人家家裡見一個有妻子的男人一面，是不對的。」

蘇螢趣意盎然地笑了，「喔？可是這個家我已經來很多次了喔，在妳不在家的時候。」

「你說什麼？」

蘇螢並未脫鞋，逕自扳開門板進入玄關，嚇得蘇芳連連倒退好幾步，緊張之下喚出：「小螢！」

下一瞬間，蘇芳摀住了自己的口。

蘇螢怔了一下，僵硬地扭過頭，臉色發青道：「蘇螢已經死了，爲什麼要提起他？是誰告訴妳他的事？小白嗎？」

「對不起，我覺得很遺憾。」蘇芳不知道怎麼回覆，只好連連點頭，視線落到蘇螢的高跟鞋上，好聲好氣道：「先脫鞋子吧，蘇小姐，上來我們慢慢聊。」

蘇螢有些遲疑，怎麼會有人邀請小三進去喝茶？不過無妨，他此行就是來宣示主權、宣示白吟知是屬於他的。

於是，蘇螢脫下鞋，大搖大擺地走了進去。

廚房裡，蘇芳一邊忙東忙西，一邊偷偷傳訊息給白吟知，這是第一次，她眞切地感受並且意識到——就是今天，她將會被蘇螢殺死。

以前她還能說是想太多、都是過度憂慮，可是現在蘇螢出現在她的身邊，只要一些差錯，他便能殺了被他憎恨的自己。

蘇芳泡著茶的手抖個不停。對了，她幹嘛泡茶？她曾經在《我是貓》裡的眾多留言讀到，蘇螢可喜歡喝酒了，比起茶，酒更好。

「……蘇小姐，喝酒嗎？我這裡有很棒的紅酒。」

蘇螢不疑有他，「好啊。」

蘇芳想，蘇螢的潛意識肯定還是信任著自己，知道她只是換了個名字生活而已，她一直都是他心目中的蘇芳，血濃於水的親情怎麼可能因為生病、催眠了就沒了？

蘇芳先為自己倒了一杯乾淨的紅酒，而後自房間取出她長期服用的安眠藥，偷偷將膠囊一顆一顆打開，摻在紅酒裡，算了算，有十多顆……不過，安眠藥致死量是多少？

蘇芳愣了，一手抓著空膠囊，忘記要一邊觀察蘇螢有沒有注意自己的異樣。她與白吟知的家使用的是開放式廚房，從流理台那可以看見客廳，清清楚楚。

猛然抬起頭，蘇芳驚惶的眼神恰好對上蘇螢。蘇螢雙手按在廚房流理台上，雙眼含笑，「這麼快就想置小三於死地？」

「……不是。」一個踉蹌，蘇芳不小心撥倒了整瓶紅酒，流理台內紅酒酒液如同洩洪一般，咕嘟咕嘟地向下流著。

「真浪費。」蘇螢低聲抱怨，竟然伸手撈起酒瓶對著瓶口喝了下去。

「不要！」蘇芳情急之下上前拍掉蘇螢手中的酒瓶。

玻璃破碎的巨響響徹在家中，與此同時喚醒了蘇芳的神智，她剛剛在做什麼？準備毒死蘇螢嗎？這樣的自己和許秋月有什麼不一樣？

她想起自己在蘇螢清醒時，非但不慶幸卻想著「怎麼會這樣」，這麼一來，她所做的事情與許秋月有什麼不一樣？

蘇芳跪了下來，放聲大哭，抱著頭吼道：「不是你！我和你沒有什麼好說的！你走開，我要和蘇螢說話！你不過就是一個搶走我身分的人，我不想和你說話！我要蘇螢！我要小螢，把小螢還給我！」

蘇芳跪著的姿態幾乎要將額頭頂到地板，既卑微又可憐。

冰冷的空氣貫穿了兩人，良久，在蘇芳的哽咽之間她聽見了「蘇螢」的聲音。

「二姊？」

蘇芳倏地抬頭，從他那一雙眼神中，蘇芳知道那是她的弟弟，不是「蘇芳」，不是其他人，是她的弟弟，真真正正的弟弟。

「小螢？」蘇芳喚他：「小螢，原諒姊姊好不好？對不起！」

「二姊為什麼要道歉？」

「都是因為二姊，你才會變得不幸，都是因為二姊太懦弱才會逃走，就連你出院的時候二姊也沒有去看你，對不起……我應該道歉的事情太多了，對不起，請原諒我的一切。」

蘇螢蹲了下來雙手捧起蘇芳的臉，看著她的雙眼和與自己一模一樣的化妝方式，就像照鏡子一樣。那一瞬間，蘇螢感到前所未有的成功與滿足感，花了這麼久的時間，他竟然可以這麼像蘇芳，像到令人噁心想吐的地步。

「那二姊……不，小芳要怎麼補償我？」

「我……會一直照顧你，你已經生病了，我不會再讓你受苦下去，待在我身邊吧，小白也會照顧你。」蘇芳道。

母親，妳看看我，我做出了與妳截然不同的決定。

蘇芳想著許秋月，做了與許秋月完全相反的選擇。從此之後，她再也不會變得越來越像她，不會走上和她一樣的路。

她要與白吟知有自己的孩子，蘇芳下定決心，她絕對不要讓自己的孩子遇到像許秋月一樣的母親。在那之前，她必須學會重新愛自己的弟弟、愛蘇螢。

她要接納生病了的蘇螢、接納已經成爲蘇芳的蘇螢，因爲只有這麼做才是對他負責，只有這麼做，她才能贖罪，贖從以前到現在的罪。

她已經逃夠久了，現在是她面對現實的時候。

聽聞蘇芳願意接受自己，蘇螢跟著哭了出來，兩人緊緊相擁在一起，彼此都感受到斷掉的血脈重新連了起來。

「只要跟二姊在一起，我都願意。」蘇螢哭著回道。

蘇芳沒有想到她說出口的話這麼快就成眞了，她眞的要被迫回到一個旁觀者的角色，才可以繼續維持待在白吟知身邊的資格。

如果牽繫著靈魂伴侶的是眞愛，那麼眞愛的條件會是什麼？不是婚姻會是什麼？反過來說，維繫著婚姻的條件不是忍耐會是什麼？所以，她需要的是忍耐，對吧？

深夜，蘇螢因藥效發作倒在客廳呼呼大睡，白吟知從東京趕了回來，他氣喘吁吁，開口第一句話便是：「蘇螢呢？他沒有傷害妳吧？」

蘇芳吸了鼻子，搖搖頭。

這些日子以來，她發現自己終於在白吟知的心中累積了一些在乎，從他問的第一句話就聽出來了。她終於知道白吟知是在乎她、愛著她的，而這樣的關係就算不是以婚姻維持也可以了，就算這份愛沒有超越蘇螢，也沒有關係。

白吟知緊緊抱住蘇芳，就連呼吸也在發抖著，「對不起、對不起，我沒有想到他會做出這種事……」

蘇螢突然的登門拜訪讓蘇芳一直以來的噩夢有實現的可能，她一直很害怕蘇螢會殺了自己，一直很害怕，所以她只剩下成全蘇螢這一條路可走了。

他成爲了蘇芳，爲了奪回白吟知而來……時候到了，該是她退出的時候。

良久，蘇芳挨近白吟知的耳邊，輕盈卻堅定地說道：「我們離婚吧。」

清晨，蘇螢從客廳睡醒，伸了一個大大的懶腰，放眼望去，昨日的女人不在房裡，只有白吟知一人坐在椅子上。他雙臂交疊在餐桌桌面，冰冷地看著蘇螢，餐桌上有兩杯咖啡，熱騰騰地冒著煙卻溫暖不了白吟知的眼神。

「早安。」蘇螢笑道。

白吟知亦報以微笑，「早安。」可卻是虛僞的。

蘇螢不知道是沒有察覺還是假裝無視了他，逕自站起身要去取桌面的咖啡，與此同時，白吟知冷不防問道：「你現在是誰？」

蘇螢僵在那裡，顫抖的嘴角洩出：「怎麼了？我是蘇芳啊。」

「那麼蘇芳，告訴我，昨天蘇螢在腦子裡對你說話了嗎？」

「沒有，但是他哭了。」

「爲什麼？」

「因爲他跟『我』見面了，他還是很難過我背叛他的事情，但是沒有關係，他走了，他原諒我了，所以他會心甘情願地離開。話說回來，小白，你的老婆呢？」蘇螢撈起桌上的咖啡杯，神態自若地喝了起來，就連他的語氣也充滿了漫不經心，像是脫口而出。

「她離開了，受不了被欺騙。」

「離婚嗎？」

「沒有，我和她還沒離婚，就算我這麼說，你還是要跟我在一起嗎？」

蘇螢笑得甜膩，「我本來就不在乎。」

「很好，蘇芳，看著我的手。」白吟知傾身向前，對蘇芳比了個STOP的動作，低沉且緩慢地說道：「把注意力放在我的手上，看著我的掌心。」

只見蘇螢的視線定格在白吟知的掌心上，凝成一個黑點，或者應該說是汙漬。蘇螢分明知道他在其他地方見過這樣的汙漬，可是現在這個當下，他怎麼也想不起來，越是想他的身體就越沉重。

「蘇芳，現在我說的事情你要照著做，如果『蘇螢』在你的腦海，你也要告訴他，就算他是個鬼魂，也要告訴他。我知道你們會見面、會說話。」

「好。」蘇螢回道。

「你已經完成你的目的，我會待在你的身邊，你也會一直在我的身邊，我不會離開你，你也不會離開我，所以請你不要再去和蘇靜儀見面，也千萬不要傷害她。如果你不照做，你將會永遠見不到我。」

「……好。」

收起手勢，白吟知連帶收起一臉嚴肅，泰然端起咖啡細細啜飲。

蘇螢則是一臉大夢初醒，彷彿方才的一切都沒有發生過一樣。不過，不曉得爲什麼，他腦中突然浮現出了一個想法——這輩子我都不想見到蘇靜儀了。

後來，聽說蘇靜儀搬家去了東京，那之後的兩三年蘇螢與白吟知處得很好，沒有蘇靜儀的存在，蘇螢得以與白吟知過著兩人世界，不亦樂乎。

白吟知相當包容自己，包容著自己嗜酒、包容著自己的任性、包容著自己的一切，這全都讓蘇螢深深覺得不枉費了那些等待與追尋的日子，直到這個世界有了第三者的闖入——白靜。

有一天，蘇螢就這麼被突然告知自己懷孕了。

不，為什麼？他要的是兩個人的世界！不需要第三個人的出現！

可是，怎麼可能？蘇螢胡亂地想著。

再多的質疑與自省堆疊，最終也未能讓蘇螢回歸最本質的問題——他是個男人，男人要如何懷孕？

可蘇螢就是想不到這個問題，他深深認定自己就是蘇芳，蘇芳有的器官他也會有，蘇芳能做到的事情他也可以——他只是無法想像自己將要孕育一個生命的樣子。

他們家的問題會一直循環、永不會結束，這就是他的家，所以這同樣也會循環到他們的下一代中，總有一天，他會成為許秋月，而他會將許秋月的基因傳下去。他們的孩子長大之後，會成為像許秋月一樣的爛人……爛人。

「不，怎麼可以？我絕對不可以讓許秋月的基因傳下去……可是，怎麼可能？」

我明明詛咒了自己。

「我怎麼可能會有小孩？」

不論怎麼想，蘇螢就是無法想像出自己慈祥富有母愛的樣子，這樣的未知令他恐懼，怕得不知道該怎麼辦。

白吟知一面收拾著房間內散落的酒瓶，冷靜回道：「你是個正常健康的女人，我也是正常健康的男人；你有健康的器官，我也有，當然會懷孕。」

蘇螢絕望地笑了，這個時候他應該要開心，但是他卻絕望地笑了，「我詛咒過自己生不出小孩……也不想生……我不想成爲許秋月。」說完，哭了起來。

懷孕生子成了復刻許秋月的第一步，蘇螢既驚慌又失望，他深深確信也肯定自己將會成爲和許秋月一樣的人。他們身上流著一樣的血，受困在同一個腐爛的地方很長一段時間，理所當然會互相影響。

「你到底爲什麼……要這樣……」看著蘇螢的恐慌，白吟知掐著自己兩側的太陽穴，嘆氣地說出。

蘇螢飲下一口紅酒，酸澀在喉中炙烈地傳開，「我怕成爲像我母親一樣的人，我有預感，我眞的會。從蘇螢離開之後，我……我好像不知不覺成爲我不想成爲的那種人，我的細胞就是帶著這樣的基因，時間越長，我越是覺得這一切都難以挽回，所以我寧願不去想這些事情。酒喝多一點，是不是就不會有這些煩惱？」

白吟知聽著，眉頭蹙緊，「蘇螢……唉。可是你有我啊，我不會讓你變成那樣，我會陪你一起戒酒，懷孕過程的大小事都不會讓你一個人，未來還有很長，我也不會讓你變成你討厭的那種人，相信我好嗎？」白吟知抱緊蘇螢，將他深深嵌合進自己的身體，怕是分開一時半刻也捨不得。

蘇螢哭了，曾經他認爲酒精可以麻痺一切，然而現在他有了白吟知，這是第一次，他似乎能拿出勇氣斷絕酒精的麻痺了。只要白吟知還在他的身邊就好，這就是他的幸福。

「如果我說要回台灣呢？你願意跟我一起回去嗎？如果我要你離婚？你願意嗎？」

白吟知與蘇靜儀還沒有正式離婚，這讓蘇螢對這樣的關係一直都很忐忑不安，藉著這個機會，鼓起勇氣對他說。

如果可以，他願意最後一次相信他，即便是「蘇芳」這麼爛的人也值得擁有愛情。這樣一個被摧毀得徹底的人，也值得擁有一個靈魂伴侶。

白吟知很快地應允了蘇螢，兩人緊緊相擁。

他曾經狠狠詛咒，希望自己生不出小孩，而今卻感謝這個孩子改變了一切，也爲自己與白吟知帶來了新的生活。

搬到福岡之後蘇芳常常看著天空，福岡機場緊鄰著市區，常常抬頭仰望就能見到飛機呼嘯而過。蘇芳每一次都會想，飛機上有多少人是正在離開家？又有多少人是正準備回家呢？而在機場的那些人，又有多少是來送行的？多少是來歡迎人的呢？

如今，自己是那個正準備回家的人了，他們會在他們的家鄉中讓這個孩子身心健康地長大，絕對不會讓任何人虐待他、控制他、情緒綁架他……蘇螢輕撫著肚皮，在心裡告訴那孩子：媽媽絕對不會像你的外婆一樣，絕對不會成爲像外婆一樣的人，媽媽死也會保護你。

可白吟知沒有想到，事情在回到台灣、孩子生下之後狀況急轉直下。

蘇螢被送進了醫院，一覺醒來，手上就有了一個男嬰。

聽說，昨天他生下了孩子……可不管怎麼想，蘇螢就是無法接受懷裡的嬰孩是自己的孩子。

他怎麼可能睡了一個晚上，孩子就從自己的肚子裡蹦了出來？

蘇螢顫抖著問白吟知：「這是我的孩子嗎？」

如果是，爲什麼我沒有任何感覺？

「是啊，小芳很棒，很努力把我們的孩子帶來這個世界喔。」白吟知微笑著說，眼底滿是幸福與滿足。

白吟知伸出雙手接過孩子，「寶寶要回去休息了，小芳先好好休息。」

蘇螢訥訥地應了聲，將男嬰還給白吟知。

在白吟知準備轉身離開自己病房時，蘇螢猛然問道：「寶寶叫什麼名字？」

白吟知緩緩地回過頭，溫愛地看了孩子一眼，「白靜，安靜的靜。」語畢，抱著孩子走了出去。

蘇螢整個人僵硬在那裡，動彈不得，耳朵分明聽見了「白靜，安靜的靜」，但是心裡卻響起了另一個聲音，「白靜，蘇靜儀的靜。」

白靜……白靜不是我的孩子，那個名叫白靜的嬰兒不是我的孩子，是蘇靜儀的孩子。

但我的孩子在哪裡？我的孩子究竟在哪裡？

蘇螢翻身下床，整個人跌在地上，痛哭出聲，撕心裂肺的痛讓他哭叫出來，「那不是我的小孩，把我的孩子還給我！白吟知你回來！告訴我孩子在哪裡？那不是我的孩子！」

醫護人員全圍了上來，好幾隻手壓制著蘇螢，他們你一言我一語地說他情緒太過激動，需要注射藥物冷靜下來，卻沒有任何一個人在乎他說的事情。

我的孩子不見了啊！那個叫做白靜的不是我的小孩！

你們怎麼在乎的都是我冷不冷靜、我激不激動？怎麼沒有人關心我的孩子去了哪裡？怎麼沒有人關心我失去了孩子？

我已經下定決心不會成爲像許秋月那樣的人，也下定決心要好好守護我的孩子了！爲什麼不讓我保護我的孩子？我的孩子去了哪裡？

蘇螢像是一隻被抓進昆蟲箱的螢火蟲，努力地振翅、努力地發光、努力地活著，可是不論他怎麼掙扎，怎麼說著關於自己的事情，都沒有人聽得懂，也沒有人願意傾聽。

大家都將他當成了一個說謊的人，可是他明明沒有說謊。

「您清醒一點，您不可能會有小孩！您不可能懷孕！」

雖然他沒有什麼眞實感，但是他確實生下了孩子，生下了與白吟知的孩子。

這個孩子將會愛他，就像白吟知愛著自己一樣，他是這個孩子的全世界，他的全世界也將會只有這個孩子。

他可以切實地感受到，他們擁有著彼此……但爲什麼他失去了孩子？他沒有說謊，他眞的失去了孩子。

可是如果他沒有說謊，那不就表示——這一切都是騙局嗎？

意識到時，蘇螢終於放棄掙扎，躺在地上，一動也不動。

番外　向星星許願／冰冷的手[33]

日本的夏季因乾燥的關係特別難以承受，吹拂來的微風全帶著熱氣，乾熱的風像是舉著吹風機不斷朝著皮膚吹一樣，導致皮膚又紅又癢。

若不是白吟知和徐伊凌人已經進入山林還有些涼蔭可避暑，倘若繼續站在大太陽下，簡直無法想像這樣乾燥的熱度會對身體造成什麼影響。

徐伊凌像要轉移注意力，飲下手中的寶礦力水得後說道：「聽說日本夏季中暑的人比台灣還多。」

白吟知沉穩回道：「這是比例問題，日本比台灣大多了。」

徐伊凌搖搖頭，「扣掉青森等等地方，這些地方會有人中暑嗎？」

「我不知道。」

「那我們等一下可以去。」徐伊凌說道。

白吟知拿出手機點了一下，「山形離青森五個小時的車程，而且，我為什麼要跟妳

33　〈向星星許願〉為日本歌手Cocco於二〇〇一年發行專輯《珊瑚花》之收錄曲；〈冰冷的手〉則為二〇〇〇《魔道》單曲專輯之收錄曲。〈向星星許願〉主要敘述強烈尋找一個人的心境；〈冰冷的手〉則表達無法挽回的、逝去的狀態與感情。

去？」

徐伊凌也拿出手機點了一下，「不去了，我剛剛查了，北海道竟然發出高溫警報，這是什麼世界啊？」

白吟知沉默，只是一個勁地往山上走去。兩人途經處有荒煙蔓草也有林蔭交織，一切的風景都與去年大相逕庭，只是一個季節的不同，山景竟然就有如此巨大的改變。

白吟知聚精會神走著窄小的山道，將徐伊凌的聲音拋諸腦後。

山道是由上山挖筍等等農務人家踩出的地方，並沒有鋪設石子等等能使人走得便利的東西。說到底，這裡根本不是觀光客會來的地方，也不是像他們一樣的旅客會來的地方。

徐伊凌見白吟知不再繼續說話，開口問道：「結果，有找到蘇芳嗎？」

白吟知只是長長地哼了一聲，聽不出是不是在回答。

兩人的目的地是銀山溫泉區域的一處野山山上，順著旅館後的山坡一路上山就能到達。那裡一整片都是私人用地，聽說持有者已離開這裡很長一段時間，雖說等於成了政府公有區域，可附近的人也不敢貿然上山，他們認為，這世上所有的東西都有神靈的存在，山也是，即使主人已經離開，山仍然會懲罰貿然侵入的人。

他們說，就是因為那裡的旅館老闆之前貿然讓人隨意上山，所以才會發生有人在那裡失蹤的事情。

舊地重遊時，旅館已經歇業，原本的野山看來更加荒涼、乏人問津。

兩人走到山林深處，白吟知在這樹林間穿梭自如得完全不像一個外國人，徐伊凌得緊緊跟上否則可能會走丟迷路，就此消逝在山林之中。

外頭分明烈日高照，可兩人走到的地方卻陰涼得像夜晚，僅有幾縷光線穿越層層疊疊的葉片鑲嵌在地面上。

白吟知走著走著，放慢速度的他停了下來，只見一塊滿是雜草的空地上，一小欉曼珠沙華鶴立雞群靜靜綻放，如同火炎一般燃燒著。

「就是這裡了。」白吟知說道。他卸下背包，從中取出手套與鐮刀，辛勤地蹲在地上整理起雜草。

徐伊凌則是自包中取出第一樂章與金屬製的紅酒杯三個，將其中一個斟滿放在曼珠沙華花前，小聲說道：「敬你。」

一段時間過去，雜草整理乾淨後，小小的空地便只剩下猶如火球一般燃燒著的曼珠沙華迎風搖曳。

徐伊凌若有所思，她爲白吟知也爲自己倒下紅酒，兩人就附近的石頭坐著，在這個當下，她才感受到蘇螢眞的離開了這個世界。

「什麼植物不長，偏偏長了這種花。」徐伊凌感慨道：「可是現在開花也算眞的很早，明明還沒秋天。」

白吟知靜靜看著花兒，不發一語。

「曼珠沙華，又叫彼岸花，花語是『無盡的愛情』，在韓國的花語則是『永遠的思念』，據說白色的彼岸花開在天堂，紅色的開在地獄、奈何橋下的河邊。」

徐伊凌說完，白吟知莫名其妙地嗤笑出聲，「那當然，殺了自己姊姊的人當然只能待在地獄。」

「那永恆的思念呢？」徐伊凌問道。

「……可能有吧。」白吟知的聲音摻在風中，隨著風飛舞到了曼珠沙華的花瓣上。

徐伊淩寧願這麼想，這麼想自己也會好過一點，至於思念誰，就先暫時不要探究了。

須臾，白吟知主動問徐伊淩：「妳不恨我嗎？」

徐伊淩掏出了菸，抽了一口後緩緩開口，「有什麼好恨的？你也知道我好像有什麼感情還是道德缺失。我一直不願意面對自己有什麼問題，即使我知道我的問題在哪裡，我沒有辦法愛任何人，沒有那樣的感情。

「我想我是沒有資格做這個工作，卻也是最有資格做這個工作的人，我無法共情我的患者，可也是因爲這樣我才能順利工作。這個工作本來就應該要將自己的感情分清楚。

「但我還是常常覺得有一部分是我的錯，是我沒能夠將他治療好。我曾經很自負，我以爲我可以治得好他，沒有想到結局竟然是這樣。說到底，蘇芳眞的是在這裡過世的嗎？」

白吟知聳聳肩，眼神中只有無盡的空泛，這個答案，連他自己都不知道，「我看到小螢死前很幸福的樣子，加上他說……謝謝我，讓我覺得他應該沒有騙我，蘇芳應該就埋在這裡的某處，只是不知道在哪裡。」

「我還是不太明白爲什麼他們想要殺死對方？他們有這麼恨對方嗎？」頓了頓，徐伊淩發現了矛盾，不僅是愛，她連恨也不知道是什麼情緒。她突然不知道，究竟是她比較可憐，還是蘇螢或是蘇芳比較可憐了。

仰首看著葉隙之間澄澈的蒼穹，良久，白吟知才緩緩說道：「小螢從來沒有想過要殺死小芳，他只是想要逃脫發生在自己身上的悲劇，否定曾經對自己見死不救的人竟然是自己的雙胞胎姊姊，這樣而已……會發生這樣的事情，我應該負最大的責任。」

風仍然穿過林木吹來，乾熱的風此時卻帶著點涼，徐伊淩不知道爲什麼可以想像蘇螢就在這裡，他們三個人心平氣和地坐在一起共飲一杯。

「在這一切還沒惡化之前，我試著解除我年輕時給他的催眠，可是來不及了，他從還在養成蘇芳這個人格的時候開始，我就給過他暗示，加強暗示他成爲蘇芳。我以爲這麼一來，他會心裡好過一點，可是沒有。

「後來，我每隔一段時間都會給他暗示。爲了不讓催眠輕易解除，我讓他喝酒，喝到有了酒癮，酒精可以讓人失去思考能力，正好讓我事半功倍。」

蘇螢變得越來越、越來越執著，執著到扼殺了原本的自己，認爲自己已然死去，而看到蘇螢變成那個樣子的白吟知，曾經有很長一段時間對他很是厭惡。厭惡到了他不曉得自己是厭惡那個給了蘇螢催眠的自己，還是厭惡蘇螢這個人，每過一段時間，白吟知總是會捫心自問：我做的這一切是爲了什麼？爲什麼我做了這些卻還是不快樂？蘇螢不是照著自己所想的在改變嗎？

可是他仍然找不到答案，不論是以前，還是現在，他永遠找不到答案。

在那一段時間，白吟知將情感轉移到了蘇靜儀的身上，只有在她的身上，白吟知才能夠不那麼累的與一個人維持著正常的感情。

他承認他原本就有些喜歡上蘇靜儀，可是在蘇螢越來越加瘋狂後，這種渴求安定的情緒無可救藥地淹沒了他。他知道，若他再不呼救便會跟著瘋狂下去。

因爲蘇螢，他已經快要無法呼吸；因爲蘇螢，他已經快要溺死。

這令白吟知始料未及，他不知道也無法預期自己會有一天疲於應付與蘇螢的關係，他甚至向蘇靜儀提出要讓蘇螢離開，然而蘇靜儀竟然反對。

這令白吟知大感意外，當初蘇螢找上門後想毒殺蘇螢的就是蘇靜儀，沒有想到當他琢磨著想讓蘇螢離開時，說要留下蘇螢的人，也是蘇靜儀。

「這樣他太可憐了，不可以。不可以再想想辦法治好他嗎？植入的想法不可以清除嗎？催眠不能解除嗎？」蘇靜儀義正嚴詞地說道，自從沒和白吟知住在一起之後，她變了很多，彷彿眞的將蘇芳拋諸腦後似的，蘇靜儀取代了蘇芳，然後不斷地往前，無所畏懼。

他們爲了蘇螢的事情吵了不只一次，最令白吟知感到可怕的是，蘇靜儀爲了贖自己的罪，連白靜都能利用的心態。

「妳說什麼？」白吟知再次問道，與此同時，頭皮發麻。

蘇靜儀一派輕鬆，「我說，他不是因爲白靜在我這裡所以憂鬱症變嚴重了嗎？那把白靜帶回去給蘇螢照顧一陣子怎麼樣？」

「妳瘋了是不是？蘇螢狀況這麼不穩定妳還要這樣做？白靜那麼小！」

蘇靜儀不爲所動，「不要吼我，是我要你催眠小螢的嗎？會有這樣的事情你應該要負最大的責任，不是我。而且不是只小螢，我也生病了啊，我得了產後憂鬱症，誰來可憐我？誰來關心我？我現在就是給你一個解決辦法，小螢想要孩子，那就把孩子借給他，我現在不想要孩子，那就把小孩從我身邊帶離開。」

白吟知簡直不明白眼前的人是誰了，蘇芳變成蘇靜儀之後，這是他覺得妻子離自己最遙遠的時候，「妳怎麼說得出這種話？」

「我怎麼說不出？我們已經離婚了不是嗎？如果不是白靜，我們還有什麼可以維持下去的方式？你就承認吧，你愛我沒有蘇螢多。」頓了頓，蘇靜儀像在找尋著什麼適合的詞彙，抬起臉，冰冷地說道：「把白靜帶走吧。」

白靜的出現只不過是在強調，她與白吟知之間脆弱的關係必須要依賴孩子來修補，也是在小孩出現之後，蘇靜儀明白了自己有多弱勢，弱勢到了需要小孩的出現才能維繫彼此的關係。

她見過太多婚姻走到這地步的人，夫妻雙方都厭倦對方，若不是因爲小孩，他們老早就各奔東西，得到自由了……可她不想接受自己成爲被孩子綑綁住的人。

如果婚姻這麼不開心，爲什麼它又會是愛情的終點？

白吟知震驚得不知道該說什麼。

蘇靜儀仍然冷靜地重複道：「把白靜帶走吧，我想一個人靜一靜。你都在工作、照顧蘇螢，怎麼有時間照顧我的情緒？我需要被關心，你知道嗎？算了，你從來都不知道。」

那是在醫院的小兒科候診室中，四處充滿著孩子嚎哭的聲音，吵鬧得很，即便蘇靜儀沒有提高音量，白吟知還是清楚聽見了。

那天下著雨滴細小到像霧一樣的雨，白吟知抱著白靜回到住處，那是第二次，蘇螢見到白靜。

懷中那僅約大人兩個手掌大的男嬰蜷縮在包布中，緊閉的雙眼偶爾睜開又閉上，粉紅色的嘴像在呢喃著什麼，發出各種無疑義的聲音。

他短短的手指與腳趾比這世上任何東西都還要容易斷，敏感的皮膚透著血色，好像只要他稍微用力摩擦手中的寶寶就會受傷一樣。

寶寶身上還散發著牛奶的味道，香且令人舒服，也令人感到安心、想睡。

便是像他一樣的爛的人都知道要愛手中的孩子，這令蘇螢更加不懂爲什麼許秋月可以這樣對待他們。想著想著，蘇螢不知爲什麼開始哭泣，哭了很久很久，白靜也陪了他很久很久。

一個下午過去，白吟知與徐伊凌將第一樂章喝完，應該供奉給蘇螢的那杯，白吟知將它倒在土裡、倒在彼岸花叢中，想像著酒液滋養著蘇螢腐爛的軀體。或許隔年他再來的時候，將會看見更盛大、更美的彼岸花。

徐伊凌開著車，白吟知坐在副駕駛座上迎著熱風吹拂，遠方的天色漸黃，紅紫色的雲彩在眼前拓展開來。

看著天邊的黃昏，白吟知想起了剛喚起蘇螢時的事情。

「你有那麼恨她嗎？眞的是因爲白靜嗎？」

蘇螢看著窗外，清澈且藍得過分的青天與偶然飄過的白雲，不經意脫口道：「我只是經常想著，普通的生活是什麼樣的？」

「這也不需要殺了蘇芳，不是嗎？」

蘇螢突然筆直地看著白吟知，那一雙深沉的眼睛沒有任何情緒，只有無止盡的黑洞，比大海還深，比宇宙還沉。

白吟知突然意識到，他好像從頭到尾都沒有去過蘇螢的世界，從未眞的認識他、理解他。

就在蘇螢說出這一句話的時候，白吟知這麼想。

「因爲蘇芳那個女人在假扮我，試圖奪取我的人生啊。」

「我曾經想過和蘇芳和平相處，眞的，但是她一天到晚跟我說因爲白靜所以怎麼樣怎麼樣，我眞的受不了了，她變得越多，我就越無法釋懷。」

「……爲什麼得到幸福的只有二姊？」

這些的問題，蘇螢問了也無法得到任何答案，他趴在腦子成了糨糊的蘇芳身上，不斷問著。

他們兩人本該相依爲命，他們自母胎開始便緊緊相依，不離不棄的兩個人現在卻因爲蘇芳生了白靜，一切都變了。

孤單的人，一直只有他一個，從他十四歲的時候開始，孤單的人便只有他一個。

蘇芳搶走了他的初戀，還生下了他們的孩子，她擁有了一切還不夠，竟然還想殺了自己。

「一開始當我知道蘇芳得了產後憂鬱症時，我其實是開心的。雖然白靜得待在我身邊，但我還是開心的。因爲我希望蘇芳可以知道、體會我的痛苦，那才是我理想的、二姊的樣子。」

妳終於和我一樣，終於也體會了我的孤獨！

「我和她是雙胞胎，我們做爲生命共同體被帶來這個世界，我們本應該要有共同的體驗、共同的情緒、共同的想法才對，可是小芳卻背叛了我，只有她往不同的方向去，這是我最不能忍受的事情。」

就像那個囚禁著自己的夢一樣，蘇芳很早之前便開始北上，而他卻只能先南下，先嘗盡苦頭、再迎向自己的夢想。

然而那個北上的人，爲什麼不能是自己？

「所以我常常想，會不會那根本就不是小芳？眞正的小芳是我記憶中的那個，不是嗎？

眞正的小芳不是會對我袖手旁觀的人，她也不會看著我毀滅，那個跟許秋月沒有什麼兩樣的人，怎麼可能是小芳？」

白吟知還沉浸在蘇螢的聲音中，卻被徐伊凌硬生生地給喚回。

「在想什麼？」

看著已然轉黑的天，白吟知回道：「沒什麼，只是有很多事情，就算小螢已經過世，我仍然找不到答案。」或許那一切都隨著紛飛的大雪、隨著蘇芳的遺體一起下落不明了吧。

徐伊凌輕鬆地哼了一聲，熟門熟路地開著車，這一段路她早不知道開了幾次，駕輕就熟，她像是不經意地問道：「明天繼續找嗎？」

「繼續找，這次找不到，還有明年，明年再找不到，還有一個明年，不管過去多少年，只要是我的有生之年，只要我還活著，我就會找到蘇芳。」

徐伊凌看著前方窄小卻井然有序的道路，「找到她要做什麼？」

白吟知這才驚覺自己沒有想到後來的事情……是啊，找到蘇芳之後，他要做什麼？縱然找到了蘇芳的白骨，他能做什麼？

回到旅館時，白吟詞與白靜正等著兩人。

白靜見到白吟知欣喜若狂地奔上前，抱緊白吟知的大腿，甜膩地喚著：「爸爸。」

白吟知抱起他，四個人一起在房間吃了懷石料理，酒足飯飽，個個爲了白靜露出滿足又開心的神色。

只有天眞無邪的白靜不知道，此行的他父親是爲了尋找母親的遺體而來，他僅僅認爲，這裡是母親生前最喜愛的地方，僅此而已。

更晚一些，白靜與白吟知一同泡完溫泉，穿著浴衣與木屐走到旅館後方的小河河畔漫步，昏黃且稀少的路燈雖令視線不佳，卻能在此刻清楚看見螢火蟲飛舞的身影，一閃一閃的，照亮著夜路。

「是螢火蟲！爸爸，是螢火蟲！」白靜朝著亮光跑去。

白吟知牽著白靜，跟著小跑起來，夜色中迴響著兩人的木屐聲，喀喀喀喀。

一大一小的身影互相牽著，白吟知選了一處能坐的石頭，抱著白靜靜靜看著螢火蟲。

須臾，白靜自浴衣衣襟中掏出方才沒能丟掉的玻璃牛奶罐，「爸爸，可以抓螢火蟲嗎？」

「可以，來，爸爸幫你把罐子洗乾淨。」白吟知接過罐子，屈身汲水，以溪水洗淨明治牛奶瓶中剩餘幾滴的白色液體。

甩乾瓶子，抬起頭，他牽著白靜往成群的螢火蟲亮光走去。

最後，他們抓了三隻螢火蟲關在罐子中，帶回了漆黑的房間。

白靜直到凌晨還執著地看著，看著螢火透過玻璃折射出的光亮揮灑在木色調的傳統房間中，綠光青光交互閃爍，像極了鬼火。

那天，或許是因為身在山形的關係，白吟知夢見了久違的蘇靜儀與蘇螢。

那是在白靜被接走一陣子後的下午，白吟知與蘇靜儀約在離家不遠的星巴克中見面。

因為蘇靜儀的產後憂鬱症暫時不適合繼續養育孩子，因此，白吟知會在每個禮拜周末和蘇靜儀約好一個時間，將孩子的影片與照片分享給她看。

蘇靜儀只有在那個時候才會願意看上白靜一眼，若是平常時間以通訊軟體聯繫她的話，往往只會被冷淡無視。

與往常一樣，蘇靜儀只是以平靜冷漠的表情看著ipad上白靜的照片與影片，偶爾蘇螢的身影也會映入眼簾，這時候蘇靜儀總會嚇很大一跳，那種驚嚇不是因爲她害怕蘇螢或是其他原因，而是蘇螢太像自己——像到蘇靜儀以爲那是自己正在做一件自己沒做過的、正在逃避的事情。

她怎麼可能會去照顧小孩呢。蘇靜儀想著。

可是反過來說，蘇螢那是怎麼一回事呢？蘇靜儀看著平板，越發不耐煩地快速滑動著相簿，手指逐漸顫抖起來，最終忍不住嘟囔道：「蘇螢還眞是有模有樣？眞的當起白靜的媽媽了嗎？」

白吟知一開始還沒能聽懂她的反諷，「其實他經常狀況不好，但狀況不錯的時候他是眞心愛著白靜。」

「除了蘇螢呢？還有誰在照顧白靜嗎？之前不是有個葉媽媽嗎？」

「葉媽媽一直都有在照顧白靜，幫了我們很大的忙，可是白靜最終仍然需要母親，所以我希望妳可以回來，否則蘇螢快要撐不下去了。」

蘇靜儀舒適地往後躺下，背部服貼著星巴克的灰色沙發，臉上是她自從生下白靜之後許久未見的心曠神怡，「這不是很好嗎？蘇螢得到了蘇芳的人生，所以他應該要扮演好白靜的媽媽，不是嗎？」

白吟知聽著，不自覺地握緊雙手，「爲什麼妳一定要這樣說話？我們在談的是我們的孩子，不是別人的孩子。」

蘇靜儀看向白吟知，眼神毫無一點波瀾，與方才一模一樣，聲音毫無抑揚頓挫，「你有沒有發現一件事？」

「什麼？」

他們看著對方的眼睛、再從對方的眼睛向上，看著對方的頭頂，想著如何能剖開對方的腦，看看對方究竟是在想著什麼？

就算是從蘇芳成了蘇靜儀，他還是經常想不通，她在想什麼？

「你沒有關心過我，你只關心白靜和蘇螢。」

「你連『過得好嗎』都沒有問過我。」

白吟知對此啞口無言、百口莫辯，他確實沒有說過。

「我們之間有感情，這樣的感情在蘇螢出現之後、在白靜出現之後都還有，我知道，也感受得到。但是我就是無法忍耐，也無法接受得到的感情比別人少，我也不能接受蘇螢變得更加奇怪，或許只有我離開，一切才會變好。你要好好看著蘇螢，如果他離開你，變得更加奇怪的話，我會有危險。」

白吟知瞪大雙眼，一臉不敢置信，「妳要不要聽看看妳說的都是些什麼？妳擔心的都是自己，難道妳沒有想過白靜嗎？」

聞言，蘇靜儀竟是笑了，「如果白靜是我們的愛的結晶，我會愛他，但是承認吧，白靜只是我用來綑綁你的手段。」

星巴克吵雜的聲音也掩蓋不住蘇靜儀說的那些自私自利的話，白吟知聽得清清楚楚。

蘇靜儀曾經擔心生下小孩將會成爲許秋月，現在看來，她確實正在成爲許秋月，正走上與許秋月一樣的路。

若不是蘇螢的精神狀態逐漸惡化，恐怕蘇靜儀也不會認命將白靜接回自己身邊照顧。

一段時間後，蘇靜儀帶著白靜回到了白吟知與蘇螢的家中，她又改了名字，企圖裝作其他無關緊要的人接近蘇螢。這次她不再是蘇芳，也不再是白吟知的前妻蘇靜儀，只是一個普通的保母——蘇儀如。

她說，只有這樣她才能感到安全。

之所以將白靜帶回白吟知的身邊，也是因爲她需要以這樣的方式確認她與白吟知之間已經是有實無名的婚姻。

在許多時刻中，蘇靜儀已經不知道自己究竟是因爲太過愛白吟知才會變成現在這樣，還是因爲不愛白吟知才會這樣。

蘇靜儀還說，她必須要看著蘇螢，讓他在她的視線範圍內才會覺得安心。只有這樣，她才不會擔心自己被殺死。

白吟知常常在想，骨牌究竟是從什麼時候開始錯的？從什麼時後開始排錯的？

他曾經覺得自己喜歡上了蘇靜儀，喜歡上了一段普通的感情，只有這樣，他才不會被與蘇螢的感情溺死。尤其有了白靜之後，他更加清楚自己對蘇靜儀的感情。

可後來他才明白，不管是蘇靜儀還是蘇螢，他們都一樣。他們都沒有安全感、沒有自信、無法感受到自己被愛，他們只會不斷地懷疑、不斷地質疑別人、不斷地毀了相處之間累積的信任。

這算是雙胞胎的詛咒嗎？白吟知不知道，也不會知道。

隔日一早，白吟知被白靜的啜泣聲給吵醒，將眼睛揉醒定睛一看，玻璃瓶中的三隻螢火蟲全死了。

牠們只維持了一個晚上的短暫火光，便死去了。

白靜哭哭啼啼地將螢火蟲的屍體埋在旅館的庭院，趁著他黏著白吟詞的空檔，白吟知如同昨日一樣，帶著鐵鏟與鋤頭出門。

這回，身邊沒有徐伊凌的陪伴，只有白吟知獨自一人到達目的地後，背著行囊穿過曾經繁盛的旅館、踩上曾經是農家必經的山道，熟門熟路地上山。

回到昨日來過的一群曼珠沙華花叢旁，白吟知檢視四周，辛勤地挖了起來，這裡一無所獲便往旁邊，旁邊再一無所獲便擴大範圍。

蘇芳應該沒有被埋得太深，當時下著大雪，大雪足足積累了四五十公分，光是挖掘這些雪都需要時間了，更何況是凍硬的土，當時的蘇螢應該沒有力氣挖得太深。

這坑沒有，白吟知轉往別處繼續挖著……

下山之後，晚上白吟知與白靜再次來到賞螢的夜路上，手牽著手慢慢走著。

白吟知想像著蘇靜儀的最後一天，她是不是也曾經牽著蘇螢的手溫和地漫步在鄉間小路上，想著自己終究無法贖罪，蘇螢無法獲救，也不需要被拯救，就算自己是罪魁禍首……既然如此，那就由自己終結蘇螢的生命嗎？

妳是這麼想的嗎？蘇芳。

這次，見到螢火蟲死亡的白靜沒有再要求抓螢火蟲了，只是靜靜地看著螢火蟲點綴夜色，許久許久。

「爸爸，螢火蟲死掉之後會去哪裡？跟媽媽一樣去天上了嗎？小螢呢？小螢也去了嗎？」

如同徐伊凌的問題一樣，白吟知同樣不知道該怎麼回答白靜。

螢火蟲仍然繼續飛舞著，仍然繼續燃燒著僅剩的生命。

隔日，白吟知同樣到了同一座野山上挖掘著，直到黃昏猛然回頭一看，滿地的坑坑巴巴，都是爲了尋找蘇芳。

再一個隔日，徐伊凌嘴上說著擔心，陪了他一個上午便走了。

這氣溫熱到連人都能蒸發，徐伊凌搧著風，一面揮汗說道：「找到蘇芳你要做什麼？」

白吟知只是沉默，他從來沒有想過這個問題的答案，他只是一心想挖到蘇芳。將她挖出來，然後呢？白吟知想都沒想過。

殺了蘇螢之後，然後呢？白吟知也想都沒想過。

「你還記得蘇芳過世之前的事情嗎？比如說前一天？」徐伊凌問道。

她找了一顆看來適合坐的石子，鋪上野餐墊後，舒適地看著天空飄忽的雲朵，這次沒有喝酒，只是喝著水。

白吟知追尋著腦中破碎的畫面，說來奇怪，他很難想起蘇靜儀離去之前的前一天發生的事情……他只覺得蘇靜儀看起來很累、很安靜。

接近聖誕節前的冬天，白吟知到了福岡參加母校的活動的同時，也帶著已經改名爲蘇儀如的蘇芳與蘇螢、白靜三個人到福岡散心。

那時蘇螢的狀況穩定許多，所以當蘇儀如提出要帶蘇螢到長崎與佐賀散心時，他並沒有想太多。

他與蘇儀如相處的最後一個晚上，她相當輕鬆自在，似乎不再憂鬱，怡然自得地賞著月，迎著冷風，看著人生的最後一段風景。

白吟知走近她，陪著她看著。

良久，蘇儀如說道：「一直以來，辛苦你了。」

「怎麼了？」

「我只是突然覺得，白靜給你照顧是最好的，不論是我還是蘇螢，我們都會成為許秋月，但白靜是無辜的。」白吟知靜靜聽著，蘇儀如繼續說道：「我曾經生病過，那時候覺得要是沒有白靜就好了，也曾經深深厭惡白靜，可是現在我覺得生下白靜、和你有了家人一樣的感情，眞的是太好了，我很幸福。

「我曾經很糾結你對蘇螢的感情，但是現在，那對我來說不重要了，重要的是，我們三個人在一起的家。如果有人要破壞它，我就算死也會拚命守住。」

說著這樣的話的蘇儀如，最後並沒有跟著蘇螢回到福岡。

他們的目的地不是長崎，也不是佐賀，而是漫天飛雪的山形。

蘇螢將他的姊姊、他的另一半、他的罪惡、他的行囊、他的蘇芳留在浩瀚無垠的雪白中，靜靜地等待著腐爛與消逝，沒有任何音訊。

白吟知沒有想到蘇儀如一直以來擔心的事情會有成眞的一天——她被自己的弟弟給親手殺死。

那一瞬間，青天霹靂，好似全身的力氣一口氣地消失殆盡，白吟知的腦中一片空白，他只是不斷重複想要從蘇螢的口中逼問出結果，可他再也無法喚醒蘇螢，取而代之的是蘇芳的人格，而這個蘇芳什麼都不知道。

蘇芳代替蘇螢活了下來，從他的十四歲中、從他的十七歲中活了下來，而蘇螢和眞正的蘇芳一起死去了，在冰天雪地之中、在不斷積累的雪花之中。

白吟知感到永無止盡的後悔，是他因為想減輕蘇螢的痛苦才對他催眠，暗示他酗酒讓他有了酒癮，是他一手造成了現在的蘇螢。

所有的一切都照著他所想的進行……但不是這樣，不應該是這樣，他不想要蘇儀如死去、不想要白靜沒有媽媽。

還是說，這就是妳的贖罪？這就是妳的方式？

夜幕降臨，白吟知戴上頭燈繼續挖掘著，他不願意放棄，只要還有一口氣在，他會找到蘇芳。

「給我出來，蘇芳！我不准妳死！不，妳沒死！否則我早就找到妳了！」

有生之年，只要他的一雙手還在，他就不會停止尋找蘇芳。

她沒有死，她只是隱身在某一個地方。

她還活著。如果可以，白吟知寧願這麼相信著。

白吟知不知道自己究竟挖了多久時間，也不知道自己在荒郊野嶺睡去多少時間，醒來時，手上的鏟子停了一隻螢火蟲，一閃一閃的。

或許就是這裡了。他想。

重新站起身體，白吟知再度依靠著頭燈挖掘，不斷地向下、向下、向下。

直到天色成了深藍，接近清晨時刻，那隻螢火蟲仍沒有離開，牠繞著白吟知盤旋著，偶爾停在附近的石頭上稍作歇息，偶爾振翅飛來，稍停在鏟子上。

牠持續著生命中的最後一絲亮光，燃燒著最後的鬼火。

可是找到蘇芳之後要做什麼？就算找到她的遺體要做什麼？

白吟知從來沒有想過這個問題的答案，或許必須要挖到蘇芳，他才能夠確定答案是什麼。

必須到她一面，才能確定這個答案。

所以，在沒有找到她之前，他不會停下來。

直到螢火熄滅、黎明降臨，他也不會停止。

在雙手磨破流血、在彼岸花凋謝、雪花降下以前、在他手中的鐵鏟終於敲響蘇芳的頭骨之前，他將會不斷地尋找下去。

直到得知蘇芳的下落為止。

後記

還記得寫《在偏差中盛開的她》的時候我同時在寫著《聽風者》，一邊想著把《聽風者》好好持續下去，一邊想著我該如何在比賽結束為止前把《偏差》生出來，那是很痛苦的一段時間，但是重拾創作的心情令人喜悅。

在寫上述了兩部作品前，我停止創作大概有十年左右，更別說在這兩部作品之前我都是寫短篇小說，只有一本在國中時寫的超過十萬字的小說《尹刃姬》（還是手寫）。

至於為什麼突然想重新開始創作，我想大概是因為我在日本佐賀與福岡待的三年半間，一個人這裡那裡獨旅，腦子突然開始編出了故事，好像回到自己對故事信手捻來的高中時期。回到台灣後，覺得只是想，不寫出來太可惜了，就試著寫出來。

在那之前，發生了一些事情，原本從國中開始進行創作並且產量算高的我，突然一個字都寫不出來，直到去了日本之後。

當然，國外的月亮並沒有比較圓，其中有許多酸甜苦辣，最終《偏差》的故事有許多橋段都是為了表現我對那兩地方的懷念。

《在偏差中盛開的她》原名《夜行記》，原書名來自我在日本工作時休假經常玩得太晚，搭末班車回家還要拿著手電筒照路才能走回宿舍。為了不讓自己過於害怕，我會在路上想故事，與劇情沒有什麼關係，只因爲這是走夜路想到的故事，故名《夜行記》。

這個故事最原始的靈感畫面源自日本電影《渴望》與美國樂團Bad Omens的〈Like a villain〉MV、日本女歌手Cocco的〈水鏡〉MV。那些廣闊的雪景與人與人之間的掙扎，是整個故事的核心與一開始的概念。

一開始我預設的結局並不是這樣（笑），只是寫了寫，覺得好像這樣比較驚悚？於是改了許多原本預設的走向。

現在想想，重新開始創作的比賽作我竟然就寫了《偏差》實在自找麻煩。《偏差》這個新書名非常貼合這個故事，這個故事裡的所有角色都有偏差與缺失，我喜歡書寫不完美、甚至個性壞掉的角色，也喜歡這樣黑暗的故事，這樣的故事能出現在POPO書系，令我由衷感謝喜歡這個故事的人們，因爲他們的努力這個冷僻扭曲的作品才有問世的一天。

不論是本文還是加筆番外，最後都是開放式結局，如果讀者可以發揮想像力，那麼我會很高興的。

與《聽風者》這樣完全架空的故事不同，當我在想著現代背景的故事時，會將生活周遭的人寫進故事中。林頤橙取自我的國中同學、蘇螢取自我的弟弟、徐伊凌取自我一位在台中要好的朋友、許秋月取自我的外婆（當然她本人完全不是那樣）。

創作是一條很孤獨的路，當我開始書寫時，很慶幸有眞實世界的徐伊凌陪伴著我，她是我第一個讀者，閱讀了《聽風者》後也閱讀了《在偏差中盛開的她》。

她不會批評好或不好，就像徐伊凌一樣，不會說對或錯，總是能給出想法而不帶批判，也不是自以爲是的意見。她會詢問我爲什麼這樣寫，就好像她眞的是死忠書迷。

現實中的她去了澳洲、香港，而我去了日本，我們約好回到台灣之後看看對方有沒有成爲更好的人。現在，我看著她、她也看著我朝著更好的自己邁進，我們都活出了自己想要的樣子。

我想將《在偏差中盛開的她》這個故事獻給和我一樣喜歡驚悚故事的她。

我們討論著中島哲也、白石和彌、克里斯多夫諾蘭與大衛芬奇的電影、交換驚悚小說、聊著《冰與火之歌：權力遊戲》與《絕命毒師》對我們的影響，笑對方在看《冰雪奇緣》、《地心引力》時在奇怪的點上哭了。

因爲她，才有這個故事。

因爲她，我才寫下這個故事。

謝謝喜歡這個故事的所有人，以及我的責任編輯。

謹以此作獻給我的徐伊凌和不斷支持我創作的家人，並紀念在福岡與佐賀的所有日子（二〇一六年～二〇一九年）。

藤山　紫

國家圖書館出版品預行編目資料

在偏差中盛開的她／藤山　紫著. -- 初版. -- 臺北市：POPO原創出版，城邦原創股份有限公司出版：英屬蓋曼群島商家庭傳媒股份有限公司城邦分公司發行, 2024.12
面；　公分. --
ISBN 978-626-7455-67-8（平裝）

863.57　　113018767

在偏差中盛開的她

作　　者／藤山　紫
責任編輯／林辰柔　行銷業務／林政杰　版　　權／李婷雯

內容運營組長／李曉芳
副總經理／陳靜芬
總 經 理／黃淑貞
發 行 人／何飛鵬
法律顧問／元禾法律事務所　王子文律師
出　　版／POPO原創出版
城邦原創股份有限公司
台北市南港區昆陽街 16 號 4 樓
電話：(02) 2509-5506　傳真：(02) 2500-1933
email：service@popo.tw
發　　行／英屬蓋曼群島商家庭傳媒股份有限公司城邦分公司
聯絡地址：台北市南港區昆陽街 16 號 8 樓
書虫客服服務專線：(02) 25007718・(02) 25007719
24小時傳眞服務：(02) 25001990・(02) 25001991
服務時間：週一至週五09:30-12:00・13:30-17:00
郵撥帳號：19863813　戶名：書虫股份有限公司
讀者服務信箱 email：service@readingclub.com.tw
城邦讀書花園網址：www.cite.com.tw
香港發行所／城邦（香港）出版集團有限公司
地址：香港九龍土瓜灣土瓜灣道86號順聯工業大廈6樓A室
email：hkcite@biznetvigator.com
電話：(852) 25086231　傳眞：(852) 25789337
馬新發行所／城邦（馬新）出版集團 Cité(M)Sdn. Bhd.
41, Jalan Radin Anum, Bandar Baru Sri Petaling,
57000 Kuala Lumpur, Malaysia.
電話：(603) 90563833　傳眞：(603) 90576622
email：services@cite.my

封面設計／也津
電腦排版／游淑萍
印　　刷／漾格科技股份有限公司
經 銷 商／聯合發行股份有限公司
電話：(02)2917-8022　傳眞：(02)2911-0053

■ 2024 年12月初版　　Printed in Taiwan

定價／400元

ISBN　978-626-7455-67-8

POPO原創出版 www.popo.tw　城邦讀書花園 www.cite.com.tw